Jobien Berkouwer

# Summer Girls

Thriller

Aus dem Niederländischen
von Simone Schroth

PENGUIN VERLAG

Die niederländische Originalausgabe erschien 2016 unter dem Titel »Zomermeisjes« bei A.W. Bruna Uitgevers, Amsterdam.



MIX
Papier aus verantwortungsvollen Quellen
FSC® C083411
www.fsc.org

Verlagsgruppe Random House FSC® N001967

PENGUIN VERLAG



1. Auflage 2018

Covergestaltung: Hafen Werbeagentur, Hamburg
Covermotiv: Dragan Todorovic / Mark Owen / Rekha Garton / Trevillion Images
Redaktion: Karin Labhart
Satz: Greiner & Reichel, Köln
Druck und Bindung: CPI books GmbH, Leck
Printed in Germany
ISBN 978-3-328-10222-9
www.penguin-verlag.de

Dieses Buch ist auch als E-Book erhältlich.

# 1

Wie ein Samuraischwert peitscht der Zweig an ihrer Wange entlang. Ratsch. Dann ein scharfer Schmerz. Sie achtet nicht darauf. Sie muss rennen, immerzu weiterrennen. Immer wieder bleiben ihre nackten Füße im schlammigen Waldboden stecken. Ihre Wadenmuskeln schmerzen. Zwischen den Zehen spürt sie Blätter, Zweige, Steine, Hartes und Weiches. Rennen, immer weiterrennen, dann wird alles gut.

Sie ist nackt. Und sie hat keine Ahnung, weshalb.

Sie hätte nicht absteigen dürfen, das weiß sie jetzt. Sie hätte niemals vom Fahrrad steigen dürfen.

Rennen, rennen. Immer weiterrennen.

Im Dunkeln sieht sie die Umrisse von Bäumen, die im nebligen Nichts verschwimmen. Vor ihren Augen flackern feurige Blitze auf, wie schlimme Vorboten des Unheils. Der Donner folgt unmittelbar danach.

Sie kann ihn keuchen hören; er ist nicht weit hinter ihr. Keuchen, Schritt, Keuchen, Schritt. Er ist schon ganz nah. Ganz nah. Durch das Rauschen des Regens hört sie sein Schnaufen, seine Schritte, sein Näherkommen. Reden wäre zwecklos; hier geht es um ihr Leben. Was ihn betrifft, ist ihr Leben bereits zu Ende. Das hat sie in seinem Blick gelesen, in diesem merkwürdig ruhigen Blick. Er sieht sie bereits tot vor sich. Es spielt keine Rolle, warum, wie oder wann genau. Für ihn ist es beschlossene Sache.

Sie muss sterben. Sie *wird* sterben.

Der Sturm tanzt um ihren nackten Körper, in engen Bahnen und gnadenlosen Kreisen. Eine unbarmherzige Kälte, die sie so bisher noch nicht kannte, dringt bis tief in ihre Knochen. Sie rennt und fühlt sich dabei wie das Reh aus dem Kinderfilm, den sie sich früher immer mit ihrer Mutter angeschaut hat. Er der Jäger, sie die Beute.

Rennen, immer weiterrennen. Geradeaus, ohne zu zögern.

Eine Baumwurzel bringt sie zu Fall. Hart schlägt sie auf dem Boden auf. Die Lippe durchgebissen, die Zunge voller Schlamm. Das Knie aufgeschlagen. Das kann nicht wahr sein, das kann nicht das Ende sein. Sie darf nicht aufgeben. Schmerzen, überall Schmerzen. Und schwindlig, ihr ist so entsetzlich schwindlig. Ihr Kopf verlangt hämmernd nach Aufmerksamkeit. Klebriges Blut kitzelt sie am Ohr. Sie rappelt sich wieder auf, findet Halt an einem umgestürzten Baum, zieht sich hoch und rennt weiter. Er hat mehrere Meter aufgeholt. Er ist jetzt dicht hinter ihr.

Nicht daran denken. Einfach rennen. Und schreien, soll sie schreien?

Sie schreit. Brüllt. Kreischt. Bis sie keine Luft mehr bekommt.

Besser nur immer weiterrennen, einfach nur rennen. Ihre Füße graben eine schlammige Spur in den Boden, der er mühelos folgt, als wäre ihr der Tod auf den Fersen.

Sie ignoriert die Stiche auf ihrer Haut, die Muskelkrämpfe. Den Schlamm in den Nasenlöchern, den Sand in den Augen. Rennen, bis sie dabei hinfällt – noch mal.

Seine Fingerspitzen streifen ihre Schulter. Er greift zu, aber er verfehlt sie. Ganz knapp. Ihre Schenkel und Waden müssen noch härter arbeiten. Rennen, springen, weiter, schnell. Nur nicht aufgeben, dieser Wald muss doch irgendwann zu Ende sein? Der Pfad, sie muss den Pfad erreichen, hin zu Menschen, zum Licht, zu jemandem, der sie rettet.

Sie schreit noch mal – was soll sie auch sonst tun?

Wieder diese Finger, schon etwas fester. Auch er wird schneller. Warum nur? Warum gerade sie?

Sie kann ihn nicht fragen.

Die blutigen Schrammen auf ihrer Haut tun so weh. Die feuchte Erde brennt wie Feuer in ihren Wunden. Sie knickt um und taumelt zur Seite. Jetzt ist es vorbei, jetzt ist alles vorbei. Als er nach ihr greift, sieht sie den Waldpfad vor sich. Sie hat es beinahe geschafft, wirklich beinahe, aber da packt er sie bereits. Mit beiden Händen drückt er ihr die Kehle zu. Sie knurrt wie ein Tier, kreischt, wirft sich auf den Rücken und tritt mit den Füßen wild nach seinem Gesicht. Sein Kopf wird ein Stück nach hinten geworfen; er schreit auf, muss sie loslassen und verliert das Gleichgewicht.

Sie ist frei! Sie kriecht und kraxelt weiter, weg von ihm, weg von hier. Sie hört ihn ganz seltsam jaulen, als er nach ihren Füßen greift. Knapp daneben. Er steht auf, sie auch; auf wackeligen Beinen, aber sie steht. Sie spürt keine Schmerzen; das Adrenalin rast durch ihren Körper. Rennen, weiterrennen. Auf dem schmalen Waldpfad geht es jetzt etwas leichter. Radfahrer haben ihn gebahnt. Die liegen jetzt sicher daheim im Bett. In einem Haus mit Mauern und einer Tür mit Schloss. Sie ist nackt, und hier ist niemand. Niemand, der ihr zu Hilfe kommen könnte.

Er verfolgt sie, ist schon wieder so dicht hinter ihr. Jeder Atemzug brennt in der Kehle, ihr Körper kann nicht mehr. Das Waldmonster wird ihr die Haut vom Leib ziehen. Ihr laufen Tränen übers Gesicht und tropfen ihr vom Kinn. Sie wankt. Ihre Knöchel geben nach. Das Ende des Waldes ist schon zu sehen, aber sie ist so müde. Sie ist am Ende.

Sie kann nicht mehr.

# 2

Als Lot versucht, nach dem Tier zu greifen, spritzt ihr der Schlamm an die Hosenbeine. Von allen Seiten bläst ihr der Wind das hellblonde Haar wild um den Kopf. Der Regen der vergangenen Tage hat inzwischen aufgehört. Der Sturm Gott sei Dank auch, aber jetzt geht das Ganze erst richtig los. Wenn das Ausmaß der Schäden erst einmal sichtbar wird.

Das Tier wiehert und trabt davon. »Verdammt noch mal«, flucht sie. »Drecksvieh.«

»Hier rüber!«, ruft Jaap. »Da ist noch eins! Hilf mir mal.«

Lot dreht sich um und entdeckt ihren Kollegen in einer wenig eleganten Umarmung mit einem der ausgebrochenen Pferde. Der schon etwas ältere Bauer kommt angerannt, um ihm zu helfen. Lot seufzt nur. Sie hasst den Nachtdienst. Vor allem nach einem Sommersturm.

Vor ein paar Tagen ist die Dinkel wieder über die Ufer getreten. Die Überschwemmungsmeldungen strömen nur so in die Polizeistation. Vom Sturm umgerissene Bäume, verwüstete Scheunen. Von abgebrochenen Ästen blockierte Wege.

Auch diese ausgebrochenen Pferde sind eine Gefahr für den Verkehr, der weiter oben über die Landstraße rast. Aber wie gern würde sie es dem Bauern selbst überlassen, die Sache in den Griff zu bekommen. Musst deine Zäune eben besser absichern, Mann. Zumindest gegen Wind und Wetter.

Sie macht noch einen weiteren Versuch und geht vorsichtig auf eines der Tiere zu. Sie hat viel gelernt in den vergangenen Jahren, aber leider nichts, was ihr jetzt helfen würde. Sie greift dem Ausreißer in die Mähne und führt ihn langsam zu dem Bauern zurück. Das Pferd wiehert ungehalten. »Tut mir leid, mein Freund«, flüstert sie. »Die Party ist vorbei.«

Der Bauer dankt ihr mit einem unverständlichen Gemurmel. Sie hat inzwischen jeden Versuch aufgegeben, den Dialekt der Region zu verstehen. Sie nickt und schaut weg, als sie auf dem Pfad neben der Weide Autoreifen quietschen hört. Ein Streifenwagen. »Na endlich«, seufzt sie. »Das wurde auch Zeit.«

Sie geht auf den Wagen zu, aber bleibt mit dem Fuß im Schlamm stecken, so dass sie der Länge nach hinfällt. Sie ist nass bis auf die Knochen, durch die Hose hindurch. Verdammte Scheiße. Auch das noch.

Ganz kurz sind sogar die Pferde still, aber dann hört sie, wie Jaap leise lacht. Sie steht auf, läuft ein paar Schritte weiter und zeigt ihm den Stinkefinger. Hoffentlich ist das Tageslicht schon hell genug, dass er es auch gut sehen kann.

Leider gehören solche Hilfegesuche zu ihrer Arbeit: auf der Weide hinter irgendwelchen Pferden nachjagen. Genau davor hat sie sich gefürchtet, als sie vor ein paar Monaten direkt von der Polizeischule in die Region Twente versetzt worden ist.

In Amsterdam gab es so etwas nicht.

Wenn sie Dienst hat, jagt sie tausendmal lieber hinter einem Täter her als hinter so einem gottvergessenen Pferd auf Abenteuersuche. Und sei es ein verwirrter Junkie – auch gut. Alles besser als das hier.

Die Streifenpolizisten sind jung, deutlich jünger als sie. Einer von ihnen lächelt, als er ihre schmutzige Hose im Scheinwerferlicht sieht. Grinsend murmelt er: »Und, Spaß gehabt?«

Sie ignoriert den Rotzbengel mit seinem Akzent einfach. »Schau mal, da drüben läuft noch mindestens ein Pferd frei herum«, sagt sie und deutet in die Richtung. »An eurer Stelle würde ich mich beeilen, gleich rennen die noch auf die N214.«

Die beiden nehmen Haltung an und rennen los. Führungsqualitäten besitze ich auf alle Fälle, denkt Lot. Dann sieht sie, wie wieder ein Pferd ausbricht. Mit weit ausgestreckten Vogelscheuchenarmen und einem Bärengebrüll jagt sie das Tier auf die Weide zurück.

Sie muss über sich selbst lachen. Ganz offensichtlich schlummern in ihr noch einige verborgene Talente.

Plötzlich beginnt das Funkgerät zu rauschen– als würde der Sommersturm auch in der Zentrale wüten. Eine krächzende Stimme, dann wieder Stille. Lot beugt sich vor und geht hinter dem Auto in die Hocke, um Schutz vor dem Wind zu suchen. Sie presst das Ohr fest an den Apparat und lauscht angestrengt.

»Hier Zentrale. Welcher Wagen kann sofort zum Akkerweg? Uns wird eine weibliche Leiche im Wald gemeldet, auf der Höhe von Leitpfosten 28,3.«

Ein paar Sekunden lang starrt Lot nur vor sich hin. Das ist die Chance, die große Chance, sich an den eigenen Haaren aus dem Sumpf zu ziehen und zu zeigen, was sie wirklich draufhat.

Sie dreht sich um, starrt vor sich hin und sieht, wie Jaap den Kampf mit dem Pferd verliert. Unglaublich. Man sollte diesem Bauern mal verklickern, wie viele Jahre Ausbildung sie beide hinter sich haben.

Sie hebt die Hand. »Jaap!«

Dankbarkeit wäre jetzt unangebracht, aber Jaap entscheidet sich im Bruchteil einer Sekunde, das Pferd dem Bauern und den jüngeren Kollegen zu überlassen. So schnell es der durchweichte Boden zulässt, steuert er auf Lot zu. Leichtes Grinsen, seine unverwechselbaren, vergnügten blauen Augen. Den Autoschlüssel hält er schon in der Hand.

»Zentrale«, sagt Lot ins Funkgerät. »Hier 3501. Wir sind ganz in der Nähe und fahren jetzt direkt dahin.«

Das Adrenalin jagt durch ihren Körper. Das ist für sie – darauf hat sie gewartet.

»Verstanden, 3501«, kommt die Antwort. »3502, was ist mit euch?«

Jaap hockt sich zu Lot hinunter. Eine Männerstimme mischt sich in das Gespräch: »Hier 3502. Nein, wir schaffen es nicht. Wir sind mindestens eine halbe Stunde vom Tatort entfernt.«

»*Shit*«, flüstert Jaap.

Lot schüttelt den Kopf. Die Anfahrtszeiten in diesem Teil des Landes sind einfach lächerlich. Ihre Kollegen befinden sich erschreckend oft in lebensgefährlichen Situationen. Das geht irgendwann noch mal schief.

»3501, der Einsatzleiter hat sich auch schon auf den Weg gemacht.«

»Sehr gut«, antwortet Lot sachlich. »Wenn die 3502 zu weit weg ist, brauchen wir Leo und Stefan.« Dann flüstert sie Jaap zu: »So was, Leo wuchtet seinen fetten Wanst auch mal aus dem Schreibtischsessel.« Laut sagt sie: »Wir steigen gerade ins Auto, Zentrale.«

»Gut. Der Anrufer wartet auf dem Waldweg, da er erst dort Handyempfang hat. Zacharias heißt er. Er wird euch zum Tatort führen.«

Zacharias, wiederholt Lot in Gedanken. Nicht gerade ein häufiger Name.

Routiniert steigen Lot und Jaap ein, lassen sich in die Sitze fallen und schnallen sich an. Lot bedient das Navi, Jaap startet den Motor.

# 3

Jaap biegt ab und fährt über den Waldweg. Überall herrscht Chaos; der Sturm hat gewütet, wie ein Angriff auf die Natur. Ruhig steuert Jaap den Wagen zwischen riesigen umgewehten Bäumen und mit Regenwasser vollgelaufenen Kuhlen hindurch.

»Mach schon, ein bisschen schneller«, flüstert Lot. »Der Mann wartet schließlich immer noch.«

Eine Leiche in einem unbewachten Wald – die Sache gefällt ihr nicht. Der Tatort muss abgeriegelt werden; sie will die nackte Wahrheit sehen, bevor jemand alle Spuren verwischt.

Am Tatort findet sich die Geschichte des Täters, hat Magnus immer gesagt. Lot will diese Geschichte am liebsten pur und unverändert begutachten, ohne Störenfriede, die das nicht zu schätzen wissen und aus Neugierde über alles hinwegtrampeln.

»Immer mit der Ruhe, junge Dame«, meint Jaap. »Du siehst doch, dass der ganze Weg versperrt ist.«

»Halt an.«

»Was?«

»Halt den Wagen an«, befiehlt sie.

Seufzend tritt Jaap auf die Bremse. »Was hast du denn vor? Du willst doch nicht etwa …«

Sie nickt. »Zu Fuß weiter.«

Er hat noch immer diesen amüsierten Blick – jetzt aber mehr aus Unglauben als aus Freude. Er hält beide Hände hoch. »Du denkst doch wohl nicht, ich würde aus Versehen die Leiche überfahren?«, fragt er lachend.

»Vom Auto aus sehen wir gar nichts, zu Fuß geht das besser.«

Sie steigen aus. Eine Wagentür fällt zu, dann noch eine. Die Scheinwerfer hat Jaap brennen lassen, als Orientierungspunkt. Jetzt, wo sich der Sturm gelegt hat, hüllt sich der Wald in ein düsteres Schweigen. Die Morgendämmerung weckt ein paar Vögel, aber sonst ist nichts zu hören.

»Wo steckt der Mann?«, flüstert Lot – die Hand hat sie an ihrer Waffe.

»Der Täter kann hier schließlich auch noch rumlaufen.«

Lot schaut kurz zu ihrem Kollegen hinüber. »Sag mal, willst du hier für ein bisschen zusätzlichen Stress sorgen oder was? Das brauchst du mir echt nicht zu sagen, Mann.«

In der Mitte des Pfades schmatzt der schlammige Waldboden unter ihren Füßen, während am Rande heruntergefallene Äste unter ihrem Gewicht brechen. Dann sieht Lot, wie ein Ungetüm zwischen den Bäumen zum Vorschein kommt. Sie hält den Atem an. Intuitiv legt sie ihre Hand auf den Holster an ihrem Gürtel.

Täter oder Melder?

Seine Gestalt ist kräftig und muskulös, sein Schritt selbstsicher. Er hat sie noch nicht gesehen.

Täter oder Melder?

Hinter ihm schießt plötzlich ein Tier auf vier Pfoten hervor. Lautes Gebell hallt durch den Wald. Die Gestalt entdeckt sie und beginnt zu winken.

»Boris!«, ruft er. »Hierher.«

Boris hört nicht auf ihn und sprintet Lot entgegen. Sie mag Hunde nicht besonders, hat sie noch nie gemocht, und schon gar nicht, wenn sie ihr bellend entgegenrennen. Sie hofft inständig, dass das Tier seinem Herrn gehorchen wird.

»Hierher, Leute«, ruft die Gestalt und zeigt mit dem Daumen in eine Richtung. »Ich dachte schon, ihr kommt gar nicht mehr. Ihr müsst noch ein Stück mit.«

Der Melder, er ist der Melder.

Kurz bevor der Hund bei Lot ankommt, ruft der Mann: »Boris!« Und mit einem kräftigen Händeklatschen mahnt er das Tier zur Ruhe. Der Hund bleibt schwanzwedelnd stehen.

Der Mann wartet, bis sie beide bei ihm sind, und streckt ihnen dann die Hand entgegen. Jaap und Lot schauen ihn mit routiniert prüfendem Blick an. Was für ein Typ Mensch ist das? Hat er eine Waffe bei sich? Wie sehen seine Kleider aus? Was ist in seinem Blick zu lesen?

Lot registriert den Schlamm auf seiner Kleidung, auf seinen Schuhen. Wer eine Straftat meldet, wird dadurch per se verdächtig. Das sind die übermütigsten Täter, die einem begegnen können, das weiß sie so gut wie kein anderer. Die leben im Glauben, unangreifbar zu sein. Eine Beleidigung für ihren Beruf und ihr Können. Sie schüttelt ihm die Hand, spürt seine Stärke und Entschlossenheit. Jaap tut es ihr nach.

Der Mann in der Militäruniform stellt sich tatsächlich als Zacharias vor. Lot nickt. Weiter; er scheint vorerst in Ordnung zu sein.

Zacharias dreht sich um, und die beiden Polizisten klettern ihm nach, über Äste und umgewehte Baumteile.

»Markierst du die Strecke?«, flüstert Lot.

Jaap hat das Absperrband schon in der Hand. »Yep«, erwidert er.

Zacharias räuspert sich. »Mein Zelt steht etwa hundert Meter von hier entfernt.«

Lot sieht auf und bleibt kurz stehen. »Ihr Zelt?«

»Ja, das klingt vielleicht ein bisschen seltsam«, sagt er und schaut sich kurz nach den beiden um, »aber das mache ich im Sommer öfters mal. Wildcampen.«

»Wild …«, stammelt Jaap, der gerade seinen festgeklemmten Fuß aus ein paar Ästen befreit, »… campen?« Lot stupst ihn im Weitergehen neckisch in die Seite. »Nicht jeder ist so auf Pauschalurlaub aus wie du, Kollege.«

Zacharias zieht die Schultern hoch und lacht etwas unbehaglich. »Es wäre mir ein wenig feige vorgekommen, vor dem Unwetter der letzten Tage zu flüchten, schließlich war ich ja mal Soldat, aber wenn ich das gewusst hätte …«

»Wo liegt die Leiche?«

»Nun ja, liegt …« Er deutet in eine Richtung. »Noch ein Stück weiter, wir sind fast da.«

»Wie haben Sie die Leiche eigentlich gefunden?«, fragt Lot. »Das Wetter lädt ja nicht gerade zu längeren Spaziergängen ein.«

»Mein Hund hier …«

»Boris.«

»Ja, Boris. Ich hörte plötzlich einen Riesenlärm, und Boris ist total durchgedreht, wirklich, wie ein kleines Kind. Da half es auch nichts mehr, ihm zu sagen, dass er weiterschlafen soll …«

»Was denn für einen Riesenlärm?«, will Jaap wissen.

»Eine Art Urgeräusch, ein dumpfes Krachen. Wir also aus dem Zelt raus, Boris und ich. Dann ein Stück gelaufen. Und natürlich war ich auch neugierig, woher dieses Geräusch kam. Es stellte sich heraus, dass am Waldrand ein Baum auf eine dieser ganz alten Salzhütten gestürzt war.«

Lot kann plötzlich seine Fahne riechen. Zacharias hat gestern ganz schön einen gebechert.

Sie schaut zu Jaap hinüber. »Was ist denn eine Salzhütte?«

Jaap bewegt den Arm ein wenig hin und her. »Die gibt es hier überall; früher hat man in dieser Region viel Salz abgebaut. Die Hütten stehen nun meist leer, gelten als Denkmäler, glaube ich.«

»Ich war also neugierig und ging hin«, berichtet Zacharias weiter. »Vor allem wollte ich sehen, ob da noch jemand drin war, verstehen Sie, ob jemand Hilfe brauchte.«

»Was hätte denn jemand in einer Salzhütte zu suchen?«, fragt Lot.

»Was weiß ich; vielleicht bin ich auch aus übertriebenem berufsbedingtem Eifer losgezogen.«

Übertriebener berufsbedingter Eifer. Oder Neugierde. Oder Täterwissen.

»Und was haben Sie da gesehen?«

»Erst habe ich an die Tür geklopft, aber als ich nichts hörte, habe ich durch einen Spalt geschaut, der durch den Sturz des Baumes entstanden war. Ich habe mit der Taschenlampe hineingeleuchtet, und da …«

Jaap hustet ungeduldig. »Was haben Sie da gesehen?«

»Den Leichnam eines Mädchens, der an einem Haken hing«, sagt Zacharias plötzlich in hastigem, sachlichem Ton. »Wie in einer Schlachterei.«

Jaap sucht Augenkontakt mit Lot. Sein Blick macht die Worte des Mannes lebendig; ihr wird eiskalt, als sie sich vorstellt, wie das Mädchen aussehen muss.

Dann schaut Lot zu dem Soldaten hinüber. Seine kühle und distanzierte Haltung gehört vielleicht zu seinem Beruf. Da hängt eine Leiche. Und so sah das aus.

Sie fragt sich, wo er wohl gedient hat. Wie viele Leichen er schon gesehen hat.

Sie nähern sich der verfallenen Salzhütte am Waldrand, hinter der sich die unendliche flache Landschaft erstreckt. Die Weite, die normalerweise das schöne Gefühl von Raum entstehen lässt, in das sich Lot bei ihrem Umzug hierher verliebt hat. Jetzt wirkt diese Weite sehr einsam auf sie. Die tote Frau ist hier mutterseelenallein, in einer Art Niemandsland.

Jedes Wort von Zacharias stellt sich als wahr heraus: Ein riesiger Baum hat sich in das Dach gebohrt. Es sieht bedrohlich aus – im Moment ist lediglich ein Teil des Daches eingedrückt, aber wenn der Stamm ganz bricht, kann es gut sein, dass das Häuschen völlig in sich zusammenstürzt.

»Zentrale, wir sind vor Ort«, ruft Lot in das Funkgerät.

Ein vages Geräusch erklingt. Die Antwort kann Lot nicht verstehen, aber es klang ungefähr wie »Danke, alles klar«. Lot legt die Hand wieder an die Waffe, als Vorsichtsmaßnahme, genau wie Jaap. »*Better safe than sorry*«, sicher ist sicher. Der Täter kann sich hier überall herumtreiben.

Mit gespannten Armen geht sie auf das Häuschen zu, der Soldat folgt ihr. Sie schaut sich kurz um, sieht seine schlammverschmierten Schuhe und spürt, wie sich ihr der Magen zusammenkrampft, wenn sie daran denkt, wie viel Beweismaterial er mit diesen Tretern vernichten kann. Oder während seiner Entdeckungstour bereits vernichtet hat.

»Warten Sie kurz hier«, sagt Jaap zu ihm.

An der Tür der Hütte befindet sich ein Schloss. Mit zusammengekniffenen Augen spähen die Polizisten durch den Spalt nach drinnen, genau wie vorher der Soldat. Es sieht nicht gut aus. Jaap macht einen Schritt zurück, schaut Lot fragend an. Die nickt zustimmend.

Mit einem kräftigen Hieb tritt er die Holztür ein. Das Schloss springt auf. Dann hört sie das Summen der Insekten, die immer als Erste zur Stelle sind. Vorsichtig schauen sie nach drinnen. Ziehen die Taschenlampe aus dem Waffengurt und leuchten in die Hütte hinein.

»Polizei, ist da jemand?«, ruft Jaap.

»Polizei, ist da jemand?«, wiederholt Lot.

Keine Antwort.

Jaap schaut sie an; der Gestank bestätigt ihre Befürchtungen. Eine Hand auf der Waffe, in der anderen die Taschenlampe, betritt Lot die Salzhütte, direkt hinter Jaap. Es dauert einen Augenblick, bevor alles zu ihr durchdringt, und selbst dann noch kann sie nicht wirklich erfassen, was sie da vor sich hat.

Die Lichtstrahlen, die das Dach durchlässt, beleuchten eine

Szene, wie sie Lot noch nie in ihrem Leben gesehen hat. In der Mitte des Raumes ein nackter Körper an einem Haken. Ganz kurz verspürt sie die Neigung, am Hals den Puls zu fühlen, aber dann begreift sie, dass das keinen Sinn mehr hat. Um den Körper schweben Insekten in allen Größen und Formen.

Das Summen.

Der Gestank.

Der penetrante Geruch ist nicht auszuhalten. Er macht einem das Atmen beinahe unmöglich.

Ihr Blick fällt auf eine Säge, die neben der Leiche auf dem Boden liegt. Daneben eine Art Vorhang, eine Art Gaze.

Ihr schießen sofort die verschiedensten Gedanken durch den Kopf. Ihre Sinne sind hellwach. Ab jetzt wird sich ihre gesamte Energie auf diese Fragen konzentrieren: Wer hat dieses arme Mädchen ermordet? Wer ist sie?

Wer ist der Täter? *Nomen Nescio*, denkt Lot, Name unbekannt. *Nomen Nescio*. Ich kenne seinen Namen noch nicht. Nein, noch kenne ich dich nicht. Sie schaut kurz hoch, in das leblose Gesicht des Mädchens. »Ich komme schon dahinter«, flüstert sie so leise, dass nicht einmal Jaap es hört. »Ich werde schon herausbekommen, wer das getan hat.«

Lot nimmt jedes Detail in sich auf. Vom staubigen, sandigen Boden bis hin zum völlig zerstörten Dach. Sie kann es kaum erwarten, bis sie allein ist und ruhig alles auf sich wirken lassen kann. In den Kopf des Täters kriechen.

Ist es ein Täter? Oder sind es mehrere?

Wurde das Opfer hier ermordet? Oder irgendwo anders?

Sie sieht keine Spuren eines Mordes. Kein Blut. Wurde das Mädchen irgendwo anders umgebracht? Wie hat er sie dann hierhergeschafft? Warum hierher?

Ist jemand in Gefahr? Hat der Täter schon mehr als einen Menschen ermordet? Was ist sein Motiv?

Lot lässt die Fingerknöchel knacken. So viele Fragen, die sich ihr gleichzeitig aufdrängen. Das überwältigt sie. In Gedanken redet sie sich selbst gut zu, um ihren Enthusiasmus in die richtigen Bahnen zu lenken. Vor allem muss sie professionell sein. Gut nachdenken. So gut sie kann.

»Gütiger Himmel«, meint Jaap, »das ist …«

Dann hören sie plötzlich Fußtritte am Eingang der Salzhütte.

Mit einem Ruck drehen sich beide um. Routiniert zieht Lot ihre Waffe und richtet sie auf die Tür, genau wie sie es in der Ausbildung gelernt hat. Aber dann sieht sie, dass es Zacharias ist, mit der Hand vor dem Mund.

Sie schüttelt den Kopf. Die Neugierde siegt so oft über den Verstand. Wie bei den Gaffern, wenn auf der Autobahn ein Unfall passiert.

»Draußen warten!«, weist sie ihn an, während Zacharias sie etwas einfältig anguckt. »Sofort! Raus mit Ihnen.«

Jaap schaut sie ärgerlich an. »Dabei habe ich es ihm so klar gesagt«, flüstert er ihr zu. »Idiot.«

Lot steckt die Waffe weg und drückt den Knopf am Funkgerät. »Zentrale, hier die 3501, totes Mädchen in einer Salzhütte im Wald vorgefunden. Wo bleibt der Einsatzleiter?«

Keine Reaktion aus der Zentrale.

»Funktioniert das Teil denn überhaupt?«, flüstert Jaap.

»Nein, kein Empfang, fürchte ich.«

Er flucht leise. »Drecksdinger.«

Dann verspannt sie sich plötzlich. Jaap auch. Sie richten den Blick auf denselben Punkt. Es ist kaum hörbar, aber da ist tatsächlich ein leises Rascheln hinter dem Haus.

# 4

Der Wagen fährt über einen holprigen Teppich aus Moos und Ästen. Im Hintergrund erklingt leise Musik. Immer dasselbe Lied, *New World in the Morning*. Er summt mit, denn das beruhigt ihn, und es ist wichtig, dass er jetzt ruhig ist. Er will sie nicht beschädigen, und er ist manchmal so ungeschickt.

Das Mädchen. »Hmmm, hmmm.« Er schüttelt zufrieden den Kopf. Sie ist schön geblieben, bildschön. Ja, sie ist zweifellos seine Schönste. Sie ist beinahe so perfekt wie in seiner Fantasie.

»Hmmm.«

Beinahe.

Die Scheinwerfer hat er ausgeschaltet, denn er darf nicht gesehen werden, von niemandem. Es wäre schrecklich, wenn er gesehen und erkannt würde. Dann wäre alles vorbei. Und nicht nur das. Das Leben auf dieser Erde wäre für immer zu Ende.

Er spürt, wie eine überwältigende Angst von ihm Besitz ergreifen will, aber es gelingt ihm, sie zu unterdrücken, indem er weiter vor sich hin summt.

Der Sturm hat hier ordentlich gewütet. Man kommt nur schwer vorwärts, noch schwerer als zuvor. Unsicher holpert er über Berge von Ästen und manövriert seinen Kleinbus über die Hindernisse, welche die Natur ihm in den Weg geworfen hat.

Um ihn herum ist es still. Die beruhigende Dunkelheit ist schon seit der frühen Kindheit sein bester Freund. Der schwarze Schleier, unter dem er sich verstecken kann und wo es keine Verurteilung gibt, wo Worte nichts bedeuten. »Hmmm …« Die Nacht ist seine treue Gefährtin, egal ob sie sich warm oder kalt gibt, er kann sich auf sie verlassen. Eine Melodie, die immer vertraut klingt und die er nachsummt, leise, aber mit hellen Tönen.

Von einem Augenblick auf den anderen hält er im Summen inne. Nimmt den Fuß vom Gaspedal und stellt den Motor ab. Die Musik auch.

Nichts.

Alles still.

Er macht sich klein und kneift die Augen zusammen, um besser sehen zu können. Er spürt, wie es ihn überfällt, das Blinzeln. Unkontrolliert und ganz oft, als ob ihm eine Motte ins Auge geflogen wäre. Er ballt die Fäuste und hat Mühe mit dem Luftholen. Wie durch einen platten Strohhalm zieht er den Sauerstoff in die Lungen, Zug um Zug, bis sie wieder gefüllt sind. Es wird immer mühsamer, immer schwieriger.

Er blinzelt immer noch wild mit den Augen. Aber zwischendurch sieht er es trotzdem. Da steht ein Auto auf dem Waldweg, und jemand hat ein rot-weißes Absperrband zwischen die Bäume gespannt.

Sofort lässt er den Motor wieder an. Er muss weg hier, ganz schnell. Zusammen mit seinem Mädchen. Aus Versehen gibt er ein bisschen zu viel Gas, und das Auto brummt wie ein Bär.

Weg hier, ganz schnell, wegfahren.

Er tritt noch einmal voll aufs Gas und schießt davon, weiter in den Wald hinein, den er wie seine eigene Westentasche kennt. Erst als er an dem Ort angelangt ist, wo er hinwollte, bringt er den Wagen zum Stehen, genau unter einem niedrig hängenden Ast. Er steigt aus, deckt das Auto mit den Blättern des Astes zu und geht zu Fuß zu seinem anderen Mädchen zurück. Leise gehen, nicht so schwer atmen.

Es ist jetzt sehr wichtig, dass er keine Geräusche macht. Es darf nicht sein, es kann nicht sein. Gleich haben sie ihn. Er ist nicht dumm, er weiß sehr gut, dass dieses Band von der Polizei ist.

Von denen will er nicht verfolgt werden. Plötzlich halten seine Füße im Laufen inne, kurz nachdem seine Augen das Unheil registriert haben. Ein großer, böser Baum ist auf das Dach seiner Hütte gefallen. Fest, fester und noch fester presst er seine Hände gegeneinander. Sein schönes Mädchen. »Hmmm.« Seine schöne Freundin ist da drinnen.

In der Ferne bewegen sich kleine Puppen hin und her. Die Polizei? Die Leute mit dem rot-weißen Absperrband. Die sind da wirklich, die gehen wirklich auf das Häuschen zu. Sie nähern sich der Tür, sie sind jetzt ganz dicht davor. Er presst seine Hände noch ein bisschen fester zusammen – sein schönes Mädchen. »Hmmm, hmmm.« Seine schöne Freundin.

Das Atmen fällt ihm jetzt noch schwerer. Er keucht inzwischen, bekommt gar keinen Sauerstoff mehr. Ringt nach Luft. Trotzdem versucht er, ganz leise zu summen, denn das ist das Einzige, was hilft. Aber da kommt nichts mehr, kein Ton, nichts.

Und dann passiert es. Sie brechen die Tür auf. Sie betreten sein Reich. Sie werden sie finden. Jetzt ist sie verloren. Jetzt hat er sie verloren.

# 5

Sie wagt nicht zu atmen. Sie hört ihr eigenes Herzklopfen. Er ist jetzt ganz dicht bei ihr, so dicht, dass sie seinen Atem hören kann. Kleine Äste knacken. Sie macht sich ganz klein und schaut nach unten, wartet auf das, was kommen wird. Sie sieht, wie ein Regentropfen in eine Pfütze fällt. Hört den Wind und dann wieder seinen Atem. So nah. So unheimlich nah.

Wild schaut sie um sich. Zur Pfütze und dann wieder nach rechts, zur Pfütze und dann wieder nach links. Wo ist er? Wo läuft er entlang? Sie kann sich nicht orientieren, es ist überall so dunkel. Sieht er sie? Er sagt nichts, aber seine Schritte klingen bedrohlich.

Sie riecht den frischen Sommerregen, die Baumrinde und noch etwas anderes. Den wehmütigen Geruch von Lavendel.

Sie spürt den Schlamm zwischen den Zehen, kalt und nass. Plötzlich kein Knacken mehr. Er ist stehen geblieben. Sie rollt sich noch mehr in sich zusammen, kneift die Augen zu, als würde das etwas helfen. Wenn sie nichts sieht, sieht er auch nichts. Sie presst die Lippen aufeinander. Ballt die Fäuste.

Ein Knacken, ein ganz leises Knacken. So schrecklich nah bei ihr.

Sie will schreien, schluckt den Schrei aber herunter. Sie will wegrennen, krampft sich aber zusammen. Dann erklingt ein Schnaufen, ein Atemholen. Er nimmt ihre Witterung auf.

Sie muss hinschauen. Öffnet das rechte Auge ein bisschen, nur ganz kurz. Seine Beine, ganz nah, wirklich direkt vor ihrem Gesicht. Sie schaut seitlich auf seine Beine. Er steht einfach nur da, ganz still. Keine Ahnung, ob er sie gesehen hat. Oder ob er sie nur quält und sie wie ein geschwächtes Tier auf den letzten Schlag warten lässt.

Er steht einfach so da.

Ganz still.

Sie schließt das eine Auge wieder; besser, sie schaut nicht mehr hin. In ihrem Inneren schreit es. Es schreit, dass ihre letzte Stunde geschlagen hat. Sie denkt an den Ast, den sie einfach auf dem Radweg hätte liegen lassen sollen. Einfach drumherum fahren. Dann denkt sie plötzlich an ihre Mutter, an das Wochenende, das sie zusammen verbringen wollten. Sie denkt an eine Schokoladentorte, warum gerade jetzt? Sie denkt an ihren Ex. Ach, mit dem hat sie so viel Zeit verschwendet. Dann denkt sie an ihre Träume. An all die schönen Träume.

# 6

Schweigend und mit zusammengekniffenen Augen beobachtet er die Eindringlinge, die einfach so, als wäre es gar nichts, sein Heiligtum betreten. Er weiß, dass er besser nicht hierbleiben sollte, aber er fühlt sich wie gelähmt.

Er steht einfach nur da und schaut zu. Er muss zurück zu seinem Auto, zu seinem anderen Mädchen. Aber er steht einfach nur da und bewegt sich nicht.

Sein Mädchen. Seine Freundin ist da drinnen.

Zweige knacken, Blätter rascheln, als er sich ein bisschen bewegt. Er späht in die Ferne und versteckt sich hinter den Bäumen. Leise pfeift er vor sich hin. Er mag wohl Angst haben, aber es ist am besten, wenn er gefasst bleibt. Seine Beine sind plötzlich von Unruhe erfüllt, seine Füße trampeln auf der Stelle und lassen die Erde seufzen und zittern, so als ob sie seine Angst teile.

Seine Finger flechten sich krampfartig ineinander. Sie gehört ihm. Sie gehört doch ihm? Blinzelnd schaut er sich an, was da passiert. Seine Finger graben sich tiefer und tiefer in die eigene Haut. Bis die Knöchel weiß werden, bis es wehtut und er es nicht mehr aushält.

Er hätte es wissen müssen. Zwischen dem unaufhörlichen Zittern seiner Augenlider hindurch schaut er zu dem riesigen Baum hinüber, der das Dach seines Häuschens durchbohrt hat. Er hätte wissen müssen, dass seine Freundin bei diesem Sturm auch dort nicht sicher ist. Der Baum, das gähnende Loch im Dach, das allem freien Zugang bietet, was lebt und ihr Schaden zufügen will. Er hat nicht genug darüber nachgedacht. Er hat versagt, genau wie es zu erwarten war.

Schon wieder. Er ist ein Versager, der alles falsch macht und nichts auf die Reihe bekommt. Ein Nichtsnutz. Ein Niemand.

Er blinzelt heftig. Hält kurz die Beine still, um zu Atem zu kommen. Wieder dieses Ringen nach Luft. Wann hört das endlich auf? Atmen, Atem holen, eins, zwei, ruhig einatmen. Eins, zwei, ruhig ausatmen. Irgendwann muss er das doch unter Kontrolle bekommen.

Gar nichts hat er unter Kontrolle. Verdammt noch mal.

Das Blinzeln hört einfach nicht auf. Er nimmt nur bruchstückhaft etwas wahr, während er auf der Stelle marschiert, um die Unruhe zu bezwingen. Um zu verhindern, dass seine Füße einfach so zu laufen anfangen und er mit ihnen mitmuss. Denn dann sitzt er in der Scheiße. Er darf nicht gesehen werden. Man darf ihn nicht sehen. Auf gar keinen Fall.

Sie ist verloren. Verloren an die Eindringlinge, verloren an den Verfall.

Versager. Totaler Versager. Er schaut nach oben und schlägt sich selbst auf die Wange. Dummer Junge.

Dann hört man plötzlich das laute Bellen eines Hundes.

# 7

Oft reicht ein einziger Blick. Hier ist etwas faul. Jaap macht eine Gebärde mit der Hand, Lot befolgt seine Anweisung. Die Anspannung steht ihm ganz deutlich ins Gesicht geschrieben. Das Rascheln kann alles Mögliche bedeuten: der Täter, der Melder, ein Hund. Sie dürfen nicht das geringste Risiko eingehen.

»Zacharias?«, ruft Lot vorsichtig.

Keine Reaktion. »Raus hier«, flüstert Jaap, »raus hier, sofort.«

Er läuft vorneweg, die Hand an der Waffe. Lot hat ihre sicher am Holster. Die Situation gefällt ihr ganz und gar nicht.

Auf der Polizeistation wird sie als allererstes Krach schlagen, weil die Funkgeräte nur eine so geringe Reichweite haben. Es besteht Lebensgefahr, niemand weiß, was hier in diesem Augenblick vor sich geht, und sie kann nur raten, wann die Verstärkung eintreffen wird. Sie hat keine Ahnung, ob ihre Kollegen überhaupt den richtigen Weg finden werden. Natürlich, Jaap und sie haben ganz ausgezeichnetes Training erhalten, aber trotzdem sind sie nur zu zweit. Sie können es hier nicht mit dem Rest der Welt aufnehmen.

Sie verlassen die Hütte. »Zacharias?«, ruft Jaap jetzt.

»Da!«, sagt Lot und macht eine Handbewegung.

Ein Stück von ihnen entfernt sitzt der Soldat auf einem Baumstamm, neben sich seinen Hund. Er wendet sich um und schaut nervös in ihre Richtung.

Plötzlich beginnt der Hund zu bellen und rennt zu der Hütte. »Boris!«, ruft Zacharias. »Boris, bleib hier!«

Das Tier stürmt an Jaap und Lot vorbei, verschwindet hinter der Hütte.

»Rufen Sie den Hund zurück«, befiehlt Jaap. »Sofort. Möglicherweise ist da jemand.«

Zacharias setzt sich in Bewegung. Aber noch bevor Lot ihm sagen kann, dass er sich nicht rühren soll, kommt ein Mann hinter der Hütte zum Vorschein. Ein ungepflegter Mann, das sieht man sofort. Er hat einen rötlichen Bart, aus dem hier und da ein paar lange Stoppeln hervorragen. Auf dem Kopf einen wirren Haarschopf, der ihm bis halb über die Schultern hängt. Eine grüne Arbeitshose voller schwarzer Flecken. Eine dunkelblaue Fleecejacke, die ganz staubig ist.

»Stehen bleiben und Hände hoch!«, reagiert Jaap sofort.

Der Hund springt bellend an dem Mann hoch.

»Zeigen Sie mir Ihre Hände«, ruft Lot. »Ich will Ihre Hände sehen.«

Zögernd streckt der Mann die Hände nach oben.

Neben Lot steht Zacharias, wie erstarrt. Ganz offensichtlich weiß er nicht, was er tun soll. Ihrer Einschätzung nach verhält er sich für einen Soldaten sehr träge. Auf jeden Fall ist es lange her, dass er einen Drill absolviert hat.

»Moment mal«, sagt der Mann sichtlich erschrocken. »Zacharias, was soll das?«

Lot schaut wieder zur Seite, zu dem Soldaten, der auszuprobieren scheint, wie lange er ganz stillstehen kann. »Zacharias?«, hakt sie nach. »Kennen Sie diesen Mann?«

Sein Kopf bewegt sich gerade mal so viel, dass Lot vermuten darf, es soll Ja bedeuten. Sie guckt kurz zu Jaap rüber, der sie fragend ansieht. »Wie heißen Sie?«, fragt Lot den Mann.

»Bob«, ist die Antwort. »Bob Altena.« Mit zitternder Hand deutet er auf Zacharias. »Ich gehöre zu ihm.«

Der Soldat rührt sich noch immer nicht von der Stelle.

»Bleiben Sie, wo Sie sind. Nicht bewegen, ich komme zu Ihnen«, erklärt Jaap. »Ich werde Sie durchsuchen.«

In diesem Augenblick ertönt ein Knacken aus dem Funkgerät, das Lot um den Hals trägt. Halleluja! Sie haben Empfang. »Hier die 3504 mit dem Einsatzleiter, wir sind vor Ort. Wir stehen hinter eurem Dienstwagen.«

»Hier die 3501 für die 3504«, antwortet Lot mit ruhiger Stimme. »Folgt dem Pfad ungefähr dreißig Meter und biegt dann nach rechts ab, in den Wald. Von da aus könnt ihr dem Absperrband folgen. Wir stehen bei einer Holzhütte. Einer Salzhütte.«

»Alles klar, wir sind auf dem Weg.«

Lot schaut zu, wie Jaap den Mann durchsucht, sich seine Daten notiert und ihr zur Beruhigung kurz zunickt. Der Mann ist vorerst okay, hat ihr Kollege festgestellt, aber Lot kann den Blick nicht von ihm abwenden und beobachtet ihn, während er auf Zacharias zugeht. Er löst etwas bei dem Soldaten aus, was ihr nicht gefällt. Das professionelle Verhalten, das sie vorher bei ihm bemerkt hat, scheint durch die Anwesenheit von diesem Bob zunichtegemacht. Zacharias wirkt nervös. Sie schaut zu ihm hinüber und stellt fest, dass er gestresst aussieht. Ein Stress, der ihn selbst überrumpelt.

Dann räuspert sich Lot. »Zentrale, hier die 3501. Totes Mädchen vorgefunden. Zwei Männer am Tatort, davon einer der Melder und einer ein Bekannter des Melders. Situation unter Kontrolle. Ich werde den Tatort jetzt absichern.«

»Zentrale hier, danke für das Update, 3501. Ich schicke euch noch mehr Verstärkung und ein Spurensicherungsteam. Bleibt wachsam.«

Der junge Mann mit dem Bart bleibt kurz vor Zacharias stehen und sagt seltsamerweise kein Wort. Unauffällig beobachtet Lot die beiden eine Weile. Sie versucht, ihr Alter zu schätzen. Etwa Mitte zwanzig?

Dann schreckt sie auf, als ihr Vorgesetzter Leo de Graaf zusammen mit ihrem Kollegen Stefan Koopmans plötzlich den

Tatort betritt. So was, es ist Leo ganz offensichtlich gelungen, sich aus seinem Schreibtischsessel aufzuraffen. Auf seiner Vorstellung, die Einsatzleitung vom heiligen Hauptquartier aus übernehmen zu können, anstatt von der Straße, wo sich alles abspielt, kann er während eines unzureichend besetzten Nachtdienstes mit einer Toten natürlich nicht beharren. Sie seufzt, als sie an ihre Zeit in Amsterdam zurückdenkt. Da war es ganz normal, dass der Einsatzleiter sich auch nach draußen begab. Ob jemand Führungsqualitäten besitzt, zeigt sich nämlich erst außerhalb des Büros.

Sie redet sich selbst gut zu. Konzentriere dich, Lot, konzentriere dich.

Es ist an der Zeit, dafür zu sorgen, dass dies ihr Fall wird. Und dass sie ihr Wissen aus den langen Studienjahren endlich geltend machen kann.

Jaap stellt sich wieder zu ihr. »Mann«, seufzt er leise. »Was für eine Nacht.«

Sie schaut in sein immer gutmütiges Gesicht. Er wirkt sichtlich müde und angeschlagen, vielleicht sogar ein wenig schockiert wegen der unheimlichen Entdeckungen, die sie in der verlassenen Hütte gemacht haben. Dennoch ist er die ganze Zeit unerschütterlich beherrscht, und deswegen hat sie in ihm ihren idealen Partner gefunden.

Seltsamerweise ist sie selbst gar nicht schockiert. Vielmehr spürt sie, wie das Adrenalin wild durch ihren Körper hämmert, während gleichzeitig eine professionelle Ruhe dafür sorgt, dass sie einen klaren Kopf behält. Sie kann es kaum erwarten, mit der ersten Analyse anzufangen, und danach mit der Interpretation, mit dem Erstellen des Profils. Mitdenken, dem Ganzen eine Richtung geben, Entscheidungen fällen. Eine Auswahl treffen. Die Psyche des Täters ergründen. Die Geschichte dahinter in ihren Einzelheiten erforschen.

Sie wirft einen kurzen Blick auf die Hütte. Das ist der Fall, auf den sie gewartet hat.

Die ganze lange Zeit.

Dann ballt sie eine Hand zur Faust. Denn Ruhe, Beherrschtheit und Sorgfalt sorgen nun dafür, dass sie auch wirklich an dieser Sache teilnehmen darf. Also eins nach dem anderen. Los geht's. Sie hebt das Absperrband vom Boden auf und wirft es Jaap zu. »Wir müssen den Tatort sichern«, erklärt sie. Dann deutet sie auf den Soldaten und seinen Begleiter. »Sie beide bleiben hier. Unsere Kollegen werden gleich mit Ihnen sprechen.«

»Wir würden eigentlich lieber …«, setzt der Mann mit dem Bart zu einer Antwort an.

»Bob«, unterbricht sie ihn, »Sie heißen doch Bob, oder? Bob Altena?« Er nickt. »Bob, Sie und Zacharias bleiben beide hier, bis jemand Ihnen ganz ausdrücklich sagt, dass Sie nach Hause gehen dürfen. Und man wird Sie gleich vernehmen. Haben Sie das verstanden?«

Ohne eine Antwort abzuwarten, dreht Lot sich um und geht auf Leo zu, um ihn persönlich darüber zu informieren, was sie hier vorgefunden hat.

# 8

Still, still, still. So fest sie kann, presst sie sich die Hand auf den Mund, um nicht vor Angst zu schreien und um nicht zu atmen. Wenn sie nur ganz still ist, dann hat sie vielleicht noch eine Chance. Wenn sie nur ganz still ist.

Er bewegt sich.

Vor Schreck schnappt sie ganz leise nach Luft.

Er bewegt sich wieder. Hat er sie gehört?

Dann spürt sie, wie sich sein Blick langsam auf sie herabsenkt, und plötzlich geht alles ganz schnell. Obwohl er wild blinzelt, erfasst er sie mit dem Blick. Er hat sie gesehen. Jetzt ist sie dran, jetzt ist alles vorbei. Sie sieht seine großen Hände, immer größer, immer näher. Kurz guckt sie ihm in die Augen, noch immer dieses heftige Blinzeln, aber dann sieht sie wieder seine Hände, jetzt ganz dicht vor sich; sie legen sich ihr um den Hals, und ihre Luftröhre wird zugedr…

# 9

Der Trampelpfad von der Hütte zum Weg ist inzwischen abgesperrt und markiert, und obwohl sie sehr sorgfältig gesucht haben, besteht immer die Möglichkeit, dass auf so einem Pfad Spuren des Täters vernichtet werden. Trotzdem ist es wichtig, dass jeder schnell vor Ort ist. Es wimmelt nur so von Männern in weißen Overalls; am Rande des Tatorts halten sich Kollegen in Blau auf, und zwischen ihnen bewegen sich Leo, Jaap und Stefan in Zivil.

Die Umgebung wird sorgfältig abgesucht, Zentimeter für Zentimeter. Man hat den Tatort großräumig abgesperrt und innerhalb dieser Absperrung noch eine kleinere Markierung gezogen, innerhalb derer die Spurensuche erfolgt. Kollegen in Uniform durchkämmen Teile des Waldes, bewegen sich in einer Linie nebeneinander, um nicht die geringste Spur des Täters zu übersehen. Eine zurückgelassene Jacke, eine Trinkflasche, Reifenspuren von einem Auto, alles lässt sich finden, alles kann von Nutzen sein.

Lot läuft mit Plastikschutzhüllen über den Schuhen neben den Kollegen her, die das Beweismaterial in den dafür vorgesehenen Tüten deponieren. Außerdem ist ständig das Klicken der Fotografen zu hören; sie halten alles fest, was ihnen vor die Linse kommt. Videomaterial wird ebenfalls aufgenommen.

Während ihrer Ausbildung in Amsterdam hat Lot genug gesehen und erlebt, aber etwas so Grausiges wie das hier kennt sie nur aus ihrem Training bei Magnus in Schweden.

Flüchtig schießen ihr Fotos von Leichen, die sie sich während dieser Zeit ansehen musste, durch den Kopf. Lässt sich eines davon mit dem Fall hier vergleichen? Sie denkt an die spannenden Tage zurück, an denen sie morgens die Akte eines *Cold Case* auf ihrem Schreibtisch vorfand und damit von Magnus ins kalte Wasser geworfen wurde. »Schau dir die Sache nur gut an«, sagte er dann zu ihr. »Ich bin gespannt auf deine Schlussfolgerungen.« So tauchte sie tief in den Fall eines Mädchens namens Eva ein. Man hatte sie nackt am Wegrand liegen lassen, sorgfältig in eine Decke eingerollt.

Lot ruft sich ins Gedächtnis, dass so komplexe Fälle in den Niederlanden kaum vorkommen, und in dieser Region schon gar nicht. Langsam, aber sicher steigt ein leises Schamgefühl in ihr auf. Wenn sie nur an das Theater zurückdenkt, das sie zuerst gemacht hat, als sie dahinterkam, dass sie hierher versetzt wurde. In diese Region, wo man ihrer Überzeugung nach nichts anderes tat, als ausgebrochene Pferde einzufangen, und wo die Hälfte ihrer Kollegen mittags nach Hause ging, um eine liebevoll von der Ehefrau zubereitete warme Mahlzeit zu essen. Und jetzt sieht sie, wie sich ihre Kollegen hochkonzentriert und perfekt aufeinander abgestimmt an die Arbeit machen, obwohl die Situation für sie alle ungewohnt ist. Jeder weiß, was er zu tun hat, das Team ist sehr gut eingespielt. Lot schämt sich dafür, dass sie nicht dazugehören wollte. Sie sollte Stolz empfinden, ein Teil dieses Teams zu sein. Während Lot die Fingerknöchel knacken lässt, spürt sie, wie ein Kribbeln ihren Bauch durchläuft. Zusammen können sie es schaffen. Und der Täter, der sich angemaßt hat, ein nacktes Mädchen an einem Haken aufzuhängen, soll bloß aufpassen. Sie werden ihn kriegen. Darauf kann er sich verlassen.

Sie betritt die Hütte, wo Leo, Stefan und Jaap dabei sind, sich zu beraten. Sie lässt die Männer reden und schaut sich gründlich um. Inzwischen brennen grelle Lampen im Raum, und es wird immer noch eifrig nach Spuren gesucht. Auch hier macht man Fotos.

Ihr Blick streift den jungen Körper am Haken. Das Mädchen ist nicht sehr groß, Lot schätzt sie auf einen Meter sechzig. Mit dem Blick folgt sie den Konturen des Körpers und hält bei den Fingern inne, die leblos herunterhängen. Sie tritt ein wenig näher, ohne die Männer in Weiß zu stören, und stellt fest, dass die Nägel in grellem Rot lackiert sind, was in einem seltsamen Kontrast zu dem blassen Körper steht.

Behutsam berührt Lot eines der Beine. Kurz erschrickt sie, aber dann wiederholt sie die Geste. Sie bemerkt, dass die Männer sie genau beobachten; ihre Blicke bohren sich ihr in den Rücken, ihr Schweigen verrät, dass die Kollegen finden, sie gehe zu weit.

Sie dreht sich um. »Ihre Haut, sie fühlt sich an wie Leder.«

Jaap kommt auf sie zu und berührt das andere Bein. »Verdammt. Das ist ja seltsam.«

»Wie lange hängt sie wohl schon hier?«, murmelt Lot vor sich hin. »Wann wurde sie ermordet?«

Dann läuft sie zu einem interessanten Beweisstück hinüber, das man markiert, mit einer Nummer versehen und fotografiert hat. In einer Plastiktüte steckt es noch nicht.

»Ein Tagebuch«, flüstert sie.

Fragend schaut sie zu dem Experten von der Spurensicherung hinüber. »Darf ich?«

Er reicht ihr einen Handschuh und nickt. »Nur zu!«

Sie bückt sich und hockt sich neben das Beweisstück. Dann steckt sie die Finger gierig in den Handschuh. Vorsichtig öffnet sie den Umschlag. Eine Zeichnung, skizzenhaft einfach. Eine junge Frau, oder nein, eher ein Mädchen – kaum Rundungen, klein und zierlich. Langes schwarzes Haar, auf einem Bett. Die Beine sittsam übereinandergeschlagen.

Vorsichtig blättert Lot um. Wieder eine Zeichnung. Kritzeleien, viele Linien. Hektischer als auf der ersten Seite. Auf dieser Zeichnung ist ebenfalls ein Mädchen zu sehen.

Dasselbe Mädchen? Jedenfalls das gleiche lange Haar. Sie liegt im Bett mit ausgestreckten Beinen und Armen, die neben ihrem Körper liegen. Mit geschlossenen Augen, als ob sie schläft. Als ob sie tot ist. Direkt neben der Zeichnung entdeckt Lot hingekritzelte Wörter. Sie schaut genauer hin: »Du bist so schön, jetzt, wo du bei mir bleibst, für immer.«

Lot stellt sich wieder aufrecht hin und schaut sich kurz um. Wie alt ist das Mädchen wohl? Achtzehn, neunzehn? Vielleicht sogar minderjährig.

Dann fällt es ihr plötzlich auf. »*Shit*«, murmelt sie. »Leute, schaut mal …«

»Was denn?«, fragt Leo.

Lot zeigt nach oben, auf den Holzbalken, an dem der Haken befestigt ist. »Noch ein Haken«, erklärt sie, »und er ist leer.«

Alle Anwesenden halten in ihrem Tun inne. Schweigen. Starren nach oben.

Jaap nickt langsam. »Tatsächlich, noch einer«, flüstert er. »Meinst du, dass …?«

Sie starrt vor sich hin. »Vielleicht.«

»Das halte ich für eine etwas voreilige Schlussfolgerung«, murmelt Leo.

Sie dreht sich um und schüttelt den Kopf. »Nein, nein«, erwidert sie ruhig. »Keine Schlussfolgerung.«

Die Zeit für Schlussfolgerungen ist noch längst nicht gekommen. Das weiß sie. Aber die beiden Haken wirken sehr neu und sehen auf den ersten Blick gleich aus.

»Wir sollten untersuchen, woher die Haken kommen und wann sie in den Balken geschlagen wurden«, sagt Lot zu ihren Kollegen.

Dann sucht sie weiter, bewegt sich an den Holzwänden der Hütte entlang.

Lot späht in die dunkelste Ecke des Raumes, wo sie etwas Auffallendes am Boden liegen sieht. Sie geht und hockt sich davor hin. Es ist ein Schlafsack. Daneben liegen ein Öllämpchen, eine Rolle Toilettenpapier und … Sie holt tief Luft. »Leute«, ruft sie, »habt ihr das hier schon erfasst?«

Einer der Kollegen in Weiß kommt auf sie zu und schaut in die Richtung, in die sie deutet. »Eine Flasche mit Alkohol. Vielleicht hat er daraus getrunken.«

»*Yes*«, flüstert Leo, der in Gedanken wahrscheinlich schon die Verhaftung durchführt. »Sehr gut, sehr gut.«

Sehr gut ist das sicher, denn es besteht die Chance, konkretes Beweismaterial zu bekommen, aber in Wirklichkeit bedeutet es noch gar nichts. Wenn die DNA oder der Fingerabdruck des Täters nicht polizeilich erfasst sind, kommen sie damit immer noch keinen Schritt weiter. Lot schaut zu, wie der Kollege die Flasche vorsichtig in Plastik wickelt.

Dann sieht sie, dass auf dem Boden ein halb geöffneter Müllsack liegt, auf dem einige Insekten herumkrabbeln.

»Jaap«, sagt sie, »komm mal her.«

Zusammen mit Stefan gesellt sich Jaap zu ihr. Leo verschwindet nach draußen, dem reicht es wahrscheinlich, so auf nüchternen Magen.

»Was denkst du?«, will sie wissen. »Könnte das hier interessant sein?«

»Du meinst, so interessant wie das zweite Opfer, das jemand in Stücke gehackt hat?«

Sofort sieht Lot alles vor sich. »Hör auf, Jaap«, stöhnt sie. »Bitte …«

»Den überlasse ich gern dir«, erklärt Jaap und deutet auffordernd zu Stefan hinüber. »Du machst das immer so gut.«

Stefan verdreht spöttisch die Augen. »Ihr Weicheier«, murmelt er, »jetzt muss ich natürlich wieder ran.« Er zieht sich Handschuhe an und nimmt den Müllsack in beide Hände.

Als er kurz zögert, müssen alle lachen. So ein Held ist der robuste Stefan nun auch wieder nicht.

Galgenhumor. Der gehört dazu.

Er öffnet langsam den Müllsack und scheint dabei immer größeres Vertrauen zu entwickeln, dass er darin nichts Widerliches vorfinden wird. Die Insekten rennen wie wild hin und her. »Was ist denn das hier?«, murmelt er, als er ein Stück Pappe aus dem Müllsack holt.

Lot schaut genauer hin. »Du liebe Zeit. Eine Pizza.«

Die Spannung ebbt ab, und Lots Blick wandert wieder zur Leiche hinüber. Wie das Mädchen da hängt. Nackt. Und mausetot.

# 10

Als Jaap und Lot die Polizeistation betreten, erklingt aus dem Empfangsbereich ein herzzerreißendes Weinen. Ganz offensichtlich ist der Mann hinter dem Tresen überfordert. Die Frau steht da und schreit, was die Lungen hergeben. Auf der einen Seite neben ihr steht ein Mann – wahrscheinlich der Ehemann –, der sie trösten will, auf der anderen Seite der Mann vom Empfang, der auf ungeschickte Weise versucht, sie zu beruhigen, indem er ihre Hand festhält.

Lot und Jaap tauschen einen Blick, gehen dann zusammen zu der Gruppe hin.

»Guten Tag«, sagt Lot, während sie der Frau die Hand auf die Schulter legt. »Beruhigen Sie sich doch, was ist denn passiert?«

Zwei Augen voller Panik richten sich auf Lot, zwei Hände greifen nach ihrem Arm. Die Frau schreit, und zwar noch lauter als vorher. »Ist es Li, ist es Li, ist es …« Sie ringt nach Luft und lässt sich von Jaap und Lot zu einer Bank im Warteraum führen. »Ist es Lisanne?«, wiederholt sie kreischend. Ihr Blick ist voller Schmerz und Hilflosigkeit.

»Lisanne«, wiederholt Lot ruhig. »Wer ist Lisanne? Ist das Ihre Tochter?«

Obwohl sie selbst keine Kinder hat, erkennt sie die Unruhe einer Mutter sofort.

»Ja«, antwortet die Frau schluchzend. »Meine Tochter. Lisanne ist meine Tochter.«

Der Mann setzt sich beschämt neben seine Frau. Dann erklärt er mit ernstem Blick: »Ich bin der Ehemann, der Vater von Lisanne. Unsere Tochter wird seit fast einem Jahr vermisst.«

Lot schaut Jaap an, und Jaap schaut Lot an. Jetzt geht es darum, professionell zu bleiben und die beiden in einen Raum zu führen, in dem man sich ruhig unterhalten kann. Jede Minute, die sie warten müssen, wäre für diese Eltern zu viel, zu viel nach den grausigen Neuigkeiten, die wahrscheinlich längst durch das Dorf geistern.

»Würden Sie uns bitte begleiten?«, fragt Lot. »Dann suchen wir uns erst einmal einen ruhigeren Ort.«

»Ich will sie sehen! Darf ich sie sehen?«

»Beruhigen Sie sich«, sagt Jaap auf die für ihn typisch beherrschte Weise. »Bitte kommen Sie mit uns. Hier herrscht doch viel zu viel Betrieb für Sie.« Er nimmt sie fest am Arm und führt sie ins nächstgelegene Vernehmungszimmer. »Wir wissen noch gar nichts«, erklärt er dort, »deswegen können wir Ihnen leider auch noch nichts sagen. Sobald wir mehr Informationen haben, melden wir uns natürlich bei Ihnen.«

Jetzt, wo klar ist, dass die Leiche noch keinen Namen hat und infolgedessen auch noch nicht ihre Tochter ist, hört die Frau auf zu weinen. Es muss sich anfühlen, als wäre die Hinrichtung vertagt worden, überlegt Lot, während sie die beiden menschlichen Wracks vor sich betrachtet. Sie befürchtet das Schlimmste und beschließt, sich sofort mit diesem Vermisstenfall auseinanderzusetzen. Allerdings merkwürdig, dass das Mädchen offenbar bereits ein Jahr verschwunden ist. Dann hätte der Täter sie aber lange festgehalten. Lot spürt, wie die Anspannung in ihrem Bauch zunimmt.

Moment, meldet sich eine Stimme in ihrem Kopf, für Schlussfolgerungen ist es noch viel zu früh.

Während die Eltern mit Wim, einem Ermittler, der auf Familienangelegenheiten spezialisiert ist, einen Kaffee trinken, beginnt für Lot und Jaap das erste Briefing. Alle finden sich im Versammlungsraum ein, wo es von Handys, Telefonen und Funkgeräten nur so wimmelt. Mit einem Blick in die Runde stellt Lot fest, dass die digitale Revolution auch unter ihren Kollegen ausgebrochen ist. Fast niemand spricht noch miteinander, jeder sitzt mit einem Display vor der Nase da.

»Wir warten noch immer auf Leo«, erklärt Silvester van Schoonbeek, der Staatsanwalt. »Hat ihn jemand gesehen?«

Kopfschütteln bei einigen. Eine unbehagliche Stille tritt ein.

Der Staatsanwalt beehrt sie nicht oft mit seinem Besuch. Und es ist allgemein bekannt, dass er großen Wert auf Pünktlichkeit legt. Warten wird ihm also sicher nicht gefallen.

Lot fragt sich, wo sich Leo herumtreibt. Er hat den Tatort schon vor einiger Zeit verlassen, es kann also überhaupt nicht sein, dass er noch unterwegs ist.

Dann kommt er hereingestürmt, mit Schweiß auf der Stirn. Ist er etwa gerannt? Die Tür lässt er offen. Er geht direkt auf Silvester van Schoonbeek zu. »Verzeihung«, bringt er keuchend heraus. »Es tut mir wirklich sehr leid. Ich, äh …«

»Lassen Sie uns anfangen«, erwidert der Staatsanwalt.

Gerade, als Lot die Tür schließen will, wendet sich Leo ihr zu: »Lotje, holst du noch eben für alle Kaffee?«

*Lotje*? Er nennt mich *Lottchen*?

Kaffee?

Noch eben?

Sofort steigt Empörung in ihr auf, aber sie lässt sich nicht vor allen auf die Palme bringen. Sie sieht sich im Raum um, in dem sich neben den achtzehn Männern nur eine einzige Frau befindet: sie selbst. In Amsterdam wäre eine solche Bitte ganz sicher ein Scherz gewesen, über den sie alle gemeinsam laut gelacht hätten. Aber hier scheint sich niemand über die Frage zu wundern. Hilfesuchend schaut sie zu Jaap hinüber, aber der ist ganz in das Protokoll vertieft, das vor ihm liegt. Prima, wenn einen der Partner in solchen Momenten nicht unterstützt.

Sie fängt den Blick ihres Kollegen Jan auf, der zu den Älteren im Team gehört, aber der schaut sie nur ausdruckslos an. Er scheint es ganz selbstverständlich zu finden, dass sie den Kaffee holen soll.

»Gut, Kaffee für alle«, wiederholt sie in übertrieben fröhlichem Tonfall. »Aber gern doch. Wünschen die Herren noch etwas dazu? Ein wenig Gebäck vielleicht?«

Leo schüttelt den Kopf.

Was für ein Idiot.

In der Kantine sucht sie sich drei Thermoskannen zusammen und füllt sie mit frischem, dünnem Kaffee. Außerdem nimmt sie kaltes Wasser mit. Tassen, Zucker, Milchkännchen, Rührstäbchen, es kommt genau hin. Unsicher trägt sie das Tablett vor sich her und fühlt sich wie eine Kellnerin an ihrem ersten Arbeitstag. Für solche Dinge besitzt sie absolut kein Geschick. Mit dem Ellenbogen versucht sie, die Tür zu öffnen, aber die klemmt. Durch das Glasfenster sieht sie, dass niemand sie bemerkt, denn zu ihrem Erstaunen ist das Briefing bereits in vollem Gange. Auf dem Bildschirm erkennt Lot das grauenvolle Bild vom Gesicht des Opfers. Sie tritt mit dem Schuh gegen die Tür. Jaap dreht sich um und beeilt sich, ihr die Tür aufzuhalten; der Rest der Kollegen schaut regungslos zu.

»Nett von euch«, meint sie, als sie die Kannen unter lautem Gescheppper abstellt, »dass ihr kurz auf mich gewartet habt.«

Verstört wendet Leo den Blick vom Foto ab; die anderen murmeln etwas wie »Ach ja« oder »*Sorry*«, aber mehr kommt nicht. Jaap zwinkert ihr zu. Sie antwortet darauf mit einem bösen Blick. Verdammt noch mal, er könnte sich ruhig ein bisschen mehr für sie einsetzen.

Dann gießt Lot sich selbst eine Tasse Kaffee ein und setzt sich auf einen der freien Stühle im hinteren Teil des Raumes. Ganz kurz muss sie daran denken, wie sie den anderen vorgestellt wurde. Als der Begriff »Profilerin« fiel, konnte sie sehen, wie das bei einigen Kollegen Überraschung auslöste. Etwas Neues, Fremdes. Wie unheimlich! Und manchen engstirnigen Leuten kann man auch nicht erklären, was genau sie eigentlich tut.

Okay, jetzt muss sie sich konzentrieren. Sie sitzt schließlich nicht ohne Grund hier. Lot schaut voller Aufmerksamkeit auf das Gesicht der jungen Frau, während sie sich anhört, was Leo so alles über den Tatort erzählt. »Auffällig ist dieser Nagellack.«

»Vielleicht war sie ja eine Prostituierte«, hört Lot Jan sagen.

Leo nickt nachdenklich. »Das wäre eine Möglichkeit.«

»Weil sie Nagellack trägt?«, erkundigt sich Lot in spöttischem Tonfall. Jaap kichert leise; wahrscheinlich hat er mit dieser Reaktion gerechnet. »So ein Unsinn. Den hat sie sich übrigens nicht selbst auf die Nägel geschmiert. Davon bin ich überzeugt.«

Achtzehn Augenpaare richten sich auf sie. Leo hüstelt etwas gekünstelt. »Ich …«, meint er, »ich bin nicht sicher, ob wir das jetzt schon so definitiv sagen können. Wir sollten alle Optionen unvoreingenommen betrachten.«

»Da bin ich gleicher Meinung, aber ich stelle lediglich fest, dass eine Frau ihre Nägel wohl kaum so schlampig lackieren würde; das Zeug klebt ihr ja überall an den Fingern. Es ist ganz einfach zu viel. Und das Ganze sieht auch etwas zu frisch aus, vor allem, wenn man ihren sonstigen Zustand betrachtet. Wenn man ermordet in irgendeiner Hütte aufgehängt wird, und zwar für Gott weiß wie lange, scheint es mir nicht sehr wahrscheinlich, dass sich der Nagellack so gut hält. Und falls doch, wüsste ich wirklich zu gern, welche Marke sie verwendet hat.«

»Gut«, antwortet Leo, »dann wenden wir uns jetzt dem nächsten Bild zu.«

Wie in einer Diaschau ziehen die Fotos vom Tatort an ihr vorbei. Auch ein Bild von dem schmuddeligen Tagebuch erscheint. Lot lässt die Fingerknöchel knacken. Das Tagebuch!

Was hat es mit diesem Buch auf sich, überlegt sie. Es könnte eine sehr wertvolle Informationsquelle für ihr Täterprofil darstellen. Eine Möglichkeit, Einblick in die Fantasien des Täters zu gewinnen.

Jaap meldet sich zu Wort. »Was machen wir mit den Eltern von Lisanne Vermeer? Lot und ich haben uns um sie gekümmert; sie wollen endlich wissen, ob das hier ihre Tochter ist.«

»Da werden sie abwarten müssen.«

Lot hebt die Hand. »Vielleicht wäre es eine Idee …«

»Machen wir weiter«, unterbricht sie Leo.

»Wäre es eine Möglichkeit, sie zur Identifikation …«, lässt Jaap nicht locker.

»Kommt nicht infrage«, meint Leo. »Das Opfer ist kaum zu erkennen. Der Familienbegleiter soll ihnen nur erzählen, dass die Resultate der DNA-Untersuchung wahrscheinlich nächste Woche kommen. Die vergleichen wir dann mit dem DNA-Material, das wir vor einem Jahr bei der Familie abgenommen haben. Aber erst warten wir den Bericht des Pathologen ab. Hoffentlich wissen wir bis dahin mehr über den Todeszeitpunkt, das Alter, die Verwundungen und die Todesursache – all das würde uns beim Ermitteln der Identität helfen. Selbstverständlich werden die Eltern daheim auf diese Informationen warten müssen.«

Auf dem Bildschirm erscheint ein vergrößertes Foto von einer langen schwarzen Haarsträhne, die auf einem weißen Bogen Papier der Ermittler liegt. Leo deutet darauf. »Wie bereits erwähnt, sind auf dem Kopf des Opfers einige lange schwarze Haare gefunden worden. Das ist ungewöhnlich, weil das Mädchen ganz eindeutig blond ist. Wir haben die Haare ins Forensische Institut geschickt. Dort wird man herausfinden, ob es sich um menschliches oder tierisches Haar handelt.«

Jetzt kommt die Aufgabenverteilung.

Leo fasst zusammen: »Wir gehen von Haus zu Haus und befragen Anwohner und Passanten. Außerdem besuchen wir alle Bauernhöfe am Akkerweg. Auch die zwei Reiterhöfe, die sich am gleichen Weg befinden. Außerdem natürlich die Psychiatrische Klinik für Strafgefangene. Wer erkundigt sich dort, ob es Patienten gibt, die in letzter Zeit Ausgang hatten?«

Jemand meldet sich. Leo macht sich Notizen.

»Welche Zeitspanne sollen wir erfassen?«, will Lot wissen. »Mein Vorschlag wäre, mindestens ein Jahr zu überprüfen.«

Wieder erstaunte Blicke. Als wäre sie ein exotisches Tier, als wäre es ungewöhnlich, dass sie überhaupt einen Laut von sich geben kann. »Unbedingt«, sagt sie, um sich gegen die Bemerkung zu verteidigen, die niemand laut ausgesprochen hat, »wir wissen ja nicht, wie lange sie schon tot ist, wie lange sie da schon hängt. Vielleicht ist es deshalb besser, auf Nummer sicher zu gehen.«

Silvester van Schoonbeek, der Staatsanwalt, mischt sich mit einem Nicken zum ersten Mal in das Gespräch ein. »Das halte ich für einen ganz ausgezeichneten Vorschlag.«

Mit einem schwachen Lächeln stimmt Leo ihm zu und beugt sich wieder über seine Papiere. »Bleibt nur noch die Frage: Wem gehört diese Salzhütte?«

»Die steht unter Denkmalschutz«, erklärt Jaap. »Glaube ich zumindest. Meiner Meinung nach gehört sie niemandem.«

»Das will ich ganz genau wissen. Können die Kollegen, die sich um die Nachbarschaftsbefragung kümmern, auch beim Grundbuchamt Erkundigungen einziehen?«

Vereinzeltes Nicken. Notiert.

Das Übersichtsfoto, das immer noch an die Wand projiziert wird, lenkt Lot von allen praktischen Überlegungen ab. Wenn sie als Profilerin etwas ganz sicher weiß, dann dass sie es hier mit einem sehr organisierten Tätertypus zu tun haben, der sich nur schwer fangen lassen wird.

»Das ist nicht die Erste«, murmelt sie vor sich hin.

Als niemand darauf reagiert, entscheidet sich Lot, etwas lauter zu sprechen. Sie räuspert sich. »Das hier«, sagt sie, »ist wahrscheinlich nicht sein erstes Opfer.«

Silvester van Schoonbeek wirft einen interessierten Blick in ihre Richtung.

Leo fragt: »Sollen wir vielleicht erst mal das hier zu Ende bringen? Dann befassen wir uns gleich mit deiner Analyse.«

»Warum nicht?«, erkundigt sich der Staatsanwalt. »Was veranlasst Sie zu der Annahme, dass es sich nicht um das erste Opfer handelt?«

»Alles wirkt so gut organisiert«, erklärt Lot sofort. »Die Vorbereitung und die Tatsache, dass er das Opfer verborgen halten konnte. Hier geht es nicht um eine impulsive Tat. Hier hat jemand sehr lange und gründlich nachgedacht.«

Lot sieht, dass Leo den Blick auf den Staatsanwalt gerichtet hat. »Ja«, stimmt er ihr zu, »damit hast du wahrscheinlich recht, denke ich.«

»Deswegen gehe ich davon aus, dass er nicht so einfach zu fassen sein wird«, fügt Lot hinzu. »Denn auch was das betrifft, hat er wahrscheinlich gut nachgedacht.«

»Bis ihm ein Baum auf die Hütte gefallen ist«, kommentiert Jaap mit einem Augenzwinkern.

»Ganz genau«, stimmt Lot ihm zu. »Das hat ihn sicher ziemlich erschüttert.« Damit richtet sie den Blick wieder auf Leo. »Wurde auf der Leiche oder am Tatort Sperma gefunden?«

Er zuckt mit den Schultern. »Das können wir noch nicht sagen. Wie du weißt, warten wir noch auf den Bericht des Pathologen.«

Sie nickt. »Es gibt da noch einige Fragen, die ich gern auf die Liste setzen würde.«

»Und die wären?«

Lot schaut kurz auf das Blatt Papier, das sie vor sich liegen hat. »Was für eine Sorte Nagellack wurde verwendet, und wo wurde er gekauft?«, fängt sie an. »Was steht im Tagebuch? Was sagen uns die Zeichnungen? Haben wir brauchbare Spuren auf dem Weg zur Hütte finden können, oder hat der Sturm alle zerstört? Wurden in der Grenzregion oder in Deutschland Mädchen als vermisst gemeldet? Gibt es vielleicht einen Wildhüter oder Jäger, der das Gebiet gut kennt und der uns etwas mehr über die Hütte erzählen kann und darüber, wer sich oft in dieser Umgebung aufhält?«

»Ja, ja ...«, wird sie von Leo unterbrochen. »Sehr wichtige Fragen, Kompliment. Aber wie du siehst, entsteht dadurch mehr Arbeit, als wir übernehmen können. So relevant sie auch immer sein mögen, einige dieser Fragen werden warten müssen ...«

»Es wird noch mehr Opfer geben«, fällt ihm Lot wieder ins Wort, »wenn wir nicht schnell genug sind. Vielleicht gibt es sogar schon weitere Opfer. Ich befürchte, dass wir es hier mit einem Serienmörder zu tun haben.«

Eisiges Schweigen. Weiter vorne seufzt jemand. Hier und da erntet Lot argwöhnische Blicke.

»Ich denke«, sagt Leo, und man sieht deutlich, wie sehr er sich um einen freundlichen Ton bemüht, »wir müssen uns einfach noch ein wenig an dieses Profilertheater gewöhnen, Lotje. Schließlich sind wir hier nicht in Amsterdam.«

Einige Kollegen, die sie noch nicht kennt, klatschen Beifall. Sie fragt sich, warum er sie verdammt noch mal immer wieder »Lotje« nennen muss. Was daran so besonders lustig sein soll, will ihr nicht einleuchten. Und der Nutzen davon auch nicht. Sie widersteht der Versuchung, ihn darauf anzusprechen.

»Die Fragen werden aufgeschrieben«, weist Silvester Leo an. »Wie Sie selbst schon gesagt haben: Sie sind sehr nützlich und relevant. Und dann möchte ich vorschlagen, dass Sie sich alle sofort an die Arbeit machen.«

Die Anwesenden stehen auf und packen ihre Sachen zusammen. Was soll denn mit dem Melder und seinem Freund passieren, fällt Lot plötzlich ein. Wer wird die beiden verhören? Sie schaut in Leos erhitztes Gesicht und wagt es nicht, diese Frage noch zu stellen. Am Ende tut er ihr noch etwas an.

Jaap schlendert auf sie zu. »Du bist ja ganz schön in Schwung gekommen. Und machst dir so viele Freunde.«

»Wieso?«, fragt Lot zurück. »Weil ich mehr kann als nur Kaffee holen?«

Er zieht die Schultern hoch. »Lass den Leuten ein bisschen Zeit, Mädchen. Sie sind so was hier einfach nicht gewohnt, das ist alles. Sie meinen es nicht böse.«

Jaap verzieht das Gesicht, und sie muss lachen. Er nimmt ihre Hand, drückt einen Kuss darauf und macht sich davon.

Lot folgt Leo in sein Büro. Hinter seinem Schreibtisch sinkt er tief seufzend in seinen alten, vertrauten Bürostuhl. Wegen seines großen Bauches kommt er nur gerade so an die Tastatur seines Computers heran. Fasziniert starrt Lot auf die Wand hinter ihm, die ihre Kollegen scherzend die *»I love myself wall«* nennen. Eine wahre Flut von Diplomen, eingerahmten Fotos von Kongressen und bunten Orden, deren Bedeutung sie nicht kennt. Daneben eine Vitrine mit Krawatten in verschiedenen Farben. Sie kneift die Augen zusammen, um die Schildchen davor lesen zu können. Uniformschmuck aus der ganzen Welt. Dann fällt ihr Blick wieder auf Leo, der sie müde anstarrt. Plötzlich fällt ihr auf, dass sein Haar eine unnatürlich braune Farbe hat, mit einem warmen Rotschimmer.

Lot muss ein Lächeln unterdrücken. Ihr alter Chef schert sich nicht darum, dass sein Bauch ins Unermessliche wächst, färbt sich jedoch die Haare, um sein Älterwerden zu vertuschen.

»Hör mal, Leo«, sagt sie. »Gerade habe ich auf dem Foto wieder dieses Tagebuch gesehen. Darf ich das für mein Täterprofil verwenden?«

Er seufzt. »Lotje, ehrlich gesagt …«

»Ich heiße Lot. L-O-T.«

Er seufzt. »Ich brauche alle von euch bei den Ermittlungen. Du hast doch gerade auch gemerkt, dass wir von allen Seiten mit Fragen überhäuft werden? Die sollten wir zuerst zu beantworten versuchen, und dann schauen wir, ob wir Zeit haben, an dem Profil zu arbeiten. War's das? Ich muss zur Pressekonferenz.«

»Aber«, stammelt Lot verblüfft, »ich glaube, du verstehst mich nicht ganz.« Ruhig bleiben, spricht sie sich selbst gut zu. Ruhig bleiben. Sie konzentriert sich darauf, Augenkontakt zu halten und freundlich zu lächeln, und schaut ihr Gegenüber noch einmal eindringlich an. Ihr fällt auf, dass seine Haut etwas gräulich aussieht. Müdigkeit, die an die Oberfläche kommt. »Ein Täterprofil ist gerade bei den Ermittlungen nützlich, verstehst du? Es kann als Orientierung dienen, sodass es möglich wird, bessere Entscheidungen dahingehend zu treffen, wie man die Kollegen effektiver einsetzt. Später können wir uns damit besser auf einen bestimmten Typ Verdächtigen konzentrieren. Gerade in einer Situation wie dieser, wo wir nicht so viele Leute zur Verfügung haben, ist es also sehr …«

Leos Telefon klingelt, und damit ist sie das kleine bisschen Aufmerksamkeit, das er ihr überhaupt geschenkt hat, ein für alle Mal los. »Siehst du, das ist schon der Pressesprecher«, erklärt er in beinahe vorwurfsvollem Ton. Er hievt sich aus dem Sessel. »Ich muss los«, murmelt er. »Zur Pressekonferenz.«

Er geht ans Telefon, während Lot noch im Raum ist. »Leo hier«, erklärt er. »Ja, ich bin schon auf dem Weg.«

Als Lot ihn weiter fragend anschaut, drückt er das Gerät kurz an die Brust. »Was denn?«

»Das Tagebuch?«, will sie wissen. »Kann ich das bitte zur Einsicht haben?«

Er schüttelt den Kopf. »Ganz bestimmt nicht. Du machst dich jetzt erst mal an die Arbeit.«

# 11

»Als hätte ich ihn gebeten, mich einen Scheiß-Origamikurs machen zu lassen!«, ruft sie aus. »Das ist doch nicht mehr normal, Mann.« Sie wirft ihre Tasche in eine Ecke. »Erst schickt er mich Kaffee holen, und dann ernte ich solche Blicke. Außerdem nennt er mich ständig ›Lotje‹. Und jetzt darf ich nicht mal meine Arbeit machen.«

»Beruhige dich mal.«

»Ruhig bin ich überhaupt nicht, das kann ich dir sagen.«

»Nein. Das sehe ich.«

»Das ist doch nicht normal«, wiederholt sie, »ganz einfach nicht normal!«

Dann lässt sie sich in den Stuhl neben seinem Schreibtisch fallen, an dem ein Schild mit der sorgfältig angebrachten Aufschrift »Polizeichef Dick Rademaker« klebt. Er ist der Mann, der etwas Besonderes in ihr gesehen und sie als »sein bestes Pferd im Stall« hierher geholt hat. Er soll jetzt auch dafür sorgen, dass sie ihre Arbeit machen kann.

Dick und Lot haben einander vor Jahren auf einem Kongress kennengelernt; damals hielt Dick einen Vortrag über seinen ersten Mordfall – dreißig Jahre her und noch immer nicht aufgeklärt. Lot war von seinem Vortrag sehr beeindruckt; der Fall faszinierte sie. Später erzählte sie Dick von ihrer Arbeit als Profilerin. Er erklärte, dass er ihre Fähigkeiten damals nur zu gern auf seinen *Cold Case* angewendet hätte. Profiler gab es damals noch nicht.

Irgendwie nimmt Lot es ihm übel, dass er sie nun benutzt, um seine Leute endgültig davon zu überzeugen, dass eine Profilerin im Team eine Verbesserung bedeutet. Vielleicht hofft er sogar, dass sie seinen Fall irgendwann noch löst.

In einer Ecke des Büros läuft der Fernseher. Ein in ernstem Ton sprechender Leo erscheint neben Silvester van Schoonbeek im Bild. Der Anzahl der Kameras zufolge schenkt man dem Fall sehr große Aufmerksamkeit. Schon jetzt hört man überall in den Medien, dass es sich nicht einfach um eine gewöhnliche Leiche handelt. Alle großen Nachrichtensender sind auf der Pressekonferenz vertreten.

Lot deutet auf den Bildschirm. »Er nimmt mich nicht ernst. Niemand nimmt mich ernst.«

»Das scheint mir übertrieben.«

»Nein, Dick«, antwortet sie, »wirklich. Die Leute hier verstehen einfach nicht, was ich mache, was ich Nützliches leisten kann.«

»Lot, umso mehr wird es sie beeindrucken, wenn du es ihnen zeigst. Es macht keinen Sinn, wenn du hier die ganze Zeit herummaulst wie ein kleines Kind.«

»Erst muss ich mich beweisen, vorher bekomme ich keinen Respekt, läuft die Sache etwa so?« Sie lacht gezwungen.

»Um Respekt geht es hier gar nicht. Du musst einfach verstehen, dass Profilerarbeit hier in der Region Twente eine neue Disziplin ist. Hier laufen die Dinge schon seit Jahren immer gleich ab.«

»Ja, aber das muss doch nicht heißen, dass …«

Er macht eine beruhigende Gebärde.

»Lass mich ausreden, junge Frau. Das muss tatsächlich nicht heißen, dass es immer so zu bleiben hat, nein. Aber Veränderungen brauchen Zeit, das gelingt nicht von dem einen auf den anderen Tag. Das hier ist der allererste Fall, bei dem du dich ernsthaft als Profilerin einbringen kannst – von dem Tierquäler neulich mal abgesehen. Mach die Sache jetzt nicht kaputt, indem du alle gegen dich aufbringst. Gib dem Ganzen etwas Zeit und mach deine Arbeit.«

Jetzt klingt er genau wie Jaap. Die haben beide leicht reden. Sie müssen ja auch keinen Kaffee holen.

»Außerdem sind alle ein bisschen durch den Wind«, fügt er hinzu. »Schließlich kommt es nicht jeden Tag vor, dass eine Leiche mit Lippenstift im Wald hängt.«

»Nagellack.«

Er nickt mit ernstem Gesicht. »Mach dir bewusst, dass wir uns in diesem Fall alle erst orientieren müssen. Für manche hier ist es sogar der erste Mordfall. Und für die meisten Kollegen der merkwürdigste Fall in ihrer ganzen Karriere.«

»Ja, das weiß ich auch.«

»Mach einfach das, was du immer machst. Und gib dich hin und wieder ein bisschen strategisch naiv.«

»Strategisch naiv?«

Er zwinkert ihr zu. »Du weißt genau, was ich damit meine. Du fragst einfach mit diesem gewollt unschuldigen Blick, warum du denn bitte deine Arbeit nicht tun darfst, obwohl das doch einen Zeitgewinn bedeuten würde. Das ist strategisch sinnvoll, weil Leo darauf keine ordentliche Antwort hat, und dank der Naivität kommst du nicht bedrohlich rüber. Er muss sich doch auch noch daran gewöhnen, jemanden mit einer solchen neuen Funktion im Team zu haben.«

»Das sagt sich so leicht ...«

Er schiebt ihr ein Pfefferminzbonbon zu und steckt sich selbst auch eines in den Mund. »Also los, erzähl mal. Was kannst du mir schon vorlegen?«

Lot setzt sich gerade hin und antwortet mit vollem Mund: »Der Kerl ist ein Serienmörder. In der Hütte gab es noch einen Haken. Es gibt schon ein neues Opfer, oder es wird bald eines geben, wenn es nach dem Täter geht.«

»Ja …«, sagt er, wartet auf weitere Informationen.

»Darüber hinaus gehe ich momentan von einem sexuellen Motiv aus. Wir müssen abwarten, ob Sperma gefunden wurde, aber ich vermute, das wird der Fall sein. Das würde bedeuten, dass wir es mit einem Nekrophilen zu tun haben. Mit jemandem, der so unsicher ist, dass er nur mit einer Person sexuell verkehren kann, die nicht reagiert. In seinem Tagebuch habe ich eine Zeichnung von einem nackten Mädchen auf einem Bett gesehen. Unser Täter hat viel Zeit mit dem Opfer verbracht, da bin ich mir ganz sicher. Er hat sexuelle Fantasien, in denen sie vorkommt. Er hat sie nicht wie Abfall am Wegrand zurückgelassen, sondern sie mit Sorgfalt behandelt. Hat sie für sich selbst behalten, um seine Fantasie anzuregen. Was das genau für eine Fantasie ist, weiß ich noch nicht.«

Dick macht sich Notizen, während Lot spricht.

»Davon abgesehen, habe ich vor allem viele Fragen. Ich würde gern mit dem Pathologen sprechen. Und ich will gern selbst praktische Arbeit verrichten, um all meine Fragen beantworten zu können«, erklärt sie.

Dick nickt. »Das ist gut, denn genau hier täuscht sich de Graaf. Er denkt, er würde einen Ermittler verlieren, wenn du die Profilerin heraushängen lässt. Ihm geht es um Arbeitskräfte. Es müssen so viele Ermittler wie möglich mit dem Fall beschäftigt sein. Du musst dafür sorgen, dass er begreift, dass du einen Gewinn darstellst und dass das, was du zu bieten hast, die Ermittlungsarbeit verringert.«

»Ja, aber …«

»Nein, kein ›Ja, aber‹, reagiert er jetzt streng. »Wenn du nur durch die Gegend läufst und ihn nervst, wird er es nicht begreifen. Es gibt nur einen Weg, wie du ihm die Augen öffnen kannst.«

»Ich muss Beweise liefern.«

»Genau«, antwortet er. »Wir beide verstehen einander. Zeig ihm, dass du was auf dem Kasten hast. Und zeig mir, dass du wirklich so ein wertvoller Rohdiamant bist. Du bist doch mit guten Zeugnissen aus Stockholm zurückgekommen.« Er verdreht ein bisschen die Augen. »Der gute alte Magnus hat dich sogar als seine Klassenbeste bezeichnet. Also los, zeig's mir, Lot van Dijk. Sei nur nicht zu siegessicher und nicht so übereifrig. Denn was glaubst du, wie wird sich de Graaf fühlen, wenn das blonde Lotje aus der großen Stadt so tut, als wüsste es alles besser?«

»Eingeschüchtert, meinst du?«, fragt sie kopfschüttelnd.

»Genau das meine ich«, lautet seine Antwort. »Und das kann nicht in deinem Interesse sein. Er arbeitet hier schon seit Jahren, und dann kommst du an und willst ihm erklären, wie das Ganze zu funktionieren hat?«

Lot nickt übertrieben heftig, damit er still ist. Er hat recht, das weiß sie sehr wohl, aber dies laut auszusprechen, hält sie nun auch nicht für nötig. Sie reibt sich die Müdigkeit aus den Augen. Sie soll sich also im Ton mäßigen. Zeigen, was sie kann, und Geduld haben. Geduld aufzubringen, ist ihr schon immer schwergefallen. Und vor allem, wenn sie den Nutzen davon nicht einsieht. Weil also andere sich noch an ihre Expertise gewöhnen müssen, soll sie sich wie ein unbedarftes Püppchen benehmen? Kommt gar nicht infrage.

Sie entscheidet sich für die »Denen zeig ich's«-Strategie, obwohl das wahrscheinlich bedeutet, dass sie auch ihre gesamte Freizeit in diesen Fall stecken muss. Denn wie sie die Sache nun einschätzt, passt es nicht in Leos Pläne, dass sie für ihr »Hobby« Arbeitszeit aufwendet.

Dann spürt Lot, wie die Müdigkeit sie unbarmherzig überfällt. Schließlich hält sie sich schon gut vierundzwanzig Stunden am Stück auf den Beinen. »Ehrlich gesagt, bin ich todmüde.«

»Auf, schnell nach Hause mit dir, ab ins Bett«, antwortet Dick. »Ausgeschlafen kannst du viel schärfer nachdenken.«

Sie muss lachen, weil er so besorgt klingt. »Ja, Papa, ich gehe schon«, sagt sie.

»Papa?«

Jetzt muss sie noch mehr lachen. Gerade noch rechtzeitig duckt sie sich, um den Stift, der in ihre Richtung fliegt, nicht an den Kopf zu bekommen.

»Treib's mir bloß nicht zu weit.« Er schüttelt den Kopf. »Frei fliegendes Geschoss. Ich hätte dich in der Großstadt lassen sollen.«

Ja, schießt es Lot kurz durch den Kopf, hättest du mich nur dortgelassen.

# 12

Früher lief Lot ihre Runden durch den Vondelpark in Amsterdam, heute führt sie ihr Weg an wunderschönem Weideland entlang. Ein Lächeln breitet sich auf ihrem Gesicht aus. Sie genießt die Wärme der aufgehenden Sonne auf der Haut, den Anblick der Felder, die sich vor ihr wie auf einem Gemälde erstrecken. Sie liebt dieses Land, die Natur, die es zu bieten hat. Früher hat sie mit ihren Eltern Reisen in ferne Länder unternommen, doch nirgendwo fühlt sie sich so sehr daheim wie hier.

Ihre Beine werden langsam müde, aber Lot ignoriert die Vorboten eines Muskelkaters und läuft stur weiter. Sie atmet durch die Nase ein und durch den Mund wieder aus, im Rhythmus ihrer Schritte. Genau so, wie man es ihr während der Ausbildung beigebracht hat. Einatmen, eins, zwei, drei, Ausatmen, eins, zwei, drei. Und wieder ein, eins, zwei, drei, und wieder aus. Jetzt hat sie wirklich einen guten Rhythmus gefunden.

Sie denkt an ihre Zeit auf der Polizeischule zurück. Dort hat man sie physisch gefordert, bis nichts mehr ging. Bis an ihre Grenzen und darüber hinaus. »Schmerz ist nicht real, man empfindet ihn nur im Kopf«, hat ihr Judolehrer immer gesagt, und inzwischen muss sie ihm zustimmen. Wenn man mental stark ist, folgt der Körper von ganz allein, so hat sie das erlebt. Ganz am Ende ging es immer noch über einen Sandhügel; das fand der Lehrer anscheinend witzig. Trotzdem schaffte Lot es jedes Mal. Und in einem muss sie dem alten Schinder recht geben: Hinterher fühlte sie sich jedes Mal fantastisch. Völlig fertig, aber fantastisch, und ihr Kopf war ganz leer.

Lot biegt nach links ab und sieht in der Ferne schon wieder

Hiekes Bauernhof auftauchen, ihren derzeitigen Wohnort, bis sie etwas Eigenes gefunden hat. Dieses Abkommen besteht inzwischen schon über drei Monate, viel länger als geplant. Natürlich vermisst Lot die Stadt, aber die Ruhe dieser Umgebung tut ihr auch sehr gut. Die Natur und das übersichtliche, dörfliche Leben sorgen außerdem dafür, dass sie den Kopf frei hat und über den Fall nachdenken kann. Freunde hat sie hier noch keine, nur ein paar Kollegen, mit denen sie hin und wieder etwas trinken geht. Es ist vielleicht ein wenig einsam, aber dafür wird sie zurzeit auch nicht von den Alltagsproblemchen, mit denen einen Freunde ab und zu belasten, abgelenkt. Sie kann sich einfach ganz auf die Arbeit konzentrieren, und damit fühlt sie sich momentan am wohlsten.

Hieke winkt ihr schon durchs Küchenfenster zu und zeigt ihr mit ein paar Gesten, dass sie hereinkommen soll. Lot wohnt im ehemaligen Backhäuschen, das in ein Gästehaus umgebaut worden ist. Sie wischt sich den Schweiß von der Stirn, schüttelt noch kurz die Beine aus und rudert mit den Armen durch die Luft. Dann sorgt sie dafür, dass sie wieder zu Atem kommt.

Hieke öffnet schon die Tür.

»Mädchen, du verausgabst dich mal wieder völlig.«

Hieke ist lieb. Sie wohnt hier allein, nachdem ihr Mann letztes Jahr gestorben ist. Ihre beiden Söhne sind in die Nähe von Amsterdam gezogen, der Arbeit und der Liebe wegen. Hieke ist geblieben und hat sich dafür entschieden, ihr Häuschen zu vermieten. Es gefällt ihr, Gäste zu haben. Die kann sie dann ein bisschen umsorgen. Sich mehr um jemand anderes kümmern als um sich selbst.

Wenn Lot abends nach Hause kommt, findet sie häufig selbst gebackenen Kuchen auf der Türschwelle oder etwas Leckeres vom Markt. Außerdem gibt es jede Woche frische Eier und hin und wieder etwas von der Ernte aus Hiekes Gemüsegarten.

Ja, Hieke ist lieb.

»Wie geht es dir?«, will Lot wissen.

Hieke spricht nicht gern über sich selbst. »Gut«, antwortet sie dementsprechend kurz. »Schau mal, ich habe hier was Leckeres für dich.«

»Was Leckeres?« Lot reibt sich die Hände.

Hieke nickt. »Ich habe dich da draußen rennen sehen und mir gedacht: Das Mädchen hat ganz sicher noch nicht ordentlich gefrühstückt. Das musst du aber, weißt du, frühstücken.«

Sie stellt ein buntes Brettchen mit einer Scheibe Brot, Käse und einem gekochten Ei auf den Tisch. Daneben liegen ein Messer und eine Gabel. Und eine Tasse Tee.

»Wie lieb von dir, Hieke«, sagt Lot und fällt über das Frühstück her. Der Anblick macht sie hungrig.

Eigentlich hat sie schon etwas gegessen, aber sie bezweifelt, dass die Bäuerin einen Quinoariegel als ordentliches Frühstück gelten lassen würde. Sie stellt sich vor, wie Hieke den Riegel beäugen würde. Wahrscheinlich würde die Gute ihn ins Vogelhäuschen legen.

Hieke zwinkert ihr zu. »Das tue ich doch gern für dich, das weißt du.«

»Trotzdem ist es lieb von dir«, antwortet Lot mit vollem Mund.

»Du bist mit dieser grässlichen Sache beschäftigt, was?«

Lot nickt.

»Aber du darfst natürlich nicht darüber sprechen.«

Lot beißt von ihrem Brot ab und schüttelt verneinend den Kopf.

Hieke kichert wie ein kleines Mädchen. »Schade, aber das verstehe ich natürlich. Berufsgeheimnis und so. Neugierig bin ich aber trotzdem, das verstehst du doch? Hier im Dorf sprechen die Leute über nichts anderes. Beim Bäcker, beim Metzger, überall. Es ist Tagesgespräch; so was haben wir hier noch nie erlebt.

Die wildesten Geschichten machen die Runde.« Sie seufzt kurz auf. »Aber was glaubst du, ist es Lisanne? Sie muss es ja fast sein, oder?«

Lot schüttelt den Kopf. »Wir wissen leider noch nichts«, erklärt sie, »und selbst wenn ich etwas wüsste, dürfte ich das natürlich nicht einfach so weitererzählen.«

»Es ist aber auch so schrecklich für die Familie des Mädchens«, meint Hieke. »Die werden natürlich ganz verrückt, weil sie nichts Genaues wissen. Zum Glück findet morgen eine Informationsveranstaltung statt. Dann können alle miteinander sprechen … Und vielleicht erfahren wir dann auch etwas mehr.«

»Gehst du da hin?«

»Aber natürlich! Jeder geht hin. Sag mal, das darf ich dich doch fragen, was hältst du von der Idee, eine Bürgerwehr zu gründen?«

»Eine Bürgerwehr?«

»Ja, darüber redet man im Dorf. Dass wir hier selbst auf Patrouille gehen, bis der Täter gefasst ist. Verstehst du?«

»Oh«, meint Lot. »Ja, ja …«

»Du hältst nichts davon, was?«

Lot zuckt die Achseln. »Ich weiß nicht, ob es eine so gute Idee ist, aber ich kann sehr gut verstehen, wie man auf so was kommt.«

»Weißt du, Mädchen, die Polizei ist hier einfach nicht sichtbar genug. Wir haben alle ein bisschen Angst bekommen. Schließlich könnte man so einem Verrückten jederzeit begegnen.«

Die Frage ist, ob die sogenannte Bürgerwehr wüsste, was zu tun ist, wenn sie tatsächlich »so einen Verrückten« auf frischer Tat ertappt, aber diese Bemerkung schluckt Lot herunter.

»Gibt es eigentlich einen Künstler hier im Dorf?«, erkundigt sie sich, um vom Thema abzulenken. »Jemanden, der sich mit fachkundigem Auge ein paar Zeichnungen anschauen könnte?«

Hieke macht große Augen. »Zeichnungen?«, fragt sie. »Ich wusste gar nicht, dass du eine kreative Ader hast.«

»Habe ich auch nicht«, antwortet Lot. »Es geht nicht um mich. Es hat mit einem Fall zu tun.«

»Ach!«, ruft die Bäuerin. »Etwa mit diesem Fall?« Dann sagt sie kurz gar nichts und meint grinsend: »Das darfst du mir nicht sagen, was, Mädchen?«

Lot lächelt. »Tut mir leid.«

»Ich fürchte, da kann ich dir nicht weiterhelfen. Hier im Dorf wohnt zwar eine Künstlerin, die Eigentümerin der Galerie, aber die ist mal wieder seit Monaten verschwunden. Die Frau ist verrückt, immer wieder taucht sie für längere Zeit ab, ins Ausland oder so. Ihre Galerie ist öfter geschlossen als geöffnet, zumindest kommt es einem so vor.«

»Schade.«

Der Teller ist leer. Hieke steht auf und trägt ihn zur Anrichte. »Magst du Kaffee?«

Lot trinkt ein paar Schlucke Tee und lächelt zu Hieke hinüber. »Nein, danke«, antwortet sie. »Ich gehe mal wieder rüber.«

Mit diesen Worten zieht sie sich in ihr umgebautes Backhäuschen zurück. Eine lange lauwarme Dusche wird ihr guttun. Dann ist sie bereit für einen weiteren Tag produktiver Ermittlungen.

# 13

Als das Geräusch aus der Dusche verstummt, schreckt er aus dem Schlaf hoch. Das kalte, nasse Malheur klebt ihm an den Beinen. Er ballt eine Hand zur Faust und blinzelt heftig.

Er fasst sich an den Arm. Der tut seit dem letzten kleinen Unfall immer noch weh.

Wie enttäuscht sie von ihm sein wird. Wie traurig, wenn sie dahinterkommt, dass er wieder ins Bett gemacht hat. Bäh, er ist so widerlich. Was für ein Pech sie doch hat, mit ihm als Sohn.

Mutter darf es nicht erfahren. Alles muss weg, das kann er noch schaffen. Er wird es schnell verstecken, bevor sie sich abgetrocknet und angezogen hat. Nicht darüber sprechen, sich nichts anmerken lassen. Das trocknet schon wieder. Und wer weiß, vielleicht wird es heute dann doch schön.

Vielleicht trinken sie wieder zusammen Tee. Das würde ihm gefallen. Zusammen mit Mutter Tee trinken.

Er spitzt die Ohren und versucht einzuschätzen, wo sie jetzt ist. Noch im Badezimmer? Er lauscht angestrengt, ob er ihr typisches Hüsteln hören kann, das im Badezimmer immer so leise hallt. Aber nein, nichts, er hört nichts. Also los, womöglich ist sie schon fast fertig.

Er steigt aus dem Bett. Auf dem Hellgrau seiner Unterhose ist ein großer dunkelgrauer Fleck entstanden. Er riecht stark nach Pipi, genau wie der Rest des Zimmers.

Zuerst das Bett. Er nimmt die Decke an den Ecken und schüttelt sie ein bisschen auf und ab. So wird das Ganze schneller trocken. Zack, Zack. Schütteln, Schütteln. Dann legt er die Decke wieder sorgfältig zurück. Die Ränder steckt er unter der Matratze fest, die Falten streicht er glatt. Dann tritt er einen Schritt vom Bett zurück. So ordentlich hat er das noch nie gemacht. Wenn man von nichts weiß, sieht man auch nichts.

Bär nimmt er in die Hand – auch wenn es unter der Decke ein bisschen ungemütlich nass ist, darf Bär trotzdem dort schlafen. Sein liebes Kuscheltier muss einfach in seinem Bett liegen, immer, also auch heute. So sorgfältig er nur kann, deckt er Bär zu; sein kleiner Kopf ein bisschen rechts vom Kissen und sein schmusiger, weicher Bärenkörper schön unter der warmen Decke.

»Schlaf schön, lieber Bär«, flüstert er.

Jetzt aber schnell anziehen. Er darf nicht zu spät zum Frühstück kommen.

Er dreht sich um und springt vor Schreck fast in die Luft. Da steht sie plötzlich, in der Tür. Sie sagt nichts, aber das ist auch nicht nötig. Er spürt ihren Blick. Enttäuschung. Immer diese Enttäuschung.

Sie macht ein paar Schritte nach vorn und schlägt die Decke zurück. Er hat das Bett doch so ordentlich gemacht, aber sie sieht sofort alles. Sie packt ihn, genau an dem blauen Fleck auf seinem Arm. Sie kneift ihn ganz fest. Er ruft nicht Au, denn davon hat er letztes Mal noch mehr Schmerzen bekommen. Sie zerrt ihn mit sich die Treppe runter. Er fällt beinahe hin, kann sich aber zum Glück gerade noch fangen. Er muss sich auf einen Stuhl setzen, in der nassen Unterhose. Zum Glück sitzt er drinnen, denn draußen liegt Schnee. Und da ist Eis, und es ist kalt. Auf seinen Armen bildet sich eine Gänsehaut.

Dann geht sie aus dem Zimmer. Er hört, wie sie mit festen Schritten die Treppe hochsteigt. Ein bisschen verstört, bleibt er sitzen, und auch als sie schon lange weg ist, steht er nicht auf. Es würde ihm nie einfallen, ihr nicht zu gehorchen. Nie.

Und dann ist sie plötzlich wieder da.

Mit Bär in den Händen.

Er verspürt einen Stich im Bauch. »Aber Bär muss doch schlafen …«, flüstert er.

Klatsch. Sie hat ihm mit der flachen Hand ins Gesicht geschlagen. Er erschrickt. Mutter hat ihre Hand längst wieder zurückgezogen, aber er kann spüren, wie der Schlag auf seinem Gesicht brennt.

Er senkt den Blick und schaut auf den Boden. Heute werden sie nicht zusammen Tee trinken.

»Du machst mich so traurig mit diesem widerlichen Bettnässen. Du bist wie ein Baby. Das hier wird dir helfen, es nicht wieder zu tun. Bär muss zur Strafe den ganzen Tag draußen sitzen, weil du wieder ins Bett gemacht hast. Hörst du, was ich sage? Den ganzen Tag.«

»Aber Mutter, es …«

»Es schneit, ganz genau! Das wird dir eine Lehre sein.«

Sie stößt die Tür auf, setzt Bär auf den Boden in den frisch gefallenen Schnee und kommt schnell wieder nach drinnen. Dann schiebt sie seinen Stuhl ganz dicht ans Fenster und befiehlt ihm, da sitzen zu bleiben. Er trägt seine nasse Unterhose. Er schaut auf den Fleck. Wie lange wird es wohl dauern, bis der getrocknet ist? Bestimmt ganz schön lange. Und was, wenn er wieder muss?

Da sitzt er also, in seiner schmutzigen Wäsche auf dem Stuhl. Er zittert vor Kälte. Als die erste Flocke auf Bärs Plüschkopf landet, muss er schlucken. Bär schaut ihn an und fleht um Hilfe, das sieht er an seiner traurig verzogenen Schnauze. Er blinzelt heftig. Er wäre gern ein schlauer Junge, aber auch das gelingt ihm nicht so gut. Er kämpft mit den Tränen, die aus seinen Augen entwischen wollen. Aber er verliert den Kampf. Er lässt den Tränen freien Lauf und weint leise in die Stille hinein.

# 14

Lot starrt vor sich hin und denkt an das Mädchen im Wald. Vor ihr liegen Dokumente über das Verschwinden von Lisanne Vermeer. Eines Abends ist sie ausgegangen und nicht nach Hause gekommen, einfach so, hat sich in Nichts aufgelöst. Sie hatte einen platten Reifen und wollte deswegen als einziges Mädchen mit dem letzten Bus heimfahren.

Lot schüttelt den Kopf. Vielleicht ist sie einfach schon so verdorben von alldem, was sie während ihrer Ausbildung gesehen hat, aber Mädchen, die nachts ganz allein den letzten Bus nehmen ... Die sind Futter für Mörder auf der Jagd. Futter für hungrige Vergewaltiger. Lots Weltbild ist verzerrt, und sie ist die Letzte, die sich in ihrem eigenen Leben zu stark von den Risiken beeinflussen lässt, aber Lisanne, sagt sie in Gedanken, warum bist du nur ganz allein nach Hause gegangen? Gab es denn da niemanden, der dich hätte holen oder bringen können?

Für die Eltern hofft Lot, dass die Tote aus der Salzhütte nicht Lisanne ist. Aber worauf hofft sie denn dann eigentlich? Dass die Leute noch länger in Unsicherheit leben müssen? Dass es die Tochter von jemand anderem ist?

Plötzlich kommt Leo samt seinem dicken Bauch um die Ecke, in das Zimmer der Ermittler. Er stürzt direkt auf sie zu. Lot schaut ihm entgegen, und als sie seinen Gesichtsausdruck sieht, unterdrückt sie den Impuls, ihm Kaffee anzubieten. Mit einer heftigen Bewegung wirft er das in Plastik verpackte Tagebuch auf ihren Schreibtisch. Gefolgt von einer Akte. »Da«, fährt er sie an.

Ehe Lot überhaupt reagieren kann, spricht er schon weiter. »Dann überrasch mich mal mit deinem Hokuspokusprofil.«

Mit diesen Worten dreht er sich um und verlässt das Ermittlerzimmer wieder. Lot lächelt, und innerlich dankt sie Dick Rademaker für die Hilfe von oben. Kurz versucht sie sich vorzustellen, wie das Telefongespräch wohl abgelaufen sein mag, aber es gelingt ihr nicht lange, darüber nachzudenken. Sie schaut sich das in Plastik verpackte Buch an. Ein wahrer Schatz an Informationen liegt da auf ihrem Schreibtisch. Sie spürt, wie die Aufregung durch ihren Körper rast.

Als sie die Akte öffnet, findet sie darin die grundlegenden Informationen, die bereits im Briefing besprochen worden sind, und etwas Fotomaterial. Lot steckt ihre eigenen Aufzeichnungen über den Vermisstenfall Lisanne Vermeer in die Akte und klappt den Ordner zu. Dann verstaut sie alles in ihrer Tasche und zieht ihre Jacke an.

Jaap kommt auf sie zu. »Wohin willst du denn?«, flüstert er. Dann deutet ihr Partner auf das Tagebuch in ihrer Tasche. »Das darfst du nicht mit nach draußen nehmen, das weißt du?«

Sie zuckt mit den Schultern. »Hier kann ich nicht nachdenken«, erklärt sie. »Es sind zu viele Blicke auf mich gerichtet.«

»Leo wird wahnsinnig, wenn er das mitkriegt.«

Lot lächelt. »Ist er doch schon.«

»Soll ich mitkommen?«

»Nein, lass mal«, antwortet sie. »Heute Nachmittag bin ich wieder zurück. Ich finde es manchmal ganz schön, ein bisschen allein zu sein. Das funktioniert im Moment besser für mich.«

»Prima«, antwortet er. »Wenn was ist, rufst du mich aber an, oder?«

Sie nickt. »Mache ich.«

Wenn man sich den Streifenpolizisten wegdenkt, erinnert nur das Band an den unheilverkündenden Fund von gestern. Ansonsten ist es ein ganz normaler Wald. Sie begrüßt den Beamten mit einem Nicken, genau wie sie es bei seinem Kollegen am Eingang des Waldes getan hat. Der warme, schwüle Sommer hat die Sturmböen der vergangenen Tage wieder verjagt. Die Vögel zwitschern, als wäre das hier schon immer so gewesen, und, von ihrem Gesang einmal abgesehen, herrscht Stille zwischen den hohen Bäumen. Es gibt nichts, woran man erkennen könnte, dass hier gestern noch eine Leiche hing.

An einem Haken.

Mit lackierten Nägeln.

Lot schaut sich kurz um, reißt das Klebeband von der versiegelten Tür und geht nach drinnen. Es stinkt immer noch, aber sie muss jetzt einfach hier sein. Das ist der Ort, wo seine Geschichte zu finden ist, die Geschichte des Täters.

Ruhig schaut sie sich um, guckt sich Verschiedenes an, denkt nach. Zwei Haken, überlegt sie. Gibt es noch ein Opfer? Wird es noch ein Opfer geben? Handelt es sich um einen Mann, der eine Frau sein will? Um einen Mann, der eine Frau verehrt? Es ist ein Mann, wahrscheinlich ist der Täter ein Mann. Man braucht einiges an körperlicher Kraft, um einen leblosen Körper hochzuheben und da oben an einen Haken zu hängen. Vielleicht zwei Täter? Wie schwer ist das Opfer wohl? Lot notiert sich die Frage.

Nein. Dieser Mord ist eine ganz persönliche Angelegenheit. Es muss sich um einen Einzeltäter handeln.

Der Täter hat ihr die Nägel lackiert, sie hübsch gemacht, denkt Lot. Als wäre sie seine Freundin. Dieses Wort geistert ihr immer wieder durch den Kopf. Seine Freundin. Das zusammen mit den Zeichnungen, gewöhnlich, aber auf gewisse Weise romantisch.

Dann steht sie wieder draußen und atmet die frische Luft ein. Vor der Hütte setzt sie sich auf einen Stein, der dazu einlädt. Kurz schießt ihr durch den Kopf, dass der Täter hier wahrscheinlich auch ab und zu gesessen hat. Sobald sie das Beklemmende dieses Gedankens abschütteln kann, findet sie ihn eigentlich ganz nützlich. Wenn sie dem Mörder schon in den Kopf kriechen will, kann sie genauso gut auf seinem Stein sitzen.

Der Streifenbeamte kommt auf sie zu. »Du bleibst ja sicher noch eine Weile hier, dann hole ich mir eben schnell einen Kaffee, in Ordnung?«

»Klar doch.«

»Willst du auch einen?«

»Nein, aber danke.«

Sie schaut dem freundlichen Kollegen nach, während der sich entfernt, und bewegt die Schultern ein bisschen, nun da sie hier allein ist. Verbrecher kehren manchmal an den Ort des Verbrechens zurück, um die Tat noch einmal zu erleben, um dicht dran zu sein. Er läuft noch frei herum. Es ist sehr gut möglich, dass er wieder hierherkommt. Sie gibt ihrem Drang nach und schaut sich um. Aber da ist niemand, sie sieht nichts. Dieser Täter wird sich nicht zu einem Besuch verleiten lassen. Hier gibt es nichts mehr.

Sie fragt sich, wie er das Mädchen hergebracht hat. Die Hütte kann man nicht so ohne Weiteres erreichen, auch ohne Sommersturm ist es nicht leicht hierherzukommen. Zu Fuß wäre es zu kompliziert. Außerdem würde er damit zu sehr riskieren, gesehen zu werden.

Und sie weiß sicher, dass er sehr bemüht ist, nicht gefasst zu werden. Mit dem Auto, das scheint Lot die einzige Option. Und dann gibt es eigentlich nur einen geeigneten Anfahrtsweg. Genau dort, wo sie und Jaap mit Zacharias in den Wald hineingegangen sind, stehen die Bäume ein wenig weiter auseinander. Der Boden ist ein bisschen hügelig, aber wenn man Kupplung und Gaspedal genau aufeinander abstimmt, kommt man mit einem Auto zwischen den Bäumen hindurch. Sie ist gespannt auf die Ergebnisse der Nachbarschaftsbefragung.

Außerdem muss sie sich erkundigen, ob man Reifenspuren gefunden hat.

Woher wusste er, dass es hier so eine abgelegene Hütte gibt? Sie muss mit den Kollegen sprechen, die die Informationen beim Grundbuchamt überprüft haben.

Lot geht davon aus, dass der Täter aus der Umgebung kommt. Er muss von der Existenz dieser Hütte gewusst haben, denn so etwas entdeckt man nicht einfach.

Außer vielleicht, man hat Erfahrung im Wildcampen.

Lot macht ein paar flüchtige Aufzeichnungen in ihrem Notizbuch:

– *Weißer Mann, zwischen 20 und 40 (stark)*
– *Aus der Umgebung, kennt sich aus und kennt die Hütte*
– *Sehr gut organisiert*
– *Besitzt Führerschein/Auto*
– *Möglicherweise nekrophil*
– *Sexuelle Fantasien*
– *Besessen von seiner Fantasie*
– *Verbringt viel Zeit damit, seine Fantasie auszuarbeiten: Zeichnungen, Tagebuch, Nagellack*

Lot unterstreicht das Wort »Fantasie« und starrt vor sich hin. Woher kommt diese Fantasie? Ist es eine Flucht aus der Realität?

Dann versucht Lot, sich vorzustellen, wie es gewesen sein muss, Täter und Opfer zusammen in dieser Hütte. Mit was für einem Menschen hat sie es hier zu tun? Warum hat der Mörder dieses Szenario geschaffen? Hier geht es nicht einfach nur um einen Mord. Er hat versucht, jemanden nachzubilden. Eine Fantasie in die Praxis umzusetzen.

Sie nimmt das Tagebuch aus der Tasche und öffnet es. Ein Wirrwarr an Linien, Zeichnungen und Motiven schreit ihr entgegen. Es scheint, als habe er jeden kleinsten Flecken des Papiers mit Wörtern, Zeichnungen, Kritzeleien und Linien füllen wollen. Sofort fallen ihr die Übereinstimmungen zwischen den Zeichnungen auf. Mädchen, fast alles Mädchen, manche sitzen auf einem Stuhl an einem Tisch. Alle haben langes schwarzes Haar. Frauen liegen auf einem Bett. Viel bloße Haut bekommt der Betrachter nicht zu sehen, auch wenn die Frauen allesamt nackt oder nur spärlich bekleidet sind: mal eine Brustwarze, mal ein angedeutetes Stückchen einer Pobacke. Der Täter behält gern noch etwas zum Fantasieren übrig. Aber dass seine Fantasien mit Sex zu tun haben, begreift man auch ohne Psychologiestudium. Eine sexuelle Störung kann Lot noch nicht offiziell feststellen, doch diese Vermutung wird sie so schnell nicht aufgeben.

Langes Haar. Alle Mädchen haben langes schwarzes Haar. Lot denkt daran, dass man eine Strähne langes schwarzes Haar auf dem Kopf des Opfers gefunden hat.

*– Langes schwarzes Haar, möglicherweise eine Perücke?*

Sie stellt sich das Opfer mit langen schwarzen Locken vor. Genau wie in seiner Fantasie.

Dann liest sie einen kurzen Satz unten auf einer Seite: »Für immer schön.«

Sie bewegt das Tagebuch ein bisschen hin und her, lässt die Fingerknöchel knacken. Das sieht so aus, als ob … Sie schaut die anderen vereinzelten Wörter kurz an und findet ihren Verdacht bestätigt.

Die Buchstaben neigen sich schräg nach rechts unten. Nur minimal, aber genug, um sicher zu sein.

Lot packt wieder ihr Notizbuch und notiert:

*– Linkshänder*

Dann spürt sie die Hand auf ihrer Schulter.

# 15

Mit gezogener Waffe steht sie ihm gegenüber; das Tagebuch ist auf den Boden gefallen.

Er reißt die Hände hoch. »Hey, hey, hey!«, ruft er. »Augenblick mal, ganz ruhig.«

»Wer sind Sie?«

Er stammelt etwas Unverständliches.

»Wer sind Sie?«, wiederholt Lot.

»Rens. Rens Groenewoud.«

Lot lässt die Waffe sinken und schaut sich den jungen Mann mit seinem wirren Haar und der spießigen Brille genauer an. »Was haben Sie hier zu suchen?«

»Ich …«, erklärt er zögernd, immer noch verunsichert wegen der Waffe in Lots Hand.

»Ich bin J-J-J-J-Journalist bei der T-T-T-Tageszeitung *T-T-T-Tubantia*. Ich schreibe eine Rrrreportage. Über, über den Mord.«

Lot nickt langsam. Sie muss erst noch verarbeiten, dass sie gerade ihre Waffe gezogen und auf einen unschuldigen Journalisten gerichtet hat. Einen Journalisten, der stottert. Vielleicht war es doch keine so gute Idee, sich hier allein in den Wald zu setzen. Vielleicht hatte sie doch größere Angst davor, dem Täter in die Arme zu laufen, als sie dachte.

»Warum haben Sie sich so angeschlichen?«, fragt sie wütend. »Ich habe mich zu Tode erschreckt.«

»Ja«, antwortet er kichernd, »das, das, das habe ich gemerkt. Ich mich, mich übrigens auch.«

Lot steckt die Waffe weg. »Entschuldigung. Es tut mir leid.«

»W-W-Was haben Sie denn da? Gehört das dem Täter?«

Schnell hebt Lot das Tagebuch vom Boden auf und steckt es in ihre Tasche. »Ich bin nicht hier, um ein Interview zu geben.« Sie macht sich auf den Weg zu ihrem Auto.

Rens Groenewoud folgt ihr mit nervösen Schritten. »Der Täter«, fängt er wieder an. »Wisst ihr schon, wer es ist?«

Lot wirft ihm einen kurzen Blick zu. Meint er das ernst?

»Also noch nicht«, deutet er ihr Schweigen. »Habt ihr schon Verdächtige?«

Diesmal schaut Lot ihn nicht einmal mehr an, sondern geht einfach kopfschüttelnd weiter. Wie alt ist der Typ überhaupt? Er muss jedenfalls ganz schön unerfahren sein, wenn er glaubt, sie würde solche Fragen beantworten.

»Lot v-v-van Dijk, das, das, das sind doch Sie?«, bringt er stotternd heraus. »Neu, Sie sind neu hier. Ich habe erfahren, dass Sie P-P-P-P-Profiler sind. Vielleicht können wir mal zusammen einen K-K-Kaffee trinken? Und ein Interview machen.«

Abrupt bleibt Lot stehen. »Ich trinke lieber keinen Kaffee mit Journalisten. Und ich würde es sehr begrüßen, wenn Sie mich jetzt in Ruhe lassen könnten.«

Er packt sie am Unterarm. »Ach, kommen Sie, ein bisschen freundlicher dürfen Sie ruhig sein. Die Presse und die Polizei arbeiten in dieser Region ganz ausgezeichnet zusammen.«

»Tut mir leid«, erwidert Lot und entzieht ihm ihren Arm. »Kaffee ist nicht drin. Und jetzt noch einen schönen Tag.«

Leo sitzt an seinem Schreibtisch und telefoniert, das Namensschild prangt auf der Tischkante. Dieses Schild hatte er bestimmt schon an seinem ersten Tag bei der Polizei in Gedanken vor sich. Es erstaunt Lot immer wieder, dass all die hohen Herren hier einfach auf ihren ergonomisch konstruierten Sesseln sitzen bleiben. Die Arbeit auf der Straße scheint den Beamten in den niederen Rängen vorbehalten zu sein.

Dabei passiert doch gerade dort alles. Es will Lot einfach nicht in den Kopf. Eine Führungsposition kann man doch nicht ausüben, wenn man immer nur hinter dem Schreibtisch sitzt.

Sobald Leo das Gespräch beendet hat, betritt sie sein Büro und legt das Tagebuch aufgeschlagen vor ihn hin. Sie streicht die Plastikhülle glatt, die sie wieder sorgfältig über den Seiten befestigt hat, und deutet auf eine Zeichnung, auf der eine Frau abgebildet ist, die mit ausgestreckten Armen und Beinen auf einem Bett liegt. »Ich gehe davon aus, dass wir es mit einem Nekrophilen zu tun haben.«

Leo schaut sich die Zeichnung an. »Womit?«

»Das hier sieht aus wie die Fantasie eines Mannes, der sich eine Freundin wünscht, die nicht reagiert. Die ihn nicht zurückweist.«

Leo nickt und kratzt sich das unrasierte Kinn. »Ja, wenn du das sagst.«

»Ich finde, wir müssen alle Sittlichkeitsverbrecher in der Region überprüfen. Vielleicht hat dieser Nekrophile schon vorher Straftaten begangen.«

Er nickt erneut, wirkt jedoch abwesend. »Ich werde mich darum kümmern«, murmelt er dann.

»Gut. Ach, und ich schicke dir gleich eine Zusammenfassung meiner ersten Erkenntnisse.«

Er scheint schon wieder in eine E-Mail versunken zu sein. »Ja, mach das.«

Etwas verwirrt von dem Gespräch, geht Lot in die Küche und holt dort den eigens für sich angeschafften Mixer aus dem Regal. Viel mehr als einen Sandwichtoaster, der mindestens zehn Jahre lang nicht sauber gemacht worden war, hat sie hier nicht vorgefunden, als sie ihre Stelle antrat. Und in der Kantine ist das Angebot auch nicht viel besser. Also blieb ihr nichts anderes übrig, als die dummen Witze der Kollegen hinzunehmen und sich ihr eigenes Mittagessen zu machen. Wegen ihrer blassen Haut und ihrer großen und schlanken Gestalt nennen einige ihrer Kollegen sie schon »Sergeant Bleichsellerie«. Andere belassen es augenzwinkernd bei »Nagetier«. Inzwischen sind aber einige der Männer neugierig geworden, und es kommt öfters vor, dass sie ein paar Gläser von ihrem selbst gebrauten Saft verteilt.

Sie holt sich die Zutaten aus dem Kühlschrank. Spinat, Bananen, Kiwi, Goji-Beeren. Außerdem Chiasamen und Maca- und Chlorellapulver. Dazu ein bisschen Bio-Reismilch. Dann macht Lot Krach mit dem Mixer.

Während sie sich ihren Saft zubereitet, denkt sie an Rens Groenewoud. So ein Blödmann, sich einfach am Tatort rumzutreiben, dabei hat er dort wirklich nichts zu suchen. Nervös hat er auf sie gewirkt und richtig nervig. Mit dem Smoothie in der Hand geht Lot zurück an ihren Arbeitsplatz, wo Aufregung herrscht. Kollegen versammeln sich um Stefans Schreibtisch, und Leo hat sich sogar daraufgesetzt. Aufmerksam betrachtet Lot seinen schwerfälligen Körper und richtet den Blick dann auf den alten, wackeligen Schreibtisch. Sie fragt sich, ob es dieses Möbelstück mit mehr als hundert Kilo Gewicht aufnehmen kann.

Leo räuspert sich. »Stefan …«

Stefan setzt sich aufrecht hin. »Wir haben herausgefunden, dass unser Melder, Zacharias Verheijen, sich seit seiner Rückkehr von einer Mission in Afghanistan wegen eines Posttraumatischen Stresssyndroms in Behandlung befindet. Wie es aussieht, hat er Probleme mit der Aggressionsbewältigung und ist schon längere Zeit krankgeschrieben zu Hause. Oder, na ja, zu Hause … Er hat bei seiner Schwester und deren Familie gewohnt, aber seit er sie mal zusammengeschlagen hat, ist das vorbei.«

»Das erklärt auch, warum er draußen kampiert«, meint Jaap – er wirkt fast erleichtert, eine logische Erklärung gefunden zu haben. »Seine Schwester hat ihn ganz einfach rausgeschmissen.«

»Der Gewalttätige von den beiden war aber eindeutig er«, fährt Stefan fort. »Vor ein paar Monaten hat sie Anzeige wegen häuslicher Gewalt erstattet, kurz bevor er auf der Straße gelandet ist.«

Lot muss daran denken, welch unterschiedliche Charaktereigenschaften der Soldat bei ihrer Begegnung offenbart hat: zuerst sehr sachlich und professionell, später, als sein Bekannter Bob auftauchte, nervös und voller Unbehagen. Was sie hier zu hören bekommt, überrascht sie nicht.

»Morgen laden wir ihn wieder vor, zu einer ergänzenden Vernehmung«, beschließt Leo.

Lot hebt die Hand. »Da wäre ich gern dabei.«

»Wir überlegen uns noch, wem diese Aufgabe zufällt«, erwidert Leo und wechselt dabei einen Blick mit einem der älteren Kollegen. »Aber ich kann mir gut vorstellen, dass ich einen Ermittler mit etwas mehr Erfahrung auffordern werde, mich zu unterstützen.«

Alle nicken zustimmend.

»Dann steht da noch etwas anderes auf der Tagesordnung. Wir haben heute Abend einen Slot in der Sendung *Helfen Sie mit*, unter anderem, um herauszufinden, ob es vielleicht Leute gibt, die während oder nach dem Sturm etwas Verdächtiges in der Nähe des Akkerwegs gesehen haben.« Er macht eine kurze Pause und schaut auf etwas, was wie ein Zettel mit Aufzeichnungen aussieht. »Ich selbst werde leider verhindert sein. Gibt es jemanden, der sich berufen fühlt, diesen Fernsehauftritt zu übernehmen?«

Niemand reagiert. Amüsiert schaut Lot sich um und stellt fest, dass alle wie um die Wette auf den Fußboden starren. Bitte nicht ich, bitte nicht ich.

»Lotje«, fragt Leo dann. »Was meinst du? Wäre das nichts für dich?«

»Ja!«, stimmt ihm Jaap zu und setzt dabei wieder seinen amüsierten Blick auf.

Oh ja, das gefällt Jaap natürlich. Aber sie wird ihn schon noch erwischen.

»Das ist eine wunderbare Chance, dich zu profilieren, würde ich sagen«, erklärt Leo grinsend. »Wenn wir außerdem noch viele Tipps bekommen, leistest du auf diese Weise einen wertvollen Beitrag zu den Ermittlungen. Ich würde sagen, zieh dir was Schönes an.«

Lot will protestieren, unterdrückt diese Neigung jedoch. So schnell lässt sie sich nicht kleinkriegen, aber sie ist wütend, weil sie ganz plötzlich doch einen wertvollen Beitrag zu den Ermittlungen leisten darf – jetzt, wo es Leo in den Kram passt. Alles in allem ist sie dafür gut, Kaffee zu holen und Angelegenheiten zu übernehmen, die sonst keiner erledigen möchte.

Sie trinkt einen Schluck Spinatsaft. »Ich will bei der Vernehmung dabei sein«, wiederholt sie. »Bei der Vernehmung von Zacharias.«

»Das hier ist keine Verhandlung.«

»Und Fernsehauftritte fallen eher in den Aufgabenbereich des Pressesprechers«, kontert Lot seufzend. »Ich habe doch noch nicht mal Medientraining bekommen. Wollen wir uns hier wirklich so albern aufführen? Auch wenn ich nur still dabeisitze, Leo, kann ich euch bei der Vernehmung sehr unterstützen, muss ich das wirklich noch mal erklären? Ich will alles über ihn wissen, damit ich herausfinden kann, in welchem Maße er in mein Profil passt. Ich kann ihm Fragen stellen, auf die du vielleicht nicht so ohne Weiteres kommst. Ein Paar zusätzliche Augen sind doch nie verkehrt, oder?«

»Stimmt!«, ruft Jaap – wahrscheinlich will er sein Verhalten von vorhin wiedergutmachen.

Leo zweifelt ganz offensichtlich. »Also gut«, sagt er dann. »Du übernimmst *Helfen Sie mit*, und morgen früh um sieben holst du Zacharias Verheijen zur Vernehmung ab. Sei unbedingt pünktlich. Du trägst die Verantwortung dafür, dass er mit heiler Haut hier ankommt. Wenn dir das gelingt, darfst du bei der Vernehmung dabei sein. Aber die Leitung übernehme ich, damit das klar ist. Dir kommt nur eine beobachtende Funktion zu.«

Lot streckt zustimmend den Daumen hoch. Sie wird zwar das Gesicht in die Kamera halten müssen, aber dafür bekommt sie auch etwas.

Sie wirft einen Blick auf ihre Armbanduhr, trinkt den letzten Schluck Saft und zieht sich die Jacke an. »Alles klar, meine Herren, dann widme ich mich jetzt wohl besser der Nagelpflege. Prioritäten sind schließlich alles, oder?«

# 16

Langsam taucht sein Zelt am Waldrand auf, im Dämmerlicht des bewölkten Sommermorgens. Die Temperatur ist angenehm, aber über den Baumspitzen hängen drohende dunkelgraue Wolken. Lot hat schlecht geschlafen. Das lag an dem Adrenalinstoß von *Helfen Sie mit*. Sie hätte nicht gedacht, dass sie einen Live-Auftritt im Fernsehen so spannend finden würde. Jedenfalls spannender, als einen möglichen Verdächtigen abzuholen.

»Übrigens, gut gemacht«, meint Jaap – als könnte er ihre Gedanken lesen. »Gestern Abend, meine ich.«

»Danke.«

»Ich hätte dich ja fast nicht erkannt, so mit Lippenstift.«

Sie muss lachen. Als sie kurz vor der Sendung einen diskreten zartrosa Lippenstift aufgetragen hat, wusste sie bereits, dass er darüber eine Bemerkung machen würde. Sie bewegt spielerisch die Finger. »Die Farbe passt einfach so gut zu meinem Nagellack, Jaap.«

Dann parkt sie das Auto. Jaap steigt als Erster aus und gibt den Kollegen, die hinter ihnen anhalten, ein paar Zeichen mit der Hand.

Lot steigt ebenfalls aus. »Er hat uns doch sicher längst gesehen«, meint sie. »Er erwartet uns.«

Jaap zuckt mit den Schultern. »Vielleicht schläft er noch.«

»Du erinnerst dich – der Mann ist Soldat?«

Jaap winkt den Kollegen zu. »Los, wir gehen hin.«

Schritt für Schritt bewegen sie sich auf das Zelt zu, in dessen Inneren bisher keine Bewegung wahrzunehmen war. Lot hinter Jaap, und hinter Lot noch zwei Kollegen. Zwei weitere positionieren sich ein bisschen weiter weg; sie werden von dort aus alles im Blick behalten.

Jaap und Lot bauen sich vor dem Zelt auf, und die zwei anderen Polizeibeamten verschanzen sich dahinter. »Zacharias?«, ruft Jaap. »Sind Sie da?«

Keine Antwort.

»Zacharias?«, wiederholt Jaap. »Hier ist die Polizei, wir möchten gern mit Ihnen sprechen.«

Wieder keine Antwort. Lot geht neben dem Zelt in die Knie und beugt sich zur Seite, zieht dann vorsichtig am Reißverschluss. Sie wechselt einen Blick mit Jaap, der die Hand auf die Waffe gelegt hat. Man weiß nie. Man weiß einfach nie, wie Menschen reagieren, wenn sie sich bedrängt fühlen.

Mit einer schnellen Bewegung öffnet Lot das Zelt nun ganz.

»Leer«, stellt Jaap fest.

»Scheiße«, murmelt Lot, steht auf und schaut sich sofort um. »Ich hab's doch gesagt: Er hat uns kommen sehen.«

»Oder er hat gar nicht hier geschlafen«, meint Jaap und zieht die Schultern hoch. »Vielleicht hat er ja inzwischen keine Lust mehr auf Camping.«

Lot nimmt den Becher in die Hand, den sie vor dem Zelt entdeckt hat. »Der ist noch warm.«

»Zentrale«, sagt Jaap, »hier die 3501. Wir stehen vor dem Zelt von Zacharias Verheijen, aber er ist nicht hier. Wir beraten über weiteres Vorgehen.«

»Zentrale für die 3501, verstanden; haltet uns auf dem Laufenden.«

»Da«, ruft Lot und deutet mit der Hand in eine Richtung. »Da!«

Die anderen Kollegen folgen ihrer Hand mit dem Blick. Weiter oben, versteckt zwischen ein paar Birken, steht er einfach so da – als würde er gerade Wache schieben.

»Wir sollten winken«, meint Lot. »Er ist zu weit weg – wenn er jetzt losrennt, können wir ihn nicht kriegen. Wir müssen freundlich winken.«

Jaap hebt eine Hand und zwinkert Lot zu.

Zacharias reagiert nicht. An seinem Gesichtsausdruck lässt sich nichts ablesen.

Jetzt schaut Jaap zu Lot hinüber. Mit einem Kopfnicken verständigen sie sich und laufen langsam auf Zacharias zu.

Jaap betätigt den Knopf am Funkgerät. »Die 3501 an Zentrale. Wir nähern uns jetzt dem Zeugen.«

»Zentrale an 3501, verstanden. Seid vorsichtig.«

Zacharias bleibt stocksteif stehen. Er scheint sich nichts aus der Horde Ermittler zu machen, die auf ihn zukommt. Sein Gesicht wird immer deutlicher sichtbar. Leichenblass. Er muss todmüde sein, starrt ausdruckslos vor sich hin. Flaumiger Bartwuchs, der etwa ein oder zwei Tage alt ist. Die Kleidung schmutzig.

Er macht nun fast schon einen so ungepflegten Eindruck wie sein Bekannter Bob Altena. Und das nach nur zwei Tagen. »Zacharias?«, ruft Lot, als sie sich ihm genug genähert haben. »Alles okay bei Ihnen?«

Wie in Zeitlupe wendet er ihr das Gesicht zu. Sein Blick ist leer, sein Gesichtsausdruck unverändert.

»Wir möchten gern mit Ihnen sprechen, Zacharias«, erklärt Jaap.

Lot studiert ihn ganz genau. Auf den ersten Blick scheint er keine Waffen bei sich zu tragen. Sie werden ihn gleich gut abtasten müssen, bevor sie ins Auto steigen, aber jetzt ist es vor allem wichtig, dass er ansprechbar wird.

»Hatten Sie eine schlechte Nacht?«, will sie wissen. »Nicht gut geschlafen?«

Immer noch schaut er sie unbeweglich an; sein Blick ist leicht getrübt. Sie fragt sich, ob er sich wohl eher in einem Zustand der absoluten Angst befindet oder ob es sich im Gegenteil um einen Zustand der völligen Gelassenheit handelt. Eine Leere, das ist es jedenfalls, was sie in seinen Augen sieht. Eine tiefe Leere, wie sie ihr noch nicht oft im Leben begegnet ist.

Der penetrante Geruch schmutziger Kleidung und einer langen Zeit ohne Dusche steigt ihr in die Nase.

Jaap legt vorsichtig eine Hand auf die Schulter des Soldaten. »Kommen Sie mit?«

Da setzt sich Zacharias in Bewegung, wortlos, aber ohne Widerstand. Seine großen Füße stolpern müde durch das sandige Gras am Waldrand. Das Energische, Sportliche, das Lot vor zwei Tagen an ihm bemerkt hat, scheint ganz verschwunden zu sein.

Wer will aber auch schon in einem Zelt hausen? Warum sucht er sich kein Zimmer? Oder eine eigene Wohnung?

Lot versucht, so professionell wie möglich zu sein und ihn noch nicht zu verurteilen, aber offensichtlich ist dieser Mann nicht ganz richtig im Kopf. Merkwürdigerweise hat sie das bei ihrer ersten Begegnung nicht sofort begriffen – normalerweise ist ihr Gespür gerade in dieser Hinsicht sehr gut. Ihr Gefühl verrät ihr oft schon, was ihr Verstand noch erhärten muss.

Am Auto lässt sich Zacharias abtasten. Er setzt sich ruhig auf den Rücksitz. Und schweigt weiter.

# 17

Sie sieht es an seinen Fingern. Sie zittern, beben komisch. Mit dem Blick folgt sie seinen starken Armen nach oben und stellt fest, dass sein ganzer Körper mitzittert. Dann seine Augen mit diesem seltsamen Blick. Schon als sie ihn aus dem Wald mitgenommen haben, waren sie ganz leer, aber jetzt scheint das Leben völlig aus ihnen zu weichen. Die Schuhe, die eben noch widerstandslos mit auf die Polizeistation schlurften, verharren jetzt unbeweglich. Wie festgeklebt bleiben sie auf dem alten Pflaster vor dem Eingang zur Polizeistation stehen. Lot schaut zu Jaap hinüber.

Hier stimmt etwas ganz und gar nicht.

Dann verlassen Zacharias plötzlich sämtliche Kräfte. Er sinkt in die Knie, und sie schaffen es nicht, seinen großen Körper ganz aufzufangen, aber Lot kann verhindern, dass er mit dem Kopf auf dem Boden aufschlägt. Immerhin.

Sie kniet sich neben ihn. »Zacharias?« Er blinzelt, verdreht dann die Augen. »Wir brauchen Hilfe, Leute!«, ruft sie. »Er hat einen Anfall. Einen Krankenwagen, schnell!«

Sie sagt laut seinen Namen und legt ihm zwei Finger an die Halsschlagader. Sie spürt einen Herzschlag. Ein Glück. Dann bringt sie ihn in die stabile Seitenlage.

Jaap ist schon am Handy. Jetzt deutet er auf einige Fernsehkameras und Fotografen, die wie hungrige Wölfe dastehen und verzweifelt die aktuellsten Neuigkeiten in die Welt hinausschicken. »Hilf Lot mal«, sagt Jaap in gedämpftem Ton zu Stefan. »Wir sollten ihn schnell ins Gebäude bringen.« Drinnen kommt Zacharias wieder zu sich, und sie können ihn auf einen Stuhl setzen. Ansprechbar ist er nicht, auch wenn Lot pausenlos auf ihn einredet. »Wach bleiben, Zacharias. Haben Sie genug gegessen? Wollen Sie etwas trinken?«

Was sie auch sagt, eine Antwort bekommt sie nicht. Keine Regung in seinem Gesicht, der Blick bleibt starr. Es scheint wirklich, als hätte er einen Schock erlitten.

Dann fährt der Krankenwagen vor. Der Sanitäter übernimmt Zacharias zusammen mit dem Fahrer, und kurz darauf ist der Rettungswagen schon wieder weg.

»Na wunderbar«, murmelt Jaap, während sie zusammen dem Auto nachschauen. »Das ist der cleverste Fluchtplan, den ich jemals bei einem Verdächtigen gesehen habe.«

Lot lächelt schwach und zuckt die Achseln. »Es sind Kollegen mitgefahren, entkommen wird er also sicher nicht.«

»Und du sagst es Leo?«

Sie lacht spöttisch. »Angsthase.«

Einmal oben, treffen sie auf ihre Kollegen, die wie Ballettmädchen an der Stange vor der Fensterbank stehen. Alle haben den Zirkus da unten ganz offensichtlich interessiert mitverfolgt. Genau wie die Journalisten, die schon dabei sind, aus dem Ganzen eine glaubwürdige Geschichte zusammenzuschustern.

Ganz schön was los in unserem kleinen Dorf.

Als Lot sich umdreht und Kaffee holen will, sieht sie Leo, der mit schwabbelndem Bierbauch angerannt kommt. Sein Gesichtsausdruck ist ernst. »Der Bericht des Pathologen«, verkündet er und wedelt dabei mit einer Akte in der Luft herum. »Alle in den Versammlungsraum!«

Die Ballettübung am Fenster wird abgebrochen, als alle in den Versammlungsraum strömen.

»Was sollte das eigentlich?«, will Leo außer Atem von Lot wissen, als sie zusammen den Raum betreten. »Was war denn da unten los?«

Hinter ihm zwinkert Jaap ihr zu. Ganz offensichtlich ist der Kollege froh, dass Leo die Frage nicht an ihn gerichtet hat.

»Zacharias«, antwortet sie. »Ihm wurde plötzlich übel. Ich vermute, ein Schock oder so. Vielleicht hat er zu wenig gegessen.«

»Wurde er von Beamten ins Krankenhaus begleitet?«

Sie nickt. »Selbstverständlich.«

»Schön, dann kannst du ihn dort vernehmen, sobald er wieder bei Bewusstsein ist.«

»Okay.«

Lot holt ihr Notizbuch aus der Tasche und setzt sich hin. Leo räuspert sich kurz, und während seine Assistentin Kopien des Berichts verteilt, fängt er an, die Fakten zu erläutern. »Also, Folgendes«, setzt er an. »Auf der Leiche wurde frisches Sperma gefunden. Ab jetzt gehen wir also davon aus, dass wir es mit einem Nekrophilen zu tun haben. Lotje, du hattest recht mit deiner Vermutung.«

Lot nickt und schreibt sich etwas auf, obwohl sie eine Kopie des Berichts vor sich auf dem Schoß liegen hat. Keine Überraschung.

*– Sperma*

»Wir müssen jetzt alle Sittlichkeitsverbrecher aus der Umgebung überprüfen«, fährt Leo fort. Er denkt kurz nach. »Alle aus den letzten fünf Jahren.«

»Das organisiere ich«, erklärt Jaap.

Leo liest weiter. »Die Leiche wurde systematisch eingetrocknet. Das ist etwas ganz Außergewöhnliches, wie wir es in dieser Form noch nicht kennen. Genau genommen, handelt es sich um eine Art Mumie. Das Mädchen ist anscheinend schon viel länger tot, als wir dachten.«

»Was dachten wir denn?«, fragt sich Lot im Stillen. Sie hat sich jedenfalls noch nichts gedacht.

Das gehört zu den Dingen, die sie von ihrem Mentor Magnus Thomasson gelernt hat. So wenig wie möglich selbst voraussetzen, sich nichts von den eigenen Gedanken erzählen lassen, die das Bild übereifrig mit Farbe füllen wollen. Lass die Tatsachen die Geschichte erzählen. Wenn man ihnen eine Chance gibt, formt sich die Geschichte von selbst.

*»Behaviour reflects personality«*. Noch so eine kluge Lektion von Magnus. Am Verhalten kann man erkennen, mit was für einer Person man es zu tun hat.

»Ob es also doch Lisanne ist?«, überlegt Stefan.

Lot schüttelt den Kopf. »Wir sollten unsere Zeit nicht mit Spekulationen vergeuden«, meint sie. »Die nutzen uns nichts.«

Vielleicht sollte Stefan auch mal bei Magnus in Schweden Kaffee trinken. Dann würde er nicht solche Fragen stellen. Mädchen vermisst. So, Mädchen gefunden. Wird schon dasselbe Mädchen sein. Der Gedanke wirkt logisch, ist jedoch zu simpel.

Stefan schaut sie irritiert an. »Ach, aber du weißt ganz ohne Zweifel etwas, das uns weiterbringen wird, nicht wahr, Lot?«

Bumm. Den Schlag hat sie nicht kommen sehen. Er trifft sie von unerwarteter Seite. Normalerweise kommt sie sehr gut mit Stefan aus.

»Entschuldige, es war nicht so gemeint«, antwortet sie. »Ich denke bloß, dass wir die gesamte Untersuchung im Blick behalten müssen. Wir müssen Priori…«

»Man hat ein totes Mädchen gefunden«, wird sie von Stefan unterbrochen. »Tot. Ermordet. Abgeschlachtet! Ob du's glaubst oder nicht, wir sind auch nur Menschen.«

»Natür…«

Sie unterbricht sich sofort, als sie sieht, wie sich seine Wangen röten. Sein Kinn zittert ein wenig. Leo räuspert sich unbehaglich in seine Faust. »Stefan, ich verstehe das, aber es ist meiner Ansicht nach noch zu früh für solche Annahmen. Solange wir nichts über die DNA wissen, können wir auch nichts darüber sagen. Ich hoffe, dass wir diese Information heute oder morgen bekommen.«

Stefan nickt. »Alles klar.«

Lot studiert seinen Gesichtsausdruck und schaut dann zwischen den anderen hin und her. Sie könnte sich ohrfeigen, weil sie nicht daran gedacht hat, dass ihre Kollegen die vermisste Lisanne möglicherweise persönlich kennen. Oder zumindest jemanden aus ihrem Umfeld. Ganz logisch, wenn man in einer so kleinen Gemeinschaft lebt.

Manchmal muss sie daran erinnert werden, dass sie nicht mehr im anonymen Amsterdam arbeitet. Sondern hier, in einer anderen Umgebung, mit anderen Regeln und einer anderen Mentalität. Wenn man Lisanne kennt, ist es natürlich besonders schwierig, ihr Verschwinden nicht im Zusammenhang mit diesem Leichenfund zu sehen, das begreift Lot sehr gut. Sie nimmt sich vor, sich gleich bei Stefan zu entschuldigen.

Leo setzt seinen Bericht fort. »Der Leichnam ist brüchig und sehr empfindlich, darum lässt sich das nur schwer feststellen, aber eine Verletzung am Hinterkopf weist darauf hin, dass sie wahrscheinlich durch einen harten Schlag mit einem stumpfen Gegenstand umgekommen ist. Weil sich Schimmelpilze auf der Haut gebildet haben, kann man nicht sagen, was für ein Gegenstand das war. Außerdem gibt es Anzeichen dafür, dass der Täter sie gewürgt hat. Ihr Zungenbein ist gebrochen. Gleichzeitig müssen wir aber in Betracht ziehen, dass es sich auch um einen spontanen Bruch handeln kann.«

Während sich Leo seufzend über den Bericht beugt, schreibt Lot noch etwas auf.

*– Von hinten überwältigt*

*– Gewürgt?*

»Außerdem hat sich herausgestellt, dass die langen Haare auf der Leiche von einem Pferd stammen. Der Nagellack …«

»Ich glaube, es handelt sich um eine Perücke«, erklärt Lot.

»Pardon? Hast du etwas gesagt, Lotje?«

Sie ignoriert seinen herablassenden Tonfall. In seinen Augen hat sie diese Zurechtweisung wahrscheinlich verdient. »Ich gehe davon aus, dass die Pferdehaare möglicherweise von einer Perücke stammen. Im Tagebuch sind die Mädchen ohne Ausnahme mit langen schwarzen Haaren abgebildet. Ich glaube, er wollte seine Opfer genau so herrichten, um seine Fantasie zum Leben zu erwecken.«

Leo schaut sie weiter an. »Ja«, reagiert er. »Eine durchaus interessante Analyse. Ja, ich notiere mir das.«

Lot lächelt schwach. Mehr als eine interessante Analyse kann sie im Moment nicht liefern. Er wird es schon noch selbst merken, denkt sie dann.

»Gleichzeitig dürfen wir weitere Optionen nicht ausschließen«, fügt sie hinzu. »Möglicherweise reitet das Opfer auch gern, wie jeder hier in der Gegend. Oder das Mädchen hat in einem Reitstall gearbeitet, das wäre auch nicht so außergewöhnlich. Oder der Täter, auch möglich.«

Er nickt kurz und fährt fort. »Der Nagellack also, den das Opfer trug. Vom Forensischen Institut haben wir schon erfahren, dass der von einer Billigmarke stammt.«

Lot hebt vorsichtig die Hand. Sie muss einfach fragen. »Wo wurde er gekauft?«

»Es ist die Hausmarke einer großen Drogeriekette«, antwortet Jan. »Wir haben Kontakt aufgenommen, um die Artikelnummer überprüfen zu lassen, aber wie es aussieht, wurde der Nagellack schon vor langer Zeit erworben. Sie haben diese Farbe gar nicht mehr im Sortiment. Sie schätzen sogar, dass das Fläschchen vor etwa acht Jahren gekauft worden ist.«

– *Pferdehaar, Perücke? Pferdebegeistertes Mädchen? Arbeit im Reitstall? Täter Reiter?*

– *Nagellack acht Jahre alt*

»Das wäre es für den Moment«, erklärt Leo.

Lot hebt die Hand. »Ich hätte da noch einige Fragen. Darf ich die vielleicht dem Pathologen stellen?«

Ein Kollege weiter vorn im Raum schnauft spöttisch. Andere warten ruhig Leos Antwort ab. Ganz offensichtlich sind zusätzliche Fragen hier nicht üblich, denkt Lot.

Leo schaut sie an wie ein undankbares Kindergartenkind. »Bitte, Lotje. Nicht jetzt, okay? Sorge du erst mal dafür, dass wir diesen Soldaten verhören können.«

# 18

Lot parkt ihren Wagen vor dem Backsteingebäude, in dem sich die Untersuchungsräume des forensischen Pathologen Ferdinand Lopes befindet. Sie schaut noch einmal auf den Zettel, den sie von Jaap bekommen hat. Ihr Partner hat den Termin heimlich für sie vereinbart. Er kennt Lopes gut, hat er Lot mit einem Augenzwinkern erklärt, und der findet es großartig, wenn sich ein Ermittler mehr als üblich für seine Arbeit interessiert. Für so etwas bleibt heutzutage fast keine Zeit mehr.

Lot steigt aus. Hier wirkt alles wie aus den Achtzigerjahren; die tiefroten Gardinen und die mit Staub besetzten Rollos vor den Fenstern.

Sie steigt die Treppe hoch und klingelt.

Es wirkt, als hätte man das Backsteingebäude erst später an das Krankenhaus angebaut – frei nach dem Motto: »Ach ja, wir brauchen hier auch noch ein Labor.« Vom Budget war zu diesem Zeitpunkt ganz offensichtlich nichts mehr übrig.

Ihr Handy klingelt. Als sie auf das Display schaut, steht da eine ihr unbekannte Nummer. »Nicht schon wieder«, flüstert sie mit einem Kopfschütteln. Schon vier Mal hat sie einen Anruf von einer unbekannten Nummer erhalten. Das nervt sie, denn fast immer handelt es sich um Leute, die ihr am Telefon etwas verkaufen wollen. Nach dem letzten Mal hat sie beschlossen, nie wieder ranzugehen, wenn auf dem Display eine Nummer erscheint, die sie nicht kennt. Wenn es wichtig ist, können die Leute ja eine Nachricht hinterlassen.

Die Tür öffnet sich. Ihr erster Gedanke: Hier bin ich falsch. Und ihr zweiter: Ach ja, Jaap hat was von einem Cowboy erwähnt. Der Mann, der sie begrüßt, trägt einen langen schwarzen Mantel, einen extravaganten großen Hut und Cowboystiefel. Nicht mal in ihren wildesten Träumen hätte Lot sich ausgemalt, dass ein Pathologe so aussehen könnte.

Unter seinem Hut schauen freundliche dunkle Augen, eine breite Nase und ein gräulicher Stoppelbart hervor. Vielleicht hat er irgendwo im Stammbaum einen Indianer oder Lateinamerikaner.

»Lot? Sie sind pünktlich«, meint er. »Ich wollte gerade ein bisschen spazieren gehen.«

Er schnippt mit den Fingern, und ein hyperaktiver Border Collie gesellt sich zu ihm.

Lot lächelt. »Wunderbar, soll ich mitkommen?«

»Nein, besser, Sie warten hier«, antwortet er, während er die Treppe hinunterspringt. Dann dreht er sich um und ruft: »Natürlich begleiten Sie uns! Dafür sind Sie doch hergekommen, oder? Für einen schönen Spaziergang!«

»Ich«, stammelt sie, »also, ich hätte da eigentlich noch ein paar Fragen.«

»Über das Mädchen.«

»Ja, ich wollte zum Beispiel gern wissen …«

»Jaap hat mir das schon erzählt. Sie sind ein bisschen dickköpfig. Das eigensinnige Mädchen aus der großen Stadt. Ihrem Chef ist es sicher gar nicht recht, dass Sie Ihre Zeit damit verbringen, mit einem verrückten Alten wie mir spazieren zu gehen?«

»So in etwa«, erwidert sie mit einem Augenzwinkern. »Ich arbeite als Profilerin und hätte für mein Täterprofil gern einige Informationen darüber, wie man eine Leiche eintrocknet.«

Er deutet nach rechts. »Kommen Sie, hier entlang. Was möchten Sie wissen?«

»Wie funktioniert das genau, dieses Eintrocknen? Wie ist es überhaupt möglich? Wer kann so etwas?«

»Das kann jeder.«

»Aber woher weiß man, wie das geht?«

»Woher weiß man, dass der Ball ins Tor gehört? Man kann alles lernen, wenn man es nur fest genug will.«

»Aber wie? Ich könnte das jedenfalls nicht.«

Er bleibt kurz stehen und klopft Lot mit einem Tennisball gegen die Brust. »Sie wissen auch nicht, wie man einen Ball ins Tor bekommt, oder?« Er lacht laut auf und läuft weiter. »Nein, Spaß beiseite – in der Vergangenheit sind Filme und Bücher darüber erschienen, wie man menschliche Körper mumifiziert. Die können sehr wohl als Inspiration gedient haben. Aber ich kann natürlich nicht in die Haut des Täters kriechen. Ich würde es nicht wagen!« Kurz seufzt er tief. »Sie aber vielleicht schon.«

»Aber wie funktioniert es denn, dieses Eintrocknen?«

»Das ist ganz einfach.«

Lot schaut ihn an. »Ja …«

»Ventilation ist das ganze Geheimnis. Hat man eine gute Ventilation, kann man alles eintrocknen. Denken Sie doch an Ägypten, oder an Peru. Wenn es nur trocken ist, dann hat man es schon fast geschafft. Wasser ist unabdingbar für die Auflösung. Wenn das Eintrocknen Schritt für Schritt erfolgt, verwandelt sich die Haut ganz von selbst in Leder. Aus den Organen wird dann allerdings so eine Art Sirup. Wenn das nicht so stinken würde, könnte man sich das Zeug auf den Pfannkuchen schmieren.« Er lacht so laut, dass ihn ein Passant neugierig anstarrt. Dann fängt er sich wieder und erklärt: »Bei einer aufgehängten Leiche, wie ihr sie da im Wald gefunden habt, läuft diese Masse nach einer Weile einfach raus. Das verursacht einen enormen Gestank, der an den Geruch von Ammoniak erinnert.«

Ammoniak, ja. Damit kann Lot etwas anfangen.

»Es muss also trocken sein, und man braucht Ventilation«, fasst sie zusammen.

»Korrekt. Minimale Ventilation ist schon genug, wissen Sie. Ein kleines Fenster reicht bereits. Aber man muss aufpassen, dass man kein Ungeziefer reinlässt. Sonst fressen die Viecher den Körper auf.«

Lot muss an die Gaze denken, die sie am Tatort hat liegen sehen. »Zum Beispiel so eine Art Moskitonetz?«

Er nickt.

Die Säge. Die Gaze. Der Täter war gerade dort gewesen und wollte ein Fenster aussägen, um für Ventilation zu sorgen. Gar nicht dumm.

»Aber müssten Sie sich als Profilerin denn nicht eher dafür interessieren, warum jemand das tut? Und nicht, wie?«

»Wenn man das Wie kennt, hilft einem das bei der Frage nach dem Warum«, erklärt Lot.

»Das begreife ich, ja. Kommen Sie, lassen Sie uns hier über die Brücke gehen.«

Vor ihnen taucht ein kleiner Park mit einem Weiher auf. Kinder spielen auf der Wiese. Auf Decken sitzen Leute beim Picknick. Lot hätte beinahe vergessen, dass es noch immer Sommer ist. Für die meisten Menschen geht das Leben einfach weiter.

»Was passiert denn, wenn doch Wasser an den Körper gelangt?«

»Dann setzt die Auflösung sofort ein.«

»Denken Sie, man hat in dieser Hütte mit dem Eintrocknen der Leiche begonnen? Oder war das woanders?«

»Man hat am Tatort keine Spuren von Eingeweiden gefunden, oder täusche ich mich? Und hat man da in der Hütte für Ventilation gesorgt?«

Lot schüttelt den Kopf.

»Dann brauchen Sie diese Frage gar nicht zu stellen.«

»Aber davon einmal abgesehen – wäre es möglich?«, hakt Lot nach, als wolle sie sich doppelt absichern. Sie braucht Sicherheit. Fakten.

Er schüttelt wild den Kopf. »Ich weiß nicht«, sagt er. »Es erscheint mir …«

»Unwahrscheinlich?«

Er nickt. »Ja. Mitten in so einem Wald? Das scheint mir nicht logisch. Die Leiche wurde systematisch eingetrocknet, also muss sich der Täter doch ein bisschen mit der Sache auseinandergesetzt haben. Eine Salzhütte wäre dann jedenfalls nicht meine erste Wahl.«

»Was denn sonst?«

»Ach, woher soll ich das wissen. Ich bin kein Mörder. Ein Keller oder so etwas? Auf jeden Fall ein Raum mit einem Zementboden.«

Lot holt ihr Notizbuch hervor.

*– Keller, Zementboden.*

»Das würde bedeuten, dass er die Leiche später bewegt hat.«

»Lässt sich denn sagen, wie lange das Mädchen schon tot war?«

Er schüttelt den Kopf. »Wenn man einen Körper erst mal einen Monat eingetrocknet hat, kann man ihn unter günstigen Bedingungen endlos aufbewahren. Alle Methoden, etwas über den Todeszeitpunkt zu sagen, werden unsicher, wenn wir es mit Eintrocknen zu tun haben. Die letzten Lebenszeichen erlauben eine vertrauenswürdigere Einschätzung als jede Form der Untersuchung, die ich liefern kann. Leider …«

»Und lässt sich etwas über das Alter des Opfers sagen?«

»Da kann ich nur schätzen«, meint er, während er den Ball wegwirft. Der Border Collie rennt wild hinterher, heilfroh über ein neues Ziel in seinem Hundeleben. »Wenn ich mir das Femur anschaue …«

»Den Oberschenkelknochen«, übersetzt Lot für sich selbst.

»Korrekt. Ja, wenn ich mir das anschaue, gehe ich von einem Alter zwischen fünfzehn und fünfundzwanzig Jahren aus. Aber beim Anblick der vierten Rippe komme ich auf ein Alter zwischen zwölf und achtzehn. An den Zähnen kann ich erkennen, dass sie zwischen vierzehn und zwanzig war.« Er seufzt kurz. »Haben Sie mitgerechnet? Dann wissen Sie jetzt, dass es eine Überlagerung in den Jahren zwischen fünfzehn und achtzehn gibt, wir haben also einen bestimmten Rahmen, mit dem wir arbeiten können.«

Mit dem Blick folgt Lot dem Hund, der mit dem Tennisball im Maul auf sein Herrchen zugaloppiert. Die beiden schweigen eine Weile und widmen sich ihrer Umgebung. Lot schaut in die Ferne, über das vor Hitze glühende Gras und die verwelkten Löwenzahnblüten am Rande der Wiese. Vorbei am Sommerflieder, der unter der Hitze seufzt, vorbei an den Baumstämmen mit den toten Zweigen. Trotz der warmen Luft, die sie auf der Haut spürt, bekommt sie eine Gänsehaut.

Lot schaut Ferdinand eine Weile wortlos an.

»Sie war also wirklich noch ein junges Mädchen«, flüstert sie dann.

»Ja«, antwortet er und rückt seinen Hut gerade. »Ja, sie war wirklich noch ein junges Mädchen.«

# 19

Die Nachtluft ist kühler, als erwartet, aber sie geht nicht noch mal rein, um sich etwas Wärmeres anzuziehen. Auf bloßen Füßen läuft sie über den sandigen Boden der kleinen Veranda und setzt sich hin. Hieke schläft. Der Rest des Dorfes auch, aber sie kann nicht einschlafen.

Sie muss sich immer noch an die Stille hier gewöhnen. Vor allem abends.

Während Lot ins Dunkel hinausstarrt, nimmt sie sich eine Zigarette aus dem roten Päckchen. Sie lässt sie zwischen den Fingern tanzen und saugt gierig den Geruch des Tabaks ein. Dann steckt sie die Zigarette zwischen die Lippen. Streichholz. Ratsch.

Die Flamme bringt ganz kurz Licht in die Dunkelheit vor dem Haus. Die Zigarette leuchtet auf, Lot lässt die Flamme erlöschen. Der erste Zug, tief einatmen und dann wieder ganz tief ausatmen. Das Nikotin steigt ihr direkt in den Kopf, die neblige Wolke verflüchtigt sich, genau wie ihre Gedanken, die sich im Dunkeln verlieren.

Lot muss an das junge Mädchen denken, an all die Jahre, die sie noch vor sich hatte. Man hat sie auf brutale Weise um diese versprochenen Jahren beraubt. Lot fragt sich, ob das Mädchen das alles hat kommen sehen oder ob sie davon überrumpelt wurde.

Der Tod überrumpelt einen immer, denkt Lot dann. Egal wie sehr man sich darauf vorbereitet. Kurz denkt sie an ihre Mutter, vergisst sie jedoch gleich wieder.

Dann an Zacharias, der sich im Krankenhaus in aller Ruhe auf die Vernehmung vorbereiten kann, die ihn erwartet. Krank ist krank, aber das Timing ist mehr als ungünstig.

Dann klingen Magnus' weise Worte wieder durch ihre Gedanken. »*Behaviour reflects personality*«. Am Verhalten kann man erkennen, mit was für einer Person man es zu tun hat.

Was für ein Verhalten habe ich hier vor mir? In diesem Fall?

Das Mädchen ist schon längere Zeit tot. Überwältigt von jemandem ohne soziale Fähigkeiten. Dass man jemandem von hinten auf den Kopf schlägt, zeugt von wenig Selbstvertrauen. Manche Täter sind charmant und verwickeln das Opfer erst in ein Gespräch, locken es auf diese Weise in die Höhle des Löwen.

Nicht so dieser Täter.

Er hat es nicht gewagt, sie anzusprechen. Warum nicht? Hat er vielleicht schlechte Erfahrungen mit Frauen gemacht? Möglicherweise hat er auch schon einiges mehr auf dem Kerbholz, wie zum Beispiel ein Sittlichkeitsverbrechen. Vielleicht hat er Erektionsstörungen. Eine körperliche Behinderung, für die er sich schämt? Einen Sprachfehler?

Das Sperma, das man am Tatort gefunden hat, deutet darauf hin, dass sein totes Opfer ihn sexuell erregt, weil es keinen Widerstand mehr leisten kann. Keine Chance auf Zurückweisung. Dann hat er sich getraut. Dann konnte er endlich in aller Ruhe seine sexuelle Fantasie ausleben, ohne abgewiesen zu werden. Ohne Kränkung, ohne dass man sich über ihn lustig macht.

Der Täter hat ein sehr negatives Selbstbild. Woher kommt das?

Lot nimmt einen tiefen Zug und lässt den Rauch langsam aus dem Mund strömen. Sie schaut den Wölkchen nach, die im Dunkel verschwinden.

Er hat dem Mädchen die Nägel lackiert, er wollte also, dass sie schön aussieht. Genauso schön wie eine Freundin, mit der er eine normale Beziehung führt. Er konnte Sex mit ihr haben, wann immer er wollte. Er konnte sie anschauen, wann immer er wollte. Sie anfassen.

Lot denkt an die Zeichnung mit der Frau, die allem Anschein nach ruhig schlafend auf dem Bett liegt. Eine friedliche Frau, die keinen Widerstand leistet. Er wollte sie ganz für sich behalten. Wo hat er sie nur die ganze Zeit aufbewahrt?

In der Salzhütte haben ihre Kollegen keine Spuren von Eingeweiden gefunden. Ferdinand Lopes zufolge ist es unwahrscheinlich, dass man das Mädchen dort umgebracht hat. Also wurde sie an einem anderen Ort ermordet und aufbewahrt. Aber warum hat er sie dann in das Salzhaus gebracht?

Wasser, denkt Lot plötzlich. Lopes hat gesagt, dass sofort die Auflösung einsetzt, wenn der Leichnam mit Wasser in Berührung kommt. Dieser Prozess hatte gerade begonnen. Der Leichnam war also mit Wasser in Kontakt gekommen und hatte begonnen, sich aufzulösen. Er hat sie woandershin geschafft, weil er hoffte, den Vorgang auf diese Weise stoppen zu können.

Lot fällt der Satz in dem Tagebuch ein. »Für immer schön«.

Wasser in einem Keller. Kein abwegiger Gedanke, wenn man bedenkt, dass die Region gerade den heftigsten Sommersturm der niederländischen Geschichte hinter sich hat. Das Wasser der Dinkel ist über die Ufer getreten wie nie zuvor. Also ein vollgelaufener Keller. Der Keller des Täters wurde überschwemmt!

Sie schreibt auf.

– *Meldungen über vollgelaufene Keller der vergangenen Woche überprüfen*

Warum hat er überhaupt angefangen zu morden? Warum hat ihm seine Vorstellung nicht mehr gereicht? Was war sein *Trigger-Event*, das Ereignis, das ihn dazu gebracht hat, aktiv zu werden und seine Fantasie in die Tat umzusetzen? Was hat den Stress so unendlich viel größer werden lassen? Was ist kurz vor dem Mord in seinem Leben geschehen? Hat man ihm gekündigt? Hatte er psychische Probleme? Ist jemand gestorben, an dem er hing? Oder hat er eine Scheidung durchgemacht?

Nein, dieser Täter lebt allein, denn er hat Angst vor Frauen. Er ist nicht in einer Beziehung, darin liegt der Kern seines Problems. Er träumt von einem lieben Mädchen, das er als normale Freundin haben will, denn er fühlt sich sehr, sehr einsam. Warum?

Seine Fantasien toben wahrscheinlich schon seit Jahren durch seinen Kopf. Er hat viel Zeit und Energie in sie investiert. Aber die Realität ist nie so schön und friedlich wie die Fantasie selbst.

Lot weiß, dass so ein Täter das Potenzial in sich trägt, mehr als ein Opfer zu töten, um seine Realität erträglicher zu machen. Um seine Fantasie zu perfektionieren. Langsam schüttelt sie den Kopf. Es wird nie ganz und gar perfekt, das ist unmöglich.

Was für eine Kindheit und Jugend hatte dieser Mann? Wahrscheinlich hatte er nur wenige Freunde, wurde zurückgewiesen, war sozial isoliert – das würde zu seinem Profil passen. Schlechte Erfahrungen mit Mädchen, mit Frauen. Und Angst. Sehr viel Angst.

# 20

Als Erstes sieht sie die faltigen Hände, und dann, als sie die Augen öffnet, auch die Schuhe. Wer …

Sie fährt hoch.

Orientieren. Konzentrieren. Wer steht da in ihrem Schlafzimmer?

»Entschuldige!«, sagt eine liebe, leise Stimme. Jetzt sieht Lot auch das Gesicht. »Ich wollte dich nicht erschrecken.«

Lot unterdrückt einen Fluch und schaut erschrocken zu der alten Frau hinüber, die mit einem Tablett in den Händen vor ihr steht. Verdammt noch mal, denkt sie, was tust du in meinem Schlafzimmer? Aber dann fällt ihr Blick auf das Tablett, auf dem ein Käsebrot liegt. Und ein gekochtes Ei, immer dieses gekochte Ei. Auf so jemanden kann man doch nicht böse sein? Die Frau will sich einfach um Lot kümmern, und wenn der Preis, den Lot dafür bezahlt, ist, dass sie hin und wieder einen Riesenschrecken aushalten muss – dann sei's drum.

»Guten Morgen«, flüstert Lot, fast unhörbar.

Sie räuspert sich, bis die Heiserkeit weg ist.

»Ich wollte dich nicht erschrecken, Mädchen«, erklärt Hieke, »hoffentlich bist du mir nicht böse. Ich habe dich heute Nacht noch so lange herumgeistern hören, daher dachte ich: Das Mädchen kann ein leckeres kleines Frühstück sicher gut gebrauchen.«

»Leckeres kleines Frühstück …«, wiederholt Lot, die alles noch auf sich wirken lassen muss. »Wie spät ist es denn?«

»Mach dir keine Sorgen«, erwidert Hieke. »Es ist sieben Uhr, und normalerweise verlässt du erst um fünf nach halb acht das Haus. Du hast also noch genug Zeit.«

Lot macht es sich im Schneidersitz auf dem Bett bequem und schaut Hieke erstaunt an. Sie ist noch nicht richtig wach. Dass ihre Gastgeberin ihren Tagesplan so gut kennt, hätte sie nicht gedacht.

»Dankeschön«, sagt sie und nimmt Hieke das Tablett ab. »Das ist sehr lieb von dir.«

Die alte Frau lässt sich auf dem Bettrand nieder. Es sieht nicht danach aus, als hätte sie vor, den Raum zu verlassen, bevor Lot mit dem Frühstück fertig ist. Wie eine richtige Mutter.

Lot schlägt das warme Ei gegen den Tellerrand und macht sich daran, es zu schälen.

»Hast du eigentlich einen Liebsten?«, fragt Hieke neugierig.

»Einen Liebsten?«, wiederholt Lot lachend. Sie überlegt, wie lange ihre Gastgeberin sie das wohl schon fragen will. »Wieso fragst du?«

»Eine Frau wie du«, antwortet ihr Gegenüber, so jung und so hübsch. So jemand darf doch nicht allein bleiben?«

Lot zuckt mit den Schultern. »Warum denn nicht?«

»Also nicht«, stellt ihre Wirtin fast bedauernd fest. »Du hast niemanden.«

Wieder zuckt Lot mit den Schultern. Widerwillig nimmt sie einen Biss von ihrem Ei.

Wenn Hieke nur wüsste, denkt sie.

Nach einem kurzen Work-out und einer schnellen Dusche kommt Lot im Büro an. Ihr nasses blondes Haar hat sie streng nach hinten gekämmt, so wird es rasch trocken. Jaap sitzt schon am Schreibtisch, vor sich einen dampfenden Becher Kaffee. Er zeigt auf Lots Arbeitsplatz, seinem gegenüber. »Ich habe auch einen für dich geholt, trink ihn schnell, wir müssen los.«

»Dir auch einen wunderschönen guten Morgen«, begrüßt sie ihn.

»Ja, ja, guten Morgen.«

»Danke für den Kaffee«, sagt sie und setzt sich hin.

Vor sich auf dem Tisch findet sie die Nachricht des Kollegen, den sie heute Nacht per E-Mail darum gebeten hat, Meldungen über vollgelaufene Keller zusammenzusuchen. Auf dem Post-it steht: »Ich habe gleich nachgeschaut, die markierten Adressen betreffen Meldungen von Überschwemmungen. Tut mir leid, ich fürchte, davon hast du nicht viel. ☺«

Einer von der eifrigen Sorte, dieser Kollege. Sein Post-it klebt auf einer ausgedruckten Karte der Umgebung, die Lot jetzt ganz auseinanderfaltet. Vor allem der rechte Teil ist hellblau markiert, das Stück, das an die Dinkel grenzt, die durch das Unwetter der vergangenen Woche über die Ufer getreten ist. Der linke Teil ist hügeliger, hat mehr Wald. Und er liegt höher.

So was Blödes, denkt Lot. Das nützt mir tatsächlich nicht viel. Trotzdem steckt sie die Karte in ihre Akte. Man weiß ja nie.

»Die Ergebnisse der DNA-Untersuchung sind da«, sagt Jaap, »deswegen müssen wir auch los.«

Lot trinkt schnell einen Schluck Kaffee. »Und?«, will sie wissen. »Ist es Lisanne?«

Langsam schüttelt Jaap den Kopf. »Nein …«

»Nicht?«

Lot seufzt und stellt fest, dass sie sich in gewisser Weise erleichtert fühlt, wegen Lisannes Eltern. Auch wenn sie weiß, dass das unbegründet ist.

»Leo hat gefragt, ob wir da direkt hinfahren können«, meint Jaap dann, »um es den Eltern zu sagen und kurz mit ihnen zu sprechen.«

»Natürlich«, antwortet Lot. »Natürlich fahren wir da hin.«

Lot bezweifelt, dass die Eltern dieselbe Erleichterung verspüren werden wie sie – vielleicht wäre es für sie gerade eine Erleichterung, wenn sie endlich sicher wüssten, dass Lisanne nicht mehr lebt. Dann könnten sie mit der Sache abschließen. Jetzt dauert das grausame Nichtwissen weiter an. Es muss sich ein wenig wie ein langsames Sterben anfühlen, wenn das eigene Kind so lange vermisst wird. In den ersten Wochen sucht noch jeder mit, aber je mehr Monate oder sogar Jahre verstreichen, desto weniger dringend wird es für die anderen. Kaum einer sucht mehr mit. Immer weniger Leute wissen, was sie zu einem sagen sollen. Weniger Menschen fühlen mit. Und eines Tages landet ein neuer Aktenstapel auf dem vom eigenen Kind. Und dann beschäftigt sich nicht einmal mehr die Polizei mit dem Fall. Dann ist man als Eltern erst wirklich ganz allein, und als einzige Gefährten bleiben dann nur noch die eigene Sorge und der Kummer.

»Aber wer ist es dann?«

Jaap wirft ihr eine dicke Akte auf den Schreibtisch. »Mit deiner Anregung im ersten Briefing hattest du gar nicht so unrecht«, erklärt er. »Ein deutsches Mädchen, jemand aus der Grenzregion. Sie wird schon seit etwas über einem Jahr vermisst. Unsere deutschen Kollegen sind gerade dabei, die Familie zu informieren.«

»Wow …«, murmelt sie. »Wie heißt das Mädchen?«

»Krista Wolff. Sie war gerade erst achtzehn geworden, als ihr Vater sie als vermisst gemeldet hat.«

»Und ihre Mutter?«

»Früh gestorben. Krista war im Streit von zu Hause weggegangen«, fährt Jaap fort. »Zuletzt hat man sie auf dem Sommerfest hier im Dorf gesehen. Und danach hat niemand je wieder etwas von ihr gehört.«

Lot öffnet die Akte und verspürt ein Kribbeln im Unterleib. Sommerfest? Darüber will sie alles ganz genau wissen. Sie lässt die Fingerknöchel knacken. Schade, dass sie nicht eher von diesem Fall wusste. Das ist das Dumme an den Landesgrenzen; auf diese Weise entgehen einem Dinge. Der Täter hingegen lässt sich von Grenzen nicht aufhalten.

Sie überblättert eine Seite und vertieft sich direkt in den Bericht über die Ermittlungen, die jetzt ein Jahr her sind. Jaap will los. »Heb dir das für später auf, Lot. Jetzt müssen wir erst zu Lisannes Eltern, auf geht's.«

Sie nickt und steht auch auf. Er hat recht: Diese beiden armen Menschen sind jetzt erst einmal wichtiger.

Als Jaap auf die Klingel drückt, wird die Tür sofort von einem etwa sechzehnjährigen Mädchen geöffnet, so als ob sie bereits auf sie gewartet hätte. Sie hat dunkelbraunes, lockiges Haar, das ihr bis auf die Schultern fällt.

Lisannes Schwester?

»Sie sind von der Polizei.«

Lot nickt und streckt dem Mädchen die Hand entgegen. »Lot van Dijk, Polizei Twente. Das hier ist mein Kollege Jaap Broekhuizen.«

»Stefanie«, murmelt das Mädchen. »Haben Sie Neuigkeiten? Über Lisanne?«

Jaap deutet in Richtung Wohnzimmer. »Dürfen wir kurz reinkommen?«, erkundigt er sich. »Sind deine Eltern zu Hause?«

Das Mädchen lässt sie herein. »Ich gehe sie holen.«

Sie wirkt am Boden zerstört; wahrscheinlich hat sie Angst vor den Neuigkeiten, die Lot und Jaap ihr und ihren Eltern bringen. Lot würde ihr am liebsten direkt sagen, dass sie sich nicht fürchten soll, dass das Mädchen mit dem Nagellack, das da eingetrocknet und ganz allein im Wald hing, nicht ihre Schwester war. Dass es für die Familie noch einen Funken Hoffnung gibt. Aber sie muss die Regeln befolgen. Erst müssen die Eltern dazugeholt werden. Einen Schritt nach dem anderen.

Dann fällt ihr Blick auf einen Stapel in Plastik verpackte schwarze T-Shirts mit dem Aufdruck »Bürgerwehr«. Sie stößt Jaap in die Seite und zeigt darauf. »Davon hat Hieke mir schon erzählt. Sie wollen in der Nachbarschaft eine Gruppe zusammenstellen und auf Patrouille gehen. Darüber hat man sich auf der Informationsveranstaltung ausgetauscht.«

Jaap seufzt kopfschüttelnd. »Keine gute Idee.«

»Vor allem ganz schön gefährlich, das Ganze …«

Jetzt stehen die drei im Zimmer. Fragende Blicke, Münder, die sich zu ängstlichen Strichen verzogen haben. Eltern und Tochter halten einander an den Händen.

»Nein«, sagt Lot schnell, »das gefundene Mädchen ist nicht Lisanne.«

Die Frau hält sich eine Hand vor den Mund und fängt an zu schluchzen. Ihr Mann umarmt sie und flüstert ihr leise beruhigende Worte ins Ohr. Dann schaut die Frau wieder zu Jaap und Lot auf. »Wirklich nicht? Das wissen Sie sicher?«

Jaap nickt. »Ganz sicher. Wir haben eine DNA-Analyse machen lassen. Es handelt sich um ein Mädchen aus Deutschland.«

Die Schwester setzt sich auf einen alten Küchenstuhl und legt den Arm mit der Seite nach oben auf den Tisch. In zierlichen Buchstaben tätowiert wird der Name Lisanne sichtbar. Als sie sieht, dass Lot hinguckt, erklärt sie: »Das habe ich mir stechen lassen. Auf diese Weise ist sie doch ein bisschen bei mir, bis sie wieder zurückkommt.« Sie presst beide Arme gegen die Brust, eine Träne rinnt ihr aus dem Augenwinkel. Ihr Vater legt ihr die Hand auf die Schulter. »Natürlich arbeiten wir weiter daran, das Verschwinden Ihrer Tochter aufzuklären«, versichert Jaap.

»Kennen Sie eine gewisse Krista Wolff?«

»Ist das das Mädchen?«, will Stefanie wissen. »Das tote?«

Lot nickt. »Wir möchten gern ausschließen können, dass es eine Verbindung zwischen den beiden gibt.«

Der Vater verschränkt die Arme. »Eine Verbindung zwischen ihr und unserer Tochter, meinen Sie? Verdammt, denken Sie vielleicht, die beiden wurden von demselben Mörder umgebracht? Verdammt …«

Jaap hebt abwehrend beide Hände. »Wir denken gar nichts. Das gehört alles zu unserer üblichen Vorgehensweise. Wir fragen diese Art Dinge einfach zur Sicherheit; alle Informationen, die uns dabei helfen können, diesen Fall aufzuklären, sind willkommen.«

Der Mann steckt ein wenig verlegen beide Hände in die Hosentaschen. »Stefanie«, fragt er dann, »kennst du diese Krista?«

Das Mädchen versteckt sich weinend hinter ihren Locken und schüttelt kaum merklich den Kopf. »Also nein«, erklärt ihr Vater, »wir kennen sie nicht.«

»Vielen Dank«, sagt Jaap. »Uns ist bewusst, dass diese Angelegenheit entsetzlich belastend für Sie sein muss. Wenn Sie noch Fragen haben, können Sie jederzeit Kontakt zu uns aufnehmen. Er gibt dem Vater seine Karte und nickt ihm mitfühlend zu. »Dann gehen wir jetzt wieder.«

Der Vater begleitet sie nach draußen. Lot fängt seinen Blick auf; er sieht aus, als würde er ihnen am liebsten etwas antun. »Ich möchte nicht, dass meine Frau das hört«, sagt er, während er beherrscht mit der Faust auf das Autodach schlägt. »Aber ich will, dass Sie diesen Zacharias jetzt endlich ein für alle Mal von der Straße holen.«

Ganz offensichtlich haben diese Leute heute noch keine Zeitung gelesen. Die Schlagzeile lautet, dass »der Verdächtige im Sommermädchenfall« erkrankt und ins Krankenhaus gebracht worden ist. Man hat Zacharias V. zwar auf dem Foto unkenntlich gemacht, aber durch seine Haltung und seinen ungewöhnlichen Vornamen ist er für jeden im Dorf ohne Weiteres erkennbar.

Lot schaut auf. »Worum geht es denn?«

»Er ist ihr Ex.«

»Ihr Ex?«

Die Information trifft Lot völlig unerwartet.

Er nickt. »Der Ex meiner Tochter, der Ex von Lisanne. Sie waren ein paar Monate zusammen, als er gerade aus Afghanistan zurück war. Absolut gegen meinen Willen, aber das half nichts, sie wollte ihn.«

»Wer hat die Beziehung beendet?«

Der Vater zuckt mit den Schultern. »Das kann ich nicht so genau sagen, jedenfalls war es plötzlich vorbei. Sie war völlig aufgelöst. Aber sie hat mit niemandem darüber gesprochen, nicht einmal mit Stefanie. Und einen Monat später ist sie verschwunden. Das habe ich übrigens vor einem Jahr auch schon alles erzählt, als wir Lisanne vermisst gemeldet haben, alles steht verdammt noch mal haargenau in Lisannes Akte. Es macht mich ganz krank, dass Sie beide das nicht einmal zu wissen scheinen.« Plötzlich ringt der Mann nach Luft. Wenn er spricht, wird er ruhig, doch hinter dieser Ruhe verbirgt sich ein wilder Bär, der jeden Moment zum Angriff übergehen kann.

Lot schüttelt den Kopf. Sie erinnert sich wirklich nicht an diese Aussage, obwohl sie die Akte gründlich durchgelesen hat. Vielleicht ist das entsprechende Dokument verloren gegangen. Ein Skandal, aber so etwas kommt hin und wieder vor.

»Aber schön, ich sage es Ihnen also jetzt noch einmal, weil ich verdammt noch mal im Dorf gehört habe, dass es dieser Zacharias war, der das Mädchen gefunden hat, da im Wald. Das ist doch nicht normal, Leute? Ich glaube nicht, dass das ein Zufall ist. Ich glaube es einfach nicht. Er muss etwas damit zu tun haben, hören Sie mich? Eine andere Erklärung gibt es nicht.«

Er schluckt und schlägt noch einmal ohne viel Kraft mit der Faust auf das Auto. Lots Blick fällt auf seine Zähne, die er aufeinandergepresst hat, während er die Worte hervorbringt. Er ist wie ein wilder Bär. Ein Fingerschnippen, ein falsches Wort, und er greift an.

»Holen Sie ihn von der Straße, verdammt noch mal«, bringt er hervor. »Der Kerl ist wahnsinnig.«

Jaap wirft Lot einen kurzen Blick zu. Sie nickt. »Wir werden der Sache nachgehen.«

# 21

»Haben Sie das Mädchen ermordet, Zacharias?«

Leo geht ziemlich ran. Und das schon am frühen Morgen. Er selbst scheint von seiner Vernehmungsmethode sehr überzeugt zu sein. Mit glasigem Blick schaut ihn der Soldat aus seinem Krankenhausbett an, wo er noch immer zur Beobachtung liegt. Dann richtet er den Blick auf Lot. Etwas in ihr glaubt, dass er sie um Hilfe bittet, aber sie ist nicht sicher, ob sie sich das nur einbildet. Hilfe, die sie ihm nicht bieten kann. Oder will.

»Diese Mission«, fährt Leo fort, »da in Afghanistan. Das war eine heftige Sache, nicht wahr?«

Zacharias schlägt die Augen nieder. Keine Antwort. »Wie war das noch mal? Einer von Ihren Kumpels wurde von einer Bombe aus dem Hinterhalt tödlich verwundet?«

Ein schwaches Nicken. Zacharias sagt mit heiserer Stimme: »Damian.«

»Damian?«

Wieder nickt Zacharias »Damian Jansen, einer der besten Männer auf der ganzen Welt. Er fehlt mir immer noch.«

»Er fehlt Ihnen.«

»Ja.«

»Und deswegen sind Sie hingegangen und haben Ihre Schwester geschlagen«, meint Leo. »Ist ja ganz logisch.«

Du lieber Himmel. Lot weiß, dass es manchmal sinnvoll sein kann, einen Verdächtigen zu provozieren, aber dafür muss man einen Grund haben, und zwar einen gut durchdachten. Frustriert lässt sie die Fingerknöchel knacken, als sie sieht, dass der Vernehmungsplan ungeöffnet auf Leos Schoß liegt. Sie hat den

Auftrag bekommen, das Reden so weit möglich Leo zu überlassen und vor allem zu beobachten, aber es kribbelt in ihr. Am liebsten würde sie selbst das Verhör übernehmen.

Behutsam schiebt sie einen Becher mit Wasser über den Tisch neben Zacharias' Bett. »Hier«, sagt sie. »Trinken Sie einen Schluck.«

»Danke«, flüstert er. Und dann, mühsam: »Ich weiß, dass das falsch von mir war, und ich werde den Rest meines Lebens dafür büßen, weil meine eigene Schwester nichts mehr von mir wissen will. Aber was soll ich denn jetzt hier? Hat sie mich wieder angezeigt? Ich habe sie schon Wochen nicht mehr gesehen.«

»Hier geht es nicht um Ihre Schwester, Zacharias«, erklärt Lot. Leo dreht sich um, nickt ihr zu. »Hier geht es um das tote Mädchen, das Sie gefunden haben.« Zacharias nickt verwirrt, erinnert sich wohl an die Frage, mit der Leo das Verhör eröffnet hat. Er setzt sich gerade hin, zieht das Kissen in seinem Rücken ein wenig zurecht. »Sie wollen wissen, ob ich sie ermordet habe; ist das Ihre Frage?«

Lot nickt. »Beantworten Sie sie einfach.«

Er schüttelt den Kopf. »Dass Sie mich das überhaupt fragen – ich war es doch, der Sie angerufen hat.«

»Es kommt häufiger vor, dass Täter selbst bei der Polizei anrufen.«

»Sie hing da so friedlich«, murmelt er kopfschüttelnd. »Ich fand das fast inspirierend, verstehen Sie? Der Tod kann einem so viel Frieden schenken. Das scheint mir etwas so Schönes, Frieden.«

Leo räuspert sich. »Haben Sie etwas mit dem Mord zu tun, Zacharias?«

»Sie stellen mir noch einmal diese Frage?«

»Ja.«

»Dann gebe ich Ihnen auch noch einmal dieselbe Antwort. Nein, Inspektor. Nicht das Geringste.«

Kurz schaut Leo zu Lot hinüber; sie meint, Frustration in seinem Blick lesen zu können. Hoffentlich sieht Zacharias das nicht, denn sonst kassiert man als Verhörender ein Gegentor. Sie nickt. Leo wird Zacharias weiter radikal verhören, das ist ihr klar.

»Haben Sie eine Freundin?«, will Lots Chef als Nächstes wissen.

Langsam schüttelt der andere den Kopf. »Nein«, erwidert er.

Leo nickt und schaut – um des Effekts willen – kurz in den Verhörplan. »Also, ich sehe hier, dass Sie und Lisanne sich gerade getrennt hatten«, meint er, »damals, als sie verschwand.« Und nach einer kurzen Pause: »Sie war doch Ihre Freundin? Zacharias?«

Zacharias schaut auf den Boden und schweigt.

»Vielleicht suchten Sie ja deswegen Trost, die ganze Sache ist außer Kontrolle geraten, und Sie haben sie ermordet.«

Sein Blick ist jetzt starr geradeaus gerichtet. Er holt ruhig Luft, atmet ebenso ruhig wieder aus, ein weiteres Mal und noch einmal, hat den Blick auf Leo gerichtet. Er ist wieder voll da.

»Völliger Unsinn«, erklärt er dann, mit äußerster Ruhe.

»So unwahrscheinlich klingt das Ganze nicht«, mischt sich Lot in demselben Tonfall ein.

Leo räuspert sich und lehnt sich zurück, wie jemand, der seine Beute gepackt hat. »Ich würde es sogar sehr wahrscheinlich nennen.«

»Blödsinn!«, ruft Zacharias jetzt. Er springt aus dem Bett und ringt nach Atem.

Ein Blickwechsel zwischen Leo und Lot. Sie haben ihn da, wo sie ihn haben wollen.

»Ruhig«, sagt Lot. »Bleiben Sie ruhig.«

»Nein!«, schreit er und baut sich drohend vor ihr auf, »ich bleibe ganz bestimmt nicht ruhig. Wissen Sie, was Sie da behaupten? Ich habe niemanden ermordet.« Er hält sich die Hände vor die Augen. »Nein«, flüstert er dann. »Das ist gelogen.«

»Das ist gelogen?«

Er nimmt die Hände vom Gesicht und schaut sich um. »Ich habe dieses Mädchen nicht ermordet«, flüstert er und schüttelt den Kopf. »Wirklich nicht. Darf ich mich jetzt ausruhen? Ich will hier weg, ich will einfach zurück in mein Zelt, ich will meine Ruhe haben. Ich will das hier alles nicht.«

Leo lehnt sich zurück und faltet die Hände, lässt sie auf seinem dicken Bauch ruhen. Er sieht jeden Tag schlechter aus, denkt Lot.

Er seufzt tief. »Nein, das war bei dem Mädchen genauso«, murmelt er. »Sie wollte das alles auch nicht.«

»Woher kennen Sie Bob Altena?«, fragt Lot.

»Bob«, wiederholt Zacharias verblüfft, »Bob.«

»Ja, Bob, der bei Ihnen im Wald war.« Sie nimmt sich den Verhörplan von Leo und schaut hinein. »Sie haben zu Protokoll gegeben, dass er zufällig dort war, dass er sich aber als Wilderer häufig dort herumtreibt. Dafür war es aber ein bisschen früh, oder?«

»Ich bin so oft früh unterwegs …«

»Woher kennen Sie ihn?«, unterbricht ihn Lot. Sie schaut zu ihm auf, denn er steht immer noch vor den beiden Ermittlern. »Antworten Sie.«

»Er ist ein …«, erklärt er zögernd, »ein Freund.«

Zacharias legt sich wieder hin. Zieht die Decke über sich. Eben noch war er wie eine Bombe, die vor Aggression zu explodieren drohte, und jetzt ist er wieder wie ein krankes Vögelchen. Lot verfolgt jede seiner Bewegungen mit Argusaugen. Hier stimmt etwas ganz und gar nicht.

»Ein Freund?«

Er nickt.

»Und woher kennen Sie ihn?«

»Wir kennen uns schon seit Jahren.«

»Woher Sie ihn kennen, will meine Kollegin wissen«, mischt sich Leo ein, der offensichtlich mit seiner Geduld am Ende ist.

Zacharias schaut Leo ziemlich drohend an, als würde er ihn am liebsten erwürgen. Aggressionen. Dann wird sein Blick wieder milder. Das Vögelchen. Aggression, Vögelchen, Aggression, Vögelchen. Das ist sein Muster.

»Wir arbeiten zusammen in den Ställen. Weil ich … Weil ich jetzt nicht mehr in der Armee bin. Ich darf nicht mehr. Sie haben mich für verrückt erklärt.« Er holt tief Luft und atmet quälend langsam wieder aus. »Und jetzt verdiene ich mir als Stallknecht etwas dazu. Ich brauche nicht viel, niemand will für ein Zelt im Wald Miete haben …«

»Welche Ställe meinen Sie?«, fragt Lot.

Leo schaut sie an. Eine dumme Frage? Vielleicht, aber so arbeitet ihr Gehirn nun einmal. Nichts selbst hinzufügen, den Verdächtigen die Geschichte erzählen lassen.

»In den Ställen von Altena. Bob und seine vier Brüder sind da fest angestellt. Außerdem gibt es noch einige Leute mit Halbtagsjobs, zu denen ich gehöre.«

»Was hatte er bei Ihnen im Wald zu suchen?«

»Das habe ich Ihnen schon gesagt, er war zufällig dort.«

»Reden Sie doch keinen Blödsinn«, meint Leo. »Was haben Sie da getrieben?«

Zacharias antwortet nicht.

Lot schaut zwischen den beiden Männern hin und her und fragt sich, wer von ihnen wohl zuerst handgreiflich werden wird. Leo lehnt sich über den Klapptisch. Wasser schwappt über den Rand des Trinkbechers. »Machen Sie schon, reden Sie«, poltert er plötzlich los, »was hatte der Kerl da zu suchen? Habt ihr es vielleicht zusammen getan? Habt ihr das Mädchen zusammen ermordet?«

»So ein Blödsinn!«

»Ja«, macht Leo weiter, »ihr habt sie zusammen ermordet.«

Wieder senkt Lot den Blick. Endlich hat sie sorgfältig etwas aufgebaut, und Leo latscht einfach mit seinen dicken Mammutfüßen drüber.

»Bob Altena«, erteilt ihr Leo in sachlichem Ton eine Anweisung, während er den Blick immer noch auf Zacharias gerichtet hält. »Lass Bob Altena vorladen. Wir werden ihn noch einmal verhören.«

Während sie den schweigenden Zacharias gerade eindringlich beobachtet, öffnet sich die Tür zum Krankenzimmer. Jaap steht da und winkt ihnen zu.

»Was ist denn so dringend? Hat das nicht Zeit?«, fährt ihn Leo an.

Jaap gibt ihm wortlos zu verstehen, dass er nicht warten kann, und sein Blick sagt Lot schon genug. Da ist etwas Ernstes passiert. So schlecht das Timing auch sein mag, Jaap ist sicher nicht einfach so ins Krankenhaus gekommen, um die Vernehmung zu unterbrechen. Sie läuft sofort aus dem Zimmer, und Leo, der verärgert vor sich hin murmelt, kommt hinterher. Die Tür fällt ins Schloss, aber durch die Jalousien vor der Glasscheibe kann Lot erkennen, dass Zacharias schluchzend auf dem Bett zusammengesunken ist. Sie schüttelt den Kopf. Sie kann den Kerl überhaupt nicht einschätzen.

Mit großer Gebärde schwenkt Jaap seinen Autoschlüssel vor ihrem Gesicht hin und her.

»Schlechte Neuigkeiten. Wir haben noch eine Leiche.«

# 22

»Ratatatat. Ratatatat. Frrrrrrrrrt!«

Wie besessen laufen seine kleinen Füße über das weiche Gras, der große Ast ruht auf seinem Unterarm. Während er von der einen Seite des Feldes zur anderen rennt, atmet er den vertrauten Geruch von Kuhmist ein. Der halbe Fußball auf seinem Kopf wackelt bei jeder Bewegung mit. Dann bleibt er stehen und legt den Ast wieder an. »Ratatatat. Ratatatat. Frrrrrrrrrt!«

Der Nachbar schaut um die Ecke des Schuppens neben dem Haus, in dem er mit Mutter wohnt. Die Nachbarn haben ein viel größeres Haus. Sie selbst haben eigentlich auch viel Platz, aber den braucht Mutter für ihre Arbeit, und sie findet es Blödsinn, wenn er sich beschwert, dass er nicht genug Platz für seine Sachen hat.

»He, kleiner Soldat«, sagt der Nachbar, »geht das auch ein bisschen leiser?«

Er schweigt und schlägt die Augen nieder. Jetzt hat er doch wieder etwas falsch gemacht. Wenn Mutter das nur nicht erfährt.

Der Mann streckt ihm seine große Hand hin. »Komm mal mit, Junge, dann zeige ich dir was Schönes.«

Er legt sein Astgewehr zögernd ins Gras und geht auf den Nachbarn zu. Als er neben ihm steht, hebt der Mann die Hand. Er zieht die Schultern zusammen und macht die Augen zu, aber dann klopft ihm der Nachbar nur sanft auf den Rücken.

»Wir haben einen neuen Mitbewohner«, meint er, »komm mit und sieh ihn dir an.«

Zusammen gehen sie am Schuppen entlang in den Garten der Nachbarn. Der Nachbar bleibt vor einem Holzverschlag mit einem davor gespannten Netz stehen. Im Holzverschlag hängt kopfüber ein Fläschchen, das man mit Eisendraht festgebunden hat. In der Ecke sieht er zuerst nur Stroh. Er fragt sich, wer da bloß drin wohnen soll.

Der Nachbar macht ein schmatzendes Geräusch mit den Lippen und grinst. »Es ist noch ein bisschen schüchtern«, erklärt er. Dann wieder dieses Geräusch. »Guck mal«, flüstert der Nachbar dann, »guck, da ist es.«

Ein flaumiges Kaninchen mit viel zu langen Ohren macht zwei kurze Sprünge nach vorne, sodass er es ein bisschen besser sehen kann.

»Ein Kaninchen!«

Das wohnt hier also.

»Findest du es niedlich?«

»Ja.«

»Möchtest du es vielleicht mal streicheln, Junge? Würde dir das gefallen?«

Er nickt und blinzelt heftig. Spannend findet er das auch, denn er hat noch nie ein Kuscheltier gestreichelt, das sich bewegt. Das ist bestimmt schön.

Der Nachbar schiebt den Riegel zur Seite, sodass man die Stalltür aufmachen kann, und schiebt seine große, grobe Hand einfach so nach drinnen. Er kann hören, wie das Stroh raschelt. Hüpf, hüpf, hüpf. Das Kaninchen verschwindet wieder, zieht sich in eine dunkle Ecke des Stalls zurück, die durch eine zusätzliche Wand geschützt ist.

»Komm raus, Kleines«, lockt der Nachbar das Tier, »der Nachbarsjunge möchte dich streicheln.«

»Will es nicht?«

Dann hören sie Schritte hinter sich. »Natürlich will es nicht«, erklärt Mutter, »weil du schon wieder im Dreck herumgetobt hast. Du stinkst. Wir gehen dich jetzt waschen.«

Der Nachbar lacht ein bisschen und macht den Stall wieder zu.

»Tut mir leid, Junge. Dann ein anderes Mal.«

Er nickt. Und lässt zu, dass Mutter ihn nach Hause zerrt. Er fühlt es daran, wie sie ihn anfasst. Er hört es daran, wie sie Luft holt. Er sieht es in ihren Augen. Sie ist nicht zufrieden. Und das liegt an ihm.

»So«, meint sie, als ihn nach drinnen schubst. Auf dem Tisch steht ein Topf mit Wasser und einem Waschlappen. Daneben liegt ein Stück Seife, das er immer benutzen muss. »Wasch dich jetzt. Du stinkst!«

Er will nicht, weil das Wasser kalt ist und ihm auch kalt wird, wenn er sich damit wäscht.

Er schüttelt ganz leicht den Kopf. »Darf ich nicht noch ein bisschen draußen spielen, Mutter?«

Sie dreht sich um und schlägt ihm mit einer raschen Bewegung ins Gesicht. »Es reicht! Du stinkst! Wasch dich jetzt. Sofort!«

Nachdem er sich gewaschen hat, wird es bald dunkel, und er muss ins Bett.

Im Bett kann er nicht einschlafen. Er denkt an das Kaninchen, das sich nicht von ihm streicheln lassen wollte. Er hätte so gerne mit ihm gekuschelt, aber das Kaninchen hat gedacht, dass er stinkt. Das ist so schade.

Aber jetzt hat er sich ja gewaschen. Vielleicht sieht jetzt alles anders aus?

»Ich bin gleich wieder da«, flüstert er Bär zu.

Er klettert aus dem Bett und lauscht aufmerksam, aber Mutter ist in ihrem Arbeitszimmer und hört wie immer laut Musik. So kann er einfach schnell hin- und wieder zurücklaufen, ohne dass sie es bemerkt. Heimlich schleicht er die Treppe hinunter, wo der Geruch von Mutters Weihrauch im Zimmer hängt.

Die Hintertür ist noch offen. Er macht sie auf und schleicht auf bloßen Füßen hinaus in die dunkle Nacht. Das kalte Gras kitzelt ihn an den Füßen, anders als wenn die Sonne den Boden aufgewärmt hat. Es pikst mehr. Ganz kurz bleibt er mitten auf der Wiese stehen und lässt die Schultern hängen. Er atmet ein. Und wieder aus. Plötzlich fühlt er sich so ruhig. So wohl. Als wäre die Dunkelheit sein Freund.

Dann geht er weiter zum Schuppen. Erst schaut er kurz nach, ob da vielleicht jemand ist.

Er schaut zu den Fenstern im Haus der Nachbarn hinüber und späht in ihren Garten hinein, aber er sieht niemanden. Schritt für Schritt geht er weiter zum Holzverschlag des Kaninchens. Da ist er schon, unter dem schwachen Schein der Laterne, die an der Wand dahinter hängt. Er hat gut aufgepasst, als der Nachbar heute Mittag die Stalltür geöffnet hat, und er weiß noch genau, wie das geht. So, den Riegel nach rechts. Und dann so, ja, vorsichtig die Tür aufmachen. »Ninchen«, flüstert er, »Ninchen, so sollst du heißen. Wo bist du, Ninchen?«

Er hört, wie sich das Tier bewegt. Raschel, raschel, da im Stroh. Aber so kommt er nicht an Ninchen heran. Immer noch nicht. Es zieht sich wieder ganz bis in die Ecke des Stalls zurück, sodass man es im Dunkeln beinahe nicht mehr sehen kann.

Mutter hat gesagt, dass er stinkt. Und dass das Kaninchen sich deswegen nicht von ihm streicheln lassen wollte. Aber jetzt hat er sich gewaschen, das muss Ninchen doch riechen?

»Ninchen«, flüstert er, »ich stinke nicht mehr, wirklich nicht. Komm nur her.«

Das Kaninchen bleibt sitzen, genau an derselben Stelle wie heute Nachmittag. Es kommt kein einziges Stückchen auf ihn zu. Es möchte gar nicht von ihm gestreichelt werden.

Verflixt. Er will Ninchen streicheln. Es reicht!

»Ninchen«, knurrt er, »komm her. Jetzt hört der Spaß auf.«

Aber Ninchen hört nicht. Kurz denkt er darüber nach, wieder nach Hause zu gehen und zu Bär ins Bett zu kriechen. Aber dann überlegt er sich etwas anderes. Er beugt sich ganz weit nach vorne und sucht mit den Händen nach dem lebendigen Kuscheltier. Dann spürt er plötzlich etwas Weiches zwischen den Fingern. Oje, das Kaninchen zieht sich vor Schreck wieder ein Stück zurück. Jetzt muss er zugreifen, das ist seine Chance. Er sucht wieder nach dem weichen Tierchen, und sobald er es zwischen den Fingern fühlt, packt er ganz fest zu.

»Jetzt hab ich dich!«

Das Tier zappelt und windet sich und wirft sich wild hin und her. »Ganz ruhig«, flüstert er. »Jetzt halt doch mal still.«

Aber das Kaninchen hält nicht still. Es will überhaupt nicht zwischen seinen Händen sein. Jetzt wird er richtig böse.

Dann drückt er zu, so fest er nur kann. Das Kaninchen wehrt sich und bewegt sich ganz wild zwischen seinen Händen. Aber er ist ein starker Junge und packt es immer fester im Nacken. Er will es doch nur streicheln, so schlimm ist das doch nicht? Wenn er jetzt noch ein bisschen drückt, will es vielleicht wirklich bei ihm bleiben. Dann begreift das Kaninchen schon, dass es schön ist, von ihm gestreichelt zu werden.

Plötzlich hört das Zappeln auf. Na also, das Drücken hat geholfen.

Das Kaninchen bewegt sich nicht mehr. Es hält endlich still und will nicht mehr weg. Zufrieden setzt er sich im Schlafanzug in das kalte, piksende Gras.

Das Kaninchen liegt auf seinem Schoß. Und er kann es streicheln.

# 23

»Du stinkst!«

Der Bus holpert über den dunklen Sandweg. Der Gestank von hinten ist kaum auszuhalten. Alles hat schon viel zu lange gedauert. Er hätte viel früher akzeptieren müssen, dass sie verloren ist, genau wie seine Erste. Es macht ihn ganz wahnsinnig, dass er das jetzt tun muss. Er könnte schreien. Am liebsten würde er weinen.

Aber es ist wahr, und er dreht sich noch mal zu ihr um. »Du stinkst!«

Er darf gar nicht daran denken, sie je wieder zu streicheln, jetzt, wo sie so schlimm stinkt. Aus und vorbei. Sie muss weg. Er muss sie loswerden.

Dass es so viele Tage gedauert hat, bis er zu dieser Einsicht kam. Er konnte einfach nicht Abschied nehmen. Aber im Kopf weiß er es schon seit Tagen: Er muss sie loswerden. Schön ist sie auch nicht mehr. Und womöglich riechen es die Nachbarn auch schon. Dann kommt ihm die Polizei auf die Spur. Das darf nicht passieren. Sie würden ihn wieder nicht begreifen.

Er denkt an die Nacht zurück, als er von den Polizeibeamten festgehalten wurde. Das war das erste und letzte Mal, das hat er sich damals selbst versprochen. Es wird nie wieder passieren, nie wieder, nie wieder, nie wieder. Sie waren so böse. Und er hatte so schreckliche Angst. Die großen Hände des Nachbarn sah er als Erstes. Danach seine Augen, die ihn wütend anschauten. Er hat ihm das Kaninchen vom Schoß gerissen, obwohl es so ruhig dagelegen hatte. Ganz plötzlich musste er mit dem Streicheln aufhören, und man hat ihm Ninchen weggenommen.

Der Nachbar hat laut geflucht. Wie ein Gewitter klang das in seinen Ohren. Er war durchgefroren gewesen, seine Beine waren wie Eis von dem langen Sitzen im Gras, seine Finger, seine Nase, sein Nacken. Der Nachbar hat ihn am Oberarm gepackt und ihn mit nach drinnen gezerrt. In der anderen Hand hatte er das Kaninchen, das immer noch so ruhig war. Er war davon überzeugt, dass es wegen des lieben Streichelns so friedlich war, aber der Nachbar hat immer nur geschrien. »Du hast es umgebracht!«, hat er gerufen, »du hast es umgebracht, du dreckiger kleiner Tierquäler!«

Er hat nicht gewusst, was er sagen sollte. Er hat nicht gewusst, was der Nachbar damit meinte.

»Ich wollte es doch nur kurz streicheln«, hat er geantwortet. »Das fand es richtig schön.«

Der Nachbar hatte noch fester zugekniffen. Und etwas später waren dann die Polizeibeamten ins Haus des Nachbarn und seiner Frau gekommen. Die Kinder lagen schon im Bett. Da war nur er, der Nachbar, die Nachbarin und Ninchen, das der Nachbar mitten auf den Tisch gelegt hatte.

»Ist es tot?«, hat er den Nachbarn noch gefragt. »Ist Ninchen tot?«

Der Nachbar hat den Kopf geschüttelt und sich mit dem Zeigefinger an die Stirn getippt. »Du bist nicht ganz dicht, Junge.«

Die Beamten haben ihn mit zu Mutter genommen, obwohl er sie angefleht hat, nicht bei ihr zu klingeln und ihr nichts zu sagen. Sie haben es trotzdem getan. Sie haben bei ihr geklingelt und ihr erzählt, er hätte Ninchen umgebracht.

»Gestreichelt, Mutter«, hat er gesagt, »ich habe es nur gestreichelt. Ich stinke doch nicht mehr, oder?«

Mutter hat so getan, als wäre er gar nicht da, und sich bei den Beamten entschuldigt. Sie werde dafür sorgen, dass der Nachbar ein neues Kaninchen bekäme, hat sie gesagt. Und sie hoffe, die

Beamten würden ihr dahingehend vertrauen, dass sie ihren Sohn bestrafen würde.

Die Beamten haben darauf vertraut und ihn allein mit Mutter zurückgelassen. Er wurde nach drinnen gezerrt, diesmal an seinem anderen Arm, und in eine Ecke gestoßen, wo er den Rest der Nacht und den ganzen folgenden Tag sitzen musste.

Ohne Essen. Ohne Trinken. Ohne ein Wort.

Er erschrickt, weil eine Fledermaus direkt vor der Windschutzscheibe vorbeiflattert. Mit seinem Blick folgt er dem Tier, das im schwarzen Nichts zwischen den Bäumen verschwindet. Bald wird es hell; er muss sofort wieder zurück nach Hause, sich für die Arbeit fertigmachen. Plötzlich weiß er, wo er sie hinbringen kann. Dass er darauf nicht vorher gekommen ist. Es ist der perfekte Ort. Ein perfektes Ende, für eine fast perfekte Freundin.

# 24

Als er in den Stall schlurft, steigt ihm der Geruch von Urin und Stroh in die Nase. Das Saure, das ihm in der Kehle hochsteigt, schluckt er wieder runter. Routiniert greift er sich den Besen und fängt an, den Gang zwischen den Ställen zu fegen. Aber dann spürt er schon die Hand auf der Schulter.

Er schluckt, holt tief Atem, presst die aufgerissenen, trockenen Lippen fest aufeinander und hofft inständig, dass man nichts riecht.

»Du bist schon wieder zu spät dran, Junge«, sagt sein Chef. »Wenn das so weitergeht, muss ich dich rausschmeißen, das verstehst du doch wohl? Wir fangen hier um sechs Uhr an, und keine Minute später. Wann bist du heute gekommen? Um halb acht? Das ist doch lächerlich. Es gibt genug Jungen und Mädchen, die deine Arbeit nur zu gern übernehmen würden.« Und im Flüsterton: »Ich habe dich verdammt noch mal eingestellt, weil du zur Familie gehörst, aber es gibt Grenzen, und ich lasse mir nicht alles bieten.« Er beugt sich etwas nach vorne. Obwohl sein Chef kleiner ist als er, hat er Angst vor seiner Autorität. Der Mann fährt sich mit einer Hand durch das halblange Haar und schnüffelt dann um sich herum, ein bisschen wie der Schäferhund vom Nachbarn. »He, du Schluckspecht, gesoffen hast du auch schon wieder, was?« Er schaut auf seine Armbanduhr. »Wir haben noch nicht mal acht Uhr, kannst du dich denn gar nicht zusammenreißen? Oder hast du ein Problem? Gibt es da vielleicht etwas, was du mir erzählen musst?«

Er starrt schweigend auf das verstreute Stroh auf dem Boden, auf die Mistkübel, die er wegräumen soll, und auf das Futter, auf das die Pferde warten. Bevor um halb eins die erste Gruppe Reitschüler kommt, gibt es noch jede Menge zu tun.

Der Chef kneift ihn in die Schulter, ganz kurz nur, aber fest genug, um zu zeigen, dass er es ernst meint. »Gibt es vielleicht etwas, was du mir erzählen musst, Junge?«

»Es tut mir leid«, antwortet er schließlich, während er auf die schwarzen Ränder unter seinen Fingernägeln starrt. »Es wird nicht wieder vorkommen.«

»Das will ich hoffen. Und jetzt mach dich an die Arbeit. Wenn du noch einmal zu spät oder betrunken hier erscheinst, fliegst du raus. Schreib dir das hinter die Ohren.«

Er muss heftig blinzeln. Die Motte in seinen Augen. Sie will einfach nicht rauskommen. »Ja«, sagt er mit zitternder Stimme.

Als der Chef gegangen ist, meint Henk grinsend: »Hat er dich mal wieder auf dem Kieker?«

Er zieht die Schultern hoch. »Ich bin zu spät gekommen.«

Henk schnauft und holt ein Pfefferminzbonbon aus der Brusttasche seines Overalls. »Hier«, sagt er. »Du stinkst zehn Kilometer gegen den Wind, Mann. Und hast du schlecht geschlafen oder so? Du siehst gar nicht gut aus.«

Er muss an sein Mädchen denken. An den Abschied, an den so rüde unterbrochenen Abschied, und davon bekommt er einen Knoten im Magen. Er denkt an die Konsequenzen, die jetzt unvermeidlich sind. Er hat niemanden töten wollen.

»Ich gehe einfach heute Abend früh ins Bett.«

Und danach sehnt er sich auch wirklich. Er ist so schrecklich müde, denkt er, während er das Pfefferminzbonbon lutscht. Müde von allem.

Dann fegt er weiter, mit schmerzenden Muskeln und schläfrigem Blick. Der ganze Gang muss frei sein, muss sauber aussehen. Nach dem Fegen füllt er einen Eimer mit heißem Wasser und Seife. Den schüttet er aus und schiebt dann das schäumende Wasser mit dem Besen in Richtung des Rinnsteins.

Als er dabei zusieht, wie das Wasser im Gully verschwindet, begreift er, dass er alles verloren hat, was er hatte. Bis gerade eben noch hatte er zwei, jetzt hat er gar keine mehr. Eine war eigentlich schon genug, aber die Zweite war ein Geschenk – weil er es einfach nicht lassen konnte. So wie Mutter sich früher in einer verrückten Laune gern selbst eine neue Kette geschenkt hat. Aber von zwei runter auf null, das ist unerträglich.

Ihm muss so schnell wie möglich eine Lösung einfallen, denn das Leben ohne seine Mädchen fällt ihm schwer, jetzt schon. Alles, was perfekt war, ist zerbrochen. Man hat sie gefunden, entdeckt, das Unglück hat sie ihm entrissen.

Und womöglich kommt ihm die Polizei auch noch auf die Spur.

Ein Albtraum. Niemand wird ihn begreifen, niemand.

Er hat niemanden.

Er fängt heftig an zu blinzeln, so heftig, dass ihm ganz schwindlig wird. Vielleicht fällt er ja gleich in Ohnmacht. Henk kommt mit einem Futtertrog angelaufen. »Das mit dem früh ins Bett gehen scheint mir aber bitter nötig, Mann. Du siehst ja kaum aus den Augen.«

Er lächelt und hält den Daumen hoch.

Es reicht. Es wird Zeit, dass Henk sich wieder um seine eigenen Angelegenheiten kümmert.

Plötzlich, während er Henk dabei zuschaut, wie er die Futtertröge frisch macht, fällt ihm eine Lösung ein. Vielleicht wird es ganz einfach wieder Zeit für eine Neue. Für die Allerletzte. Denn ein Leben ohne Mädchen kommt für ihn nicht mehr infrage.

»Nein«, sagt er leise zu sich selbst. »Nein, das kommt nicht mehr infrage.«

# 25

Es ist, als hätte die Erde sie verschluckt, sie in ihrer naiven Unschuld willkommen geheißen. Man kann keine Regung in ihrem Gesicht ablesen, obwohl sie auffällig zurechtgemacht ist. Die knallroten Fingernägel heben sich deutlich von dem grauen Grab ab. Nein, das Mädchen, das einmal diesen Körper bewohnt hat, ist verschwunden und bekommt nicht mehr mit, auf welch entsetzliche Weise ihre nackte Intimität geschändet wurde. Trotzdem verspürt Lot eine leichte Übelkeit, wenn sie an das Mädchen denkt. Ungeziefer ist über sie hergefallen. Eine rostige Schaufel liegt zwischen ihren Beinen, die in unnatürlicher Position unter ihrem Körper abgeknickt sind. Ihre Arme ragen nach vorn, als würde sie flehen: »Holt mich hier raus!«

Während der forensische Zirkus wieder losgeht, kniet sich Lot neben Jaap. Der Gestank ist fast nicht zu ertragen, aber sie beugt sich vor und betrachtet eines der Beine ganz genau.

»Was machst du denn?«, flüstert Jaap mit einem ängstlichen Blick auf Leo, der ein Stück weiter vorn in ein reges Gespräch mit den Leuten von der Spurensicherung verwickelt ist.

»Das habe ich mir gedacht«, erklärt Lot. »Die Haut fühlt sich an wie Leder, genau wie bei dem anderen Mädchen.«

»Derselbe Täter.«

Sie nickt. »Davon gehe ich aus. Mädchen aufbewahren, das scheint sein Markenzeichen zu sein.«

Sie stehen auf und entfernen sich von dem Gestank. Leo bedeutet ihnen, dass sie zu ihm kommen sollen.

»Das hier ist Jos Verhagen, der Friedhofsverwalter. Herr Verhagen, meine Kollegen. Sie werden Ihnen ein paar Fragen stellen.«

Mit dem Handy am Ohr geht Leo zurück zum Streifenwagen. Ganz offensichtlich will er so schnell wie möglich wieder zurück zu seinem sicheren Schreibtischsessel.

Jaap schüttelt Jos Verhagen die Hand. Als der Mann auch Lot begrüßen will, hebt sie einen Finger. »Einen Augenblick.« Sie nimmt eine Tube Desinfektionsmittel aus der Tasche und benutzt es. Dann streckt sie dem Mann die Hand hin. »Lot van Dijk, Polizei Twente.«

»Wer hat das Opfer gefunden?«, will Jaap wissen.

»Einer von meinen Leuten. Er wollte die Stelle für das Begräbnis heute Mittag vorbereiten. Ausgehoben hatten wir die Grube schon gestern, aber am Tag selbst überprüfen wir immer noch mal, ob noch alles ordentlich aussieht. Meinen Sie …«, stammelt er, »kann man vielleicht schon sagen …«

»Wann das Grab wieder verwendet werden darf?«, vervollständigt Jaap die Frage.

Der Mann nickt.

Lot lächelt freundlich. »Ganz ausgeschlossen. Die Ermittlungen haben ja gerade erst angefangen.«

»Ja, ja«, sagt der Mann enttäuscht. »Selbstverständlich.«

Lot öffnet ihr Notizbuch. »Für wen war das Grab heute Nachmittag denn vorgesehen?«

»Für Maria van Zanten, die Frau des Pfarrers. Sie ist leider vor Kurzem verstorben.«

Ja, denkt Lot für sich, das habe ich mir schon gedacht, dass sie verstorben ist.

»Hat jemand etwas Ungewöhnliches bemerkt?«, fragt sie dann. »Ist in den vergangenen Tagen etwas vorgefallen? Wir müssen alles bis ins kleinste Detail wissen. Wer war hier? Und wann?«

Sie spürt, wie ihr Handy in der Tasche vibriert. Aha. Wieder diese unbekannte Nummer. Sie drückt das Gespräch weg und steckt das Handy zurück in die hintere Hosentasche.

»Gestern wurde hier spät nachts jemand gesehen«, erklärt Jos Verhagen, »von Ihren Kollegen, Streifenbeamten. Die haben beobachtet, wie sich ein Mann in der Nähe dieses Grabes herumgetrieben hat. Aber als sie gemerkt haben, dass es sich um Rikus handelte, sind sie weitergefahren, nachdem der sich davongemacht hatte. Das haben mir Ihre Kollegen mitgeteilt.«

Lot schaut zu Jaap hinüber, der seine Augen noch ein bisschen fester zusammenkneift. »Wie schön, dass wir das auch erfahren.«

»Rikus?«, hakt sie dann nach.

»Ja, das ist sozusagen unser Dorftrottel«, erklärt Jaap. »Er lebt seit Jahren auf der Straße, ist schwer alkoholabhängig, verweigert jeden Versuch, ihm ein Dach über dem Kopf zu besorgen. Er übernachtet im Wald oder im Park auf der anderen Seite des Dorfes. Manchmal auch in einer Gefängniszelle, wenn er seinen Rausch ausschlafen muss.«

Der Mann räuspert sich unwillig. »Aber das hier wird doch nicht lange dauern?« Er deutet mit einer Kopfbewegung zum Tatort hinüber. »Wenn die Presse davon Wind bekommt ... Das können wir uns nicht erlauben.«

Lot verkneift sich einen Kommentar. Es erstaunt sie immer wieder, wie egoistisch die Leute doch sind. Ein Mädchen ist auf brutale Weise umgebracht worden. Und der Herr hier sorgt sich um seinen Ruf.

»In welche Richtung ist Rikus denn geflüchtet?«

Der Mann zeigt nach links in den Wald hinein. »Wenn man Ihren Kollegen glauben darf, ist er dorthin gerannt, als sie ihre Lampen auf ihn gerichtet haben.«

»Gibt es hier Überwachungskameras?«

»Zwei Stück. Eine an der Einfahrt, und über die andere sieht man das Gelände, aber ich fürchte, die Aufnahmen werden nicht ausreichen. Wir bräuchten eigentlich mehr, aber das erlaubt unser Budget leider nicht.«

»Wir würden die Aufnahmen trotzdem gern sehen.«

»Ich werde sie für Sie zusammenstellen lassen.«

Jaap klopft ihm auf die Schulter. »Machen Sie sich keine Umstände, dafür haben wir Fachleute. Der Kollege hier geht kurz mit Ihnen mit.« Jaap winkt jemanden von der Technik herbei.

»Ist das der einzige Friedhof hier in der Gegend?«, will Lot wissen.

Der Mann nickt. »Ja.«

»Und haben Sie eine Idee, warum sich Rikus hier herumtreibt?«

»Keine Ahnung, nein.« Der Mann zieht die Nase hoch. »Wir sind nicht gerade Freunde, er und ich.«

»Und das Opfer? Haben Sie irgendeine Ahnung, eine Idee …«

Der Mann schüttelt den Kopf.

»Sie kennen das Mädchen also nicht?«

»Ich …«, stottert er beschämt, »ich habe nicht so genau hingeschaut.«

Ein Friedhofswächter, der sich vor Leichen fürchtet. Wenn die ganzen Umstände nicht so schrecklich wären, müsste Lot sicher darüber lachen.

»Haben Sie vielleicht eine Liste aller Toten, die man hier begraben hat?«

»Ja, schon, aber …«

»Die hätten wir dann auch gern.«

»Ich weiß nicht, ob wir die einfach so …«

»So schnell wie möglich, bitte. Wie Sie ganz ohne Zweifel verstanden haben, geht es hier um Mord. Wir brauchen für unsere Ermittlungen so viele Informationen wie möglich.«

Er nickt kaum merklich. »Ich lasse die Liste für Sie bereitlegen.«

Jaap schüttelt ihm die Hand. »Das war's dann fürs Erste, vielen Dank.«

Der Kollege von der Technik geht mit dem Mann mit, um die Aufnahmen und die Liste zu besorgen. Lot kann es kaum erwarten, die Bilder zu sehen. Sie hofft inständig, dass der Täter darauf erfasst worden ist.

Jaap späht in den Wald hinein. »Denkst du dasselbe wie ich?«

»Dass Rikus möglicherweise unser Täter ist …«, antwortet Lot.

»Ja, das könnte sehr gut sein.«

»Aber dennoch«, murmelt sie. »Unser Täter kommt mir viel zu organisiert vor, als dass es ein Obdachloser sein könnte. Das passt einfach nicht.«

»Wir müssen auf alle Fälle mit ihm sprechen. Wenn er nicht der Täter ist, hat er vielleicht etwas gesehen.«

»Die Schaufel«, meint Lot als Nächstes. »Er wollte das Mädchen bestimmt begraben, ist aber gestört worden.«

»Und darum hat er das Teil einfach zu ihr ins Loch geworfen.«

»Eine Panikreaktion«, murmelt Lot. »Er ist außer sich, weil man sie gefunden hat und wir jetzt hier sind. Das wollte er nicht. Er wollte sie richtig gut verstecken, ist aber gestört worden und konnte nicht mehr zurückkommen. Das dürfen wir nicht unterschätzen, Jaap. Er will dafür sorgen, dass seine Freundinnen schön bleiben, will sie bei sich behalten, aber das gelingt ihm nicht mehr. Sein Versteck in der Salzhütte ist aufgeflogen, und jetzt ist auch noch dieses Opfer aufgetaucht. Unser Täter steht unter enormem Stress. Wir haben ihn in die Enge getrieben …«

Jaap hält den Daumen hoch. »Gut so. Tätern, die unter Stress stehen, unterlaufen Fehler. Das macht die Arbeit für uns leichter.«

»Oder er stellt noch mehr verrückte Dinge an.«

»Glaube ich nicht; er hat sich bestimmt irgendwo in einer Ecke verkrochen und wartet auf uns. Wir müssen nur noch herausfinden, wer es ist.«

Lot schaut auf das breite Grinsen in Jaaps Gesicht und unterdrückt ihrerseits ein Lächeln. »Findest du nicht, dass du's mit deinem Optimismus ein wenig übertreibst? Das Glas ist halb voll, schön und gut, aber ein hochgefährlicher Serienmörder in Panik scheint mir kein besonderer Grund zur Freude. Am Ende richtet er seine Wut noch gegen uns.«

»Meinetwegen«, erwidert ihr Partner mit einem Augenzwinkern. »Soll er doch. Damit wirst du schon fertig«, meint er und deutet Anführungszeichen in der Luft an, »schließlich kannst du so gut schießen.«

Sie stößt ihm den Ellenbogen in die Seite, während sie den Friedhof verlassen. »Idiot.«

# 26

Lot starrt auf die grüne Masse, die sich wild sprudelnd im Apparat dreht. Weißer Schaum bildet sich darauf. Ihr knurrt schon der Magen – nach diesem Morgen wird es Zeit für ein gesundes Essen. Nach so viel Stress. Nach dem Gespräch mit Lisannes Eltern ist sie direkt zur Vernehmung mit Zacharias gegangen, und dann wurde das zweite Mädchen gefunden. Weil der Tatort nicht so komplex war wie die Salzhütte, konnte Lot früher zurück ins Büro. Dort wartet ein ganzer Haufen Arbeit auf sie. Sie hat sich vorgenommen, Kristas Akte noch mal Seite für Seite durchzugehen. Sie notfalls auswendig zu lernen.

Lot weiß nicht genau, ob der Knoten in ihrem Magen vom Hunger oder durch das ungute Gefühl, das der Fund des Mädchens in ihr auslöst, verursacht wird. Sie kommt gerade von Lisannes Familie – wird sie in ein paar Tagen wieder dorthin fahren müssen, um den Eltern und der Schwester mitzuteilen, dass es diesmal wirklich Lisanne ist?

Das befürchtet Lot. Das Mädchen war nur schwer zu erkennen, aber sie könnte es sein, wenn sie die Fotos noch richtig im Kopf hat.

Jetzt nicht daran denken. Keine voreiligen Schlüsse ziehen.

Ihr Kollege Jan stellt sich neben sie und rümpft die Nase, als sie ihren Saft in ein Glas schüttet. »Möchtest du vielleicht auch einen?«, fragt sie, bevor er die zigste Bemerkung über ihre Ernährungsweise loswerden kann.

»Nee …«, antwortet er und verzieht dabei angewidert das Gesicht. »Aber trotzdem ganz herzlichen Dank. Sag mal, wie ist denn die Vernehmung mit Zacharias heute Morgen gelaufen?«

Lot nickt kurz und schüttelt dann den Kopf, während sie einen Schluck trinkt. Sie kommt fast um vor Hunger. »Hmmm …«, erklärt sie mit einem Schmatzgeräusch. »Ich habe schon bessere Vernehmungen erlebt.«

»Du bist jedenfalls ganz schön gerissen, weißt du«, murmelt er, »das muss man dir lassen.«

»Gerissen?«

»Wie du's geschafft hast, dass du mit in die Vernehmung durftest. Hier gibt es Leute, die sich ganz schön ins Zeug legen müssen, um bei so einem wichtigen Fall mit in die Vernehmung zu dürfen.«

Lot schaut ihn eindringlich an. »Was genau willst du damit sagen?«

»Damit meine ich nicht mich, bestimmt nicht«, verkündet er mit einem Grinsen, »aber für dich ist es vielleicht gut, wenn du das weißt, verstehst du?«

Lot denkt kurz nach, trinkt noch einen Schluck und schüttelt dann den Kopf. »Nein«, antwortet sie, »eigentlich verstehe ich nicht, worauf du hinauswillst.«

Jan lehnt mit einer Tasse Kaffee in der Hand an der Anrichte. »Dazu kommt natürlich noch«, fährt er fort, während er mit der freien Hand eine großzügige Bewegung durch die Luft macht, »dass es hier in Twente Kollegen gibt, die finden, eine Frau gehöre ganz einfach an den Herd. Und wenn sie dann sehen, wie du hier über den Flur stolzierst …«

Lot verschluckt sich. »Was?«

»Weißt du, ich sage nur, wie es ist …«

»Du sagst nur, wie es ist?«, ruft Lot. »Was genau willst du mir denn eigentlich sagen, Jan?«

»Hey, hey, da fühlt sich wohl jemand getroffen, was?«

»Kannst du mir denn mitteilen, von welchen Kollegen du sprichst?«

Er schüttelt den Kopf. »Nein, nein, das tut nichts zur Sache.«

»Jan«, sagt Lot, so ruhig sie nur kann. »Wenn irgendjemand ein Problem mit mir hat, dann erwarte ich, dass derjenige es persönlich mit mir bespricht. Und bis dahin gehe ich davon aus, dass wir als gleichgestellte Kollegen zusammenarbeiten. Das kannst du den Kollegen, wer sie auch immer sein mögen, gern von mir ausrichten.«

»Schon gut«, murmelt er. »Ich wollte dich einfach nur warnen.«

Lot lässt sich in ihren Schreibtischsessel fallen. Jaap schüttelt den Kopf. »Hat Jan wieder voll aufgedreht?«

»Es ging darum, dass ich als Frau eigentlich an den Herd gehöre.«

»Ach, der ist einfach nur eifersüchtig«, antwortet Jaap. »Mach dir nichts draus.«

Lot schaut kurz auf den Flur, wo Jan gerade vorbeiläuft. »Ich mache mir auch nichts draus. Ich finde es nur unglaublich, dass jemand heutzutage noch so denken kann, es auch noch laut sagt und dann nicht mal genug Eier in der Hose hat, um zuzugeben, dass es seine eigene Meinung ist. Nein, er versteckt sich hinter Kollegen, die angeblich so denken. Und er warnt mich schon mal, aus reiner Gutmütigkeit. Natürlich, alles klar.«

Jaap wendet seine Aufmerksamkeit wieder der Akte zu, die vor ihm liegt. »Wie schon gesagt: Der Kerl ist eifersüchtig. Lass das erst gar nicht an dich ran.«

»Die Leute führen sich hier auf wie Bauern im Mittelalter«, meckert Lot vor sich hin.

»Vergiss es einfach.«

Jaap wirft ihr eine Tüte Paprikachips an den Kopf. »Und iss erst mal was Richtiges. Dann wird deine Laune auch besser.«

Lot lacht. Sie schiebt die Tüte mit den Konservierungsstoffen und den mehrfach gesättigten Fetten beiseite und öffnet die Akte von Krista Wolff. Es wird Zeit, dass sie sich in den Fall vertieft.

Als Krista als vermisst gemeldet wurde, vor knapp einem Jahr, haben die deutschen Kollegen um Hilfe bei den Ermittlungen gebeten. Es war nämlich bekannt, dass das Mädchen auf der anderen Seite der Grenze Freunde hatte und häufiger zu Partys in die Gegend kam.

Kurz schaut Lot sich das Foto an, den typischen Gesichtsausdruck von Krista, eine Mischung aus mysteriös und sexy. Das blonde Haar wirkt wild und ein bisschen ungepflegt.

Sie überfliegt die deutschen Vernehmungsprotokolle. Lesen kann sie das alles sehr gut, aber sobald sie Deutsch sprechen muss, bringt sie kein Wort heraus. Krista war ein Mädchen, das nicht viele Freunde hatte. Mehr als einmal wurde sie als jemand bezeichnet, der lieber allein war. In der Schule wurde sie gehänselt und musste die dann auch noch verlassen. Ihre Mutter war verstorben, und mit ihrem Vater stritt sie sich häufig und heftig. Direkt nach Kristas Verschwinden hat man ihn eine Zeit lang verdächtigt, ihn dann aber bald von der Liste gestrichen. Gründe werden nicht genannt. Lot zieht die Augenbrauen hoch und macht sich eine Notiz. Vielleicht kann sie Leo davon überzeugen, dass man dem Vater einen Besuch aus den Niederlanden abstatten sollte. Sie würde gern wissen, was er für ein Typ ist.

Lot fragt sich, was Krista an dieser Gegend so angezogen hat, denn schließlich kannte man sie hier. Vielleicht wollte sie einen Neuanfang versuchen? Sich mit Leuten umgeben, die sie nicht für eine Außenseiterin hielten?

Oder steckte womöglich eine Liebesgeschichte dahinter?

Lot macht sich wieder eine Notiz und liest die Aufzeichnungen ihrer niederländischen Kollegen. Krista wurde zuletzt auf dem alljährlichen Sommerfest gesehen, hier im Wald. Ein wichtiges Ereignis, das junge Leute aus allen Dörfern der Umgebung anlockt. Bierkästen auf langen Tischen, laute Gitarrenmusik und viel Sex. Party. Lot hat ihre Kollegen hin und wieder darüber sprechen hören. An diesem Tag sind immer sehr viele Polizisten im Einsatz: Es gibt Auseinandersetzungen zwischen Betrunkenen, Prügeleien und andere unangenehme Dinge dieser Art, die bei solchen Festen dazugehören.

Man hat einige Partybesucher verhört. Nicht im Detail. Sie bezeichnen Krista als mysteriöses Mädchen, das ab und zu auftauchte und dann plötzlich wieder verschwand. Das war alles. Lot fällt auf, dass man sich bei den Ermittlungen nicht besonders angestrengt hat.

Dann fällt ihr Blick auf den Namen Bob Altena. Sie lässt die Fingerknöchel knacken und liest sich seine Aussage durch.

»Ich habe sie nicht gut gekannt, aber sie hat sich oft mit Leuten gestritten. Sie hat für Unfrieden zwischen den Mädchen gesorgt, weil sie auch mit Jungen geflirtet hat, die eine Freundin hatten. Keine Ahnung, wo sie jetzt steckt, aber ich kann Ihnen versichern, dass sie hier niemand vermisst. Vielleicht ist sie an den falschen Kerl geraten.«

Wieder lässt sie die Fingerknöchel knacken, alle zehn.

Bob Altena.

Vielleicht war er ja selbst dieser falsche Kerl.

Schon ein ganz schöner Zufall, dass er ein knappes Jahr später an dem Ort auftaucht, wo dieses Mädchen ermordet gefunden wird.

Leo steht plötzlich neben ihr, lässt sich auf einen freien Schreibtischsessel fallen. Kaffee schwappt über den Rand seiner Tasse mit der Aufschrift *I'm the Boss* und hinterlässt einen Fleck auf seiner sowieso schon verfleckten Hose. Er achtet gar nicht darauf. Seine Kleidung verströmt einen muffigen Geruch, was Lot unangenehm überrascht. »Also, Leute«, murmelt Leo, »wie sieht's aus?«

»Die Kollegen von der Streife haben heute Nacht am Grab einen Landstreicher gesehen«, legt Lot sofort los.

»Das war Rikus«, ergänzt Jaap, »der zieht immer noch durch die Gegend, schon seit zehn Jahren. Er schläft oft im Wald, damit lässt sich seine Anwesenheit auf dem Friedhof vielleicht erklären.«

»Vielleicht schläft er ja auch in einer Salzhütte«, wirft Lot ein, obwohl sie sofort selbst an dieser Theorie zweifelt. Ein alter Kerl wie Rikus passt nicht in ihr Profil. Dass ein Obdachloser zwei Opfer systematisch eintrocknet, erscheint ihr auch nicht besonders realistisch.

»Ja«, erwidert Leo mit einem Nicken, »an und für sich ist das durchaus möglich. Lasst ihn also suchen, diesen Rikus. Er soll auf alle Fälle als Zeuge vernommen werden.«

»Dann heißt es aufpassen«, meint Jaap. »Wie es aussieht, ist er schwer alkoholkrank; wenn wir aus ihm etwas Vernünftiges herausholen wollen, muss er wohl zuerst eine Nacht lang in die Ausnüchterungszelle.«

Lot loggt sich inzwischen auf Facebook ein. Es muss doch Fotos von diesem Sommerfest vor einem Jahr geben. Sie stöbert auf einigen Profilseiten von Leuten aus dem Dorf herum und klickt sich durch Aufnahmen, die öffentlich zugänglich sind.

Na also, da ist es ja schon. Eine eigene Facebook-Seite von der Organisation des alljährlichen Sommerfests, voller Fotos aus den letzten Jahren, auf denen betrunkene Menschen abgebildet sind. Total verrückt.

Lot trinkt den letzten Schluck Smoothie und konzentriert sich dann mit zusammengekniffenen Augen auf das Album aus dem letzten Jahr. Man erkennt deutlich, dass das Organisationskomitee Wert darauf legt, dieses Sauffest in Bildern festzuhalten, denn wie man am Wasserzeichen erkennen kann, war hier ein professioneller Fotograf am Werk. Sie klickt ein Foto nach dem anderen an. Ein feuchtfröhliches Bild nach dem anderen zieht an ihr vorüber, auf denen die Wangen der Leute immer röter werden und die Augen immer wässriger.

Da!

Plötzlich sieht Lot das Mädchen: Krista Wolff, noch quicklebendig. Sie erkennt das Gesicht von dem Foto aus der deutschen Akte. Krista hält ein Bier in der einen und eine Zigarette in der anderen Hand. Sie steht in einer Gruppe von Mädchen und schaut vor sich hin. Die anderen Mädchen lachen, aber sie hat den Witz offenbar nicht mitbekommen. Oder nicht verstanden, das wäre auch möglich. Sie wirkt abgelenkt. Lot speichert das Foto. Damit haben sie auf jeden Fall einen eindeutigen Beweis dafür, dass Krista an jenem Abend auf dem Fest war.

Auf dem nächsten Bild sind wieder unbekannte Feiernde zu sehen. Lot klickt schnell weiter, sucht nach einem zweiten Foto von Krista. Einige Dutzend Bilder später entdeckt sie das Mädchen wieder. Diesmal etwas mehr im Hintergrund, in einer dunklen Ecke der Aufnahme.

Wieder vergrößert Lot das Bild, weil sie alles besser sehen will. Ja, sie erkennt sie an den Augen, es ist Krista. Und sie unterhält sich mit einem Mann.

»Mit Bob …«, murmelt Lot, »Bob Altena!«

Jaap schaut fragend zu ihr herüber. »Komm mal her«, meint sie, »und guck dir das hier an …«

Ihr Partner steht von seinem Schreibtischstuhl auf und stellt sich hinter sie. »Ach!«, ruft er aus. »Da amüsiert sich unser Freund Bob aber sehr gut mit Krista.«

Lot vergrößert das Foto weiter, und Leo stellt sich auch hinter sie. »Besonders nett sieht das allerdings nicht aus, oder?«, meint sie. »Und das ist noch untertrieben; es wirkt eher, als hätten die beiden Streit.«

Leo kneift die Augen fest zusammen und schaut sich das Foto

auf dem Bildschirm ganz genau an. Er nickt langsam, als wäre es die Bestätigung für etwas, was er schon länger vermutet hat. »Dann sollten wir diesen Bob morgen früh tatsächlich mit einem Besuch beehren, Leute. Ich glaube, es gibt da das eine oder andere, was er uns erklären muss.«

# 27

Die orangefarbene Abendsonnenglut hinter sich, winkt Hieke ihr von der Holzbank aus zu, die wohl schon seit dem Mittelalter vor dem Bauernhof steht. Jedes Mal, wenn Lot die Bank betrachtet, fürchtet sie, dass deren Holzbeine schon vom bloßen Hinschauen zusammensacken könnten, aber Hieke setzt sich jeden Tag wieder voller Vertrauen darauf. Diese kleine Frau ist natürlich auch ein Fliegengewicht. Im Schoß hat sie oft Strickzeug oder die Lokalzeitung, die sie jeden Tag bis auf den letzten Buchstaben liest. Heute liegt ein Sack mit Karotten auf Hiekes mageren Schenkeln, und langsam befreit sie mit einem kleinen Schälmesser eine nach der anderen von der sandigen Schale.

»Ich war auf dem Markt und habe frischen Fisch gekauft«, erklärt sie, als sich Lot vor ihr im Gras niederlässt. »Ich hoffe, der wird dir schmecken. Nach einem solchen Tag tut dir das sicher gut.«

Die Selbstverständlichkeit, mit der Hieke davon ausgeht, dass ihre Mieterin heute Abend bei ihr essen wird, findet Lot sympathisch, obwohl sie sich normalerweise sehr darüber ärgern würde. Bei so was fragt man doch vorher nach? Aber sie spürt, wie gut es ihr tut, dass sich eine so liebe Frau um sie kümmern will. Sie fühlt sich bei Hieke zu Hause.

»Fisch esse ich ganz besonders gern«, sagt sie deswegen. »Kann ich denn irgendwas beitragen?«

»Vielleicht hältst du die Kartoffeln noch mal kurz unter den Wasserhahn. Dann kommen sie direkt in die Pfanne.«

Lot geht nach drinnen, um zu tun, worum Hieke sie gebeten hat. Sie genießt es, sich nach diesem absurden Tag wieder vom normalen Leben einnehmen zu lassen, indem sie auf die gemütliche Häuslichkeit ihrer Gastgeberin eingeht. Während das fließende kalte Wasser nicht nur die Kartoffeln wäscht, sondern ihr auch die Handgelenke kühlt, schaut sie durch das kleine viereckige Küchenfenster zu, wie Hieke ihrer Routine folgt. Sie muss an ihre eigene Mutter denken, die leider nicht mehr lebt. Nach einem jahrelangen Kampf ist sie einer schweren Krankheit erlegen. Keine experimentelle Medizin, spirituelle Begleitung oder chemische Arznei konnte sie vor dem Untergang bewahren. Schnell rechnet Lot nach – es ist schon wieder fast acht Jahre her, dass sie sich von ihrer Mutter verabschieden musste, kurz bevor sie dem Ruf ihres Herzens gefolgt ist. Eine Woche nach ihrem Tod hat sie schon ihre Ausbildung an der Polizeischule angefangen.

Und diesen Schritt hat sie keinen einzigen Tag bereut.

Dann muss sie an ihren Vater denken, von dem sie ihre Liebe zur gesunden Ernährung geerbt hat. Seit Jahren führt er mitten im Jordaan-Viertel in Amsterdam ein eigenes Reformhaus. Trotz seiner Obsession, was diese Dinge angeht, genießt er, so wie sich das für einen echten Amsterdamer eben gehört, hin und wieder ein gutes Gläschen. Dann trinkt er auf das Leben und kommt ins Erzählen.

Sie schüttelt das Wasser aus dem Sieb und wird sich plötzlich der Tatsache bewusst, dass sie mit Kartoffeln am Herd steht, genau wie es ihr Kollege Jan gern sähe. Mit einem Grinsen gießt sie sich ein Glas Wasser ein. Sie integriert sich hier schon richtig gut. Dann setzt sie sich wieder zu Hieke, draußen im Gras neben der Bank.

»Heute hat mir ein Kollege erklärt, dass eine Frau hier in Twente am besten hinter dem Herd bleibt, wo sie hingehört.«

Hieke verdreht die Augen. »Ach, lass sie doch reden, diese Verrückten. Die meisten hier denken nicht so, das kannst du mir glauben. Mach dir nichts draus.«

Lot schüttelt den Kopf. »Ich mache mir auch nichts daraus.«

»Aber es ist das Erste, was du mir von deinem Tag erzählst.«

Lot lacht. »Ja, da hast du recht. Ganz offensichtlich hat es mich wohl doch beeindruckt.«

»Mehr als diese Leiche auf dem Friedhof?«

Kurz sieht Lot das Mädchen in dem gähnenden Erdloch vor sich. Die Schaufel, die jemand hastig auf sie geworfen hat. Die blutroten Fingernägel.

Hieke wirft ihr die Zeitung zu. »Da steht bereits alles. Man behält euch hier sehr genau im Auge.«

»Wenn es sonst nichts ist …«

»Lot«, spricht ihre Gastgeberin weiter. »Hier im Dorf machen sich alle große Sorgen. Man hat Angst, dass die Bürgerwehr einem solchen Verrückten nicht gewachsen ist … Was sollen sie denn machen, wenn sie ihm begegnen? Er würde doch nicht davor zurückschrecken, sie einen Kopf kürzer zu machen.«

»Stimmt, der Plan ist gefährlich. Unvernünftig, wenn du mich fragst.«

»Aber was können wir denn sonst tun? Jeder macht sich verrückt. Die Leute haben so große Angst.«

»Das verstehe ich. Wir kümmern uns ganz intensiv um die Ermittlungen …«

Hieke legt ihr eine Hand auf die Schulter. Sie seufzt. »Das weiß ich doch, Liebes. Aber ich sehe auch, wie unruhig wir alle sind, verstehst du? Ich sehe die Angst im Blick meiner Freundinnen, wenn ich ihnen beim Bäcker begegne. Sie machen sich Sorgen um ihre Enkelkinder, um ihre Nachbarsmädchen. Und die Männer … Eigentlich darf ich dir das gar nicht erzählen, aber die sprechen schon davon, gemeinsam Waffen für die Bürgerwehr anzuschaffen. Im Moment gehen sie mit Baseballschlägern auf Patrouille.«

»Das ist aber verboten.«

Die alte Frau zuckt mit den Schultern. »Darum scheren die sich überhaupt nicht, Mädchen. Was bis jetzt unternommen wurde, reicht nicht, das ist klar. Vielleicht müsst ihr als Polizei doch ein wenig mehr tun«, fügt sie hinzu, »damit sich die Leute beruhigen.«

Als Hieke nach diesen Worten ins Haus geht, um das Essen vorzubereiten, nimmt sich Lot die Lokalzeitung und legt sie vor sich ins weiche Gras. Sie würde die Leute in dieser kleinen Gemeinschaft nur allzu gern beruhigen.

Die Frage ist nur, ob das auch ehrlich wäre. Es gibt hier jemanden in der Umgebung, der diese Mädchen ermordet und übel zugerichtet hat. Und dieser Jemand läuft noch frei herum. Wenn sie selbst Mutter einer Tochter wäre, würde sie kein Auge mehr zutun. Das Ganze ist einfach nur unheimlich.

Die Schlagzeile lässt keinen Raum für Zweifel.

»SOMMERMÄDCHEN OPFER EINES SERIENMÖRDERS«

Sommermädchen. Eine passende Bezeichnung, denkt Lot. Es sind Sommermädchen. Gefunden im Sommer, vermisst im Sommer – wenn es sich bei dem zweiten Mädchen tatsächlich um Lisanne handelt.

Lot fände das schrecklich für ihre Eltern und ihre Schwester, aber sie hat das Ergebnis der DNA-Untersuchung beinahe nicht mehr nötig, um sicher zu sein, dass das Opfer Lisanne ist. Sie meint sie vom Foto zu erkennen. Trotz der lederigen Haut. Sie hat das Mädchen an den Wangenknochen erkannt, an der Form ihres Kinns. Spitz und charakteristisch, genau wie bei ihrer Schwester.

Trotz der Tatsache, dass Leo der Presse heute Morgen Rede und Antwort gestanden hat, überrascht es Lot, dass die Journalisten bereits über so viele Details Bescheid wissen. Es geht zum Beispiel um den Nagellack, obwohl sie genau weiß, dass Leo den mit keiner Silbe erwähnt hat. Diese Information muss von einem Zeugen stammen, der den Mund nicht halten konnte, oder der Journalist hat eine Informationsquelle innerhalb der Polizei. Sie schüttelt den Kopf. Selbst würde sie niemals Informationen über die Ermittlungen preisgeben, auch nicht wenn sie zufällig mit diesem Journalisten in dieselbe Grundschule gegangen wäre. Aber hier macht man unter guten Bekannten wohl schon mal eine Ausnahme.

Wenig später kommt Hieke mit zwei Tellern aus dem Haus und lässt sich neben Lot ins Gras fallen. Beide müssen lachen.

»Du dachtest wohl, mit meinen alten Knochen geht das nicht mehr. Da siehst du mal!«, verkündet Hieke.

Mit den Tellern auf dem Schoß genießen sie das Ergebnis von Hiekes Kochkünsten. Typische Hausmannskost, aber sehr lecker. Glasierte Karotten mit Kräutern aus dem eigenen Garten, ein perfekt gebackener Fisch und herrlich knusprige Kartoffeln.

»Die Liebe«, meint Hieke grinsend, während sie auf einer Kartoffel herumkaut, »davon musst du mir doch noch etwas mehr erzählen. Wie sieht das jetzt aus? Na los, gönn einer alten Witwe etwas Spannendes.«

Lot lacht laut, allein schon deshalb, weil die Frau vor Ungeduld herumzappelt wie ein kleines Kind, dem man ein Eis versprochen hat.

»Da gibt es nicht viel Spannendes, leider …«

Gierig beißt Hieke ein Stück Karotte von der Gabel. »Aber es gibt da schon jemanden?«

»Ja«, nickt Lot. »Da gibt es schon jemanden.«

»Dann los!«, ruft Hieke. »Jetzt erzähl schon!«

»Er wohnt in Schweden. Magnus heißt er.«

Hiekes Augen leuchten. »Magnus«, wiederholt Hieke seufzend, »aus Schweden …«

»Aber ich glaube nicht, dass du das Ganze noch so romantisch findest, wenn ich dir erzähle, warum aus der Sache nie etwas werden wird.«

»Ach«, meint Hieke und hebt einen Finger. »Lass mich raten: Er ist verheiratet.«

Lot nickt langsam. »Ja«, antwortet sie, »in gewissem Sinne …«

»Und wer ist das genau, dieser Magnus?«

»Ein forensischer Psychiater. Er hat mir alles beigebracht, was ich über das Profiling weiß.«

»Und noch einiges mehr …«

Den Schalk in den Augen der alten Frau findet Lot immer wieder erstaunlich. Sie richtet den Blick in die Ferne, als sie an die einzige große Liebe ihres Lebens denkt. Spürt den verborgenen Schmerz in der Brust, als sie sich noch einmal klarmacht, dass es für sie beide keine gemeinsame Zukunft geben wird. Lot hätte in Schweden bleiben können, auch nachdem ihre Ausbildung abgeschlossen war, hat sich aber für die Karriere entschieden. Außer einem Mann, der ihr nicht gehörte, hatte sie da in Schweden nichts.

Außerdem war es dort kalt.

Die Sonne geht langsam unter, und Hieke fängt an zu gähnen. Lot steht auf, nimmt die Teller und wäscht in der Küche alles ab, auch wenn das Hieke nicht passt. Ganz offensichtlich ist sie es nicht gewohnt, dass ihr jemand hilft. Kurz schaut Lot zu ihr hin; haben ihre Söhne das denn früher nicht getan? Ihrer lieben Mutter ein bisschen geholfen?

Wahrscheinlich hätte sie sich gar nicht helfen lassen.

Dann spürt Lot plötzlich die faltige Hand auf ihrem Unterarm. »Du bist ein liebes Mädchen«, erklärt Hieke. »Ich freue mich, dass du hier bist.«

Lot drückt die Lippen auf Hiekes zarte Wangen. »Ich mich auch. Geh du schon mal ins Bett, ich räume hier noch auf.«

Die alte Frau sträubt sich ein bisschen, zieht sich dann aber in ihr Schlafzimmer zurück. Als Lot alles in Ordnung gebracht hat, geht sie im Dunkeln ums Haus herum zu ihrem eigenen kleinen Häuschen. Erst jetzt spürt sie die extreme Müdigkeit, die von ihrem Körper Besitz ergriffen hat.

Nur noch eine letzte Zigarette, um den Tag abzuschließen.

Lot geht nach drinnen, um sich eine zu holen, und lässt dabei das Licht aus. So kommen auch keine Mücken herein. Sie nimmt sich eine Zigarette aus der Packung und geht wieder nach draußen. Da steht plötzlich eine Gestalt vor ihr. Der schwache Schein der Laterne fällt auf ihre großen, schmutzigen Schuhe.

Lot schreit. Lauter als jemals zuvor in ihrem Leben.

# 28

»Verdammt noch mal!«, ruft sie. »Was machen Sie denn hier?«

»Ich, ich, ich«, bringt er stotternd heraus.

»Soll das jetzt zur Gewohnheit werden? Das ist doch nicht normal! Was fällt Ihnen ein, hier nachts herumzuschleichen?«

»Ich, ich, ich habe m-m-m-mehrfach angerufen. Sie, Sie, Sie haben das Gespräch nicht entgegenge-ge-ge-nommen.«

»Und?«

»Ich w-w-will gern mit Ihnen reden.«

Lot fasst sich an die Stirn und zündet die Zigarette an. Normalerweise raucht sie nicht, wenn jemand dabei ist, aber sie ist so erschrocken, dass sie das kurz vergisst. Einfach unglaublich – zum zweiten Mal innerhalb von wenigen Tagen jagt ihr dieser Kerl einen Todesschrecken ein.

»Ich bin nicht gerade begeistert davon, dass Sie hier einfach so an meiner Tür erscheinen«, sagt sie unfreundlich, »im Stockdunkeln, spät am Abend. Woher wissen Sie überhaupt, wo ich wohne? Sind Sie ein Stalker oder so was?«

»Bei der Polizei w-w-waren Sie heute Nachmittag nicht, und ich, ich, ich w-w-wollte wirklich mit Ihnen sprechen.«

»Worüber denn?«, fragt sie.

»Lot?«, erklingt plötzlich eine Stimme aus dem Haus. »Lot, ist alles in Ordnung bei dir? Ich habe dich schreien hören.«

Hieke. Jetzt hat er verdammt noch mal die arme Frau auch noch aufgeweckt.

»Entschuldige bitte, Hieke«, ruft Lot mit einem wütenden Blick auf Rens Groenewoud, »ich wollte keinen Lärm machen. Geh ruhig wieder schlafen, alles okay.«

»Na gut«, erwidert Hieke, aber sie zögert hörbar.

Dann wendet Lot ihre Aufmerksamkeit wieder dem Journalisten zu. »Worüber wollen Sie mit mir sprechen?«

»Ü-Ü-Über den F-F-Fall.«

»Über den Fall. Um elf Uhr nachts.«

Er nickt und sucht irgendetwas in seiner Tasche. Dann zieht er einen Stapel Zeitungsartikel heraus.

Lot verdreht die Augen. »Sind das Arbeitsproben von Ihnen?«

»J-J-Jetzt seien Sie mal nicht so unfreundlich.«

Stimmt, unfreundlich ist sie, aber das Klopfen in ihrer Brust hat noch immer nicht nachgelassen. Lot wird nicht gern von fremden Besuchern überrascht, schon gar nicht im Dunkeln. Sie schaut sich den Kerl, der sich Journalist nennt, genauer an, und ihr wird klar, dass sie gar nichts über ihn weiß.

Das wird sie schnell ändern.

Das Gefühl, das er in ihr auslöst, ist alles andere als positiv. Davon abgesehen, dass er sie nervt, kann sie ihn auch überhaupt nicht einschätzen. Und das passiert ihr als Profilerin nicht oft. Meistens reicht ein erster Eindruck, um jemanden vorläufig in eine der beiden Kategorien zu stecken – in Ordnung oder ein bisschen weniger in Ordnung. Bei ihm ist ihr das noch nicht gelungen. Obwohl sie im Moment eher zu »Nicht in Ordnung« neigt.

Ein unheimlicher Stalker, dieser Typ.

»Mir ist bekannt, dass man ganz bestimmte Haare auf der Leiche gefunden hat«, fährt er fort, und plötzlich stottert er gar nicht mehr. »Auf dem ersten Opfer.«

Lot weiß ganz genau, dass man diese Information nicht an die Presse weitergegeben hat.

»Woher wissen Sie das?«

»Ich habe meine Quellen.«

Das ist verdammt noch mal Täterwissen.

Sie atmet tief durch. »Ihre Quellen? Was denn für Quellen?«

»Das tut nichts zur Sa-Sa-Sa-«

»Das tut ganz sicher etwas zur Sache. Diese Informationen sollten Sie überhaupt nicht haben.«

»Sie bestätigen es also?«

*Shit*. Ja, das hat sie gerade getan.

»Was soll das Ganze?«

»Wenn ich das richtig verstehe, sind die Haare von einem Pf-Pf-Pf-Pf-«

Es dauert ihr zu lange. »Ja, von einem Pferd.«

Sein Blick erstarrt, weil sie ihn schon wieder unterbrochen hat. Einen Moment lang sagt er nichts. Es scheint ihn hart zu treffen, dass sie die Geduld nicht aufbringen kann, ihn zu Ende stottern zu lassen, noch härter als ihre gehässigen Bemerkungen. Als Lot sein bekümmertes Gesicht sieht, verspürt sie plötzlich eine Art Bedauern. Er drückt ihr den Stapel Zeitungsartikel in die Hand. »Lesen Sie s-s-selbst.«

Damit dreht er sich um und geht weg.

# 29

Lot bremst langsam ab und winkt kurz, als sie Jaap an der Ecke stehen sieht. Die Autotür öffnet sich, und er lässt sich in den Beifahrersitz fallen. Bevor er auch nur ein Wort sagt, beißt er ordentlich von seinem Croissant ab.

Dann, mit vergnügtem Blick und vollem Mund: »Guten Morgen.«

»Guten Appetit.«

Lots Partner stopft sich den Rest der Kalorienbombe in den Mund und öffnet gleichzeitig eine Coladose. »So«, erklärt er augenzwinkernd, »jetzt werde ich so langsam wach.«

Lot vermutet, dass er mit Absicht vor ihr Cola trinkt und ein Croissant herunterschlingt, weil es genau das Gegenteil von dem ist, was sie ihm schon tausendmal zu erklären versucht hat. Kein Vortrag über Haferflocken, Vollkornbrot oder herrlich saftiges Saisonobst kann ihn davon überzeugen, seine schlechten Essgewohnheiten aufzugeben. Und er genießt ihren Blick, während er die schwarze Brühe in wenigen Schlucken in sich hineinschüttet, da ist sie sich ziemlich sicher. Das ist eben seine Art, sich am frühen Morgen zu amüsieren, seine Form des Humors, die sie irgendwie ja auch schätzt.

Sie entscheidet sich, gar nicht erst darauf zu reagieren. Schließlich ist es sein Leben, und er muss wissen, was er tut.

»Ich habe gestern am späten Abend noch Besuch bekommen.«

»Müssen wir unbedingt darüber reden?«, fragt er mit einem Augenzwinkern. »Ich erzähle dir ja auch nicht von meinen Liebesabenteuern.«

»Von Rens Groenewoud.«

»Dem Journalisten?«, ruft Jaap aus. »Da hätte ich dir aber einen besseren Geschmack zugetraut.«

»Jaap, jetzt mal im Ernst«, meint Lot lachend.

»Groenewoud! Was wollte er denn?«

»Er hat mir einen ganzen Stapel Artikel gegeben, und zwar über diesen seltsamen Diebstahl vor ein paar Jahren.«

»Und den hat er dir bis an die Tür gebracht.«

»Yep, ich bin zu Tode erschrocken. Es war bereits nach elf Uhr.«

»Um welchen Fall ging es denn da?«

»Vor etwa einem Jahr hat man in einem Reitstall einigen Pferden die Mähnen abgeschnitten; es gab zwei identische Vorfälle, kurz hintereinander.«

»Pferdehaar«, wiederholt Jaap, »aber woher weiß dieser Groenewoud, dass das als Information relevant für uns ist?«

»Er sprach von Quellen, die er hat …«

»Also ein Leck?«

»Ja, da gibt jemand Täterwissen weiter.«

Jaap flucht leise. »Dieses ewige Freundesgeklüngel hier …«

Lot faltet kurz dankbar die Hände ineinander und verbeugt sich ironisch. »Dankeschön, ich hatte schon Angst, ich wäre die Einzige, der das nicht gefällt.« Dann legt sie wieder beide Hände aufs Steuer und wendet den Wagen.

»Das ist ein zu großer Zufall, als dass es nichts mit unserem Täter zu tun haben könnte.«

Lot nickt. »Das denke ich auch.«

»Um welchen Reitstall handelt es sich denn?«

Sie stellt den Motor ab und zeigt auf das Schild. »Um diesen hier.«

»Altena?«

Lot nickt wieder.

»Hier arbeitet doch Bob Altena?«

Lot schaut ihn schweigend an. Er denkt also dasselbe wie sie.

»Ich spreche mit Leo«, erklärt Jaap und hat sein Smartphone schon in der Hand. »Die Leute in der Zentrale sollen feststellen, ob unsere Haare mit denen dieser Pferde übereinstimmen. Hoffentlich wissen wir das heute oder morgen. Wir gehen da sofort rein.«

Nachdem er den Anruf getätigt hat, steigen die beiden aus und gehen in die Ställe. Dort herrscht abgesehen vom Schnauben der Pferde noch Ruhe, aber die feuchte Schaumschicht auf dem Betonboden verrät ihnen, dass auch Menschen anwesend sein müssen.

»Hallo?«, ruft Jaap.

Keine Antwort.

Sie gehen ein Stück weiter. Gerade als eines der Pferde neugierig den Kopf um die Ecke streckt, nehmen sie auf der linken Seite eine Bewegung wahr. Ein junger Mann mit ungepflegtem Haar und einem verschmutzten Overall kommt ihnen entgegen, mit gesenktem Kopf und hängenden Schultern.

»Was ist denn los mit dem Kerl?«, fragt Lot leise.

Jan schmunzelt. »Ach der, der ist nicht ganz richtig im Kopf. Und vielleicht auch ein bisschen schüchtern.«

»Guten Morgen«, sagt Lot laut zu dem Stallknecht.

Er nickt ihr zu. »Morgen.«

»Wir suchen Bob. Bob Altena.«

Kurz schaut er über die Schulter und schüttelt dann den Kopf. Ganz leise, fast flüsternd und mit leicht unsicherer Stimme sagt er: »Den habe ich heute noch nicht gesehen.«

»Heißt das, dass er sicher nicht hier ist?«, will Jaap wissen. »Oder wäre es auch möglich, dass du einfach nicht so gut aufgepasst hast?«

Erschrocken schaut der junge Mann Jaap an. Er ist entsetzlich unsicher, das kann man ganz eindeutig sehen.

»Ich kann, äh«, stammelt er genauso leise wie vorher, »also vielleicht, vielleicht kann ich ja was für ihn aufschreiben?«

Jaap verschränkt die Arme vor der Brust. »Gute Idee, schreib ihm eine Nachricht.«

Der andere nickt nervös. »Eine Nachricht«, flüstert er. »Ich, äh, ich hole schnell Stift und Papier.«

Als er sich entfernt, zwinkert Jaap Lot zu. »Es gibt ihn also wirklich.«

»Wen denn?«

Jaap deutet mit einem Kopfnicken in die Richtung des jungen Mannes. »Den Pferdeflüsterer.«

Lot kann nicht anders, sie muss über den dummen Witz lachen.

Die beiden sehen, wie der Junge in einem Schränkchen nach Schreibzeug sucht. »Stift und Papier«, murmelt Jaap. »Fortschrittlicher geht's kaum.«

»Was soll er denn sonst holen, den iPad aus dem Büro vielleicht?«

Jaap zuckt die Achseln. »Ach, es klingt einfach so ...«

»So was?«

»So altmodisch.«

»Das musst gerade du sagen«, meint Lot und zupft sanft an seinem beigen Bodywarmer, »mit diesem schicken Teil aus den Siebzigerjahren.«

Er macht große Augen. »Was?«, ruft er verblüfft. »Also hör mal, was ist denn daran falsch? Total praktisch, weißt du, weder zu warm noch zu kalt. Und ich kann meine ganzen Sachen reinstecken.«

Lot muss laut lachen. »Du hast gewonnen.«

Der junge Mann kommt mit einem abgegriffenen Büchlein und einem Bleistift zurück. »Was, äh, was soll ich aufschreiben?«

»Dass die Polizei gern mit Bob Altena sprechen möchte.«

Er fängt an zu schreiben und drückt das Büchlein mit der rechten Hand gegen einen Balken, während sich der Bleistift kratzend über das Papier bewegt. »Dass … die … Polizei … gerne …«

»Guten Morgen«, dröhnt plötzlich eine Stimme hinter ihnen.

Erschrocken dreht sich der Junge um.

»Wie kann ich Ihnen weiterhelfen?«

»Ach«, sagt Jaap, »Herr Altena.«

»Wir sind von der Polizei, und wir suchen nach Bob Altena«, erklärt Lot, während sie dem Mann die Hand schüttelt. Er hat den Blick auf ihr Gesicht gerichtet, als würde er sie zu ergründen versuchen. Als sie sich von diesen merkwürdigen Augen losreißt und sich wieder dem Jungen zuwenden will, ist der verschwunden. Hat sich geräuschlos in der sauren Stallluft aufgelöst.

»Bob?«, fragt Altena grinsend. »Hat er wieder in der Kneipe Damen belästigt?«

Wieder?

Der Sache will Lot nachgehen. Überprüfen, ob es in der Vergangenheit Anzeigen wegen Belästigung gab. Jaap lächelt albern, auch wenn es bei einer solchen Bemerkung nicht viel zu lächeln gibt. »Wir würden ihm gern ein paar Fragen stellen.«

Der Mann zeigt hinter sich. »Ach, mein Herr Sohn ist ein faules Schwein. Er hockt sehr wahrscheinlich in der Kantine, da hinten. Das Arbeiten überlässt er mit Freuden seinen Kollegen.« Dann hält er abwehrend die Hände hoch. »Aber seine Mutter verbietet mir, darüber ein Wort zu verlieren. Wenn es nach ihr geht, hat er ein psychisches Problem. Manchmal möchte ich ihn wirklich ein bisschen härter anpacken, den Kerl, aber na ja, sie besteht darauf, dass ich ihn mit Samthandschuhen anfasse.«

Lot fragt sich, warum ein Vater so über seinen eigenen Sohn spricht. Und dann auch noch gegenüber der Polizei. »Was für psychische Probleme hat er denn?«

»Ach, was weiß ich, was seine Mutter sich in ihrer Fantasiewelt zusammengereimt hat. Irgendwas, weswegen er die Finger nicht vom Alkohol lassen kann. Und wodurch er es normal findet, den ganzen Tag diesen Mist zu rauchen. Wohl zu therapeutischen Zwecken, was?«

Jaap und Lot nicken beide etwas unbehaglich. Jaap zeigt auf die Kantine. »Dann gehen wir da jetzt mal hin.«

»Viel Erfolg«, meint der Mann, der sich bereits wieder Richtung Büro wendet.

Lot schaut ihm nach. Sie ist sich nicht sicher, ob ihm die Sache wirklich völlig egal ist oder ob er so unter dem Pantoffel seiner Frau steht, dass er sich keinen Rat mehr weiß. Es würde besser zu ihm passen, seinem Sohn einmal ordentlich in den Hintern zu treten und ihn zum Arbeiten zu zwingen, aber ganz offensichtlich hat Bobs Mutter zu Hause mehr zu sagen als der Vater.

Aus einem Schuppen mitten auf dem Gelände, an dessen Tür mit weißer Farbe »Kantine« geschrieben steht, ertönt Ska-Musik aus vergangenen Zeiten. Jaap schaut kurz zu Lot hinüber und nickt.

»*Relaaaxed, man.*«

Dann klopft er energisch an die Tür, und die beiden treten ein.

In dem Raum riecht es intensiv nach Haschisch. An einem Holztisch sitzt er, Lot erkennt ihn sofort. Dieser ungepflegte Kerl ist Bob Altena.

Der Look ist ganz offensichtlich in Mode, zumindest in den Ställen. Der Pferdeflüsterer sah auch schon so aus. Und Zacharias, der ehemalige Soldat und heutige Stallknecht, passt auch schon ziemlich gut in die Gruppe.

»Hi!«

»Hi!«, imitiert Jaap Bob. »Kann die Musik ein bisschen leiser?«

»Was?«

»Geht das auch leiser mit der Musik?«

Bob nickt, unternimmt aber weiter nichts, bis Lot ärgerlich zur Stereoanlage läuft, um sie auszuschalten. Sie begreift den Vater schon jetzt. Eine wahre Freude, dieser Sohnemann.

»Ich dachte, Sie haben leiser gesagt«, murmelt er, wie ein Zwanzigjähriger, der in seiner rebellischen Pubertät stecken geblieben ist. »Von Ausschalten war nicht die Rede.«

Lot nimmt sich einen Stuhl und setzt sich neben den Mann an den Tisch. »So redet es sich einfach besser, Bob.«

»Was hatten Sie bei Zacharias im Wald zu suchen?«, will Jaap sofort wissen.

Vor Ort hat er damals erklärt, er stelle Fallen auf und komme oft hierher. Er hat den Kollegen sogar seine Hasenfalle gezeigt. Inklusive Beute. Aber sowohl Jaap als auch Lot finden es schwer zu glauben, dass er nur zufällig dort gewesen sein soll.

Bob wedelt mit der Hand durch die Luft, wie ein Italiener, der gleich das Gericht beschreiben wird, von dem er gerade probiert hat. »Wann genau meinen Sie?«, will er wissen. »Zacharias. Im Wald. Wann denn?«

»Als wir die Leiche gefunden haben«, beantwortet Lot ungerührt seine Frage. Er hat die Polizei angerufen, wir sind gekommen, und plötzlich sind Sie aufgetaucht.«

»Taaa-daaa!«, erwidert Bob grinsend.

»Was hatten Sie da verloren?«

Er zuckt mit den Schultern.

»Tut mir leid, Bob«, erklärt Jaap, während er sich vorbeugt und die Arme auf dem Tisch abstützt, »das ist keine Antwort.«

»Hey«, reagiert sein Gegenüber mit einem Grinsen, »rücken Sie mir nicht so auf die Pelle.«

Lot räuspert sich. »Was war da im Wald? Wird's bald!«

»Das reimt sich«, kichert er. »Sie hätten gar nicht erst bei der Polizei anfangen sollen, sondern hätten gleich Dichter werden sollen. Dichterin! Sagt man das eigentlich so? Wenn ein Mädchen Gedichte dichtet? Immer dichtere Gedichte dichtet die Dichterin …«

Jaap und Lot tauschen einen Blick. Ganz offensichtlich ist der Obdachlose Rikus nicht der einzige Verdächtige unter Einfluss von Betäubungsmitteln. Vielleicht müssen die beiden gleich in nebeneinanderliegenden Zellen ihren Rausch ausschlafen.

Die beiden Ermittler schütteln die Köpfe. Hier kommen sie nicht weiter.

»Ich war einfach am Chillen, Mann«, murmelt er. »Ist das inzwischen auch schon verboten?«

»Am Chillen?«, hakt Jaap nach. »Ich dachte, Sie waren dabei, Ihre Fallen zu leeren.«

Bob nickt. »Ja, Mann, das auch.«

»Haben Sie das Opfer gesehen?«

Er atmet lange aus und bekommt große Augen. »Nein, Mensch. Ich darf gar nicht daran denken …«

»Das Mädchen wäre Ihnen bekannt vorgekommen.«

Ein fragender Blick. »Ach ja? Wer ist es denn?«

»Krista«, antwortet Jaap, »Krista Wolff.«

Langsam schüttelt Bob den Kopf. »Fehlanzeige, Mensch. Der Name sagt mir nichts.«

Lot holt ein Foto heraus und legt es vor ihm auf den Tisch. »Vielleicht kann Ihnen ja das hier dabei helfen, Ihr Gedächtnis ein wenig aufzufrischen.«

Mit einem Schlag sitzt er still und starrt auf das Bild. Er kichert. »Hey, das bin ja ich. Cool sehe ich aus.«

»Mit Krista.«

»Ist sie das?«, will er wissen. »Ist das Krista?«

Jaap nickt. »Und es sieht ganz so aus, als hätten Sie sich da gestritten. An dem Abend, an dem sie zuletzt gesehen wurde.«

Langsam schüttelt Bob den Kopf. »Ich hatte wahrscheinlich ganz schön was getrunken an diesem Abend. Jedenfalls erinnere ich mich an gar nichts.«

»Was meinen Sie damit, Sie erinnern sich nicht?«

»Ich kenne das Mädchen nicht.«

»Aber auf dem Foto hier unterhalten Sie sich mit ihr.«

Er wedelt wieder mit einer Hand durch die Luft. »Ich unterhalte mich mit so vielen Mädchen. Die kann ich mir echt nicht alle merken.«

»Was haben Sie da gerade zueinander gesagt? Los jetzt, denken Sie nach«, fordert Lot ihn auf. »Worum ging es bei Ihrem Streit? Was ist danach passiert? Wo ist Krista hingegangen? Und wohin sind Sie gegangen?«

»Ich weiß es nicht.«

»Sie lügen«, meint Jaap.

»So ein Quatsch!«, ruft der andere. »Ich lüge gar nicht. Warum sagen Sie so was?« Er fasst sich an die Brust. »Das tut mir weh, wissen Sie. Wenn Sie so was sagen.« Ein Grinsen breitet sich auf seinem Gesicht aus.

»Komm«, sagt Lot mit einem tiefen Seufzer zu Jaap, »wir gehen.«

Noch bevor sie das Auto erreicht haben, erschallt hinter ihnen wieder laute Musik.

Warte nur, Bob, denkt Lot. Dich knöpfe ich mir schon noch vor.

# 30

Mutter steht vor der Leinwand. In der einen Hand hat sie ein Glas Rotwein. In der anderen Hand den Pinsel. Damit kommt sie gerade so an die Leinwand ran, denn ihr dicker Bauch ist ihr im Weg. Ihr Kleid ist voller Farbflecken, weil sie damit ständig die Leinwand berührt. Deswegen meckert sie die ganze Zeit.

Er sitzt hinter ihr, wippt mit dem Stuhl und schaut das Porträt an, das sie von sich selbst gemalt hat. Eigentlich malt sie immer nur sich selbst.

»Schön geworden, Mutter«, sagt er und lächelt.

Er muss heftig blinzeln, weil er jetzt schon Angst hat vor ihrer Reaktion.

»Habe ich dich vielleicht um deine Meinung gebeten?«, fährt sie ihn an.

»Entschuldige, Mutter.«

Sie trinkt ein paar große Schlucke von ihrem Wein. Dann streichelt sie sich den Bauch. »Wir können nur hoffen, dass dieses Mädchen ein bisschen intelligenter wird als du.«

In Mutters Bauch wohnt seine kleine Schwester. Er kann es gar nicht erwarten, bis sie endlich rauskommt. Es ist bestimmt sehr schön, jemanden zu haben, mit dem er reden kann. Und spielen. Zusammen unter die Bettdecke kriechen, wenn Mutter wieder böse ist.

Oder vielleicht, ganz vielleicht, wird Mutter auch nie wieder böse, wenn seine Schwester auf der Welt ist. Vielleicht ist seine Schwester wirklich ein Wunderkind, wie Mutter so oft sagt.

Sie ist bestimmt schlauer als er. Das sagt sie auch oft. Und schöner. Das ist nicht besonders schwer.

Sie hält das Glas hinter sich. »Noch ein bisschen«, fordert sie.

Er springt vom Stuhl auf und holt blitzschnell die fast leere Flasche. Ganz steil nach unten muss er sie halten, damit Mutters Glas voll wird, aber dann bewegt sie sich ein bisschen, und, o nein, bitte nicht!

Mutter schaut hin. Er schaut hin. Und sie sehen es beide: Ein dünner Strahl Rotwein tropft an ihrem Glas entlang auf den Boden.

»Mach nur so weiter!«, schreit sie. »Mach nur so weiter, und du kommst zu deinem Vater! Wie ein Tier musst du dann wohnen!«

»Entschuldige, Mutter, ich mache es wieder sauber.«

Sie wirft das Glas gegen die Leinwand, und der Rotwein verteilt sich über das ganze Bild. »Schau dir das an!«, schreit sie. »Siehst du, was du angerichtet hast? Jetzt ist mein Porträt ganz und gar verdorben!«

Sie holt mit der Hand aus, aber es gelingt ihm, gerade rechtzeitig unter ihr wegzutauchen, sodass sie mit dem Ärmel über die Leinwand voller frischer Farbe und Rotwein fegt. Sie hat jetzt einen richtig bösen Blick. So wütend war sie noch nie.

»Verdammt noch mal!«, brüllt sie. Und sie holt noch mal aus.

Er hat keine Lust auf eine Tracht Prügel. Nicht schon wieder. Er will nicht mehr. Er macht einen Schritt nach hinten, und sie verfehlt ihn wieder. Der Rotwein macht sie langsam, darum findet er es eigentlich auch gut, wenn sie den trinkt.

Noch einmal holt Mutter mit der Hand aus, aber wieder macht er einen Schritt nach hinten, und sie verfehlt ihn. Dann stürzt sie auf ihn los, in einer blinden Wut, die ihm richtig Angst einjagt. Er dreht sich um und rennt durch den Flur zur Treppe. Zack, Zack, Zack, mit seinen kleinen Beinen kommt er schnell die Stufen runter.

Hinter sich kann er ihren schweren Atem hören. Sie verfolgt ihn.

Er fürchtet, den Schlägen nur zu entkommen, wenn er es durch die Haustür schafft. Dann kann er auf die Wiese rennen und sich irgendwo im Wald verstecken. Bis der Wein seine Wirkung verliert. Bis sie vergessen hat, was passiert ist.

Dann hört er einen fürchterlichen Lärm. Er dreht sich um und sieht, wie Mutter taumelt, ganz oben auf der Treppe. Es scheint beinahe unwirklich, aber trotzdem sieht er, wie es passiert. Mutter fällt. Kopfüber. Sie schlägt auf und rollt und schlägt auf und rollt, und auf dem letzten Stück folgt Schlag auf Schlag. Dann liegt sie ganz still unten an der Treppe. Dicht bei ihm, aber sie versucht nicht mehr, ihn zu schlagen. Das findet er gut. So gut, dass er vor Erleichterung ein bisschen lachen muss.

Wie gut, dass sie da so liegt, so still und so schön. Das ganze Haus schweigt.

Ein bisschen später hört er auf zu lachen. Er weiß nicht genau, was er jetzt machen soll, denn Mutter bleibt einfach liegen. Und dann sieht er den dunklen Fleck auf ihrem Kleid. Und das Blut, das träge zwischen ihren Beinen hervorkriecht.

# 31

Sie hat geweint, das kann Lot an ihrem zerrauften Lockenhaar, der Röte auf ihren Wangen und den Mascaraflecken unter ihren Augen, genau über ihren so ausgeprägten Wangenknochen, sofort sehen. Ihre Lippen sind dunkelrot, fast violett. Die Spitze des so charakteristischen Kinns ist auch rot. Ihr Vater starrt unbewegt vor sich hin und hat die Arme vor der Brust verschränkt. Das wird kein angenehmes Gespräch.

Die leeren Gläser vor den beiden deuten darauf hin, dass sie wahrscheinlich schon eine ganze Weile so dasitzen und warten. Deswegen hat Leo Lot und Jaap gleich losgeschickt, als sie in die Zentrale kamen.

»Die Neuigkeit des Tages«, meint Jaap, während sie zusammen durch die Scheibe ins Vernehmungszimmer schauen. »Die Pferdehaare, die man auf Lisannes Körper gefunden hat, stimmen tatsächlich mit der Mähne eines der Pferde vom Reitstall Altena überein.«

»Also ist unser Täter vielleicht wirklich derjenige, der den Pferden die Mähne abgeschnitten hat«, murmelt Lot.

»Yep.«

»Ich hole mir einen Kaffee«, kündigt Lot an. »Willst du auch einen?«

»Was diese Leute wohl gerade durchmachen«, flüstert Jaap, und dabei wirkt er wie am Boden zerstört.

Lot nickt. »Ja, schrecklich.«

Er schüttelt den Kopf. »Das kann man sich einfach nicht vorstellen.«

Sie schweigen kurz.

»Möchtest du?«, fragt Lot schließlich. »Kaffee?«

»Gern.«

Mit zwei frisch gefüllten Bechern betreten sie das Zimmer. Sie haben nichts zu erzählen. Die DNA-Untersuchung des zweiten Opfers ist noch nicht abgeschlossen.

»Ah«, sagt der Mann, erhebt sich und schüttelt ihnen dankbar die Hand, »endlich.«

»Was können wir für Sie tun?«

Lot erwartet, dass die beiden endlich Klarheit fordern. Das würde sie auch machen, wenn ihre Tochter betroffen wäre. Das Schlimme ist nur, dass sie der trauernden Familie noch nicht helfen können. Sie noch nicht von dem Horror der Ungewissheit erlösen können.

»Stefanie hier«, erklärt der Vater und deutet dabei auf seine Tochter, »muss Ihnen etwas beichten.«

Wie Jaap setzt sich Lot auf einen der Stühle gegenüber Vater und Tochter. Das ist eine unerwartete Wendung. Beide schauen das Mädchen fragend an. Sie ist noch etwas außer Atem, weil sie gerade geweint hat.

»Aber erst will ich wissen, was weiter mit diesem Zacharias passiert ist. Haben Sie ihn verhaftet, oder wie sieht es aus?«

»Er ist vernommen worden.«

»Und das war's jetzt? Was soll das?«

»Es tut mir leid, aber wir dürfen darüber nicht mehr sagen«, erklärt Jaap knapp.

Stefanie fängt an zu schluchzen. »Ganz ruhig, Mädchen«, sagt Lot, »wir haben Zeit.«

»Los jetzt«, drängt ihr Vater, »raus mit der Sprache.«

Stefanie nickt ängstlich. »Es ist so«, sagt sie langsam, »ich war nicht ganz ehrlich zu Ihnen.«

»Inwiefern nicht?«

»Ich habe nicht alles erzählt.«

»Jetzt mach schon«, poltert ihr Vater. »Raus damit. Du hast schon lange genug den Mund gehalten.«

»Ich habe da etwas gesehen«, fährt das Mädchen langsam fort und wirft ihrem ungeduldigen Vater dabei einen flüchtigen Blick zu. »Auf einer Party, die ich eigentlich gar nicht hätte besuchen dürfen«, fügt sie hinzu. »Darum habe ich mich nicht getraut, es früher zu erzählen. Es tut mir leid.« Sie fängt wieder an zu weinen. »Es tut mir so leid. Ich weiß auch nicht, warum ich so feige war …«

»Beruhige dich«, erwidert Lot. »Was hast du denn gesehen? Und auf welcher Party?«

»Auf dem Sommerfest. Letztes Jahr. Ich war so wütend, weil ich nicht hindurfte und meine Schwester schon. Alle meine Freundinnen durften auch hin. Das fand ich so ungerecht. Darum habe ich mir etwas ausgedacht. Ich habe gesagt, dass ich früh ins Bett gehe, aber stattdessen bin ich aus dem Fenster geklettert.« Wieder der Blick zu ihrem Vater. »Und dann bin ich doch zu dem Fest gegangen.«

»Also wirklich«, kommentiert Jaap den Bericht mit einem Augenzwinkern, um die Situation etwas aufzulockern.

Sein Plan geht auf, denn das Mädchen muss ein bisschen grinsen. Der Vater dagegen kann nicht darüber lachen.

»Lisanne hat mich sofort gesehen, aber sie hat mir versprochen, dass sie Papa und Mama nichts sagt.« Ihr Gesicht verdüstert sich, als wäre da plötzlich eine dunkle Wolke, die einen Schatten über ein sonniges Feld wirft. »Das hat sie auch nicht getan«, flüstert sie. »Später am selben Abend sind wir dann zusammen nach Hause gegangen. Sie war so eine liebe Schwester. Und einen Monat später ist sie einfach verschwunden. Ich vermisse sie so sehr.«

»Ich weiß«, sagt Lot und legt ihre Hand auf die von Stefanie. Kurz erschrickt das Mädchen, aber dann lässt es die Geste zu. »Ich weiß. Erzähl nur weiter.«

Jaap nickt zustimmend. So funktioniert das Gespräch am besten. Ganz offensichtlich ist es das Mädchen nicht gewohnt, sanft behandelt zu werden, aber diese Taktik hilft ihr beim Erzählen ihrer Geschichte.

»Ich habe das Mädchen gesehen, damals auf dem Sommerfest, das Mädchen, das ermordet worden ist. Ich habe ihr Foto in der Zeitung erkannt. Und eigentlich habe ich mir damals schon gedacht, dass es Krista war.«

Lot nickt.

»Sie hat sich mit allen gestritten«, spricht Stefanie weiter, »mit Lisanne vor allem. Aber auch mit Zacharias.«

»Warum hattest du diesen Eindruck?«

»Das war kein Eindruck«, antwortet das Mädchen voller Überzeugung, »ich weiß es. Er hat sie geschlagen, das habe ich selbst gesehen.«

»Erzähl – was genau hast du beobachtet?«

»Ich habe an diesem Abend gesehen, wie die beiden ein Stück in den Wald hineingegangen sind«, erklärt Stefanie, wobei sie ihrem Vater wieder einen flüchtigen Blick zuwirft, »und damals war Lisanne noch mit Zacharias zusammen, wissen Sie, darum dachte ich mir, an der ganzen Sache ist was faul. Ich dachte, er wird doch nicht plötzlich mit einem anderen Mädchen rumknutschen oder so? Darum bin ich ihnen nachgegangen.«

»Und was hast du gesehen?«

Ein schwaches Lächeln. »Na ja, geknutscht haben die beiden nicht, das ist sicher.«

»Sie hatten Streit.«

Stefanie nickt. »Sie haben sich angeschrien. Dann hat er sie plötzlich geschlagen. Und dann ist sie weggerannt, mitten in den unheimlichen dunklen Wald rein. Da, wo wir gefeiert haben, hingen überall Lampions an den Bäumen, aber sie ist einfach in den schwarzen Wald rein. Das sah total unheimlich aus.«

»Und was hat Zacharias gemacht?«, will Jaap wissen.

»Er stand einfach nur so da, ziemlich lange. Es sah aus, als würde er weinen.«

»Und du?«

»Ich fand das Ganze so unheimlich. Ich habe gemacht, dass ich zu den anderen komme.«

Gut gemacht, Mädchen, denkt Lot. Gut gemacht.

»Als ich wieder auf das Fest zurückkam, habe ich gesehen, dass Lisanne sehr traurig war. Zwischen ihr und Zacharias war es aus. Ich weiß nicht, warum. Sie wollte nicht darüber sprechen.«

»Hast du noch gesehen, wie Zacharias zurückgekommen ist?«

Das Mädchen schlägt die Augen nieder. »Nein«, lautet die Antwort. »Lisanne wollte nach Hause. Mir gefiel die ganze Party sowieso nicht. Alle waren betrunken, und ich durfte damals wirklich noch gar nichts trinken. Meine Eltern hätten mich umgebracht, wenn sie dahintergekommen wären.«

Interessante Wortwahl, denkt Lot.

Der Vater sitzt neben Stefanie und nickt mechanisch. Lot schaut ihn etwas länger an als gewöhnlich. Er ist und bleibt ein seltsamer Mann. Seine Tochter erzählt hier eine ziemlich traumatische Geschichte und macht dabei alle möglichen Emotionen durch, und er sitzt einfach nur so da, mit verschränkten Armen. Zeig ruhig ein bisschen mehr Mitgefühl, du Depp.

»Danke dir«, wendet sich Lot wieder an Stefanie. »Für deine Geschichte. Es war sehr tapfer von dir, uns das zu erzählen.«

# 32

Er darf nicht neben Mutter stehen. Sie sitzt in einem Rollstuhl. Das wird wieder gut, hat die Frau aus dem Krankenhaus zu ihm gesagt. Sie muss sich erholen. Und dann ist es vorbei.

Er glaubt nicht richtig daran. Dass es wieder gut wird.

Bei ihr stehen ein paar Leute, die er nicht kennt. Er will sie auch nicht kennenlernen. Heute ist ein trauriger Tag. In der letzten Zeit gibt es nur noch traurige Tage.

Man hört ein leises Summen. Die kleine Kiste versinkt ruckelnd in der Erde. Er hört, wie jemand weint. Mutter ist es nicht.

In der kleinen Kiste liegt seine Schwester. Seine Schwester, die er nur ein einziges Mal hat sehen dürfen. Das findet er so ungerecht. Direkt aus Mutters Bauch hat man sie in die Kiste gelegt, ohne dass er sich von ihr verabschieden durfte. Das ist doch nicht fair?

Er findet es gemein von den Ärzten. Ganz, ganz gemein, und das hat er ihnen auch gesagt. Sie sind nicht böse geworden, als er das gesagt hat. Sie waren sehr lieb zu ihm und haben ihm übers Haar gestreichelt.

Seine Schwester lag einfach nur in der Kiste und sah friedlich aus. Ein bisschen so wie Ninchen. Das war eigentlich ganz schön.

Mutter spricht nicht mehr mit ihm, seit sie die Treppe heruntergefallen ist. In ihrem Blick kann er gar nichts erkennen, auch keine Wut. Sie streichelt ihm nicht übers Haar.

Kein Wort sagt sie, kein Wort. Kein Wort.

Er selbst hat auch nichts mehr gesagt. Er wusste nicht, was er hätte sagen sollen. Jedes Mal, wenn er sich überlegt hatte, was er sagen könnte, hat er es wieder hinuntergeschluckt, sobald er ihren leeren Blick sah.

Gleich wird sie wieder nach ihm schlagen.

Die Kiste ist jetzt fast weg. In der Erde verschwunden.

Gleich werden sie Sand darauf werfen. Er sieht den Sandhaufen schon neben dem Loch.

Er ist ganz lieb und brav. Er tut fast immer, was man ihm sagt. Und trotzdem darf er seine Schwester nicht sehen. Ungerecht. Ungerecht findet er das! Er blinzelt so heftig, dass er das letzte bisschen von der Kiste kaum mehr erkennen kann.

Das Summen hört auf. Ganz plötzlich ist die Kiste mit seiner Schwester drin weg. Weg ist sie, seine Freundin. Das war's dann.

Er fühlt sich allein. Und wünscht sich nur noch Dunkelheit.

Er sieht nur noch das Loch in der Erde. Die ganzen hässlichen, komischen grauen und schwarzen Steine drumherum. Neben ihm stehen fremde Leute und schluchzen, tun so, als wären sie traurig wegen seiner Schwester. Er selbst zeigt nicht richtig, dass er traurig ist. Aber das ist er. Seine Schwester, auf die er so sehr gewartet hat, kommt nicht. Sie war kurz da, und dann sofort wieder weg. Er stellt sich vor, wie dunkel es jetzt gleich für sie sein muss, wenn man Sand auf sie wirft. Ganz dunkel. Und schwarz. Als die anderen weggehen, schaut er noch mal runter in das tiefe Loch. In das tiefe, dunkle Loch.

# 33

Jetzt, wo es am Himmel wieder dunkel ist, sitzt Lot im Schneidersitz mit dem Rücken an die Hauswand gelehnt und starrt angestrengt in die schweigende Dunkelheit hinein. Die Spitze ihrer Zigarette leuchtet jedes Mal auf, wenn sie einen Zug nimmt.

Vor sich hat sie ihr Notizbuch liegen. Ihre Gedanken sind in vollem Gange. Sie schreibt ihr Täterprofil, weil Leo nachdrücklich verlangt hat, es morgen früh auf dem Schreibtisch zu haben. Kopfschüttelnd nimmt sie einen weiteren Zug von ihrer Zigarette. Es kommt noch so weit, dass er ernst nimmt, was sie macht. Was so eine Leiche mit rot lackierten Fingernägeln nicht alles für ihre Karriere bedeuten kann.

Dann schreibt sie alles auf.

- *Wir haben es mit einem Einzeltäter zu tun. Die Morde sind sehr persönlich: Er schlägt die Opfer von hinten nieder, erwürgt sie, macht sie schön, um sie als Freundin bei sich zu behalten*
- *Er muss sich in der Gegend auskennen, sonst hätte er die abgelegene Salzhütte nicht gefunden*
- *Er hat einen Führerschein, sonst hätte er sie nicht zu der Hütte bringen können*
- *Er verfügt über körperliche Kraft, denn er war imstande, die Opfer zu transportieren*
- *Schlechte Sozialkompetenz (Sprachfehler oder andere körperliche Entstellung)*
- *Große Angst, von Frauen abgewiesen zu werden: Nekrophil. Kann nur zum Orgasmus kommen, wenn ein Mädchen überhaupt keinen Widerstand mehr leistet (bewusstlos/tot)*

*– Obsessive sexuelle Fantasien über Mädchen, die keinen Widerstand leisten und mit denen er eine Beziehung führen kann*
*– Dysfunktionale Beziehung zu Frauen (nicht imstande, eine normale Beziehung einzugehen, wahrscheinlich Erektionsprobleme)*
*– Die Opfer sind junge weiße Mädchen. Der Täter ist wahrscheinlich auch ein weißer Mann, zwischen 25 und 35 Jahren*
*– Der Täter hat extrem wenig Selbstvertrauen und ein negatives Selbstbild, deutlich wird das an seiner Vorgehensweise (mit einem stumpfen Gegenstand von hinten niederschlagen) und seinem Markenzeichen: das Eintrocknen und Herrichten des toten Mädchens für den Sex*
*– Überdurchschnittliche Intelligenz: Organisationstalent, Vorbereitung, Kenntnisse, gute Umsetzung des Eintrocknungsprozesses. Außerdem hat er sie lange versteckt halten können, ohne dabei entdeckt zu werden*
*– Er lebt allein, denn er muss für längere Zeit ungestört sein, verfügt über einen Keller oder etwas Ähnliches. Er braucht viel Zeit, um alles zu organisieren; in einer Beziehung oder mit einem Mitbewohner ist die Wahrscheinlichkeit, entdeckt zu werden, deutlich größer*
*– Wenige oder keine Freunde*
*– Linkshänder*
*– Hat schon früher Straftaten (Sittlichkeitsverbrechen) begangen, zum Beispiel (versuchte) sexuelle Übergriffe, Vergewaltigung oder Misshandlung*

# 34

Das Morgenlicht lässt sein Gesicht noch grauer wirken. Dunkelblaue Flecken schimmern drohend durch seine papierdünne Haut. Die Augen mit dem verschleierten Blick sind aufgerissen, aber sie sehen nichts mehr.

Als Lot sich neben ihm hinkniet, sieht sie die Löcher in seiner Hose. Das schmutzige Hemd. Am linken Fuß trägt er keinen Schuh, sondern einen alten Schal, den er sich ein paar Mal um die Fußsohle gewickelt hat. Seine nackten verfärbten Zehen ragen leblos daraus hervor.

»Drei Tage«, meint der Leichenbeschauer, »etwa seit drei Tagen liegt er hier, nehme ich an.«

Lot nickt. Sie schaut in die Augen des Opfers. »Ich sehe hier rote Flecken. Wurde er erwürgt?«

»Gut möglich, ja.«

Lot holt Gummihandschuhe hervor und zieht vorsichtig den Hemdkragen ein Stück zur Seite. Dunkelblaue Striemen kommen zum Vorschein. »Würgemale am Hals«, stellt sie fest.

»Mach doch gleich meinen Job«, erwidert der Mann.

Lot kann nicht mit Sicherheit sagen, ob das witzig gemeint ist oder ob er sich darüber ärgert, dass sie sich einmischt. Sie steht auf und rollt sich die Handschuhe herunter, indem sie die Handflächen aneinanderreibt. Dann schmiert sie sich ihre Hände mit Desinfektionsmittel ein.

Jaap kommt angerannt. Sie hatte Bereitschaft, er nicht, aber Lot hat ihm trotzdem eine Nachricht geschickt, als die Meldung über den Leichenfund in der Zentrale eintraf. Schließlich arbeiten sie zusammen an diesem Fall.

»Ist es Rikus?«, fragt er keuchend.

Lot nickt und deutet mit einer Kopfbewegung auf den ermordeten Obdachlosen. »Wahrscheinlich erwürgt.«

»Also stimmt es«, meint Jaap, »dass man ihn auf dem Friedhof gesehen hat, bei unserem zweiten Mädchen.«

»Der Täter hat ihn auch gesehen.«

»Und der musste ihn aus dem Weg räumen.«

Jaap seufzt. »Was für ein schrecklicher Tod. Da überlebt jemand zehn Jahre auf der Straße und begegnet dann ganz zufällig so einem Kerl.«

Zusammen verlassen sie den Tatort, steigen in ihre Autos und fahren zur Zentrale. Vor dem Eingang wartet Leo auf sie. Es muss also etwas Wichtiges sein, denkt Lot. Ein Familienbegleiter steht neben ihm.

Sie weiß es schon.

»Die Ergebnisse der DNA-Untersuchung sind da«, sagt Leo ruhig. »Unser zweites Opfer ist Lisanne.«

Lot schaut zu Jaap hinüber, der sich auf die Lippe beißt. Er hat Lisanne nicht persönlich gekannt, aber die Familie kennt er ziemlich gut, genau wie viele andere von Lots Kollegen vom Dorf. Von den Sportveranstaltungen, die der Vater ehrenamtlich für die Jugendlichen organisiert. Die Mutter von Lisanne und Stefanie arbeitet als Schulwartin an der Schule, die viele Kinder von Lots Kollegen besuchen. Darum sind viele Leute betroffen, viel mehr, als Lot am Anfang gedacht hat. Vorsichtig legt sie Jaap eine Hand auf den Rücken. Er schaut sie kurz an, dann senkt er den Blick. Ein wortloser Dank.

»Wir fahren hin«, erklärt er.

»Nein«, reagiert Leo sofort, als hätte er auf diese Ankündigung gewartet. »Da ist noch mehr.«

Lot steckt beide Hände in die Hosentaschen. Wenn es etwas gibt, was es ihr erspart, die heftigen Emotionen von Eltern, die ihre Tochter gleich für immer verlieren werden, mitzuerleben, ist ihr das insgeheim nur recht. Aber das will sie nicht so deutlich zeigen. »Was, äh«, fragt sie, »was denn?«

»Ich werde selbst hinfahren«, erklärt Leo. »Zu Lisannes Eltern, und zwar zusammen mit einem Familienbegleiter. Und ich will, dass ihr Robbert Donkschot herholt.«

Jaap kneift die Augen zusammen. »Robbert Donkschot?« Er schnippt mit den Fingern. »Ist das nicht …«

»Ganz genau, das ist unsere lokale Berühmtheit, der Kerl, der in den Neunzigern so viele Mädchen und Frauen belästigt hat. Dann hat er wegen schwerer Sittlichkeitsverbrechen und einem Mordversuch eingesessen. Er hat seine Nachbarin gewürgt und fast umgebracht. Wenn der Nachbar damals nicht zufällig nach Hause gekommen wäre …«

»Aber hast du nicht gerade gesagt, er *hat eingesessen*?«

»Robbert Donkschot ist wegen geringer Rückfallwahrscheinlichkeit vor einem knappen Jahr freigelassen worden, kurz vor Krista Wolffs Verschwinden.«

Jaap hält sich erschrocken die Hand vor den Mund. »Das kann doch wohl nicht wahr sein …«

Leo nickt. »Es ist eine elende Schande, dass wir das damals nicht erfahren haben. Man hat uns über seine Freilassung nicht informiert. Weil man eine negative Berichterstattung in den Medien vermeiden wollte.«

»O mein Gott«, flüstert Lot.

»Und dazu kommt noch, dass er sich in den vergangenen zwei Wochen nicht bei seinem Bewährungshelfer hat blicken lassen.«

»*Holy shit*«, sagt Jaap. Und dann noch mal: »*Holy shit*. Komm, Lot, wir müssen los.«

Lot kommt nicht sofort in Bewegung, sondern denkt noch kurz intensiv nach. Ein Straftäter mit einem ernsthaften Sittlichkeitsverbrechen. Der die Gelegenheit hatte. Und den ganz offensichtlich niemand im Auge behalten hat. Trotzdem springt sie nicht sofort ins Auto. Sie weiß noch zu wenig über ihn.

»Hier«, meint Leo, und es scheint, als könnte er ihre Gedanken lesen, »seine Akte. Er war es, das sagt mir mein Gefühl.«

»Langsam, langsam«, erwidert sie, »wir dürfen nicht so voreilig sein. Die Sache sieht nicht gut aus für den Mann, aber dass er zufällig aus der Haft entlassen wurde, macht ihn noch nicht zu unserem Mörder. Was ist mit Zacharias? Hat man ihn schon für eine weitere Vernehmung hergeholt?«

Leo schüttelt den Kopf. »Dafür hat der Arzt noch keine Zustimmung erteilt, aber sobald er entlassen wird, bringt man ihn hierher.«

Jaap rasselt ungeduldig mit seinen Autoschlüsseln. »Lass uns fahren.«

»Nein«, antwortet Lot. Für sie kommt es nicht infrage, einfach kopflos einen ehemaligen Strafgefangenen aufzusuchen. »Nicht, bevor wir nicht beide seine Akte von vorne bis hinten durchgelesen haben.« Sie ignoriert Jaaps unwilligen Blick und Leos Ungeduld. »Wir müssen uns vorbereiten, Leute, wir müssen informiert sein. Das ist momentan unsere einzige Waffe.«

# 35

Der bunte Beutel, der ihm quer über der Brust hängt, bildet einen Kontrast zu seiner grauen Haut. Lot schaut auf seine ungepflegten Hände, die schwarzen Ränder unter seinen Nägeln. Das ein paar Tage alte Pflaster, das lose an seinem Zeigefinger baumelt.

Robbert Donkschot zieht die Nase hoch und schaut mit gebeugtem Kopf auf den Ausweis, den ihm Jaap entgegenstreckt. Seine Haare sind noch feucht vom Duschen. Er umklammert den Lenker seines rostigen Fahrrads.

»Was gibt's?«

Auf dem Gepäckträger transportiert er eine große Tasche in denselben Farben wie der Beutel, der um seine Schultern hängt. Mit einer harmlos wirkenden Geste fasst Jaap sie an. »Darf ich?«

Mit einem misstrauischen Blick nickt der Mann. Jaap öffnet die Tasche.

Leer.

»Ich, äh«, stammelt der ehemalige Strafgefangene ängstlich, »ich will keine Schwierigkeiten. Bitte, Leute. Ich bin auf dem Weg zur Arbeit.«

»Das ist sehr schön«, antwortet Jaap. »Wo arbeiten Sie denn?«

»Bei der Post«, lautet die rasche Antwort. »Ich stelle Briefe und Prospekte zu.«

Lot fällt auf, dass er eine Falte auf der Stirn hat und dass er ständig schlucken muss. Auch blinzelt er öfter als nötig. Er ist nervös, hat wirklich Angst vor ihr und ihrem Kollegen. Hat er etwas zu verbergen?

»Warum haben Sie die letzten beiden Termine bei Ihrem Bewährungshelfer nicht wahrgenommen?«, will sie wissen.

»Sind Sie deswegen hier?«

»Beantworten Sie einfach meine Frage, Robbert.«

»Aber nur weil ich Termine verpasse, kommt doch nicht gleich die Polizei zu mir? Was wollen Sie? Ich will nicht wieder ins Gefängnis. Ich will nicht.«

»Es ist wichtig, dass Sie sich weiter behandeln lassen«, erklärt Lot. »Bei Ihrer Geschichte ganz sicher.«

»Hören Sie, hören Sie zu«, erklärt der Mann jetzt hastig, »ich habe ein neues Leben angefangen, wissen Sie. Ich habe eine Arbeit, die mache ich jeden Tag, auch am Samstag. Ich gebe mir wirklich Mühe, ich tue mein Bestes. Ich habe mein Teil abbekommen, das dürfen Sie mir glauben. Ich …«

»Warum haben Sie den Termin dann nicht wahrgenommen?«

»Ich will nicht mehr!«, brüllt er Lot in einem plötzlichen Ausbruch an und schaut sich dabei ängstlich um. Er schnaubt vor Wut. »Das muss doch mal jemand begreifen! Ich habe mir ein Leben aufgebaut, es gibt sogar Leute, die mich nett finden. Ich will die Vergangenheit hinter mir lassen.«

»Aber meinen Sie nicht auch selbst, dass es ein bisschen verdächtig wirken muss, wenn Sie dann einfach so wegbleiben, ohne Bescheid zu geben?«, fragt Jaap.

»Verdächtig? Wieso denn verdächtig?«

»Kurz nach Ihrer Entlassung, vor etwa einem Jahr, ist ein Mädchen hier aus der Gegend verschwunden. Vor ein paar Tagen hat man sie ermordet aufgefunden. Genau wie ein anderes Mädchen; sie war einen Monat später verschwunden. Lesen Sie denn keine Zeitung? Schauen Sie kein Fernsehen?«

»Was?«, ruft der Mann. »Das ist doch nicht Ihr Ernst. Und darum …« Er schüttelt den Kopf. »Nein, nein, nein, darum sind Sie hergekommen? Moment mal, nein, nein, nein!«

Dann wirft er plötzlich das Fahrrad gegen den Zaun und springt mühelos darüber.

Das macht er nicht zum ersten Mal.

Er rennt los, und Lot und Jaap nehmen sofort die Verfolgung auf. Kurz erwägt Lot, die Hand an die Waffe zu legen, aber dann wird ihr klar, dass es dafür keinen ausreichenden Grund gibt. Er hat einfach Angst. Angst davor, wieder hinter Gittern zu landen. Und ob diese Angst berechtigt ist oder nicht, weiß Lot noch nicht sicher.

Trotz seiner kurzen Beine ist Robbert Donkschot ein guter Läufer. Lot spürt schon bald das Herz in der Brust. Das ist das Adrenalin. An mangelnder Kondition liegt es bei ihr nicht.

Auf die Atmung konzentrieren. Ein, aus, ein, aus ... Ein – klopf, klopf, und aus – klopf, klopf. Ihr Herz hämmert wie der Bass eines Schlagzeuges. Diesem Rhythmus passt sie ihre Schritte an. Als Robbert um die Ecke biegt und in einer Seitenstraße verschwindet, wird sie schneller.

Jaap hat ihn jetzt fast. Er springt ihm auf den Rücken, und zusammen fallen die beiden Männer zu Boden. Es gelingt Robbert noch, ein Stückchen wegzukriechen, aber dann packt ihn Jaap am Hals und schaltet ihn definitiv aus. Robbert liegt auf dem Bauch, die Hände auf dem Rücken.

Wenn Lot der Ernst der Situation nicht so bewusst wäre, würde sie darüber lachen, wie ihr Partner den heldenhaften Polizisten vom Land gibt. Sie kniet sich auf die Unterschenkel des Mannes, damit sie sicher sein können, dass er sich nicht loswindet.

»Zentrale, hier die 3501«, ruft Lot ins Funkgerät. »Robbert Donkschot in einer Seitenstraße Nähe Stenenburgerstraat angehalten. Wir legen ihm Handschellen an und bringen ihn zur Vernehmung zu euch.«

Durch die Scheibe zum Vernehmungszimmer kann Lot erkennen, wie Robbert Donkschot von seinem Anwalt instruiert wird. Die beiden kennen einander sehr gut. Die Angst liegt noch immer wie ein Nebel über Robberts Gesicht, aber inzwischen scheint er sich ein wenig entspannt zu haben. Er hält sich oft die Hand mit dem Pflaster vor den Mund und hustet, aber ab und zu lächelt er auch – wahrscheinlich über die Tricks, die ihm sein Berater vorschlägt, damit er später den Fragen ausweichen kann.

Leo stellt sich neben sie und verschränkt in einer herrischen Geste die Arme vor der Brust. »Ich gebe den beiden noch eine Minute«, brummt er, »dann gehen wir rein.«

»Wie ist es euch heute Morgen ergangen?«, will Lot wissen.

Leo spitzt die Lippen und zieht dann die Mundwinkel nach unten. »Heftig war es«, murmelt er betroffen, »sehr, sehr schlimm.«

Lot verspürt die Neigung, ihm kurz die Hand auf den Rücken zu legen, so als Trost unter Kollegen, folgt dann aber doch ihrem Bauchgefühl, das ihr davon abrät. Dass ihr Vorgesetzter sie inzwischen ernst nimmt, heißt noch lange nicht, dass er es schätzen würde, wenn sie ihn vertraulicher berührt, als das bei einem Handschlag der Fall ist.

»Lot«, setzt er an und räuspert sich, »wir mussten Zacharias gehen lassen.«

»Was?«

Er nickt. »Stefan und ich waren nach unserem Besuch bei Lisannes Eltern bei ihm im Krankenhaus. Er streitet ab, was Stefanie berichtet hat. Damit steht sein Wort gegen das ihre, wir haben also nichts als Vermutungen in den Händen. Außer wir können noch mehr Zeugen für den Vorfall auftreiben. Auf der Basis von Vermutungen darf man in diesem Land niemanden festhalten.«

»Nein, das ist mir klar, aber …«

»Wir kriegen ihn schon, Lot. Wir kriegen ihn schon.«

Sie schaut Leo an, und plötzlich fällt ihr auf, dass er sie schon zweimal nicht »Lotje« genannt hat. »Lot« hat er gesagt. Sie zieht die Augenbrauen hoch und lächelt. Ein gutes Zeichen.

Dann betreten sie das Vernehmungszimmer.

Sie haben sich noch nicht einmal hingesetzt, als der Anwalt schon loslegt. »Ich verlange, dass mein Klient sofort freigelassen wird.«

»Das können Sie gern verlangen«, pariert Leo, »aber so schnell geht das nicht. Wir haben da erst einige Fragen.«

»Zum Zeitpunkt des Verschwindens von Krista Wolff lag mein Klient wegen einer Knieoperation im Krankenhaus, meine Herrschaften. Das bedeutet, dass er nichts mit der Sache zu tun haben kann.«

Lot muss daran denken, in welchem Tempo er heute Morgen abgehauen ist. »Dann haben Sie sich aber gut erholt«, kommentiert sie mit einem Nicken. »Das freut mich für Sie.«

»Wir hätten gern eine DNA-Probe von Ihnen«, erklärt Leo. »Werden Sie sich dazu bereit erklären? Wenn Sie unschuldig sind, wird die Untersuchung das beweisen.«

Der Mann seufzt tief. »So eine Probe haben Sie doch schon von mir?«

»Sind Sie zur Zusammenarbeit bereit oder nicht?«, fragt Leo.

Wieder ein Seufzer.

»Wo waren Sie zum Zeitpunkt von Lisannes Verschwinden, genau einen Monat nach dem Sommerfest?«, will Lot wissen, ohne den Blick von Robbert Donkschot abzuwenden. Sie sieht, wie er die Augenbrauen zusammenzieht, wie trocken seine Lippen sind und wie er unter der Tischplatte mit den Händen herumspielt.

»Das, das weiß ich nicht«, antwortet er, »das ist schon zu lang her.«

Er schaut verzweifelt zu seinem Anwalt hinüber. Hilf mir doch, scheint er sagen zu wollen. Hilf mir. Der andere nickt ihm beruhigend zu, wie das ein Vater bei seinem Sohn tun würde. Also los. Sprich einfach weiter.

»Ich, äh«, stottert Robbert, »ich glaube, ich denke, ich weiß es nicht genau, aber ich denke … dass ich ganz einfach zu Hause war.«

»Gibt es jemanden, der das bestätigen kann?«

Der Mann schüttelt den Kopf.

»Ich bin entweder zu Hause oder auf der Arbeit, sonst nirgendwo. Manchmal kaufe ich noch was ein, aber das war's dann auch schon.«

Ein einsamer Kerl, denkt Lot. Ein einsamer Kerl mit einer Vergangenheit als Sittlichkeitsverbrecher. Es liegt auf der Hand, dass er der Mann ist, den sie suchen, aber irgendetwas sagt ihr, dass sie bei ihm trotzdem an der falschen Adresse sind.

Plötzlich steht Leo kopfschüttelnd auf. Man kann deutlich sehen, dass er todmüde ist. Sein Körpergeruch fällt noch stärker auf als zu Beginn der Woche. Er scheint wirklich nie zu duschen.

»Danke«, sagt er.

Sie verlassen das Vernehmungszimmer und gehen ohne jede Eile den langen Flur hinunter, Seite an Seite. Trotz seines Körpergeruchs freut sich Lot darüber, dass er sie zu dem Verhör hinzugezogen hat. Ganz langsam gewinnt sie sein Vertrauen.

Dann bleibt er stehen. »Was meinst du?«

Sie schüttelt den Kopf. »Ich kann es nicht mit Sicherheit sagen, aber ich glaube nicht, dass er der Mann ist, den wir suchen.«

»Für Krista hat er ein hieb- und stichfestes Alibi.«

»Ganz genau. Wenn mehrere Täter involviert sein sollten, heißt das erst mal nichts, aber ich bin fest davon überzeugt, dass wir es hier mit einem Einzeltäter zu tun haben.«

»Wir lassen ihn gehen«, entscheidet Leo, »aber sag ihm, dass er sich für weitere Vernehmungen bereithalten soll. Und dass er den Kontakt mit seinem Bewährungshelfer wiederaufnehmen muss; den kann er nicht einfach so beenden.«

»Mache ich.«

»Ach, und dann noch etwas«, spricht er weiter. »Würdest du etwas für mich tun, Lot?«

»Klar.«

»Unten warten ein paar Journalisten auf Interviews; die Nachrichten sind auch da, das Fernsehen und ein paar Zeitungen, du weißt schon, sie wollen ein Update.«

»Ja …«

Er schaut auf seine Armbanduhr. »Ich muss jetzt leider wirklich los. Du kannst dich doch eben darum kümmern, oder?«

Noch bevor sie Zeit für eine Antwort hat, läuft er bereits davon.

# 36

Neugierig betrachtet er den Koffer auf Rollen, den Mutter ungeschickt Stufe für Stufe nach unten zieht. Er steht am Fuß der Treppe und hat Bär unter dem Arm. Auch wenn Mutter sagt, dass er für Bär zu alt ist, will er ihn nicht aufgeben. Mit Bär kann er über alles sprechen. Bär antwortet nicht, aber er hört ihm zu. Die Luft verwandelt seine Worte nämlich in Kuscheltiersprache, die Bär dann in die Ohren flattert. Manchmal kann er sehen, dass Bär ein bisschen lacht – dann ist er sicher, dass er ihn versteht.

Ein Koffer, das bedeutet Ferien. Das weiß er. Er würde gern einmal in die Ferien fahren. In der Schule erzählen die anderen manchmal etwas davon. Dass seine Klassenkameraden dann mit ihren Eltern und Geschwistern ins Auto oder in ein Flugzeug steigen und ganz weit weg fahren, dahin, wo es Eis in allen Farben gibt und man den ganzen Tag schwimmen gehen darf.

Schwimmunterricht hatte er auch schon. Alle anderen Kinder haben ihn ausgelacht, weil Mutter ihn gezwungen hat, eine rosafarbene Badehose anzuziehen. Er hatte ihr das noch sagen wollen, sich aber nicht getraut.

Trotzdem würde er gern wieder mal schwimmen. Aber er hat auch Angst zu ertrinken.

Ferien. Er seufzt und muss dabei lächeln. Endlich wird er in der Klasse mitreden können. Dann wird er diesen Angebern mal erzählen, was für tolle Ferien er mit Mutter verbracht hat.

»Wohin fahren wir denn?«

Mutter antwortet nicht und rollt den Koffer bis zu Tür. Dann geht sie in die Küche. Die Jacke hat sie schon in der Hand. Sie winkt ihm zu. Gleich wird sie es ihm erzählen.

Als er vor ihr steht, streichelt sie ihm übers Haar. Es kribbelt im ganzen Körper, weil er so aufgeregt ist. Er mag es so gern, wenn sie ihm übers Haar streichelt. Das bedeutet, dass sie ihn wieder mag. Und nicht länger böse auf ihn ist wegen seiner Schwester.

Sie nimmt ein Brot von der Anrichte. »Hier ist ein Brot«, sagt sie.

Ja, das sieht er auch. Er hält sich die Hand vor den Mund, weil er es nicht mehr aushält vor Spannung, und er muss lachen, weil Mutter ganz offensichtlich glaubt, dass er nicht weiß, was ein Brot ist. Das weiß er aber. Wirklich.

»Hier auf der Anrichte liegen zwei Brote«, spricht sie weiter. Dann nimmt sie das Glas in die Hand, das daneben steht. »Und hier ist ein Glas Erdnussbutter.«

Jetzt platzt er vor Lachen. Als ob er das nicht wüsste. Sie ist wirklich witzig. Erdnussbutter ist sein Lieblingsbrotaufstrich. Und er bekommt den nur ganz selten.

Dann geht Mutter zum Ausziehschrank in der Küche, zu dem langen Schrank mit lauter Kästen drin, die man öffnen kann, wenn man seine ganze Kraft zusammennimmt. Sie zieht am Griff, und die Lade rollt auf. Da ist alles Mögliche drin. Mein Kramladen, nennt Mutter das immer. Butterbrottüten, die er manchmal zu Ballons aufzublasen versucht. Mülltüten. Und Sachen, mit denen Mutter manchmal Essen macht. Kartoffelbrei aus der Tüte zum Beispiel, solche Dinge.

»Da sind Tüten mit Nudeln.« Dann deutet sie auf den Wasserkocher, der auf der Anrichte steht. »Wenn du die mit heißem Wasser übergießt, hast du dein Abendessen.«

Dann reibt sie sich die Hände und streichelt ihm noch mal über den Kopf.

Er macht die Augen zu und genießt ihre Berührung. Danach umarmt er sie, wie er das schon ganz lange nicht mehr hat tun dürfen. Er hat Mutter lieb. Sie erlaubt es wieder, endlich erlaubt sie es wieder. Er spürt ihre Wärme, weil er sich so fest an sie drückt, und er muss fast weinen, so froh ist er darüber, dass er diese Wärme wieder spüren darf.

Die Hand, mit der sie ihm übers Haar streichelt. Ihre Atemzüge, ganz nah. Der Duft ihres Parfums, der ihm ganz stark in die Nase steigt. Fast muss er davon niesen, aber er zuckt ein bisschen mit der Nase, und das Kitzeln geht weg. Es wäre falsch, jetzt zu niesen. Am Ende wird ihr schönes Kleid noch schmutzig davon.

Dann windet er sich aus ihrer Umarmung und schaut zu ihr hoch. »Wohin fahren wir denn?«, fragt er noch mal.

Er versteht einfach nicht, warum sie ihm die große Neuigkeit nicht endlich erzählt. Er kann es nicht mehr erwarten. Er fängt an, vor Ungeduld auf und ab zu springen. Hops, hops, hops, wie ein Ball springt er vor Mutter auf und ab. Hops, hops, hops.

»Dummkopf«, antwortet sie grinsend. »Wir fahren überhaupt nirgendwohin, Junge!«

Hops, hops ... Er hört ganz plötzlich auf mit dem Herumspringen.

Während er sich umschaut, versucht er irgendwie herauszufinden, was Mutter genau damit meint. Wir fahren überhaupt nirgendwohin? Wie, fahren sie gar nicht in die Ferien? Bekommt er jetzt doch kein Eis in allen Farben? Und gehen sie doch nicht schwimmen?

»Aber ...« Er hat sich schon so darauf gefreut. Nur Mutter und er, zusammen unterwegs, dem Abenteuer entgegen.

Sie tippt sich mit dem Finger an die Brust. »Nein, Junge. Wir beide fahren nirgendwohin. Ich fahre in den Urlaub, du Trottel.« Sie holt tief Luft. »Den habe ich dringend nötig, weißt du. Ich fahre in einen schicken Kurort in der Schweiz, mit allem Drum und Dran. Genau das, was ich brauche. Und du bleibst schön hier, Kurorte sind nichts für Kinder.« Sie schüttelt den Kopf.

»Nein, Kinder in einem Kurort, das wäre ein bisschen wie kleine Teufel im Himmel. Völlig ausgeschlossen!«

»Aber …«, flüstert er noch mal, »ich möchte so gern ein Eis in allen Farben.«

Mutter steckt die Arme in die Ärmel ihrer Jacke. Das bedeutet, dass sie gleich weggeht. Er spürt, wie sie ihm entgleitet, obwohl sie noch vor ihm steht.

»Nein, nein, geh nicht«, jammert er, »bitte, Mutter, bitte, geh nicht. Lass mich nicht allein.«

Er zieht sie am Ärmel, aber sie schüttelt ihn heftig ab. »Hör auf«, meckert sie, »immer musst du dich so anstellen. Was bist du doch für eine schreckliche Nervensäge.«

Er bleibt ganz still stehen und schlägt die Augen nieder. Wenn er jetzt nicht so eine schreckliche Nervensäge gewesen wäre, hätte er vielleicht mit Mutter zusammen in den Kurort fahren dürfen. Er fragt sich, ob es im Kurort auch Eis gibt.

»Ich habe dir ja gerade gezeigt, was ich an Essen für dich besorgt habe. Geh sparsam damit um, das muss für zwei Wochen reichen.«

Sie macht den Reißverschluss ihrer Jacke zu. Der Abschied ist gekommen.

Sie geht weg. Ohne ihn. Ohne ihm noch mal übers Haar zu streicheln. Ohne auf Wiedersehen zu sagen. Er hört nur noch, wie die Tür langsam ins Schloss fällt. Und dann ist es still.

# 37

Lot konzentriert sich auf ihre Atemzüge und verschiebt ihre Leistungsgrenze Schritt für Schritt. Wenn sie ihrem Körper nachgeben würde, hätte sie schon längst aufgehört, aber sie will ihn beherrschen. Weil sie immer so lange arbeitet, kann es schnell passieren, dass ihre Kondition schlechter wird. Ihr Bett lockt, oder das gemütliche Sofa bei Hieke.

»Weiter«, knurrt sie leise, »weiter, es kommt gar nicht infrage, dass wir aufgeben.«

Ihre Kondition muss sie sich so gut wie möglich erhalten. Jeder Schritt, den sie am Waldrand entlang macht, fällt ihr schwerer. Säure in ihren Wadenmuskeln. Kribbeln in ihren Oberschenkeln. Der Druck auf ihrer Brust nimmt zu.

Die Atmung. Sie muss sich auf ihre Atemzüge konzentrieren. Schnaufend atmet sie aus, immer lauter, obwohl sie das selbst nicht wahrnimmt, weil sie über die Kopfhörer Musik laufen hat.

Sie hört die *Kings of Leon*, die passen immer gut zum Laufen.

Jetzt muss sie an die lange Interviewsitzung denken, die Leo ihr aufgedrückt hat. Dieser Mann verblüfft sie immer wieder. Was fällt ihm nur ein, seine Termine einfach so auf sie abzuwälzen? Als sie begriffen hat, um wie viele Gespräche es sich da handelte, hat sie ihn noch zu erreichen versucht, aber er ist den ganzen restlichen Tag nicht mehr ans Telefon gegangen.

Die Natur will Lot mit dem Ausblick auf eine aufgehende Sommersonne trösten, so eine, die man direkt als Bildschirmhintergrund benutzen könnte. Trotz ihrer Frustration über die Gespräche und den Schmerzen beim Laufen muss sie lachen. Der

Umzug hierher war eigentlich gar keine so schlechte Idee. Was für ein Ort. Was für eine Stille. Was für eine Pracht.

Und dann springt er plötzlich aus dem Wald heraus, wie eine Katze auf der Flucht. Lot schreit auf. »He!«

Sie bleibt stehen, sieht, wie er die Lippen bewegt, zieht aber erst jetzt die Kopfhörer heraus. Zuerst hört sie ihr eigenes Schnaufen, dann seine Stimme. Und die Wörter, die diese Stimme erzeugt.

»A-A-A-Auch so früh draußen?«, fragt er lachend. »P-P-Prima Wetter, um Sport zu t-t-t-treiben, oder?«

Das ist verdammt noch mal die dritte Gelegenheit, bei der er ihr fast einen Herzinfarkt beschert. Das muss aufhören. Und zwar sofort.

Sie hat im Polizeicomputer nach ihm gesucht, aber nicht das Geringste über ihn gefunden. Noch nie was Falsches gemacht in seinem Leben. Zumindest nichts, was erfasst worden wäre.

»Haben Sie sie noch alle?«

Sie betrachtet das hellblaue Schweißband aus Frottee, das ihm wie ein Diadem das Haar aus dem Gesicht hält. Das gräuliche T-Shirt ähnelt dem Trikot des örtlichen Vereins, allerdings einer etwas älteren Version. Die etwas zu kurze rosafarbene Hose darunter ermöglicht ihr einen Blick auf seine dünnen, blassen Beine, die aussehen wie die eines Flamingos.

»Was, was meinen Sie d-d-damit?«

»Sie haben mich zu Tode erschreckt, Sie Idiot.«

»Das, das, tut mir l-l-leid.«

»Ihr ›Das tut mir leid‹ können Sie sich ein für alle Mal schenken, davon habe ich genug«, keucht Lot.

Sie läuft weiter, kann es kaum erwarten, wieder bei Hiekes Bauernhof anzukommen, wo die Frau wahrscheinlich schon mit einer Tasse Tee auf sie wartet.

»Es tut mir l-l-leid, ich wollte das w-w-wirklich nicht.«

Lot bleibt stehen und schaut den Journalisten aufmerksam an.

Was ist bloß mit dem Kerl los? Warum taucht er überall auf, wo sie auch ist? Verfolgt er sie vielleicht? Ist das wirklich Zufall?

»Sie sind einfach überall. Das gefällt mir nicht.«

»D-D-Das hier ist eben ein k-k-k-k-kleines Dorf.«

»Ja«, nickt Lot, »da haben Sie allerdings recht.«

Er macht einen Schritt auf sie zu. »Wo wir jetzt sowieso schon miteinander sprechen«, sagt er und klingt plötzlich viel unangestrengter, »waren die In-Informationen noch in irgendeiner W-W-Weise n-n-nützlich für Sie?«

»Über den Diebstahl?«

Er nickt.

Lot zieht die Schultern hoch. Sicher waren sie nützlich, denn so sind die Ermittler auf etwas aufmerksam geworden, was sie selbst noch nicht entdeckt hatten, aber irgendwie verbietet es ihr der Stolz, das diesem Stotterer gegenüber zuzugeben. »Wir haben die Informationen ausgewertet. Wie kommen Sie eigentlich darauf, dass das Ganze für den Fall relevant sein könnte? Das würde mich viel mehr interessieren.«

Er nickt nur.

»Glauben Sie, der T-T-Täter ist auch der M-M-M-Mähnendieb?«

»Der Mähnendieb«, wiederholt Lot. »Was für ein schöner Ausdruck. Haben Sie sich den ganz allein ausgedacht?«

Er grinst so breit, dass man seine Zähne sieht. »Ja«, antwortet er lachend, »mir ge-ge-gefällt er auch. Ich werde ihn in meiner Sch-Sch-Schlagzeile benutzen.«

»Tun Sie, was Sie nicht lassen können.«

»Ich, äh, ich habe da noch was für Sie ge-ge-gefunden.«

Sie verschränkt die Arme vor der Brust. Er hat noch etwas gefunden, so was …

»Ja«, sagt er mit bedeutungsvoller Miene, »ich w-w-weiß schon, w-w-wie man Frauen beglückt.«

»Beglückt?«

Ungeschickt deutet er auf Lot. »Ja, also, erfreut in d-d-diesem Fall.«

»Beglücken wollen Sie mich ...«

»Ich weiß, wem d-d-die H-H-Hütte gehört.«

»Sie wissen, wem ...«

»D-D-Die Hütte, ja ... Im W-W-W-«

»Im Wald.«

Er nickt.

Dass Rens Groenewoud das schneller herausfinden konnte als die Ermittler, die sich mit dieser Frage befassen, scheint Lot ziemlich unwahrscheinlich, aber sie beschließt im Stillen, dem Mann eine Chance zu geben.

»Ich h-h-habe da ein paar Be-Be-Belege gefunden, die das Haus be-be-betreffen.« Er hebt einen Finger. »Ich w-w-war nämlich so schlau und habe mich er-er-er-«

»Erinnert?«

»Erinnert, dass ich damals etwas im D-D-D-Dorfarchiv darüber gelesen habe. Da hängt ein altes F-F-F-Foto von Herrn Derksen.«

»Wer ist denn das?«

Er lächelt, und man kann sehen, wie stolz er ist. »D-D-D-Der Eigentümer! Von der H-H-Hütte, die hat er damals ge-ge-gekauft, als sie zum D-D-Denkmal erklärt wurde.«

»Herr Derksen. Vom Foto im Dorfarchiv.«

Was soll das überhaupt sein? Ein Dorfarchiv?

Er nickt. »Aber d-d-der ist schon seit l-l-längerer Zeit tot.«

Meine Güte, denkt Lot. Das nützt uns wahnsinnig viel.

»Was meinen Sie mit ›seit längerer Zeit‹?«

»Be-bestimmt schon zwanzig Jahre.«

»Danke sehr«, sagt Lot, »ich werde mich darum kümmern.«

Und dann macht er noch einen Schritt nach vorn. Als sie kurz nicht aufpasst, packt er Lot bei den Schultern und drückt ganz plötzlich seine Lippen auf ihre. Sein Griff ist stark, deswegen gelingt es ihr nicht gleich, sich loszureißen. Sie rammt ihm das Knie zwischen die Beine, so fest sie nur kann, und schreit laut.

Sie muss an ihr Training denken. Wenn du allein bist, keine Waffe bei dir hast und von einem Mann angegriffen wirst …

Nichts wie weg.

Ganz kurz zieht sie in Erwägung, ihn festzunehmen, aber dann rennt sie doch lieber los. So schnell sie nur kann, mit neuer Energie, dank des Adrenalins, das durch ihren Körper tobt.

»Lot!«, ruft er ihr nach.

Sie schaut sich um und sieht, dass er die Verfolgung aufgenommen hat. Verdammt noch mal, warum ist sie heute ohne Handy aus dem Haus gegangen? Die Kopfhörer baumeln über ihrem T-Shirt und fliegen immer wieder gegen ihr Kinn. Mit einem kräftigen Ruck reißt Lot sie ab und wirft sie von sich. Nur weg, weg von diesem Verrückten.

Obwohl sie normalerweise ganz ruhig wird und sich gut konzentrieren kann, wenn sie rennt, geht ihr jetzt alles Mögliche durch den Kopf. So ein unverschämter Kerl! Wie er sie gepackt und einfach so geküsst hat. Was bildet der sich denn ein? Sie spuckt aus. Der Gedanke, seinen Speichel im Mund zu haben … Das ist so verdammt widerlich.

Sie schaut sich noch mal um. Er rennt ihr immer noch nach. »Lot!«, ruft er immer wieder. »Lot, warte doch!«

Er stottert plötzlich nicht mehr. Was soll das denn jetzt?

Kurz vor Hiekes Bauernhof bleibt sie stehen. Die alte Frau winkt ihr durch das Küchenfenster hindurch zu. Jetzt, wo Lot weiß, dass Hieke sie gesehen hat und jeden Moment Alarm schlagen kann, fühlt sie sich stärker. Sie zeigt drohend auf Rens, der hinter ihr angerannt kommt.

»Ich d-d-dachte, du w-w-wolltest es auch …«, keucht er.

»Los, verschwinde!«, schreit sie. »Dreckskerl! Hau ab, aber ganz plötzlich!«

Er dreht sich um und geht weg; die Schultern lässt er hängen, und sein Rücken ist leicht gekrümmt. Mit gesenktem Blick verschwindet er. Genau wie sie es ihm befohlen hat.

Auch Lot wendet sich um und stürzt sich in die Arme ihrer besorgten Vermieterin.

Am nächsten Nachmittag sitzen Jaap und Lot mit einigen Kollegen zusammen, um ein paar Dinge durchzusprechen. Als Versammlungsort haben sie die Bank im Innenhof hinter der Polizeistation gewählt. Die Sonne hat sie nach draußen gelockt, und alle trinken ein Glas von Lots frisch gepresstem Saft.

»Wenn du ihn jetzt anzeigst, nehmen wir ihn mal genauer unter die Lupe«, erklärt Stefan. »Dieser widerliche Groenewoud. Der hat mich schon immer genervt mit seinem Gestotter.«

»Nein«, murmelt Lot, »lass mal.«

Jaap macht ein ernstes Gesicht. »Das war aber doch schon eine Nötigung, oder? Was, wenn nicht du da gelaufen wärst, sondern jemand anders, schlechter trainiert und weniger fit. Das wäre ein leichtes Opfer gewesen.«

Lot schüttelt den Kopf. »Ich glaube nicht, dass er so was noch mal macht.«

Insgeheim zweifelt sie jedoch sofort an ihrer Antwort. Und geht in Gedanken noch mal das Profil durch, das sie erstellt hat.

Ein Mann, der allein lebt und stottert. Der ungeschickt ist, was soziale Kontakte betrifft. Er war bei der Hütte. Er taucht immer wieder überall dort auf, wo sie auch ist. Er verfügt über Informationen, die einerseits frei zugänglich sind, die man aber auch sehr gut als Täterwissen einordnen kann. Wer ist seine Quelle? Gibt es diese Quelle überhaupt? Die Haare, die vom Reitstall

Altena gestohlen wurden. Der Hüttenbesitzer, an den er sich so plötzlich erinnert.

»Eine Schraube ist trotzdem locker bei ihm«, murmelt sie. »Er könnte sogar der Täter sein, wenn ich meinem eigenen Profil glauben darf.«

Jaap nickt. »So sehe ich das auch. Wir sollten ihn vernehmen.«

Lot schüttelt den Kopf. »Moment, langsam. Er hat versucht, mich zu küssen, das passt wiederum nicht in mein Täterprofil. Unser Mann würde sich so etwas nicht trauen. Er überwältigt seine Opfer nicht umsonst von hinten.«

»Aber es ist und bleibt doch seltsam, dass er so viel über den Fall weiß.«

Lot verzieht das Gesicht zu einer Grimasse. »Das gehört in gewisser Weise ja schon auch zu seiner Arbeit ...«

»Ja, sicher, als Nächstes nennt er sich noch Enthüllungsjournalist. Bis vor Kurzem hat er nur über den allwöchentlichen Brand im Wok-Restaurant an der Hengelosestraat geschrieben.«

Die ganze Gruppe bricht in Gelächter aus.

»Die Informationen, die er da liefert, sind schon solide«, bemerkt Stefan in seinem herrlichen Akzent. »Wir haben festgestellt, dass der alte Derksen tatsächlich der Eigentümer dieser Salzhütte war. Und er wäre es noch immer, hätte er nicht schon vor Langem ins Gras gebissen.«

»Und seither hat niemand Anspruch auf die Hütte erhoben? Als Erbe?«, will Lot wissen. »Auch die Gemeinde nicht?«

»Komischerweise nicht«, antwortet Stefan. »Es ist so eine Art Niemandshütte geworden, verlassen und verfallen. Bis unser Täter einen neuen Verwendungszweck dafür gefunden hat.«

»Unvorstellbar ...«, flüstert sie.

Alle stehen auf. »Stoff zum Nachdenken haben wir genug«, fasst Jaap zusammen, »und genau das werde ich jetzt mal machen, zu Hause im Garten, bei einem Bierchen.«

Die allgemeine Zustimmung um sie herum erstaunt Lot. Der Tag neigt sich zwar schon dem Ende zu, und die Sonne scheint, aber kann man deswegen mitten in einem der größten Mordfälle der Geschichte einfach ein bisschen früher nach Hause gehen und sich mit einem Bier in den Garten setzen? Sie schüttelt den Kopf und steigt ins Auto. Sie macht sich auch auf den Weg. Aber sie will woandershin.

# 38

Hieke wartet bestimmt mit einem ihrer berühmten Sommereintöpfe auf sie, das weiß Lot, aber sie bezweifelt, dass sie es schaffen wird, das Essen noch warm herunterzubekommen. Aus sicherer Entfernung beobachtet sie, was im Reitstall Altena vor sich geht. Sie muss einfach hier sein, sie hat ganz stark das Gefühl, hier sein zu müssen. Dieser Ort mit seinen Pferdeäpfeln und dem staubigen Stroh weist einfach zu viele Berührungspunkte mit ihren Sommermädchen auf.

Bob Altena, Zacharias Verheijen, die Pferdemähnen. Sie alle stammen von hier.

Ihr Auto hat Lot etwas weiter weg abgestellt. Zu Fuß ist sie weitergegangen, bis hierhin, bis an den Waldrand, wo sie sich hinter ein paar dicken Baumstämmen versteckt.

Sie sucht Bob. Und Zacharias.

Sie sieht den alten Herrn Altena, der ihr zufolge auch etwas zu verbergen hat. Aber was?

Lot lässt den Blick an den Zäunen entlanggleiten, die krumm und schief aus dem Gras ragen. Dahinter bekommen junge Mädchen Reitunterricht. Außerdem stehen da einige Eltern, stöhnend vor Hitze, und schauen den Dressurkünsten ihrer Sprösslinge zu. Altena beobachtet die Mädchen aufmerksam, als wären es seine eigenen Kinder.

Als Lot auf ihre Armbanduhr guckt, bemerkt sie, dass sich der Nachmittag dem Ende entgegenneigt. In Gedanken sieht sie vor sich, wie Jaap und alle anderen Kollegen mit einem Bier im Garten sitzen.

Bob Altena hockt wahrscheinlich auch in seiner Kantine und

trinkt. Sie schaut noch einmal gut hin, kann ihn aber nirgendwo entdecken. Etwas an diesem Kerl gefällt ihr ganz und gar nicht. Auf den ersten Blick könnte man ihn für einen schwierigen Teenager halten, der zu viel trinkt, aber irgendwie spürt sie, dass er mit seinem Verhalten etwas zu verstecken versucht. Er verbirgt etwas, das Lot noch nicht genau benennen kann. Und das irritiert sie maßlos.

Dann fällt Lots Blick auf eine Gestalt, die sich plötzlich auf der Wiese hinter den Ställen bewegt. Sie hat vorher nicht bemerkt, dass da jemand saß. Die Gestalt steht auf.

Es ist Zacharias.

Er schlendert ein bisschen herum, ohne dass ihn jemand zu beachten scheint. Mit der Arbeit ist er fertig, so sieht es jedenfalls aus. Und er genießt die Nachmittagssonne.

Es gibt nicht genug Beweise, um ihn konkret zu verdächtigen, aber Zacharias weigert sich, eine DNA-Probe abzugeben. Dazu hat er das Recht, das ist Lot schon klar, und offiziell darf das den Verdacht gegen ihn nicht beeinflussen, aber in Leos Augen macht diese Weigerung Zacharias zum Verdächtigen Nummer eins. Lot teilt diese Überzeugung nicht ganz, ist jedoch von dem Soldaten so fasziniert, dass sie ihn jetzt sogar überwacht.

Der Täter, der noch frei herumläuft, ist lebensgefährlich. Er verliert die Kontrolle und die Macht über seine Opfer und gerät deswegen unter starken Stress und schlussendlich außer Fassung. Sie ist ganz sicher, dass ihm Fehler unterlaufen werden. Er wird versuchen, die Kontrolle zurückzuerlangen, und wieder zuschlagen. In diesem Sinne ist sein Verhalten vorhersagbar. Aber wer wird sein nächstes Opfer? Und wann wird er sich dafür entscheiden, wieder zuzuschlagen?

Müssten sie nicht eigentlich alle Mädchen im Dorf warnen?

Lot hat Gänsehaut auf beiden Armen, als sie sieht, dass Zacharias auf sie zukommt. Sie hält den Atem an. Er wird sie doch nicht gesehen haben? Sie räuspert sich ganz leise und hockt sich dann zur Sicherheit hinter einen dicken Baum. Zacharias schlendert weiter, schaut noch einmal zu den reitenden Mädchen hin und setzt sich dann erneut in Bewegung.

Sieht Lot da ein Grinsen auf seinem Gesicht? Ja.

Er kommt direkt auf das Waldstück zu, in dem sie sich versteckt hält.

Ist das ein Scherz? Ein Spiel?

Will er ihr Angst einjagen?

Eigentlich müsste sie jetzt ganz tapfer aus dem Wald kommen und ihn mit Fragen überschütten. Aber eine innere Stimme sagt ihr, dass sie sich jetzt ganz still verhalten muss. Einfach nur dasitzen. So tun, als ob nichts wäre. Darauf hoffen, dass er sie nicht gesehen hat.

Aber warum kommt er dann direkt auf sie zu?

Er ist jetzt ganz nah, so nah, dass Lot sein breites Grinsen deutlich sehen kann. Immer noch späht er mit einem nichtssagenden Blick in die Welt. Seine Augen wirken überhaupt nicht lebendig, sondern leer und verlassen. Dann bleibt er stehen und schaut sich noch einmal um. Da ist immer noch niemand, der sich für Zacharias Verheijen interessiert, aber dessen scheint er sich noch mal versichern zu wollen. Ein Blick nach links, ein Blick nach rechts.

Er kniet sich hin, und Lot folgt seiner Bewegung, noch immer von ihrem Versteck hinter dem Baum aus, keine zehn Meter von ihm entfernt. Sie wagt nicht zu atmen. Sie macht sich für das bereit, was kommen wird. Wird er plötzlich auf sie zustürmen? Versuchen, sie zu würgen? So wie die anderen Opfer? Wird er sie schlagen, wie seine eigene Schwester?

In den Händen hält er jetzt einen großen Stock. Und damit steht er auf.

Wieder schluckt Lot die Angst herunter, die sie zu ihrer

eigenen Frustration verspürt. Kurz fasst sie an ihre Waffe. Das beruhigt sie. Es war nicht ihre Absicht, den Täter so zu sich hinzulocken. Ganz und gar nicht.

Wieder diese Gänsehaut. Gleichzeitig spürt Lot, wie ihr der Schweiß zwischen den Brüsten herunterläuft. Es ist einfach wahnsinnig heiß.

Er betritt den Wald, der sich irgendwie wie ihr Terrain anfühlt. Er auf der Wiese, sie im Wald. So war es. Und so ist es jetzt nicht mehr. Er beginnt zu laufen, nur ein paar Meter von ihr entfernt. Sie hält den Atem an. Ständig schaut er sich um, ganz der gut ausgebildete Soldat. Aber im Wald ist niemand. Niemand außer Lot.

Aber ich bin auch gut trainiert, denkt Lot. Sie spürt, wie ihr Selbstvertrauen wächst, als sie eine Hand zur Faust ballt. Er läuft direkt an dem Baum vorbei, hinter dem sie sich versteckt hält. Sie presst die Lippen zusammen, damit sie auch ja kein Geräusch macht. Noch zwei Schritte und dann weiter. Weiter. Immer weiter. Er bleibt nicht stehen.

Er hat sie nicht gesehen. Oder zumindest scheint es so. Es kann auch ein schlauer Trick sein, um sie in die Irre zu führen.

Zur Sicherheit bleibt Lot in der Hocke sitzen, verborgen hinter ihrem Schutzschild aus Rinde. Vorsichtig schaut sie hinter dem Stamm hervor, um seinen Bewegungen weiter folgen zu können. Er geht jetzt nicht mehr langsam. Zielgerichtet läuft er nun in den Wald hinein, ganz offensichtlich eine Strecke, die er schon häufiger zurückgelegt hat.

Weiter weg, bei der Reitergruppe, hört Lot ein paar Mädchen lachen. Einen Augenblick lang zweifelt sie. Nur ein paar Schritte, und sie wäre wieder zurück in der Welt der Unschuldigen. Aber ihre Neugierde siegt. Sie schaut wieder zu Zacharias. Sieht, wie er den Stock spielerisch gegen ein paar Stämme schlägt. Spielerisch, aber mit Furcht einflößender Kraft.

Ja, sie wird es tun. Lot erhebt sich und nimmt die Verfolgung auf. Vorsichtig, auf der Hut, aber sie wird trotzdem schneller, denn er hat inzwischen schon einen ganz schönen Vorsprung. Er hat ein Ziel. Das kann man ganz deutlich sehen. Er geht nicht einfach so im Wald spazieren.

Lot will wissen, was dieses Ziel ist.

Sie verfolgt ihn, von Baum zu Baum. Verstecken, laufen, verstecken, laufen. Er ist sich seiner Sache jetzt offensichtlich ganz sicher, er rechnet nicht damit, dass ihm jemand folgt, denn er schaut sich kein einziges Mal mehr um. Geradeaus, immer geradeaus, den Stock immer noch lose in der Hand.

Lot laufen Schweißtropfen in die Augen. Sie wischt sie mit dem Hemdsärmel weg.

Wofür braucht er den Stock?, fragt sie sich. Hat er ihn nur aus Langeweile aufgehoben, um irgendwas in der Hand zu haben? Oder erfüllt der Stock eine Funktion?

Lot muss an ihren Täter denken. An den Täter, der die Mädchen von hinten überwältigt und sie mit einem stumpfen Gegenstand niedergeschlagen hat. Dieser Gegenstand könnte sehr gut ein Stock sein.

Zacharias steigt auf einen kleinen Hügel, der in Richtung des höher gelegenen Waldteils liegt, an den nur ausgestreckte Weideflächen grenzen. Aus der Ferne erklingt der Lärm einer Mähmaschine, die laut über die Maisfelder zieht.

Diesen Lärm nutzt Lot aus, um sich etwas schneller fortzubewegen. Zacharias kann ihre Schritte jetzt unmöglich hören. Sie hat ihn kurz aus den Augen verloren und will ihn so schnell wie möglich wieder im Visier haben. Auf allen vieren klettert Lot den Hügel hinauf, schlägt dieselbe Route ein wie Zacharias. Er ist nach links abgebogen. Sie bleibt noch ein wenig länger dicht am Boden und orientiert sich.

Kein Zacharias.

»*Shit*«, flüstert sie.

Der Lärm des Mähdreschers wird immer lauter, immer bedrohlicher, kommt immer näher. Kurz schaut sich Lot voller Panik um. Er wird ihr doch nicht auflauern? Wird doch nicht versuchen, sie zu überwältigen?

Da.

Sie sieht ihn wieder.

Er muss plötzlich viel schneller gegangen sein. Jetzt bewegt er sich am Waldrand entlang auf sein Ziel zu. Lot steht auf und verfolgt ihn wieder, von Baum zu Baum, von Strauch zu Strauch, dann wieder an einem Baum vorbei, noch einem, noch einem – immer schneller, damit sein Vorsprung nicht noch größer wird. Sie kann ihn kaum noch sehen.

Gleichzeitig versucht sie herauszufinden, was sein Ziel sein könnte. Und während sie mit dem Blick den Wald absucht, der sich vor ihr erstreckt, entdeckt sie plötzlich etwas Auffallendes zwischen dem ganzen Grün, Braun und Schwarz.

Sie reibt sich noch einmal über die Stirn, fächelt sich etwas kühle Luft ins T-Shirt und kneift die Augen fest zusammen. Fragt sich, ob sie sich auch wirklich nicht täuscht. Aber sie ist sich ziemlich sicher. Auf einer Decke mitten im Wald, glaubt sie zwei blasse Beine liegen zu sehen. Den Rest des Körpers kann sie nicht erkennen, weil alles so dicht bewachsen ist.

Lot spürt, wie ihr das Herz bis zum Hals schlägt. Ein nacktes Mädchen.

Automatisch greift sie zu ihrem Funkgerät. Sie schaltet es ein. Bleibt kurz stehen und drückt wie eine Wilde auf den Knopf.

»Verdammt, verdammt …«, flüstert sie.

Diese Scheißdinger. Sie hat immer wieder darauf hingewiesen, dass es noch jemandem das Leben kosten kann, wenn sie die technischen Probleme nicht lösen. Aber sie hätte nie gedacht, dass es sich dabei um ihr eigenes Leben handeln könnte. Mit der Hand an der Waffe fängt Lot an zu rennen, auf Zacharias zu, der sein Tempo gerade verlangsamt hat.

Er hat sein Ziel natürlich direkt vor Augen. Er ist fast bei ihr.

Du meine Güte. Also doch. Hat Leo wirklich recht?

Lot hat keinen Überblick über die Situation, aber sie muss handeln. Dann eben allein. Vielleicht lebt das Opfer ja noch. Vielleicht kann man es noch retten.

Im Rennen versucht Lot, ihr Handy irgendwie aus der Tasche zu bekommen. Die Zentrale muss erfahren, wo sie ist, und sie braucht Verstärkung. Denn dass Verstärkung vor Ort nötig ist, scheint ihr ganz offensichtlich.

»Jaap, du Idiot«, flüstert sie angespannt, »du mit deinem Bierchen. Wo steckst du?«

Sie gibt die Durchwahl der Zentrale ein und hält sich das Handy ans Ohr, während sie weiterläuft. Sobald sie die vertraute Stimme hört, beginnt sie zu flüstern.

»Waldgebiet zwischen Reitstall Altena und den Maisfeldern. Ich verfolge Zacharias, möglicherweise Opfer vor Ort, schickt einen Rettungswagen. Ich werde ihn festnehmen. Funkgerät tot. Bitte so schnell wie möglich Verstärkung schicken.«

Dann beginnt Zacharias wieder schneller zu laufen, als hätte er sie gehört und würde jetzt zum Endspurt ansetzen. Den Stock trägt er auf der Schulter. Eine sehr gute Position, wenn man damit zuschlagen will.

Vielleicht wird er seinem Opfer gleich den tödlichen Schlag versetzen. Wer ist dieses Mädchen? Lebt sie noch? Ist sie bewusstlos oder schon tot? Lot ist zu weit weg, um das erkennen zu können; die Beine liegen auf der Decke wie zwei weiße Streifen. Kann Lot das Mädchen noch retten?

Zacharias muss gestoppt werden. Sofort. Nur noch ein paar Meter, dann ist er am Ziel.

Innerhalb von zwei Sekunden trifft sie eine Entscheidung. Als würde die Mähmaschine, die sich jetzt ganz in Lots Nähe befindet und eine Art Wendung vollzieht, sie mit ihrem Lärm dazu zwingen. Sie wirft das Handy von sich, greift zur Waffe und zielt. »Polizei!«, ruft sie. »Halt, oder ich schieße!«

Zacharias reagiert nicht und rennt weiter, ohne sich umzuschauen. Er hört sie nicht. Scheiße, er hört sie nicht. Lot räuspert sich und ruft lauter. »Polizei! Halt, oder ich schieße!«

Immer noch keine Reaktion. Er nähert sich dem Körper. Er ist jetzt ganz dicht dran. An den Beinen. Den nackten weißen Beinen.

Lot legt den Finger an den Abzug. Man muss ihn stoppen. Der Stock. Seine Waffe. Der Körper da auf der Erde. Er ist zu dicht dran, sie hat keine Kontrolle über die Situation. »Polizei! Halt, oder ich schieße!«

Leo hatte recht. Wie war es nur möglich, dass sie das nicht auch so deutlich sehen konnte? Zacharias ist der Täter. Er reagiert immer noch nicht auf ihre Rufe. Er hört sie nicht, oder er tut einfach so, als ob er sie nicht hört.

Für einen Warnschuss ist es zu spät. Er ist schon zu dicht bei dem Mädchen und hat den Stock immer noch in der Hand. Sie darf das Risiko nicht eingehen, dass er dem Opfer vor ihren Augen den tödlichen Schlag versetzt.

Lot zielt und denkt an ihr Training. Sie ist bekannt für ihre sichere Hand. Ihre hervorragenden Schießfähigkeiten. Sie kann gleich beim ersten Versuch in Schwarze treffen, wenn es nötig ist. Sie zielt auf sein Bein und drückt ab.

Ein ohrenbetäubender Knall hallt durch den Wald. Zacharias schreit laut auf. Der Stock fliegt ihm aus den Händen, er fällt vornüber auf den Boden. Die Mähmaschine bleibt stehen.

Einen Augenblick lang ist es ganz still.

Dann rennt Lot los. Ihre Schnelligkeit ist ein Vorteil. Sie hat

Zacharias verwundet, aber noch nicht ausgeschaltet. Sie muss schnell sein, bevor er die Sache doch zu Ende bringt.

Noch zehn Meter. Zacharias liegt auf dem Boden und schreit. Mit blutverschmierten Händen umklammert er seinen Oberschenkel. Gut gezielt. Es sieht nicht so aus, als wäre er noch in der Lage, aufzustehen und das Mädchen anzugreifen. Lot schaut nach links, zu der Decke. Auf der liegen keine Beine mehr. Sie sieht nackte Füße. Wie in Zeitlupe lässt sie den Blick über den Körper wandern, bis hoch zum Kopf. Sie beißt sich auf die Lippe, als sie begreift, wen sie da vor sich hat. O mein Gott, nein.

Auge in Auge steht sie dem splitterfasernackten Bob Altena gegenüber. Sieht seine nackten Füße, wie Vogelkrallen. Die Hände vor der nackten Brust. Sein halbsteifes Geschlechtsteil. Auf der Decke eine Flasche Wein und zwei Gläser.

# 39

Sie spürt, wie er ihr die Hand auf die Schulter legt, als er sich neben sie auf die Bank im dämmrigen Garten der Polizeistation sinken lässt. Ein tiefer Seufzer. Ein Räuspern. Er weiß auch nicht, was er sagen soll. Er weiß auch nicht, was er denken soll.

»Wie geht es dir?«, fragt Jaap.

Lot zieht die Schultern hoch und starrt vor sich hin.

»Man hat Zacharias operiert«, spricht er in ruhigem Tonfall weiter. »Die Kugel konnte ohne Probleme entfernt werden, und es sieht ganz danach aus, als hätte sie keine weiteren Schäden verursacht.«

Sie nickt.

»Lot«, stammelt er dann, »ich hätte dasselbe getan. Glaube ich zumindest …«

»Ich dachte …«

Er nickt. »Ich weiß. Ich weiß schon.«

»Leo sieht die Sache sicher anders.«

»Ach, den stört doch nur, dass man so viel Aufhebens um die Sache macht. Dass in der Evaluation sein Kopf rollen könnte oder so.«

»Das wäre auch schlimm. Wenn durch meine Schuld …«

»Lot, die beiden haben was miteinander. Woher hättest du das in Gottes Namen wissen sollen? Bob Altena und Zacharias Verheijen. In diesem Kaff voller Bauerndeppen und Machos. Natürlich haben sie sich heimlich getroffen. Hast du dir Vater Altena schon mal genauer angeschaut? Glaubst du, der hätte das akzeptiert, wenn er gewusst hätte, dass sein Sohn schwul ist?«

Lot schüttelt den Kopf. Sie ist völlig durcheinander und gleichzeitig zu müde, um alles aufnehmen zu können, was hier vor sich geht. Ein unerklärlicher Muskelschmerz in ihrem ganzen Körper lenkt sie ab.

»Bob hat uns alles erklärt«, berichtet Jaap dann. Er kneift ihr in den Oberschenkel. Kurz muss er grinsen. »Das hast du jedenfalls gut hingekriegt.« Dann wird er wieder ernst. »Er hat erzählt, dass sie tatsächlich beide an diesem Abend auf dem Sommerfest Streit mit Krista hatten. Sie hatte sich in den Tagen davor ihrem Freundeskreis angeschlossen, ohne um Erlaubnis zu fragen, und die beiden zufällig dabei beobachtet, wie sie heimlich hinter einem Schuppen herumgemacht haben. Sie hat damit gedroht, es allen zu erzählen, und es ganz offensichtlich genossen, die beiden nervös zu machen. Außerdem sieht es so aus, als hätte sie es Lisanne gesteckt.«

Lot schreckt auf. »Im Ernst?«

Er nickt. »Darum waren sie so stinksauer.«

»Dann kann man sich den Rest zusammenreimen«, flüstert sie. Die beiden haben wohl miteinander gesprochen. Lisanne und Krista. Und nicht gewusst …«

»Dass sie beide wenig später demselben Täter in die Hände fallen würden.«

Lot seufzt tief.

»Erst hat Bob Krista ausgeschimpft«, erzählt Jaap weiter, »und anschließend hat Zacharias sie bedroht, das hat er inzwischen zugegeben.«

»Das stimmt mit der Geschichte von Lisannes Schwester überein …«

»Genau. Und laut Bob hat Krista das Ganze so fertiggemacht, dass sie weinend weggelaufen ist, in den Wald. Das stimmt also auch.«

Lot schaut Jaap an. »Das ist ihr zum Verhängnis geworden.«

»Ja«, nickt er. »Es sieht ganz danach aus.«

Sie schweigen eine Weile, und Lots Gedanken schweifen ab, zu Krista, die außer sich in den Wald rennt. Diese Erklärung befreit Zacharias und Bob möglicherweise vom Mordverdacht, aber die beiden haben das Mädchen trotzdem direkt dem Täter in die Arme getrieben. Sie kannte sich in der Gegend nicht aus, konnte die Sprache nicht oder nur schlecht. Und wahrscheinlich hatte sie eine Todesangst vor dem ehemaligen Soldaten, der auf weiß Gott was für eine Art und Weise dafür gesorgt hatte, dass sie lieber wegrannte, statt wieder auf das Fest zurückzugehen.

Da erscheint Leo in ihrem Blickfeld. Er macht ein ernstes Gesicht. Als er ihr wortlos zunickt, steht Lot auf und folgt ihm nach drinnen, hält dabei den Blick gesenkt. Sie lässt die Fingerknöchel knacken.

Er setzt sich, nicht an seinen Schreibtisch, sondern darauf. Das wirkt weniger offiziell, als sie erwartet hat.

»Lot, wie geht es dir?«

Wieder kein »Lotje«.

Sie nickt. »Ganz okay; ich stehe noch ein wenig unter Schock, glaube ich. Es ist, ich weiß nicht, es war alles so …«

»Ich habe mich getäuscht, Lot. Ich war überzeugt, dass Zacharias der Täter ist, und habe dich wahrscheinlich auf eine falsche Spur gebracht.«

Sie schüttelt den Kopf. »Nein, das war es nicht – die Situation wirkte insgesamt verdächtig. Meiner Ansicht nach habe ich nicht anders handeln können.«

»Es ist ein schrecklicher Vorfall, Lot. Ich möchte vorausschicken, dass ich dich für eine ganz ausgezeichnete Ermittlerin halte. Du bist für unser Team eine große Bereicherung, auch wenn ich das vielleicht nicht gleich gesehen habe. Ich habe dein Profil noch einmal gelesen, Lot, und wie du schon meintest, passt es auf Zacharias nicht so gut, wie ich dachte. Von jetzt an werde ich deine Anregungen auch ernster nehmen.«

»Dieser Stock …«, murmelt Lot. »Er hatte einen Stock.«

»Er wollte ein Feuer machen«, antwortet Leo. »Das hat er jedenfalls als Erklärung angegeben.«

»Ein Feuer …«, wiederholt sie seltsam abwesend. »Bei dem, was du vorher gesagt hast, konnte ich ein Aber heraushören.«

Leo nickt und presst kurz die Lippen aufeinander, um anzudeuten, dass er Mitleid mit ihr verspürt.

»Uns steht jetzt natürlich eine offizielle Untersuchung der Landespolizeibehörde ins Haus, aber ich werde mein Bestes tun, damit man dich nicht entlässt. Deine Aktion heute war ganz einfach sehr ungeschickt. Und das werfe ich auch mir selbst vor. Ich war nämlich schon eine ganze Weile lang der Ansicht, dass du zu intensiv an diesem Fall arbeitest. Vielleicht hast du das Gefühl, dich beweisen zu müssen, weil du neu bist und willst, dass alle deine Qualitäten als Profilerin erkennen.«

»Nein.« Sie sucht seinen Blick. »Nein, Leo, das ist es nicht. Mein Gefühl hat mir einfach gesagt …«

»Gefühle«, unterbricht er sie, »nutzen uns im Moment aber nichts. Es tut mir leid. Ich muss gleich eine Presseerklärung abgeben, weißt du.«

»Das kann ich gern selbst übernehmen.«

»Ich bitte dich …«, seufzt er. »Das wäre jetzt wirklich die falsche Entscheidung. Nein, Lot, was ich sagen wollte: Ich lasse dich erst mal beurlauben.«

Sie schlägt sich mit der Faust in die andere Hand.

»Du wirfst mich also doch raus?«

»Nein«, verbessert er sie, »und es ist auch nur für einige Tage, bis ein bisschen Gras über die Sache gewachsen ist. Ich habe schon mit dem Chef gesprochen. Die Journalisten da draußen, für die ist das ein gefundenes Fressen. Täusch dich da mal nicht. Ich möchte, dass du dich für einige Zeit nicht mit dem Fall auseinandersetzt. Sorg dafür, dass du den Kopf freikriegst, dich entspannst. Und dann kommst du mit einem frischen Blick zurück. Das brauchst du, glaub mir. Und wir auch.«

Lot schluckt eine Bemerkung herunter. Sie weiß, dass Leo recht hat, dass Abstand ihr jetzt helfen kann. Aber inzwischen läuft der Täter immer noch frei herum und kann sich jeden Moment das nächste Opfer schnappen; alle Mädchen im Dorf sind in Gefahr. Lot weiß nicht, ob sie sich selbst genug Ruhe gönnen kann, um jetzt ein paar Tage freizumachen.

»Das war's«, erklärt Leo. Er klopft ihr noch kurz auf die Schulter und verlässt dann sein Büro. »Wir sehen uns nach deinem Urlaub.«

Lot schleppt sich mit lahmen Beinen und schweren Augenlidern zum Ausgang. Links von ihr ruft eine Gruppe Presseleute ihren Namen. Man kennt sie natürlich inzwischen und ist ganz wild auf eine Stellungnahme von ihr.

Sollen sie doch sehen, wo sie bleiben.

Ihr Auto steht glücklicherweise gleich rechts. Ohne der Versuchung nachzugeben, auf das Blitzlichtgewitter zuzugehen und ihre Version der Geschichte zu erzählen, steigt sie in ihren schwarzen Audi A1, drückt das Gaspedal durch und rast davon.

Lot hat keine Lust, bei Hieke vorbeizufahren. Dann muss sie reden, und im Moment hat sie nichts zu sagen. Nachdenken, sie will nachdenken, die Worte in ihren Gedanken ordnen. Sie schaut sich um und sieht, wie die Gegend in der Dämmerung versinkt. Dann zählt sie die Laternen am Straßenrand. Sie versucht, den dummen Bemerkungen eines Radio-DJs zuzuhören. Und währenddessen fährt sie einfach weiter, ohne Ziel.

Obwohl sie normalerweise nicht im Auto raucht, zündet sie sich eine Zigarette an. Sie nimmt ein paar tiefe Züge und starrt auf die Straße. Sie braucht Ruhe. Einen Ort, an dem sie den Kopf freibekommt, um dann alles wieder klar sehen zu können. Lot trommelt auf dem Lenkrad herum, beißt sich auf die Lippe.

Es ist eine verrückte Idee. Eine völlig verrückte Idee.

Aber eigentlich gibt es, was Lot betrifft, nur einen einzigen geeigneten Ort auf dieser Erde, um den Zustand absoluter Ruhe zu erreichen. Sie biegt ab und fährt auf die richtige Schnellstraße. Am Flughafen wird sie dann schon sehen, ob sie noch einen Platz in der letzten Maschine bekommt.

# 40

Ihr Foto bewegt sich hoch und runter, im selben Rhythmus wie seine Hand. Er schaut ihr ins Gesicht und stellt sich vor, wie weich sich ihre Wangen wohl anfühlen würden. Sie hat den Blick auf ihn gerichtet. Diese Lippen, er sehnt sich nach der Berührung dieser Lippen auf seinem, auf seinem …

Das Foto stammt aus dem Internet. Er hat es heimlich in der Schulmediathek ausgedruckt. Niemand hat ihn gesehen, zum Glück. Und jetzt kann er sie ungestört genießen.

In Deutsch sitzt sie immer rechts vor ihm. Ab und zu dreht sie sich um. Aber er würde sich nie trauen, sie anzusprechen. Manchmal denkt er darüber nach. Darüber, wie es wäre, wenn er es wagen würde, mit ihr zu reden. Ob sie wohl Ja sagen würde, wenn er sie bitten würde, mit ihm auszugehen. Sie ist nicht das schönste Mädchen in der Klasse, aber sie hat strahlende braune Augen und langes schwarzes Haar, genau wie Mutter. Und sie ist die Einzige, die manchmal nett zu ihm ist. Das kann nur eines bedeuten: Sie mag ihn auch.

Wie gern hätte er sie als Freundin. Er stellt sich vor, sie wäre hier bei ihm, auf seinem Bett. Sie würde ihn nicht auslachen. Und was er tut, würde sie erregen.

Das Foto bewegt sich jetzt noch schneller hoch und runter.

Er kann immer weniger klar denken. Seine ganze Aufmerksamkeit gehört ihr. Seine Hand umklammert sein Geschlechtsteil. Hin und her, hoch und runter.

Diese Augen, er versinkt im Blick ihrer braunen Augen.

Er wird sie … Er wird sie bekommen, irgendwann, wenn er den Mut dafür aufgebracht hat.

Dann geht die Tür zu seinem Zimmer auf. Er schnappt nach Luft. Steckt seinen Schwanz schnell zurück in die Hose. Er will das Foto hinter seinem Rücken verstecken, aber es ist schon zu spät. Mit hochrotem Kopf reißt sie es ihm aus der schwitzigen Hand.

Er schluckt und schaut ängstlich dabei zu, wie sie das Bild betrachtet. Er spürt, wie seine Wangen feuerrot werden.

»Wer ist das?«

Er traut sich nicht, Mutter Antwort zu geben, und weicht ihrem Blick aus. Die roten Wangen verbirgt er hinter seinen Händen. Das ist schlimm. Das ist sehr schlimm.

Klatsch! Ihre Hand landet wie schon so oft auf seiner Wange, aber seine eigenen Hände dienen ihm als Schutz. Zögernd nimmt er sie herunter.

»Rede schon!«, ruft sie. »Wer ist das?«

»Nadia«, flüstert er.

»Nadia? Welche Nadia?«

»Nadia aus der Schule.«

»Ach, Nadia aus der Schule«, wiederholt sie spöttisch. »Was willst du denn mit ihrem Foto? Findest du sie hübsch?«

Er nickt vorsichtig.

»Ja?«

Sie hält das Foto ein Stück weiter von sich weg und dann wieder ein bisschen näher. Sie wiederholt diese Bewegung ein paar Mal. »Hübsch?«, ruft sie dann lachend. »Wirklich?«

Er sagt nichts.

»Antworte endlich«, knurrt sie.

»Ja«, flüstert er. »Ich finde, sie ist wirklich hübsch.«

Wieder bricht Mutter in Gelächter aus, als sie das Foto betrachtet.

»Und da hast du dir gedacht, mit dem Foto hole ich mir jetzt mal einen runter?« Sie tippt nervös mit dem Finger auf das

Papier. »Das ist verdammt noch mal unglaublich dreckig. Ich wusste schon, dass du ein widerlicher Kerl bist, aber dass du so widerlich bist, habe ich mir nicht vorstellen können. Ich schäme mich dafür, dass du mein Sohn bist, weißt du das?«

Ja, das weiß er.

Er reagiert nicht. Wenn er in der Vergangenheit eins gelernt hat, dann dass Schweigen in solchen Fällen am besten funktioniert. Dann ist das Risiko einer Eskalation am kleinsten, das Risiko, noch mehr Schläge abzubekommen. Aber am liebsten würde er verschwinden, genau wie seine Schwester. Er dreht sich zur Wand um, zieht die Beine an den Körper und schließt die Augen.

»Ich will das nicht, hörst du«, spricht sie ungerührt weiter, »nicht in meinem Haus. So dreckiges Zeug.«

Er räuspert sich. Ihm ist klar, dass er jetzt etwas sagen muss. »Es wird nicht wieder vorkommen, Mutter.«

Sie knüllt das Foto von seiner Nadia zusammen und wirft es in eine Zimmerecke. Er spürt, wie in ihm eine riesige Wut aufsteigt, aber er reißt sich zusammen. Aus Angst vor ihrer Reaktion, vor dem Schmerz, der sicher folgen würde.

Und dann hört er, wie sie weggeht. Er dreht sich vorsichtig wieder auf den Rücken.

Im Türrahmen schaut sie sich kurz um. Sie deutet auf das zusammengeknüllte Foto in der Zimmerecke. Ihre Blicke treffen sich, und eine Minute lang sagen sie gar nichts. Er versucht zu erraten, was sie wohl denkt. Was sie von ihm hält. Ob sie ihn noch lieb hat.

»Vergiss das Mädchen«, meint sie dann. »Du bist ein Verlierer, ein Versager, und kein Mädchen auf der ganzen Welt wird dich jemals haben wollen. Schreib dir das am besten ein für alle Mal hinter die Ohren.«

# 41

Die glänzende Sonne spiegelt sich auf der Wasserfläche des Sees. Lot starrt auf den dunkelgrünen Schatten, den die Bäume in die sanften Wellen zeichnen. Mit nacktem Hintern sitzt sie auf dem warmen Holz des Stegs. Ihre Füße baumeln im kalten, sanften Seewasser. Hin und wieder streift ein Fisch ihre Zehen. Früher fand sie das gruselig, aber jetzt fühlt es sich vertraut an.

Immer wieder sieht Lot vor sich, wie sie die wilde Verfolgungsjagd auf Zacharias aufnimmt. Dann der Schuss, der verdammte Schuss. Der Treffer. Eine Fehlentscheidung, auch wenn die Situation verdächtig war.

Das Ganze ist so unfair.

Kurz schließt Lot die Augen und atmet tief ein. Genau das hier hat sie gebraucht. Nach dieser Ruhe hat sie sich so heftig gesehnt, als sie gestern Abend ihr Auto am Flugplatz abgestellt hat. Die Frage ist nur, ob es ihr auch wirklich helfen wird, hier zu sein. Ob sie die Ruhe wirklich zulassen kann.

Dann spürt sie, wie seine Hände ihre Waden umfassen. Sie schreit auf. Mit einem kräftigen Ruck zieht er sie ins kühle Wasser hinunter.

Sie lacht. Ganz kurz, während des Augenblicks, den sie unter Wasser ist, spült der See ihre Sorgen weg. Ganz kurz bekommt sie den Kopf frei. Und dann durchstößt sie die Wasseroberfläche, und alles ist wieder da. Die Sonne, die Geräusche, die Luft, der Himmel, ihre Gedanken. Und er.

Lot schlingt die Beine um seine Taille, und zusammen schweben sie im Wasser. Sie sind die Einzigen hier, genau wie damals. Das ist ihr Ort.

Lots Lieblingsort auf dieser Welt. Hier scheint alles andere weit weg.

Er küsst sie, und zusammen schaukeln sie im Wasser auf und ab, auf und ab, auf und ab. Sie küsst ihn zurück. Ganz kurz kann sie alles vergessen, ganz kurz besteht die Welt nur aus ihm und ihr. Sie will ganz in ihn hineinkriechen, unsichtbar werden. Für einen Augenblick ganz weg sein aus der Welt. Sie küssen sich immer länger und bewegen sich mit der Strömung. Das Wasser kitzelt Lots empfindliche Haut. Sie bewegt das Becken auf und ab und legt den Kopf in den Nacken. Ihr kurzes blondes Haar gleitet durch das Wasser und glänzt dabei wie Seide.

Sie schwimmen zum Steg zurück und klettern hoch. Dort dringt er sanft in sie ein. Ihre Brustwarzen sind gegen seine Brust gedrückt. Mit beiden Händen umfasst er ihren Hintern.

Oh, wie sehr er ihr gefehlt hat.

Dann küssen sie sich wieder, und seine Lippen berühren ihre. Sie klammert sich an ihn, so fest sie nur kann.

Erst als die warme Sonne ihren schlanken Körper ganz und gar getrocknet hat, öffnet Lot die Augen wieder. Lang ausgestreckt, liegt sie auf dem Steg. Sie wendet sich Magnus zu und sieht, dass er sein weißes Hemd schon wieder angezogen hat. Ihr Kleid hält er in der Hand.

»Komm«, sagt er, wie nur er das kann, mit diesem leichten Akzent, nach dem Lot so verrückt ist. »Komm, komm.«

Sie zieht sich an und steckt die Füße in die Schlappen, die sie sich bei der Ankunft am Flughafen in Stockholm gekauft hat. Hand in Hand gehen sie zu seinem Auto, das ein Stück weiter weg im Wald auf sie wartet.

Mit rosiger Haut vom Sex, von der Sonne und vom frühen Wein, sitzt sie neben ihm in seinem Luxusjeep. Geräuschlos beschleunigt er. Eine sanfte Kurve hier, eine sanfte Kurve da. Sie fahren zu seinem Sommerhaus. Das haben sie nicht abgesprochen, aber Lot erkennt den Weg. Und sie hat gehofft, sie würden dorthin fahren.

Zwanzig Minuten später taucht das Häuschen am Horizont auf, kleiner als in Lots Erinnerung, aber noch genauso idyllisch wie auf dem Foto, das sie neben sich auf dem Nachttisch stehen hat. Der Schaukelstuhl, in dem sie viele Stunden verbracht hat. Mit einer Kerze auf der breiten Armlehne und Akten mit *Cold Cases* auf dem Schoß. Arbeit, Ausbildung und Privatleben gingen in dieser Zeit problemlos ineinander über. Magnus war nicht nur ihr Vorgesetzter, sondern auch ihr Mentor. Und ihr Geliebter. Trotzdem gab es daran nichts Seltsames. Es stimmte einfach alles. Es gelang ihnen auch sehr gut, diese Dinge voneinander zu trennen. Sobald sie über einen Fall sprachen, waren sie Schülerin und Mentor, manchmal sogar ebenbürtige Kollegen. Dann wäre es weder ihr noch ihm eingefallen, den anderen zu küssen. Aber wenn die Kerze auf der Armlehne erlosch, gab es nur noch Platz für die Liebe. Was das betrifft, hat Magnus eine sehr freie Einstellung, ist ein großer Befürworter offener Beziehungen.

Magnus öffnet die Holztür, und sie gehen ins Haus. Der ganz besondere Geruch erinnert Lot an die Holzteller, die hier im Küchenschrank stehen. An den langen Gartentisch, an dem sie zusammen mit Kollegen gegessen haben. Sie denkt an die weiche Matratze in dem kleinen Schlafzimmer. Und an den flauschigen Teppich in der Toilette.

Alles kommt zurück. Ganz plötzlich ist sie wieder hier, körperlich und mental.

»Ich mache uns was Leckeres zu essen.« Mit einer Kopfbewegung deutet er nach draußen. »Mach du's dir hier gemütlich.«

Sie setzt sich auf die Veranda, in den bequemen Holzschaukelstuhl. Oh ja, dieses Geräusch, Holz auf Holz. Ein knarrendes Wiederbeleben der schönsten Zeit ihres Lebens. Dass Lot hier sein darf, dass sie hier ist, fühlt sich an wie ein Adventskalender aus ihrer Vergangenheit. Man darf ein Türchen aufmachen, und eine süße Erinnerung wird wach.

Sie denkt an ihre schwedische Kollegin Sara, mit der sie nach der Arbeit im Büro in Stockholm Stunden in der Sauna zugebracht hat. Man hatte Lot zehn *Cold Cases* zugeteilt, und mehrere Wochen hintereinander wurde sie von den schrecklichsten Geschichten und Morden geradezu verschlungen. Die Sauna bot ihr die beste Möglichkeit, das alles loszuwerden, sich zu entspannen. Zwischen ihr und Sara entstand eine tiefe Bindung.

Schade, dass Sara so weit hoch in den Norden gezogen ist. Sonst hätte Lot sie während ihres unfreiwilligen Urlaubs besuchen können.

Sie denkt zurück an das eine Mal, als sie die Kontrolle über sich selbst ganz und gar verloren hat. Es war ein normaler Donnerstagabend, nach Feierabend, in der Sauna. Zusammen mit Sara. Sie hatten sich ein bisschen unterhalten, über die Arbeit, über Magnus. Über einen Mann, auf den Sara ein Auge geworfen hatte. Sie lachten und machten alberne Witze. Und plötzlich ging es los, ein heftiges Zittern. Weinen. Lot sah sich selbst dasitzen, dort in der Sauna. Sie hörte sich selbst weinen, sah ihre Hände, Beine, Arme, ihren ganzen Körper erbeben. Die Tränen, das heftige Schluchzen. Sara half ihr aus der Sauna, küsste sie auf die Wange, tröstete sie. Das Ganze dauerte etwa zehn Minuten. Und dann war es vorbei, ausgestanden. Danach spürte Lot nichts mehr von diesem überwältigenden Angriff der Trauer, der Anspannung.

»Wundert dich das wirklich?«, hatte Magnus gefragt, als sie abends im Bett lagen und Lot ihm von ihrem Nervenzusammenbruch erzählte.

»Ja, Lot«, hatte er wiederholt, »wundert dich das wirklich?«

Sie hatte ihn leicht verwirrt angeschaut.

»Ich hatte mich schon gefragt, wann es wohl so weit wäre«, fuhr er fort. »Bei dir hat es ziemlich lange gedauert. Glaubst du vielleicht, es ist normal, wochenlang tagein, tagaus mit so viel Schrecklichem konfrontiert zu werden? Dachtest du wirklich, du könntest das die ganze Zeit völlig sachlich und professionell betrachten?«

Wenn sie ihm in diesem Augenblick auf seine Frage geantwortet hätte, hätte sie wahrscheinlich Ja gesagt. Sie hatte sich das wirklich so vorgestellt.

»Lot, dieser Ausbruch ist normal und gesund. Jetzt bist du alles los. Dir wird mental ganz schön viel zugemutet, und das will verarbeitet werden. Irgendwann muss das einfach raus, auf welche Weise auch immer.«

Sein Duft bringt Lot in die Gegenwart zurück. Magnus steht mit einem Brett voller Leckereien, einer Flasche und zwei Gläsern neben ihr. Er schenkt ihnen ein wenig Bourbon ein, setzt sich hin und lehnt sich zurück. Amüsiert betrachtet er sie. Schon gestern Abend im Auto, auf dem Weg vom Flughafen zum Hotel, hat sie ihm alles erzählt, jedes Detail, das ihr in den Sinn kam, jeden ihrer Gedanken. Theorien, Entdeckungen. Er hat auf nichts davon reagiert. Er hat eigentlich nur zugehört, wie immer. Ruhig, aufmerksam abwartend, das kann einem als Erzähler verrückt machen, aber bei ihm beruhigt es sie geradezu. Als ob man seinen ganzen Ballast in einer einzigen langen Geschichte über Bord werfen könnte, indem man sie ihm erzählt. Er wird die Sache schon lösen. Er wird wissen, was zu tun ist.

Erst bei der Geschichte über die Verfolgung von Zacharias, den Schuss und ihren sogenannten Urlaub meinte Lot eine Reaktion erkennen zu können; es schien fast, als schäme er sich. Stellvertretend für sie vielleicht.

»Also«, sagt er, »erzähl mir noch mal von deinem Fall, aber diesmal wie die Lot, die ich kenne.«

»Wie die Lot, die du … Wie meinst du das?«

»Ich kenne dich als kluge Frau, die fokussiert denken kann. All diese Details in deinem Kopf, dass du die alle behalten kannst, das ist eine Stärke. Aber diese Stärke hat dir noch nie so im Weg gestanden wie jetzt. Das macht nichts, aber du kannst daraus etwas lernen. Stell es dir einfach wie einen sehr unordentlichen Bücherschrank vor, den du aufräumen musst. Das schafft man nicht alles auf einmal. Du fängst mit der obersten Reihe an, oder vielleicht gerade mit der untersten. Und wenn die ordentlich aussieht, gehst du zur folgenden Reihe über, dann zur nachfolgenden und so weiter.«

»Ja, ja«, meint Lot, während sie sich ein Stückchen Räucherlachs vom Brett nimmt, »schon verstanden.«

»Ungeduld«, schmunzelt er. »Das ist und bleibt eine deiner Schwächen.«

Sie lacht mit ihm mit. »Es ist doch aber unglaublich, dass ich hier gemütlich an einem See liege? Der Täter läuft da draußen frei herum.«

»Dass er diese Taten begeht, liegt außerhalb deiner Verantwortung.«

»Aber ich bin dafür verantwortlich, dass er gefasst wird.«

»Ha!«, ruft er und hebt einen Finger. »Falsch!«

»Ich kann etwas dazu beitragen …«

»Genau. Das ist etwas anderes. Es ist die Verantwortung des Teams, und als Profilerin kannst du etwas dazu beitragen, dass sich dieses Team in die richtige Richtung bewegt. Du kannst unterstützend wirken. Lot, denk daran, deine Rolle ist eine dienende, keine leitende an sich.«

»Das eine braucht das andere aber nicht auszuschließen.«

Er schüttelt den Kopf. »Nein, da hast du tatsächlich recht. Du kannst es auch anders machen, wenn du unbedingt die Superheldin raushängen lassen musst …«

Lot streckt Magnus die Zunge heraus, was ihr sofort danach leidtut. Er beantwortet das wieder mit diesem amüsierten Blick.

»Fang von vorne an, genau wie beim Aufräumen dieses imaginären Bücherregals. Was weißt du über ihn? Was ist seine ganz persönliche Handschrift? Was treibt ihn an, und welchen Dingen kann er nicht widerstehen? Welches Verhalten hat keine Funktion im Hinblick auf die Tat, sondern entstammt seinen Sehnsüchten und Trieben?«

Sie nickt. »Es geht darum, dass er die Mädchen für sich haben will. Ohne dass sie ihn abweisen, ihn kränken, ihm widersprechen. Es fängt bei seinen sexuellen Fantasien über diese Mädchen an. Ich muss immer an die Zeichnungen in seinem Tagebuch denken. Darauf sind gewöhnliche Mädchen zu sehen, die fast bewusstlos daliegen. Und er zeichnet sie nicht ordinär, sondern stellt sie in einer normalen, alltäglichen Umgebung dar.«

»Und was sagt uns das?«

»Dass er sich nach einem gewöhnlichen Leben sehnt, mit einer normalen Freundin, aber das zu bekommen, gelingt ihm nicht.«

Vorsichtig nickt Magnus. »Das ist sehr gut möglich. Aber warum gelingt es ihm nicht? Was stimmt nicht mit ihm? Warum reichen ihm die Fantasien nicht mehr? Warum hat er angefangen zu morden? Was ist in seinem Leben passiert, kurz bevor er das erste Mädchen umgebracht hat? Welcher Trigger-Event hat bei ihm so viel Stress verursacht, dass er zu diesen Taten schritt?«

Lot nickt. »Es blieb ihm nur dieses eine Ventil nach diesem Ereignis. Das muss etwas Großes sein, etwas ganz Großes in seinem Leben …«

»Ein Trigger-Event kann sein, dass jemand stirbt oder dass eine Beziehung in die Brüche geht. Dass man entlassen wird. Du musst den Verdächtigen, die in dein Profil passen und vor einem Jahr so etwas durchgemacht haben, größere Aufmerksamkeit schenken.«

»Das werde ich machen.«

Lot trinkt einen Schluck von ihrem Bourbon und lässt den Alkohol auf der Zunge ruhen. Er brennt nicht. Sie schluckt. »Oder er zeichnet jemanden, den er kennt«, meint sie dann.

»Oder den er gern kennen würde. Jemanden, nach dem er sich schon das ganze Leben lang sehnt, aber den er nicht haben kann.«

Sie schließt die Augen und trinkt noch einen Schluck. Sie fühlt sich leichter. Das Gespräch mit Magnus bringt Struktur in das Durcheinander ihrer Gedanken. Oder in ihr inneres Bücherregal, wie er das so herrlich poetisch umschrieben hat.

»Ich denke, du musst dir die Zeichnungen noch mal anschauen. Seine Geschichte findest du am Tatort, weißt du noch?«

»Sicher …«

»Und die Zeichnungen waren ein wichtiger Teil davon. Was will uns der Täter damit erzählen? Was sagt das über ihn aus? Vielleicht kannst du sie dir ja mal mit jemandem aus dem Dorf anschauen, mit jemandem, der sich auf diesem Gebiet auskennt. Vielleicht kommt ihr gemeinsam zu neuen Einsichten.«

Während sich Lot auf der Veranda ihres Lehrmeisters sanft vom Schaukelstuhl wiegen lässt, nimmt sie sich vor, wirklich auf die Suche nach jemandem zu gehen, der ihr bei der Analyse der Zeichnungen helfen kann.

Magnus stellt sein Glas auf die Brüstung, steht auf und streckt die Hände nach ihr aus. Mit einem Lächeln auf dem Gesicht summt er das Lied, das sie vor einem Jahr so oft zusammen gehört haben. Ein ganzes Leben scheint seitdem vergangen zu sein. »Komm, liebe Lot«, sagt er, »tanz mit mir.«

# 42

Das hohe Gras unternimmt einen wilden Versuch, den Fußweg in dem lang ausgestreckten Vorgarten unter sich zu verbergen. Lot fegt ein wenig Sand von einem Holzschild, auf dem »Galerie« steht und das zwischen Unkraut in allen Farben umsonst nach Aufmerksamkeit heischt.

Obwohl hier wenig Leben spürbar ist, geht Lot weiter, ermutigt durch die frischen Reifenspuren auf dem Parkplatz vor dem Garten. Vielleicht wohnt ja noch ein Familienmitglied hier, oder jemand anderes, der das Ganze übernommen hat. Es wäre toll, wenn sie sich die Galerie kurz ansehen dürfte. Vielleicht hängen dort ja wirklich Bilder, die den Zeichnungen des Täters ähneln.

Die Grashalme kitzeln sie an den Beinen, als sie sich auf den Pfad wagt, und für einen kurzen Augenblick muss sie an die vergangenen Tage mit Magnus zurückdenken. Sie hat damit gerechnet, dass ihr das Wiedersehen gefallen würde, aber nicht, dass es sie so tief berühren würde. Sie genießt es in vollen Zügen, wenn sie mit ihm zusammen ist, aber sobald ihr wieder bewusst wird, dass es nicht immer so sein kann, sondern immer nur kurz, wie ein Ausflug aus ihrem richtigen Leben, werden alle Schmetterlinge aus ihrem Bauch verjagt. Dass die Liebe gleichzeitig so schön und so schmerzhaft sein kann. Sie wollen ja zusammen sein, aber das geht nicht. Er hat sein Leben dort, und sie will nicht bei ihm wohnen. Sie gehört hierher, fühlt sich hier wohl. Sie hat eine fantastische Karriere in Aussicht.

Dann muss Lot wieder an seine Augen denken, daran, wie er sie mit seinen schönen Händen berührt.

Sie bewundert ihn, und zwar nicht nur wegen seiner Persönlichkeit, sondern auch wegen seines Wissens. Wegen seiner Intelligenz. Seinem Blick für das, was niemand sonst wahrzunehmen scheint. Wenn er etwas sagt, hat das eine Bedeutung, bringt einem etwas. Vielleicht ist es auch das, was ihn so anziehend macht.

An schlechten Tagen tröstet sich Lot mit dem Gedanken, dass es sehr oft passiert, dass Menschen, die für einander bestimmt sind, nicht unbedingt zusammenkommen. Und an Tagen wie heute schüttelt sie den Kopf und denkt: Ich brauche ganz einfach einen Ersatzmann. Jemanden, der mich von der hypnotischen Wirkung dieses verrückten Schweden ablenken kann.

Aber im Moment ist ihr größter Wunsch ein ganz anderer: dass ihr hier jemand aufmacht. Sie drückt auf den Knopf, aber die Klingel funktioniert nicht, deswegen klopft sie drei Mal an die Tür der Galerie. Ohne eine Reaktion abzuwarten, läuft sie direkt zu dem großen Fenster, vor dem geschlossene Rollos hängen. Lot stellt sich vor, dass dahinter schöne Kunstwerke zu sehen sind. Sie ist neugierig auf die Frau, die einmal die Galerie geführt hat. Schade, dass sie nicht hier ist.

Lot schaut sich noch ein wenig um, entdeckt aber keine weiteren Hinweise. Sie hat gehofft, jemanden anzutreffen, der die Galerie nach dem Verschwinden der Frau übernommen hat. In einer Ecke des Fensters gibt es einen vergilbten Zettel mit Öffnungszeiten. Lot schaut auf ihre Armbanduhr. Die Informationen sind offensichtlich nicht mehr aktuell, denn sonst hätte die Galerie schon vor zwei Stunden aufmachen müssen.

Sie versucht, durch einen schmalen Schlitz zwischen den Lamellen nach drinnen zu schauen.

»Kann ich Ihnen helfen?«, erklingt plötzlich eine Stimme hinter ihr.

Lot schaut hoch und sieht sich Auge in Auge mit einem Mann mittleren Alters, der einen Monteuroverall trägt. Er folgt ihrem

Blick. »Ja«, erklärt er, »ich schraube heute an einem Auto herum, das ist ein Hobby von mir.«

Er streckt ihr seine ölverschmierte Hand hin. Lot schüttelt sie. »Der Nachbar«, verkündet er mit einem Augenzwinkern.

»Lot van Dijk«, antwortet sie, »Polizei.«

Er lässt den Mund vor Staunen offen stehen. »Ach«, sagt er mit einem Nicken. »Legen Sie los.«

»Wenn ich das richtig verstanden habe, ist die Besitzerin der Galerie nur selten hier. Ich hatte aber gehofft, dass mir jemand vielleicht die Räume zeigen könnte. Gibt es denn jemanden, der sie vertritt, wenn sie nicht hier ist?«

Er schüttelt den Kopf. »Warten Sie«, antwortet er, »was haben Sie da gerade gesagt? Dass sie nur selten hier ist? Da können Sie auch gleich sagen: gar nicht mehr.«

Lot nickt. Ihr entgeht nicht, dass er ziemlich frustriert klingt. »Ja, so hatte ich das auch verstanden.«

Der Mann reibt sich die ölverschmierten Hände und lässt den Blick voller Abscheu über den verwilderten Garten gleiten.

»Haben Sie irgendeine Ahnung, wo die Galeristin sein könnte? Und wann sie wiederkommt?«

Er zieht die Schultern hoch. »Nein. Schön, wenn es so wäre.«

»Schade.«

»Ja, schauen Sie«, erklärt er und tritt einen Schritt näher, »so ganz unter uns, aber die Frau ist nicht ganz richtig im Kopf. So vom Typ …«, er hält kurz inne und schnippt mit den Fingern. »So vom Typ aufgetakelte Hexe, ein bisschen verwirrt, oft angetrunken. Das mit dem Verschwinden, das macht sie schon seit Jahren. Dann ist sie plötzlich weg. Manchmal eine Woche, manchmal einen Monat. Manchmal noch länger. Niemand weiß dann, wo sie steckt oder wann sie wiederkommt. Dann klingeln bei uns dauernd Touristen und wollen wissen, wann die Galerie wohl aufmacht.«

»Ja, ja«, nickt Lot. »Das ist sicher lästig. Aber wie lange haben Sie die Frau denn schon nicht mehr gesehen?«

»Puh …«

»So ungefähr?«

»Ehrlich gesagt …«, stammelt er plötzlich, »so genau weiß ich das jetzt gar nicht. Auf alle Fälle schon Monate.« Er nickt noch einmal bekräftigend. »Ja, schon Monate.«

»Monate«, wiederholt Lot, »okay.«

Der Mann kichert. »Vielleicht kommt sie ja nie wieder zurück.«

Kurz schaut ihn Lot prüfend an. Dann fragt sie: »Haben Sie zufällig eine Nummer, unter der wir die Frau erreichen können?«

»Wenn ich die nur hätte! Dann hätte ich sie längst angerufen und ihr eine ordentliche Standpauke gehalten. Ihre Galerie ist nämlich noch immer im Touristenführer der Region aufgelistet, verstehen Sie? Und wir …«

»Entschuldigen Sie«, unterbricht ihn Lot, »ich muss jetzt wirklich weiter.«

Nach einem flüchtigen Händedruck bahnt sie sich den Weg zurück durch das wild wuchernde Gras. Ein kurzes Schwätzchen gehört in einem Dorf eigentlich dazu, das weiß Lot, aber sie hat gerade keine Lust.

Zurück im Büro trifft sie Jaap in der Küche an, beim Kampf mit ihrem Mixer. Er lächelt, als er sie sieht, wie immer mit dem vertraut schalkhaften Blick, aber auch mit einer leichten Röte auf den Wangen.

»Erwischt«, meint er augenzwinkernd.

»Wird das etwa doch noch was bei dir? Mit dem gesunden Lebensstil, meine ich.«

»Du hast mir einfach gefehlt. Mit deinem Saft fühlt es sich ein bisschen so an, als wärst du doch hier, Liebste.«

»Ach, Liebste?«

Er brummt wie ein Bär. »Ja!«, ruft er, während er sie hochhebt und eine kleine Runde mit ihr tanzt. »Natürlich hast du mir gefehlt. Was soll ich denn ohne meine Partnerin anfangen …«

Obwohl er sie etwas ungeschickt auf der Anrichte absetzt, ist Lot von dieser Begrüßung positiv überrascht. Damit hat sie nicht gerechnet. Sie lächelt und hilft Jaap mit dem Saft.

»Und ich habe Bestellungen aufgenommen«, meint er. »Schau mal, die sechs leeren Gläser stehen hier nicht ohne Grund. Alle wollen eine deiner leckeren Vitaminbomben. Deine Säfte füllen hier eine Marktlücke.«

»Na prima, dann nehmt ihr mich also doch noch ernst.«

»Ja, daran siehst du, dass deine Qualitäten eben doch in der Küche liegen …«

Sie stößt Jaap in die Seite und kitzelt ihn. »Pass bloß auf. Sonst esse ich dir die Chips weg.«

»Das lass mal lieber bleiben, das gibt nur einen dicken Hintern.«

»Ich gehe eben kurz ins Archiv«, verkündet Lot dann. »Ich will im Tagebuch lesen. Und dann bin ich mal gespannt, was du da für einen Saft produzierst, Chefkoch.«

»Du wirst entzückt sein.«

Lachend geht Lot ins Archivzimmer, wo das Beweismaterial aufbewahrt wird. Sie zieht sich Handschuhe an und geht zum Computer, der dort für den allgemeinen Gebrauch steht. Sie blättert durch das Tagebuch, nur um wieder ein Gespür für den Täter zu bekommen.

Sie braucht einen Überblick. Die Geschichte des Täters in Lebensgröße vor sich.

Sie loggt sich ein. Dann wählt sie den Ordner mit den nummerierten Fotos aus dem Tagebuch und druckt sie aus. Mit einem dicken Stapel A4-Blätter verlässt sie das Archiv und geht zu der langen Wand im großen Versammlungsraum. Sie wirft alles auf den Tisch. Aus einem Kästchen holt sie eine Rolle Klebeband und macht sich ans Kleben. Erst die oberste Reihe, denkt sie, dann die darunter. So bringt Lot langsam Struktur in die Sache. Sie muss kurz an Magnus' Bücherregalsymbolik denken, aber dann kommt Jaap mit ihrem Saft herein und verscheucht diese Gedanken.

»Brauchst du Hilfe?«

Lot schaut auf den Stapel, der noch vor ihr liegt. »Ja. Ich habe das ausgerechnet. Auf dieser Wand kann ich vierzig Seiten aufhängen, wenn du also den Rest auf die daneben klebst, sind wir fertig.«

»Mach ich.«

Jaap trägt einen Stuhl zur Wand, stellt sich darauf und macht sich an die Arbeit. Er fragt nicht, warum. Er schaut Lot nicht komisch an. Und er erklärt sie auch nicht für verrückt. Er macht es einfach, er hilft ihr. Ohne dass Jaap es bemerkt, beobachtet sie ihn, während er eine Seite so gerade wie möglich neben die andere zu kleben versucht. Nach bestem Können und aus vollem Hals schmettert er ein Lied, das ihr vage bekannt vorkommt, von *The Editors*. Er legt sich wirklich ins Zeug, um wie Tom Smith zu klingen.

Und Lot muss zugeben, so schlecht stellt er sich dabei gar nicht mal an.

Sie ertappt sich selbst bei einem Lächeln. Dann seufzt sie leise und macht sich wieder ans Kleben.

# 43

Er sieht sie vorbeigehen, mit diesem langen, wehenden Haar. Ihre Hüften bewegen sich so herausfordernd in ihrer engen Jeans, als würden sie um seine Berührung betteln. Hin und her, hin und her. In seiner Fantasie hat er das schon unzählige Male getan, ihr die Hände auf den Hintern gelegt. Das hat sich so gut angefühlt.

Dann dreht sie sich um. Es dauert nicht lange, bis sie ihn entdeckt. Er sieht sich selbst wieder auf seinem Bett, mit ihrem Foto in den Händen. Genau diese Augen, dieses Gefühl von, von …

Herrlich.

Sie ist wunderschön. Und sie will ihn auch, sonst würde sie ihn nicht so anschauen. Das geht gar nicht anders. Er versteht die Sprache ihres Blicks, darin liegt sein einziges Talent.

Lange traut er sich nicht zurückzuschauen. Er guckt auf den Boden. Aber dann fasst er Mut, denn jetzt ist der Moment gekommen. Er schaut sich um. Der Flur liegt verlassen da. Niemand wird ihm in die Quere kommen. Das hier ist der Augenblick, auf den er gewartet hat. Jetzt kann er sie fragen. Endlich wird es passieren.

Sie steckt den Schlüssel ins Schloss ihres Faches. Langsam nähert er sich ihr, obwohl er noch nicht genau weiß, was er sagen soll.

Vielleicht so was wie »Hallo, wie geht's?« oder etwas über die letzte Unterrichtsstunde? Das geht natürlich auch, etwas über die letzte Stunde. Was war das noch mal?

Es reicht! Nicht so unsicher, Junge. Nicht so unsicher.

Er steht neben ihr, und nun wird es wirklich langsam Zeit,

dass er etwas zu ihr sagt. Sie schaut kurz hoch und macht dann ihr Fach zu.

»Hallo.«

Sie lächelt. Diese Augen. Oh, diese Augen. Jetzt wird sein Traum wahr. Genauso schaut sie ihn auch in seiner Fantasie an. Wird sein Traum also endlich Wirklichkeit?

»Hi!«, antwortet sie. »Alles klar?«

Er schnappt kurz nach Luft und spürt, wie seine Wangen rot werden. Er darf nicht daran denken. Einfach nicht daran denken. Das ist besser so.

Er nickt. »Und, und bei d-d-ir?«

»Alles bestens.«

»Wieder nickt er. Dann fängt er heftig zu blinzeln an. Sag was. Mit aller Macht versucht er, das Blinzeln zu unterdrücken, aber das gelingt ihm nicht besonders gut. Jetzt sag schon was!

»Bist du zu h-h-haben?«

Kurz schaut sie zu ihm hoch.

»N-N-Nein, ich meine, ob du für eine kurze Unterhaltung zu haben bist. Nicht, nicht, nicht, ob du Single bist.«

Sie lacht leise. Sie lacht so schön. Diese weißen Zähne. Wunderschön ist sie.

»Ich habe Schluss für heute, ja. Und ich bin Single, falls du das meinst.«

»Oh.«

Sie sagt, sie ist Single. Das kann nur eines bedeuten. Das kann wirklich nur eines bedeuten. Er spürt, wie sein Geschlechtsteil steif wird, ganz heimlich in seiner Hose. Was jetzt? Was jetzt? Was jetzt?

»Willst du …«

»Was?«

»Würdest du …?«

Jetzt lacht sie. »Was denn?«

Und dann tut er es einfach. Er macht einen Schritt nach vorn. Packt sie bei den Handgelenken und drückt sie gegen die Schließfächer. Er küsst sie mitten auf den Mund, genau wie er es schon so oft geträumt hat. Seinen Schwanz presst er zwischen ihre weichen Oberschenkel. Ihre Wärme fühlt sich so herrlich an. Es ist ganz genauso wie in seinen Träumen. Er und sie, zusammen, wie sie sich küssen, sich umarmen.

»Was soll denn das?!«, ruft sie.

Sie versucht, ihn wegzustoßen. Aber so war das nicht. In seinem Traum. Nein, nein, sie versteht nicht, was er will. Er muss dafür sorgen, dass sie es begreift. Er drückt sie fester gegen die Schließfächer. Er küsst sie wilder. Sein Griff um ihre Handgelenke wird fester.

Jetzt fängt sie an zu schreien.

Kurz muss er nach Luft schnappen. Er blinzelt heftig. So sollte das nicht ablaufen. Sie hätte ihn zurückküssen sollen. Ihn zurückküssen, weil sie es will. So muss es sein.

»Stopp!«, hört er die Stimme von Frau Verhoef durch den Flur schallen. »He, lass sie sofort los!«

Vor lauter Schreck tut er es. Nadia fängt laut an zu weinen und schlägt ihm auf die Wange.

Alle Frauen sind gleich.

Er schlägt zurück.

»He!«

Frau Verhoef packt ihn am Arm und zieht ihn mit sich mit. »Nadia«, sagt sie, »ganz ruhig, du Arme. Warte hier auf mich, ich bin gleich bei dir.«

Frau Verhoef zerrt ihn in ein Zimmer. Sie sagt, sie wird Mutter anrufen, damit sie ihn abholen kommt. Und die Polizei auch.

# 44

Der Papierknäuel fliegt direkt an Lots Kopf vorbei, als sie den Versammlungsraum betritt. Auf dem Tisch liegt ein riesiger Haufen Papiere und Akten, die sie in den vergangenen Tagen noch einmal durchgesehen haben. Post-its mit Anmerkungen kleben auf mindestens der Hälfte der Tagebuchseiten. Und schmutzige Teller mit Pizzaresten stehen herum.

Jaap sitzt auf einem Stuhl und hat die Beine auf einem anderen abgelegt. Im Schoß hat er die schematische Übersicht, die er von allen Verdächtigen erstellt hat. Rechts von ihm auf dem Tisch liegen mehrere zusammengeknüllte Blätter – seine früheren Versuche. Die wirft er jetzt durchs Zimmer.

»Wir, äh, wir sollten ... vielleicht mal ein Fenster aufmachen«, murmelt Lot.

Jaap schaut auf. »Nette Begrüßung. Kommt da noch mehr?«

Lächelnd zieht sie die Schultern hoch. »Tut mir leid, es ist einfach so.«

Jaap legt sich eine Hand auf die Brust und holt tief Luft. Weil Lot befürchtet, er könnte wieder zu singen anfangen, packt sie ihn am Arm.

»Langsam, langsam, was soll das werden, Frau Polizistin? Was haben Sie denn vor?«

»Grillen.«

»Grill...«

Lot zieht ihn von seinem Stuhl noch. »Komm einfach mit.«

Willig gehorcht er. Zusammen verlassen sie die Polizeistation, die so gut wie ausgestorben ist.

Kurze Zeit später schenkt Hieke mit ihren wunderschönen Faltenhänden drei Gläser Rosé ein. Auf dem niedrigen Gartentisch steht eine Schale mit Knabberzeug.

»Was haben wir's doch gemütlich!«, meint sie. »Wie toll, dass ihr beide das Wochenende hier einläutet.«

»Ja«, antwortet Jaap, wobei er Lot in die Seite stößt, »langsam lernt sie, wie das Leben hier in Twente abzulaufen hat.«

»Ich hole kurz das Huhn«, erklärt Lot, »dann kann ich das gleich für den Grill marinieren.«

Jaap schüttelt den Kopf. »Das Stillsitzen müssen wir dir aber noch beibringen.«

Hieke wackelt ihr in die Küche hinterher. Dort flüstert sie Lot ins Ohr: »Was für ein stattlicher junger Mann! Ist das deine neue Flamme?«

Lot lacht. »Ach was. Überhaupt nicht.«

Hieke nickt. »Ich bin alt genug, um zu erkennen, wenn sich zwei Menschen füreinander interessieren. Und ihr beide«, fährt sie nickend fort, »ihr beide umkreist einander ja richtiggehend.«

»Ach was, so ein Unsinn …«, erwidert Lot, während sie schnell das Hühnerfleisch in Stücke schneidet. Dann sucht sie Spieße, Ketchup, Knoblauch, Chilisauce und eine Zitrone zusammen. Draußen im Schatten auf dem Tisch wird sie das Huhn marinieren und dann für den Grill vorbereiten. Sie hat keine Lust, die ganze Zeit drinnen zu hocken – das hat sie heute lange genug getan.

»Meine Liebe, du wirst es bald selbst merken. Ich glaube, das ist ein richtig guter Mann.«

»Ja, ja …«

Hieke kichert. »Ich bin ja schon still.«

»So«, verkündet Lot, als sie mit einem Brett voller Essen durch den Perlenvorhang tritt, »dann läute ich also jetzt das Wochenende ein.«

Jaap sitzt im Gras und grinst sie an. Ein paar Sekunden lang schauen sie sich schweigend in die Augen. »Kann ich dir was helfen?«

Lot schüttelt den Kopf. »Nein, ich koche gern. Das beruhigt mich immer.«

Von der warmen Sonne hat Jaap ein paar Schweißtropfen auf der Stirn. Er macht kurz die Augen zu und erkundigt sich dann: »Warum bist du eigentlich zur Polizei gegangen?«

»Abenteuer«, antwortet Lot, ohne nachzudenken, »und es fasziniert mich, herauszufinden, was Menschen dazu treibt, schwere Verbrechen zu begehen. Außerdem gefällt mir der Gedanke, dass ich Leuten helfen kann, die es nicht leicht haben.«

»Aber du hast erst ein Jurastudium abgeschlossen.«

Sie nickt. »Und schon in einer Anwaltskanzlei in Amsterdam gearbeitet. Ich wusste allerdings die ganze Zeit, dass das nicht das Richtige für mich war.«

»Aber wie kommt eine Juristin darauf, sich an der Polizeischule zu bewerben?«

Lot lächelt. »Daran ist meine Mutter schuld.« Sie seufzt tief. »Ich stand kurz vor einem Burn-out, in der Anwaltskanzlei herrschte großer Druck, der Konkurrenzkampf war ganz schlimm, und die Leute verhielten sich nicht gerade kollegial. Ich habe mich durchgequält. Dann hatte ich ganz zufällig an diesem einen Tag meine Mutter am Telefon, und die erzählte mir, dass sie auf dem Speicher einen alten Brief gefunden hätte. Einen nie verschickten Brief an die Polizeischule, mit der Bitte, mir mehr Informationen über die Ausbildung zukommen zu lassen. Ich glaube, damals war ich ungefähr zehn Jahre alt.«

»Also dein Kindheitstraum.«

»Ja«, sagt Lot mit einem Lachen, »es war, als würde ich mich plötzlich wieder erinnern: Ach ja, das wollte ich doch schon immer machen.«

»Was für eine Geschichte.«

»Am nächsten Tag habe ich in der Kanzlei gekündigt und mich an der Polizeischule eingeschrieben.«

»Da ist deine Mutter aber sicher stolz auf dich«, meint Jaap.

Lot sitzt einen Moment lang ganz still da und nickt ein paar Mal vor sich hin. Dann schluckt sie. »Meine Mutter ist tot.«

Plötzlich bemerkt sie, dass Jaap seinen Polizistenblick auf die Auffahrt gerichtet hat. Als Lot in dieselbe Richtung schaut, fällt ihr der Spieß aus der Hand, den sie gerade vorbereitet. »Dass er sich das traut …«, flüstert sie. »Ich kann nicht glauben, dass er sich das traut.«

Jaap ist schon aufgestanden. Er reibt sich die Hände und geht ganz offensichtlich auf Konfrontationskurs. »Soll ich mich um diese Angelegenheit kümmern?«

»Nein«, ist Lots unmittelbare Reaktion. »Das kommt gar nicht infrage. Ich gehe selbst zu ihm hin, schließlich bin ich kein kleines Kind mehr.«

»Also gut«, sagt Jaap, auch wenn deutlich erkennbar ist, dass ihm das nicht gefällt, »aber bleib ruhig. Er ist die ganze Aufregung nicht wert.«

Lot stürmt schon auf den Journalisten zu; sie verspürt Wut und Erstaunen zugleich. Die Hände wischt sie instinktiv an der Hose ab. Als sie Rens Groenewoud das letzte Mal gesehen hat, hat sie ihn heftig beschimpft. Dieses Mal wird das nicht anders laufen. Was für ein sturer Idiot.

»Was fällt Ihnen ein, hier noch mal aufzutauchen?«, ruft sie. »Was glauben Sie eigentlich, wer Sie sind? Ich habe Ihnen einen Gefallen getan und Sie nicht angezeigt, und dann wagen Sie es, noch mal bei mir zu Hause zu erscheinen? So blöd kann man doch gar nicht sein?«

Er macht eine abwiegelnde Handbewegung. »G-G-ganz r-r-ruhig.«

»Ganz ruhig?«, brüllt Lot, »ganz ruhig?« Sie schüttelt den Kopf. »Hauen Sie einfach ab. Sehen Sie zu, dass Sie Land gewinnen!« Sie hält kurz inne, holt tief Luft. Dann fährt sie in ruhigem Tonfall fort: »Sie haben hier nichts zu suchen. Ich will nichts mit Ihnen zu tun haben. Sie sind zu weit gegangen.«

»Ich b-b-bin nur hier, weil ich m-m-mich entschuldigen w-w-will.«

Lot dreht sich wieder um. »Aber daran habe ich kein Interesse.«

»Lot!«, ruft er aus, »bitte.«

Sie seufzt tief und schaut ihn an. »Was?«

»Es tut mir l-l-leid, wirklich«, erklärt er und blickt dabei verlegen zu Boden. »Ich, ich, äh, ich w-w-weiß nicht, was da über mich gek-k-kommen ist. Es, es ist mir schrecklich p-p-peinlich, ich sch-sch-schäme mich zu Tode.«

»Und das ganz zu Recht.«

Er nickt.

»Es ist einfach nicht normal, Rens«, spricht Lot weiter. »So nähert man sich doch keiner Frau. Das ist wirklich gestört.«

Wieder nickt er. »Ich w-w-weiß.«

Lot wendet sich ihm zu und schaut ihn sich genau an. »Ist so was schon mal passiert?«

Er weicht ihrem Blick aus und schaut ins Leere.

»Rens?«

»Ja«, sagt der Journalist nur. »Ich b-b-bin nicht gerade erf-f-folgreich, wenn es darum g-g-geht, Frauen zu be-g-g-«

»Sagen Sie bitte nicht wieder ›beglücken‹, Rens. Vielleicht gibt es ja einen guten Grund dafür, dass Sie immer über dieses Wort stolpern. Der Ausdruck ist nämlich ziemlich respektlos.«

Er nickt wieder. »Tut mir l-l-leid.«

»Wenn so etwas häufiger vorkommt, ist es vielleicht gar keine so schlechte Idee, mal mit jemandem zu sprechen, der Ihnen helfen kann, solche Impulse zu unterdrücken.«

»Ich, ich b-b-bin schon in Therapie, ja.«

»Rens, wo genau waren Sie während des Sommerfests vor einem Jahr?«

»Während d-d-des … Wieso?«

»Das ist einfach nur eine Frage.«

»G-g-gehöre ich jetzt zu den V-V-Verdächtigen?«

»Wie gesagt, es ist einfach nur eine Frage.«

»Wir können das auch auf der Polizeistation klären«, hört sie plötzlich Jaaps Stimme hinter sich, »dann nehmen wir Ihre Erklärung gleich auf Band auf.«

Rens Groenewoud schaut erschrocken zu Lots Kollegen hinüber, obwohl er sicher hat sehen müssen, wie Jaap näher kam.

»Ich war zu Hause.«

»Zu Hause?«

Rens nickt.

»Kann das jemand bestätigen?«

Der andere scheint nachzudenken, schüttelt dann aber langsam den Kopf. »Nein«, flüstert er. Jetzt sieht man, wie er schluckt.

»War wohl zu erwarten …«, murmelt Jaap.

»Ich, äh, ich g-g-gehe dann mal wieder.«

Lot nickt. Ihr ist es nur recht, dass er von allein verschwindet, dieser unheimliche Kerl.

Während Jaap sich wieder zu Hieke ins Gras setzt, bleibt Lot noch kurz stehen und schaut Rens Groenewoud nach. Journalist. Stotterer. Frauenbelästiger.

Sie lässt die Fingerknöchel knacken. Was bringt ihn dazu, hier an einem Freitagnachmittag unangekündigt aufzutauchen? Wenn es ihm wirklich um eine Entschuldigung gegangen wäre, hätte er auch einen Brief schreiben können. Oder zur Polizeistation kommen und sich einen Termin geben lassen. Stattdessen hat er sich dafür entschieden, Lot wieder gegen sich aufzubringen, indem er in ihre Privatsphäre eingedrungen ist.

Das Ganze sieht verdächtig nach Stalking aus.

Lot spürt, wie es ihr kalt den Rücken hinunterläuft. So sehr sie auch in ihrem Beruf aufgeht, ihr Privatleben ist ihr sehr wichtig. Sie beschützt ihren engen Kreis, behandelt ihn, wie etwas beinahe Heiliges, worin sie sich zurückziehen und sich sicher fühlen kann, wo sie zur Besinnung kommen kann. Sie ist fest davon überzeugt, dass sich ihre Arbeit nur so bewältigen lässt. Und wenn dann jemand ungefragt in diesen Kreis eindringt, wird Lot stinksauer. Außerdem löst dieser Kerl Gefühle in ihr aus, die sie nicht gerade beruhigen.

Aber gut, sie hat inzwischen gelernt, sich an die Tatsachen zu halten, was das betrifft. Allein von ihren Gefühlen wird sie sich nicht mehr so schnell zum Handeln hinreißen lassen. Sonst kostet sie das am Ende noch ihren Job.

Lot schaut Rens Groenewoud nach, bis sie nur noch eine kleine Gestalt am Horizont erkennen kann, die schließlich um eine Ecke biegt und verschwindet. Erst jetzt geht sie zurück zu Jaap und Hieke.

»Denk am besten gar nicht mehr daran«, begrüßt sie ihr Kollege in dem für ihn so typischen ruhigen Tonfall. »Dieser Irre ist einfach …«

»Irre?«, ergänzt Hieke mit einem Augenzwinkern.

Lot schüttelt den Kopf. »Ich werde das Gefühl nicht los, dass wir ihn uns doch mal näher anschauen sollten. Das kann auf jeden Fall nicht schaden. Vielleicht habe ich das bisher etwas zu locker gesehen, aber ich finde es schon auffällig, dass er so viel über den Fall weiß.«

»Ja, verdächtig macht ihn das sicher. Aber ich halte ihn trotzdem für einen ganz gewöhnlichen Mann, wie es im Dorf so viele gibt.«

»Einen gewöhnlichen Mann, sagst du? Hast du also auch schon Frauen belästigt?«

»Moment«, antwortet Jaap, der ganz offensichtlich beleidigt ist, dass sie überhaupt eine solche Frage stellt. »Jetzt bleib mal ruhig. Natürlich nicht.«

»Siehst du.«

»Jetzt wirst du ungerecht, Lot. Du hast selbst schon gesagt, dass man als Journalist viel über die Fälle wissen muss, von denen man berichtet. Da kann man ihm ja wohl kaum vorwerfen, dass er seine Arbeit gut macht. Er wollte dir mit seinen Informationen helfen.« Er trinkt einen Schluck Wein und lässt dann zu, dass Hieke ihm noch einmal nachschenkt. Die alte Frau hat mit gespitzten Ohren zugehört. »Das ist sogar richtig nett von ihm«, fährt Jaap fort, »und er würde es doch nie tun, wenn er selbst der Täter wäre?«

Lot starrt vor sich hin, ist eine Weile ganz still.

Dann antwortet sie: »Doch, gerade dann. Es gibt Täter, die so etwas unglaublich erregend finden. Täter, die meinen, dass sie über allem stehen, dass sie sowieso nie gefasst werden. Schlauer sind als wir. Außerdem gehen sie davon aus, von der Liste der Verdächtigen gestrichen zu werden, wenn sie bei der Aufklärung des Falles mithelfen. Das passt dann allerdings nicht zu unserem Täter, denn der ist nicht so arrogant, eher unsicher. Verängstigt.«

»Ich denke bloß, dass du Groenewoud wegen dem, was zwischen euch vorgefallen ist, nicht neutral beurteilen kannst. Lass nicht zu, dass dich das blendet.«

Lot nimmt sich einen Spieß und steckt die Fleischstücke darauf. »Ja«, gibt sie leise zu, »damit hast du sicher nicht unrecht.«

Den Blick hält sie auf die leere Auffahrt gerichtet.

# 45

Der Krach kommt von unten. Die polternde Stimme erkennt er von früheren Besuchen wieder. Er lehnt sich über die Balustrade im Flur und schaut nach unten. Die großen, dreckigen Stiefel stehen ordentlich auf der Fußmatte bei der Tür.

Also hat der Besuch in einer freundlichen Atmosphäre angefangen.

Jetzt redet Mutter. Er schleicht die Treppe zur Hälfte hinunter, damit er besser hören kann, worum es geht. Er hat sich nie getraut, etwas zu dem Mann zu sagen. Und das, obwohl er schon sehr lange weiß, dass dieser Mann sein Vater ist.

Das muss so sein. Mutter hat es oft gesagt, wenn er vorbeikam. Und der Mann hat ihr nie widersprochen. Oft hat er Mutter Geld gegeben, denn das wollte sie bei diesen Gelegenheiten von ihm haben. Manchmal sind die beiden zusammen in Mutters Schlafzimmer gegangen. Dann hat er plötzlich Limonade bekommen. Oder einen Keks. Und er musste versprechen, ganz still zu sein, weil sie »kurz Erwachsenendinge zu besprechen hatten«.

Dabei weiß er ganz genau, was die beiden da treiben.

Der Mann hat ihn noch nie richtig angesehen. Ihm noch nie direkt in die Augen geschaut. Nur mal aus den Augenwinkeln. Er nennt ihn immer »dieses Kind«. Er hat ihm schon längst mal sagen wollen, wie er wirklich heißt, aber dafür fehlt ihm der Mut. Jetzt ist ihm klar, dass es den Mann nicht einmal interessiert.

Jetzt setzt er sich auf eine Stufe, zieht die Knie an und hört mit angehaltenem Atem zu.

»Nein«, erklärt der Mann störrisch, »es ist vorbei. Er ist jetzt erwachsen, du kriegst nichts mehr.«

»Er wohnt doch aber noch hier?«, schreit Mutter. »Er isst hier immer noch. Geht noch zur Schule. Er trinkt. Er scheißt. Er trägt Kleidung. Alles kostet Geld. Oder bist du zu dumm, um das zu kapieren?«

»Vergiss es«, lautet seine Antwort. »Ich bin hier, weil ich dir sagen will, und zwar ganz ruhig, dass das hier ein Ende haben muss. Er ist jetzt achtzehn. Und es ist endgültig Schluss.«

»Lächerlich!«

»Das kannst du sehen, wie du möchtest, aber du wirst zugeben müssen, dass ich zuverlässig jeden Monat bezahlt habe, und jetzt hört dieser Unsinn auf. Meine anderen Kinder kriegen auch nichts mehr. Der Kerl soll sich sein eigenes Geld verdienen.«

»Nein, nein, das kannst du nicht machen«, jammert Mutter voller Panik.

Am liebsten würde er zu ihr runtergehen und sie trösten. Ihr ein Glas Wein einschenken. Aber nein, das ist keine gute Idee. Er bleibt ganz still auf der Treppe sitzen. Sonst müsste er noch was zu dem Mann sagen. Das scheint ihm furchtbar unheimlich.

»Bitte«, bettelt sie, »lass mich nicht so hängen.«

»Ach, Frau«, poltert er, »ich sage es dir doch schon seit Jahren. Du wusstest genau, dass es irgendwann aufhört, und jetzt ist dieser Augenblick gekommen, ein für alle Mal. Dann sorg eben dafür, dass du mit deinen Bildern Geld verdienst.«

Mutter zieht laut die Nase hoch. Ganz offensichtlich hat sie beschlossen, jetzt nicht mehr zu jammern. »Ich erzähle alles Melissa. Alles.«

Ein Schlag. Mutter schreit kurz auf und bricht dann in unterdrücktes Schluchzen aus.

»Du erzählst meiner Frau gar nichts!«, herrscht er sie an. »Hast du das verstanden?« Wieder ein Schlag, wieder ein unterdrückter Schrei von Mutter. »Gar nichts erzählst du ihr! Du frustrierte alte

Hexe! Erst lockst du mich vor achtzehn Jahren in die Falle, und jetzt willst du mir meine Ehe kaputtmachen?«

»Nein, nein, nein …« Mutter ringt nach Luft. »Nicht hau…«

Wieder ein Schlag.

»Zu Brei sollte ich dich schlagen«, sagt der Mann, der sein Vater ist. »Dich würde sowieso niemand vermissen.« Und nach einer kurzen Stille: »Außer vielleicht der Junge da.«

Eine Zeit lang hört man nur noch Mutters leises Weinen. Er muss heftig blinzeln. Er will zu ihr. Für sie da sein. Verdammt. Er traut sich nicht. Was für ein Schwächling er doch ist.

Er bohrt die Fingernägel in den verschlissenen Teppich auf der Treppe. Er blinzelt, um die Motte aus seinem Auge zu verjagen.

»Ich schaffe es nicht«, jammert sie leise, »ohne das Geld komme ich nicht über die Runden.«

»Sehe ich so aus, als würde mich das interessieren?«

»Dann gib ihm Arbeit …«, sagt sie, und jetzt klingt sie ein wenig sicherer. Ein wenig mehr wie die Mutter, die er kennt. Wie eine Frau, die weiß, was sie will. Die weiß, wer sie ist.

Der Mann seufzt tief. »Arbeit?«

»Ja«, bekräftigt Mutter. »Er hat zwei Hände, zwei Füße. Er lernt schnell. Er kann für dich arbeiten. Du brauchst ihm ja nicht viel zu zahlen. Hauptsache, du gibst ihm überhaupt was. Die Hypothek habe ich abbezahlt, aber wir brauchen Geld zum Leben. Das begreifst du doch sicher?«

»Geld zum Versaufen, meinst du wohl.«

»Bitte«, bettelt sie weinend weiter, »bitte, ich flehe dich an. Gib ihm Arbeit. Ganz egal was für welche. Und wenn er Scheiße wegschaufeln muss …«

Er spürt einen Kloß im Hals. Scheiße wegschaufeln will er nicht.

Aber gut, wenn er damit Mutter helfen kann, wird er es natürlich tun.

Der Mann räuspert sich. »Ich, äh, ich werde darüber nachdenken. Und jetzt hör bitte mit dem Geheul auf. Davon kriege ich Kopfschmerzen.«

»Danke, danke dir!«, ruft Mutter aus. »Du weißt gar nicht, wie viel mir das bedeutet. Danke dir.«

»Wie schon gesagt«, unterbricht er Mutter, »ich werde darüber nachdenken. Versprechen kann ich dir nichts.«

Er kriecht die Treppe hinunter. Unten zieht er sich die Schuhe an und stützt sich dabei mit dem linken Arm an der Wand ab, während er zu den großen Stiefeln hinüberschaut. So leise wie möglich zieht er ein paar Mal die Nase hoch. Dann räuspert er sich fast geräuschlos und spuckt in den rechten Stiefel des Mannes, der sein Vater ist.

Jacke an. Schal um.

Er schlüpft aus der Tür und rennt weg, bevor der Mann, der sein Vater ist, auch das Haus verlässt und ihn sieht. Nach ein paar hundert Metern hat er den Wald erreicht, in dem er sich auskennt wie niemand sonst. Er läuft über tote Äste und durch spritzenden Schlamm. Seine Füße drücken klebriges Laub platt. Dann verlässt er den Weg. Im Schutz der hohen Bäume rennt er quer durch den Wald. Am liebsten kommt er abends her, wenn es dunkel ist. Aber heute gibt es besondere Umstände. Er kann nicht warten.

In zwanzig Minuten ist er am Ziel angekommen. Alles sieht noch genauso aus, wie er es zurückgelassen hat.

In der Hosentasche sucht er nach dem kleinen Schlüssel, den er immer bei sich trägt. Für Notfälle wie diesen. Da ist er.

Das Schloss gibt nicht nach. In letzter Zeit wird es immer widerspenstiger, das liegt am Wetter. Dann öffnet es sich mit einem Klicken.

Die Hüttentür quietscht, als er sie aufzieht. Der Geruch drinnen beruhigt ihn. Hier kann er er selbst sein. Hier hat er seine Ruhe.

Er lässt sich auf den Holzboden der Salzhütte fallen. Seiner Salzhütte. Und dann holt er den Joint aus der Hosentasche. Mit Daumen und Zeigefinger fährt er langsam über den zerdrückten Stab, zieht ein bisschen daran, knetet ihn ein bisschen, bis er wieder so gerade ist wie möglich. Dann klemmt er ihn sich zwischen die Lippen und sucht nach dem Feuerzeug.

Kurz erleuchtet die Flamme die halbdunkle Hütte. Er schaut sich nicht um, konzentriert sich ganz auf den Joint. Der erste Zug. Ach, der tut so gut. Als könnte er jetzt erst wieder richtig atmen.

Noch ein Zug.

Noch ein Zug.

Noch ein Zug.

Langsam lässt er sich nach hinten sinken, bis er auf dem Rücken liegt, ganz flach auf dem Boden. Es ist kalt, aber das macht nichts. Es ist unbequem, aber das ist egal. Hier herrscht Ruhe. Hier kann er den wilden Wahnsinn, der ihm den Kopf zuwuchert, zur Ruhe bringen.

Noch ein Zug. Er schließt die Augen.

Er denkt an den Mann, der sein Vater ist. An Mutter. Und daran, dass er Scheiße wegschaufeln soll. Das ist alles sehr schlimm.

Dann denkt er an Nadia, seine liebe, schöne Nadia. Er holt das Tagebuch aus der Innentasche seiner Jacke und fängt an zu zeichnen.

# 46

Sie tut es wirklich. Sie legt ihm die Hand zwischen die Beine. Er spürt, wie sein Herz klopft, wie er heftig blinzeln muss. Ganz kurz entsteht ein Impuls, reagiert sein Körper so, wie er gehofft hat. Er denkt an seine Fantasie, die schöne Fantasie, dass er hier am richtigen Ort ist. Hier kann sie ihn befriedigen, wie er es selbst nicht kann.

Er sehnt sich danach, so heftig, dass er es fast nicht aushält. Vorsichtig schielt er auf ihre Brüste, die noch in ihrem schwarzen BH versteckt sind. In seiner Vorstellung darf er sie anfassen, in Wirklichkeit traut er sich das nicht. Er spürt, wie sich seine Hoden zusammenziehen, ganz, ganz wenig, kurz und ruckartig. Wie von selbst strömt das Blut in die Schwellkörper. In seiner Hose entsteht eine dicke Beule. Ja, so muss es sein.

Dann greift sie ihm mit der anderen Hand unters Kinn. »Worauf hast du Lust?«, fragt sie.

Ihre schrille Stimme zerstört die wunderbare Stille, das langsame Vergehen der Zeit. Sie macht kaputt, was er sich aufgebaut hat, die Spannung in seinem Geschlecht. Sein Atem geht schneller, als er ihren Blick sieht. Fragend. Drängend.

Sie macht alles kaputt.

Das Herzklopfen wird kräftiger, das Blinzeln stärker. Alles wird heftiger. Er spürt Panik in sich aufsteigen, langsam kommt sie in ihm hoch, und plötzlich fällt sie ihn an wie ein wildes Tier. Er fängt an zu schwitzen. Es strömt kein Blut nach, und sein Teil wird wieder schlaff.

Er weiß nicht, was er sagen soll. Er weiß nicht, was er tun soll.

»Jetzt sag schon, Junge, ich habe schließlich nicht den ganzen Tag Zeit«, erklärt sie. »Worauf hast du Lust?«

Am liebsten würde er sich mit beiden Händen die Ohren zuhalten. Diese Töne, die aus ihrem Mund kommen, die Wörter, damit macht sie alles kaputt, was er sich im Kopf aufgebaut hat. Sie soll nicht sprechen. Keine Fragen stellen. Soll nicht so schauen. Er kneift die Augen zu und hofft, dass er auf diese Weise entkommen kann.

Dann spürt er, wie eine Hand da unten ein bisschen an ihm herumfummelt. Sie kitzelt ihn da unten, mit ihren schlanken Fingern, die mit dunkelrotem Nagellack verziert sind. Aber es hilft alles nichts, das ganze Gefummel ist umsonst. Sein schlaffer Schwanz liegt mutlos in ihrer Hand.

»Will er etwa nicht?«, fragt sie mit einem Grinsen. »Ist es das? Kriegst du keinen hoch?«

Beschämt schaut er auf den Boden. Er spürt, wie er am ganzen Körper schwitzt. Dann macht er einen Schritt nach hinten. Reißverschluss zu, Knopf zu.

Muss er ihr jetzt Geld geben? Wie regelt man so was?

Er kann das wilde Hämmern in seiner Brust einfach nicht ignorieren.

Sie grinst noch breiter. Verdammt noch mal, es sieht so aus, als würde sie ihn auslachen.

Er sagt nichts. Ihm fällt nichts ein, im wird nie etwas einfallen. Er weiß nur eins, und zwar, dass er so schnell wie möglich von hier wegwill.

Er holt tief Luft, weil er Mut braucht. Und noch mal, ganz tief. Sie kommt auf ihn zu und legt ihm wie zufällig beide Hände aufs Geschlechtsteil. Sie grinst, kichert. »Komm doch, Schätzchen, komm nur her.«

Nein, es geht nicht. Nicht noch mal. Wild stößt er sie von sich. Sie schreit kurz auf, lacht dann aber sofort wieder.

Ja, tatsächlich. Sie lacht ihn einfach aus, die dreckige Hure.

Das alles hier geschieht gar nicht. Das alles hier geschieht gar nicht wirklich.

Er holt tief Luft, durch den Mund atmet er ein und durch die Nase wieder aus, wie ein wütender Stier. Er könnte ihr etwas antun. Er will ihr etwas antun.

Seine Hände kribbeln. Er blinzelt heftig.

Er stürmt auf sie los, springt auf sie drauf, und zusammen fallen sie auf den Boden. Sie schreit laut, aber das ist ihm egal, denn jetzt sagt ihm sein Alkoholrausch, was er zu tun hat. Seine Hände umklammern ihren Hals, so fest er nur kann. Er schaut ihr in die großen, weit aufgerissenen Augen. Sie schreit immer noch, aber jetzt mit weniger Kraft. Dann spürt er plötzlich einen stechenden Schmerz in seinem Geschlechtsteil. Sie hat ihm das Knie reingerammt.

Dieser Schmerz! Dieser unerträgliche Schmerz! Kurz scheint die Zeit stillzustehen. Er ringt nach Luft.

Sein Griff lockert sich, und sie stößt ihn von sich runter. Dann ruft sie um Hilfe, indem sie auf eine Klingel drückt.

Schnell steht er wieder auf und verlässt das Hurenzimmer. Nur weg. Er muss weg hier.

# 47

Sie ist hergelaufen. Und jetzt versteckt sie sich hinter einem Mäuerchen in seinem Garten. Mit wohlüberlegtem Verhalten hat das nichts mehr zu tun. Es ist unvernünftig und irrational. Gegen die Regeln.

Ganz zu schweigen von der Tatsache, dass sie heute Abend drei Gläser Wein getrunken hat.

Eigentlich weiß Lot ganz genau, dass sie das hier nicht darf. Dass sie besser daran täte, sich ins Bett zu legen und erst am Montag wieder mit der Arbeit anzufangen. Aber sie kann es einfach nicht lassen. Sie musste herkommen.

Hieke ist schlafen gegangen und Jaap nach Hause gefahren. Und sie ist hierhergekommen.

Er fasziniert sie. Sie muss herausfinden, was ihn umtreibt. Sie muss sehen, was er tut. Erst dann kann sie beurteilen, ob er einfach nur ein Freak ist oder ob er auf ihrer Prioritätenliste eine höhere Position einnehmen muss.

In keiner offiziellen Vernehmung wird Lot mehr erfahren als hier. Erst wollte sie einfach noch mal mit ihm sprechen, bei ihm klingeln und ihm wegen seines Verhaltens und seiner Dreistigkeit den Kopf waschen. Wegen seines, gelinde gesagt, auffälligen Verhaltens. Aber als sie hier ankam und sie ihn so in seinem Wohnzimmer sitzen sah, hat sie spontan und unbesonnen gehandelt, indem sie direkt hinten in seinen Garten gegangen ist. Und von hier aus beobachtet sie ihn jetzt schon eine Stunde lang.

Vielleicht hat sie ja selbst nicht mehr alle Tassen im Schrank.

Auf jeden Fall tut sie hier etwas streng Verbotenes, das sie auch niemandem wird erklären können.

Rens Groenewoud legt die Füße vor sich auf den Tisch und schnappt sich die Fernbedienung. Das grelle Licht wirft vage Schatten auf sein Gesicht. Er schaut böse, zumindest erweckt sein Gesicht diesen Eindruck, wenn er völlig entspannt ist.

Ob er wohl noch an sie denkt? An seinen missglückten Versuch, sich zu entschuldigen?

Lot verändert ihre Position, stützt sich jetzt auf das andere Knie. Ihr Bein ist eingeschlafen. Das kribbelt. Außerdem muss sie zur Toilette, unterdrückt jedoch den Impuls, sich einfach die Hose herunterzuziehen und ihre Notdurft im Garten zu verrichten.

Das ginge wirklich zu weit.

Er rührt sich, legt die Fernbedienung neben sich aufs Sofa. Dann stellt er einen Fuß nach dem anderen auf den Boden. Reckt die Arme in die Luft. Streckt sich mit geschlossenen Augen und verkrampften Gesichtszügen.

Er gähnt. Dann steht er auf.

Lot spannt ihren ganzen Körper an. Jetzt wird es interessant. Warum genau, weiß sie noch nicht.

Die Abendkälte zieht auf, und sie spürt eine kühle Brise am Hals. Sie hätte eine Jacke anziehen sollen. Als sie ihre bloßen Arme berührt, stellt Lot fest, wie kalt sie sind.

Rens geht nach rechts, in Richtung Küche. Vor der Anrichte bleibt er stehen. Kühlschrank auf. Flasche raus. Das sieht nach Orangensaft aus dem Supermarkt aus. Küchenschrank zu. Glas raus. Einschenken. Die Flasche bleibt auf der Arbeitsplatte stehen. Er trinkt ein paar Schlucke.

Dann geht er mit seinem Glas zurück zum Sofa. Fernbedienung. Fernseher aus. Glas vor sich auf den Tisch.

Plötzlich steht er rasch auf und geht wie ein Rasender auf das Glasfenster zu. Lot schaut sich um. Sie schluckt und versteckt sich ein bisschen besser hinter dem Mäuerchen. Vorsichtig, ganz vorsichtig schaut sie um die Ecke und stellt fest, dass er aufmerksam nach draußen blickt. Hat er sie gesehen? Schaut er zu ihr herüber?

Er starrt vor sich hin, zwar in ihre Richtung, aber es besteht kein Augenkontakt zwischen ihnen. Um sie herum ist es stockdunkel; es ist theoretisch unmöglich, dass er sie von dort aus sehen kann, aber trotzdem zweifelt sie. Tief drinnen. Warum sollte er sonst so dreinschauen?

Mit einem Ruck zieht er plötzlich die Vorhänge zu. Das wenige Licht, das bei ihm im Wohnzimmer brannte, fällt jetzt ganz weg, und dadurch hüllt sich der Garten in eine mattschwarze Decke.

Lot wagt nicht zu atmen. Sie rührt sich nicht, bleibt ein paar Minuten lang bewegungslos sitzen. Den Blick hat sie die ganze Zeit auf die Hintertür gerichtet. Wenn die sich öffnet, muss sie rennen, das weiß Lot. Wenn die sich öffnet, hat er sie gesehen.

Es ist still. Und es bleibt still.

Vorsichtig richtet sich Lot in die Hocke auf, um ihre Knie zu entlasten. Dann stellt sie sich aufrecht hin und streckt die Beine. Erst das linke, dann das rechte. Quälend langsam läuft sie durch den dunklen Garten zurück zum Haus. Der Gedanke, dass sie nicht weiß, wo sich Rens in diesem Augenblick befindet, macht sie nervös. Vielleicht ist es besser, wenn sie sich davonmacht. Nach Hause, zu Hieke, in ihr Bett.

Und über die Sache einfach kein Wort mehr verliert.

Sie schafft es bis zur Seitenwand des Hauses. Bis dahin ist sie schon mal gekommen. Und noch immer hat er sie nicht entdeckt. Vielleicht geht er ja einfach schlafen und hat darum die Vorhänge zugezogen. Das ist doch sehr gut möglich. Gar nicht so weit hergeholt.

Dann schaut Lot nach oben, zu den schmalen Fenstern hoch oben in der Wand. Da scheint noch immer Licht hindurch. Er schläft also noch nicht.

Rasch schaut sie sich um. Neben ihr steht ein Baum mit weit herunterhängenden Ästen. Sie könnte …

Nein, das wäre einfach zu verrückt.

Aber dann könnte sie …

Lot geht weiter, will jetzt nach Hause. Aber gerade als sie im Vorgarten ankommt und nur noch etwa fünf Meter von dem Weg entfernt ist, der vor seinem Haus entlangführt, schaut sie doch wieder zurück zu dem Baum.

Ihre Armmuskeln schmerzen höllisch, aber dann gelingt es Lot doch noch, sich das letzte Stückchen nach oben zu ziehen. Mit angehaltenem Atem kniet sie sich auf den Ast, von dem aus sie das Fenster sehen kann, das bei Rens Groenewoud so hoch oben in der Hauswand angebracht ist. Bei dem Kerl, dem sie einfach nicht vertraut. Dem Journalisten, der stottert. Der Frauen belästigt, der über Täterwissen verfügt.

Sie kann Rens Groenewoud sehen, seinen Rücken. Er sitzt an derselben Stelle auf dem Sofa, seine Füße wieder auf dem Tisch. Jetzt hat er einen Laptop auf dem Schoß, aus dem ein vages Licht scheint.

Lot kneift die Augen zu Schlitzen zusammen, weil sie sehen will, was er sich da anschaut. Zuerst versucht sie noch, eine andere Erklärung zu finden, aber dann begreift sie es.

Auf seinem Monitor bewegen sich nackte Körper. Nackte Körper.

Und jetzt, wo sie sich Rens ein bisschen genauer anschaut, merkt sie plötzlich, dass er seinen Schwanz aus der Hose geholt hat. Seinen steifen Schwanz.

Er schaut sich Pornofilme an. Bei geschlossenen Vorhängen. Natürlich. Du liebe Güte, Rens Groenewoud schaut sich Pornofilme an. Und sie, die Ermittlerin Lot van Dijk, sitzt in einem Baum neben seinem Haus und sieht Rens Groenewoud dabei zu, wie er sich Pornofilme anschaut. Spät am Abend.

Das ist doch alles völlig krank. Plötzlich will Lot nur noch vom Baum herunter. Diese Idee war so abgrundtief schlecht, dass sie selbst erstaunt ist, überhaupt hier zu sein. Ihrem eigenen schwachsinnigen Impuls nachgegeben zu haben.

Genauso wie sie gekommen ist, versucht sie jetzt wieder nach unten zu klettern. Das ist gar nicht so einfach, weil sie inzwischen vor Nervosität zittert. Außerdem ist es so dunkel, dass sie nicht gut sieht, wo sie ihre Füße absetzen kann. Auf dem linken oder dem rechten Ast? Kann sie von hier aus vielleicht schon springen? Wieder tun ihr die Armmuskeln höllisch weh.

Dann geht alles ganz schnell. Lot verliert den Halt. Und landet mit einem lauten Aufprall auf dem Boden.

# 48

Mit dem Tablett vor sich steigt er die Treppe hoch, einen Schritt nach dem anderen, mit den dicken Socken, die er immer in seinen Stiefeln trägt. Er hat seine Arbeitskleidung schon angezogen. Normalerweise steht sie genauso früh auf wie er, aber heute ist Mutter so spät dran, dass er sie aufwecken muss, damit sie frühstückt: Sonst kommt er wieder nicht pünktlich zur Arbeit. Und dann wird der Mann, der sein Vater ist, wieder sauer. Sauer ist er schon jahrelang. Jahr für Jahr wird er von ihm beschimpft.

Der Kaffee kreist in der Tasse, aber er passt gut auf, dass nichts über den Rand schwappt. Sonst muss er wieder zurück, und alles dauert noch länger. Das Brot hat er mit Käse belegt. Den isst Mutter immer gern. Er hat es genauso gemacht, wie sie es mag. Die beiden Käsestreifen quer übereinander, nicht längs auf der Brotscheibe. Er muss lächeln, als er sich den Teller anschaut. Ja, das hat er sehr gut gemacht. Darüber freut sie sich bestimmt.

Jetzt steht er direkt vor der Tür. Er räuspert sich, um vorsichtig anzukündigen, dass er gleich ins Zimmer kommt. Vielleicht hat sie wieder einen dieser schrecklichen Kopfwehtage, an denen sie es gar nicht aus dem Bett schafft. Dann muss er aufpassen. Oje, oder sie wirft noch ein leeres Weinglas nach ihm. Dann muss er das wieder seinen Kollegen erklären.

Seine Kollegen unterhalten sich gern, aber er mag das gar nicht. Das interessiert seine Kollegen herzlich wenig. Sie sprechen viel mit ihm, und dann erwarten sie, dass er auch etwas sagt. Ach, das findet er so schrecklich.

Vorsichtig hält er das Tablett in der rechten Hand und klopft leise an Mutters Schlafzimmertür. Es kommt keine Antwort. Er klopft noch einmal, aber eine Reaktion gibt es wieder nicht.

Er könnte das Tablett vor ihrer Tür abstellen. Aber wenn sie damit nicht rechnet und vielleicht bald nichtsahnend aus dem Zimmer kommt, stolpert sie darüber. Und dann kriegt er wieder Ärger, wenn er heute Nachmittag heimkommt. Dann verprügelt sie ihn wieder, obwohl er inzwischen einen Kopf größer ist als sie.

Er klopft noch einmal, diesmal sehr laut.

Keine Reaktion.

Jetzt öffnet er die Tür. »Mutter?«, sagt er. »Mutter, ich habe dir Frühstück gemacht.«

Er sieht, dass Mutter im Bett liegt. Um die Augen hat sie den knallblauen Lidschatten, den sie immer trägt, Tag und Nacht. Die Wimpern, die er sie schon so oft hat aufkleben sehen, runden ihre geschlossenen Augenlider auf anmutige Weise ab. Ihre Wangen sehen rosig aus, aber der Rest ihres Gesichts hat die typische bräunliche Farbe der Creme, die sie immer aus einer Tube drückt. Ihre Arme ruhen auf der Bettdecke. Die Nägel hat sie hell lackiert.

Sie rührt sich nicht.

»Mutter?«, versucht er es noch einmal, als er direkt vor ihrem Bett steht.

Sie liegt noch genauso ruhig da wie eben, als er die Tür aufgemacht hat. Komisch. Heute schläft sie aber ganz schön fest. Und er steht hier mit seinem Tablett.

Er schaut zu der leeren Flasche, die neben ihrem Bett steht. Es ist nichts Besonderes, dass sie so viel getrunken hat, das tut sie oft. Aber meistens ist sie um diese Zeit trotzdem auf, steht unter der Dusche oder malt schon wieder wild an ihren Bildern.

Er kniet sich neben sie und stellt das Tablett auf den Nachttisch. So hat sie eine Überraschung, wenn sie dann gleich wach wird. Er selbst ist dann nicht mehr im Haus, sondern schaufelt Scheiße weg. Kurz genießt er die Vorstellung ihres Gesichtes, wenn sie das Frühstück entdeckt. Endlich wird sie lächeln, wenn sie an ihn denkt. Ihr wird wieder einfallen, wie lieb sie ihn hat. Dass er nicht immer nur eine Bürde ist, nicht immer nur Arbeit macht. Wie an einen lieben Sohn, so wird sie heute Morgen kurz an ihn denken, wie an einen lieben Sohn, der ihr ein leckeres Frühstück gemacht hat.

Auf Zehenspitzen schleicht er wieder nach draußen. Ganz leise zieht er die Tür hinter sich zu.

Unten macht er sich selbst Frühstück. Kurz schaut er sich um. Jetzt, wo Mutter nicht hier ist und ihm nicht auf die Finger schauen kann, schmiert er sich besonders viel Erdnussbutter aufs Brot. Hin und wieder darf er sich ruhig etwas gönnen, und vor allem, wenn er sicher sein kann, dass ihm das keine Probleme beschert. Niemand sieht ihn, also was soll's?

Er steht an der Anrichte und starrt ins Nichts, beißt gierig in sein Brot. Die Erdnussbutter schmilzt angenehm auf seiner Zunge.

# 49

Als er nach Hause kommt, ist es schon dunkel. Mutter wird wütend sein, weil er nicht Bescheid gesagt hat, dass es heute später wird. Das hasst sie. Allein im Haus zu sitzen, im Dunkeln. Und dass dann niemand da ist, bei dem sie sich über all das beschweren kann, was ihr heute nicht gepasst hat.

Er hofft aus vollem Herzen, dass er es irgendwie wiedergutmachen kann. Dass sie sich zum Beispiel so sehr über das Frühstück von heute Morgen gefreut hat, dass sie ihm schnell verzeihen wird.

Ihm ist ein bisschen schwindlig, denn er war noch kurz mit ein paar Kollegen in der Kneipe. Sie haben etwas getrunken, weil einer der Jungs Geburtstag hatte. Er musste mit. Tja, das hat er dann auch getan.

Trinken fällt ihm leicht. Er mag das Gefühl, das der Alkohol bei ihm verursacht. Er fühlt sich weniger angespannt, wenn er trinkt. Als müsste er weniger streng mit sich selbst sein. Obwohl er nicht aufhört zu blinzeln, wird das Stottern weniger, je mehr er trinkt, und das ist praktisch, wenn er mit seinen Kollegen sprechen muss. Eigentlich, und das weiß er nur zu gut, ist Trinken eher eine Notwendigkeit als ein Luxus, bevor er mit anderen Menschen in Kontakt kommt. Und wenn sich dann eine Gelegenheit ergibt, bei der öffentlich getrunken wird, macht das sein Leben ein bisschen einfacher. Dann braucht er es nicht heimlich zu tun.

Er hat die Zähne aufeinandergepresst, als er den Schlüssel ins Schloss der Haustür steckt. Es ist sehr gut möglich, dass das Geschrei sofort losgeht. Noch bevor er sich umgezogen hat. Bevor er seine Arbeitsstiefel ausziehen kann.

Tür auf. Er spitzt die Ohren. Mit dem Blick sucht er den Flur ab. Aber das Geschrei bleibt aus. Es ist dämmerig.

Er spürt, wie seine Schultern sich ein wenig entspannen. Er wird ruhiger, sofern das möglich ist. Er traut sich zu atmen, ganz vorsichtig, und zieht an seinen Stiefeln. Hüpf, hüpf, erst der linke. Hüpf, hüpf, uff. Er fällt hin. Da hat er wohl doch etwas zu viel getrunken.

Er ertappt sich bei einem Lächeln. Sicher sieht das komisch aus, wie er da mit nur einem Stiefel am Fuß im Flur hockt. Aber egal, wenn er jetzt sowieso schon hier sitzt und Mutter sich noch nicht sehen lässt, um ihm eine Lektion zu erteilen, kann er auch noch einen Moment gemütlich sitzen bleiben.

Er fängt mit den Knöpfen seines Overalls an. Sicher stinkt er. Nach Pferdemist, nach Schweiß. Und nach Rauch aus der Kneipe. Nach allem, was Mutter hasst.

Jetzt also noch der andere Stiefel. Mit einem kräftigen Ziehen am Absatz gelingt es ihm, den Fuß herauszubekommen. Stinksocken, runter von den Füßen damit.

Barfuß steht er auf und geht ins Wohnzimmer. Alles ist dunkel.

Merkwürdig.

Er schaltet das Licht an und schaut sich ruhig um. Mutter wartet nicht auf ihn. Das ist seltsam. Er ertappt sich dabei, enttäuscht zu sein. Natürlich hat er sich vor einer Standpauke gefürchtet, aber irgendwo ist ihm diese Art der Begrüßung auch vertraut.

Sie wird oben sein, in ihrem Zimmer, und konzentriert an einem neuen Bild arbeiten.

Ach, jetzt hat er eine Idee. Er wird ihr einen Kaffee machen. Das wird eine schöne Überraschung für sie, die zweite heute. Er geht in die Küche. Seine Füße hinterlassen klebrige, schweißige Abdrücke auf dem Linoleum.

Egal, die trocknen schon wieder.

In der Küche setzt er Kaffee auf. Gerade genug für zwei Tassen. Die Kaffeemaschine kann ihm gar nicht schnell genug arbeiten. Er möchte wissen, welches Bild so wichtig ist, dass Mutter nicht aus ihrem Zimmer kommt. Das sind oft ihre prächtigsten Kunstwerke, die Kunst, die sie verschluckt, während sie daran arbeitet. Sie ist nicht gerade nett, wenn sie an so einem Werk arbeitet, das kann man nicht anders sagen. Aber schön anzusehen sind die Bilder, das stimmt schon. Außerdem waren die größten Künstler der Geschichte nicht unbedingt die freundlichsten Zeitgenossen. Das sagt Mutter gern. Dass sie vielleicht nicht immer nett zu den Leuten ist, aber das war Michelangelo auch nicht. Es geht um die Kunst, die steht über allem. Und über jedem.

Zwei Tassen hat er in der Hand. Oh, jetzt muss er vorsichtig sein, wo sich doch alles in seinem Kopf dreht und er so müde ist. Also passt er gut auf. Er geht ganz vorsichtig zur Treppe. Die Treppe hoch. Auf halbem Weg bleibt er kurz stehen, um wieder zu Atem zu kommen. Und dann trottet er weiter.

Die Tür zu Mutters Zimmer ist geschlossen, wie immer. Er klopft, genau wie heute Morgen. Aber wieder hört er keine Reaktion. Der heiße Kaffee verbrennt ihm durch die Tasse hindurch die Finger, deswegen hat er keine Lust, lange auf eine Antwort zu warten.

Er öffnet die Tür. So was, auch hier brennt kein Licht. Er drückt auf den Schalter dicht neben ihm an der Wand.

Mutter liegt schon wieder im Bett und schläft. Mit geschlossenen Augen und offenem Mund.

Er seufzt tief. Sie muss sehr, sehr müde sein. Eine Tasse Kaffee wird ihr guttun.

»Mutter«, spricht er sie an, »ich habe leckeren Kaffee gemacht. Du musst was trinken, weißt du. Dein Frühstück hast du auch stehen lassen.«

Er stellt den Kaffee auf das Tablett von heute Morgen. Vorsichtig legt er ihr eine Hand auf den kalten Arm.

»Mutter«, wiederholt er, »aufwachen, Mutter. Lass uns Kaffee trinken.«

Er richtet sie im Bett auf, stopft ihr das Kissen als Stütze in den Rücken. Dann schiebt er ihr den Kaffee ganz nah hin, sodass sie ihn vom Bett aus gut erreichen kann.

Mit seiner eigenen Tasse in der Hand setzt er sich auf den Bettrand. Er trinkt schon mal einen Schluck. Davon bekommt er Durst.

»Ich war in der Kneipe«, erzählt er, »mit ein paar Kollegen.«

Dann trinkt er noch einen Schluck und schaut sich um. Wo ist nur das Bild, das sie so sehr beschäftigt? Er muss gleich mal nachsehen.

Noch einen Schluck. »Es war eigentlich ganz schön«, berichtet er leise weiter. »Wir haben Bier getrunken.«

# 50

Jaap zeigt auf Lots Wange. »Was ist dir denn da passiert?«

Lot zieht sich die Jacke aus und hängt sie über die Stuhllehne. Dann winkt sie ab. »Ein blödes Missgeschick«, erklärt sie, »ich bin beim Joggen am Wochenende mit dem Gesicht voran in einen Strauch gefallen.«

Jaap schaut sie prüfend an und nickt. »Alles klar.«

Plötzlich fällt Lot auf, dass um sie herum ungewöhnlich viel Betrieb herrscht. »Was ist denn heute hier los? Warum sind alle da?«

»Wir setzen uns mit den Herren aus der Chefetage zusammen«, erklärt Jaap lächelnd. »Große Planungssitzung, steigender Druck, man will Resultate. Hast du am Wochenende das Extra-Feature in den Nachrichten gesehen?«

»Ja. Die haben mich sogar angerufen und wollten einen O-Ton von mir, aber ich bin froh, dass ich mich an dieser Sache nicht beteiligt habe.«

»Man könnte wirklich meinen, sie würden uns Polizeikräfte mit Absicht schlechtmachen wollen«, seufzt Jaap, »und das nennen sie dann journalistische Arbeit.«

»So sehe ich das nicht«, antwortet Lot. »Irgendwie haben sie ja recht, wir sind wirklich unterbesetzt. Es ist einfach eine Tatsache, dass wir hier mit zu wenig Leuten ein großes Gebiet abdecken müssen.«

»Natürlich stimmt das, aber damit haben wir doch nicht plötzlich einen Serienmörder geschaffen?«

Lot muss lachen. »Das sagt auch niemand, Partner. Du darfst das alles nicht so persönlich nehmen. Eigentlich ist es nur gut, wenn das hier auf höherer Ebene diskutiert wird, dann bekommen wir vielleicht mehr Leute. Und eine bessere Ausrüstung.«

»Ich habe gestern schon gelesen, dass das Ganze im Parlament debattiert werden soll.«

»Na, siehst du, das ist doch gut?«

Jaap hat wieder seinen verschmitzten Blick. »Das gefällt der Frau Kollegin«, murmelt er, »dass die Politiker ihr recht geben. Warte nur ab, bis wir gleich im Meeting sitzen. Hier werden immer alle nervös, wenn Den Haag sich einmischt.«

»Oje«, kommentiert Lot, »das wird gemütlich.«

»Komm«, fordert Jaap sie auf, »wir müssen rein.«

Auf dem Weg in den Versammlungsraum fährt er sanft mit dem Daumen über die Schramme auf ihrer Wange. Er verzieht das Gesicht. »Tut sicher ganz schön weh.«

Sie zieht die Schultern hoch.

Dick Rademaker und Silvester van Schoonbeek sitzen schon am Kopfende des Tisches, wie Direktoren einer Firma. Sie unterhalten sich angeregt, aber Dick findet trotzdem die Zeit, Lot kurz zuzuzwinkern. Sie hebt zur Begrüßung eine Hand. Man sieht die Herren aus der Chefetage hier nicht oft.

Jaap setzt sich, Lot läuft noch ein paar Schritte hin und her, um sich die Füße zu vertreten. Ihre Joggingrunde heute Morgen ist kürzer ausgefallen als sonst – sie kam in keinen Rhythmus, weil ihr ein Muskel im Oberschenkel wehtat und sie bald außer Atem war. Tapfer nimmt sie sich vor, morgen einen erneuten Versuch zu starten.

Zwischen den Kollegen entdeckt sie Jan und Stefan. Der Raum ist inzwischen beinahe voll. Durch die Anwesenheit des Polizeichefs und wegen der frühen Uhrzeit sind alle ein wenig schüchtern. Gesprochen wird nur leise, Schreibzeug wird schon mal auf dem Tisch bereitgelegt. Rührstäbchen bewegen sich gelangweilt in Bechern mit lauwarmem Kaffee.

Ganz kurz ist es still. »Wir warten wieder auf Leo«, erklärt Silvester – offensichtlich ärgert ihn das ganz außerordentlich. »Hoffen wir, dass er bald hier erscheint.«

Leo ist schon wieder nicht pünktlich. Das passt überhaupt nicht zu ihm, überlegt Lot. Was ist bloß los mit dem Mann?

Das Geraune ihrer Kollegen erfüllt den Raum. Lot muss daran denken, wie sie in Rens Groenewouds Garten vom Baum gefallen ist. Mit knapper Not ist sie entkommen. Sie hat unglaubliches Glück gehabt, nicht erwischt worden zu sein, weder von dem Journalisten noch von einem seiner Nachbarn.

Sie ist nach Hause gesprintet, mit Schamröte auf den Wangen und einem stechenden Schmerz im Bein – da, wo sie drauf gefallen ist. Dafür bekomme ich später noch die Quittung, hat sie gedacht, dafür bekomme ich später noch die Quittung.

Vorsichtig betastet sie die Schramme auf ihrem Gesicht, das Andenken an den dicken Ast, an dem sie während ihres Falls vorbeigeschrammt ist. Sie hat schon eine Zeit lang gespürt, dass Jaap sie beobachtet, aber jetzt begegnen sich ihre Blicke. Er sagt nichts, sondern starrt sie nur an. Rasch schaut sie weg. Sie hat keine Lust auf kritische Fragen.

Lot bekommt mit, dass Dick und Silvester immer wieder auf die Uhr schauen. Die zeigt an, dass Leo jetzt offiziell eine halbe Stunde zu spät dran ist. »Lasst uns dann mal anfangen«, erklärt Dick, »das dauert zu lang.«

Alle setzen sich hin. Lot auch, während noch stets der prüfende Blick von Jaap auf ihr haftet. Lautlos bewegt sie die Lippen: »Was starrst du mich so an?«

Dieser amüsierte Blick. Wieder nur dieser amüsierte Blick.

Dann wird die Tür mit einem Ruck geöffnet. Leo steht im Türrahmen, mit Schweiß auf der Oberlippe und leicht geröteten Wangen. Er hustet. »Entschuldigung.« Noch mehr Husten. »Es …«, sagt er, »es tut mir sehr leid, ich, äh …«

Silvester würdigt ihn keines Blickes, als er sagt: »Ich hoffe nicht, dass das jetzt zur Gewohnheit wird.«

Dick schaut über den Rand seiner Lesebrille hinweg und deutet auf einen Stuhl neben sich und Silvester. »Setz dich doch, Leo. Gut, dass du da bist.«

Lot verfolgt mit großer Bewunderung, wie respektvoll und freundlich sich der Polizeichef verhält. Wäre es andersherum und Leo an seiner Stelle gewesen, hätte der Zuspätkommende zumindest einen Anpfiff bekommen – vor versammelter Mannschaft. Dick gibt wirklich ein gutes Beispiel dafür ab, wie man seine Führungsposition auch nutzen kann.

»Lisannes Eltern gehen mit ihrer Geschichte an die Öffentlichkeit«, berichtet er als Nächstes. »Heute Abend wird bei *Live am Tisch* ein Interview ausgestrahlt, mit den Eltern und der Schwester.« Er liest etwas von einem Zettel ab. »Die Redaktion hat uns gebeten, einen Abgesandten des Ermittlungsteams zu schicken.« Er deutet auf Leo, der noch immer schwer atmet. »Ich denke, es ist das Beste, wenn du das übernimmst.«

Schweigend schaut Leo ihn an. Lot meint, Panik in seinen Augen sehen zu können.

»Nicht wahr, Leo?«, hakt Dick nach. »Das scheint mir nur logisch, weil du ja die Ermittlungen leitest?«

Leo nickt. »Ja«, antwortet er, »ja, sicher.«

»Die Frage ist allerdings«, fährt Dick fort, »wie wir uns positionieren wollen.«

»Wir könnten diese Gelegenheit nutzen, um die Öffentlichkeit um Hilfe bei unseren Ermittlungen zu bitten«, schlägt Lot vor. »Zum Beispiel, indem wir Teile meines Täterprofils veröffentlichen und die Leute auffordern, sich zu melden, wenn sie jemanden kennen, der in dieses Profil passt. Damit beteiligen wir die Bürger an den Ermittlungen und gönnen ihnen darüber hinaus gleichzeitig einen Einblick in unsere Vorgehensweise – das wirkt sich dann wieder positiv auf das Verständnis für unsere Arbeit aus.«

Dick nickt vorsichtig; er scheint ihr zuzustimmen. Daraufhin meint Leo: »Vielleicht wäre es ja dann eine bessere Idee, Lot zu dem Termin zu schicken.«

Noch bevor sie reagieren kann, erstickt Dick Leos schamlosen Versuch, sich der Bürde zu entledigen, im Keim. »Völlig ausgeschlossen«, erwidert er. »Bei allem Respekt für Lot – natürlich bin ich davon überzeugt, dass sie das ganz ausgezeichnet machen würde, aber hier geht es um ein Signal. Dieser Fall ist zu komplex. Und Den Haag mischt sich auch schon ein. Wir müssen jetzt unsere Autorität unter Beweis stellen, und dafür ist der Ermittlungsleiter am besten geeignet.«

Leo senkt den Blick und fährt sich nervös über das unrasierte Kinn. »Prima.«

Lot mustert ihn kurz. Was ist nur los mit ihm? Er wirkt völlig neben der Spur. Ist er eingeschüchtert, weil zwei Vorgesetzte sich um die Sache kümmern? Hat er schlecht geschlafen? Ist bei ihm eine Grippe im Anmarsch? Sie kommt einfach nicht dahinter. Diese roten Augen … Hat er vielleicht zu viel Alkohol im Körper? Womöglich hat er auch deswegen heute Morgen verschlafen.

Dann steht Dick auf und geht zu dem Flipchart, das wegen all den zur Verfügung stehenden digitalen Medien kaum mehr gebraucht wird. »Seien wir ehrlich«, erklärt er in ernstem Ton, während er ein Fragezeichen auf das Papier malt. »Die Ermittlungen stecken in einer Sackgasse. Gerade jetzt vor dem Fernsehauftritt von Leo, und auch für euch als Untersuchungsteam, scheint es mir deshalb wichtig, alles noch einmal durchzugehen. Außerdem müssen wir Prioritäten setzen: Was tun wir zuerst, womit haben wir die größten Erfolgschancen? Lot, hier wird uns dein Profil helfen, uns zu orientieren. Denn der Täter« – er klopft mit dem Stift auf das Papier – »der Täter läuft noch immer frei herum. Während wir hier sitzen, kann er sich ein weiteres Opfer suchen. Kann Pläne machen, neue Fantasien entstehen lassen.« Er deutet auf Lot. »Lot hat uns ja schon gewarnt: Diese Fantasien muss er in die Tat umsetzen. Und dabei wird es nicht bei einem oder zwei Versuchen bleiben, denn es muss jedes Mal perfekter werden. Er wird erneut zuschlagen, das ist eine Tatsache. Wir müssen dafür sorgen, dass wir ihm diesmal zuvorkommen.«

Als Nächstes deutet Dick auf Jaap. »Könntest du uns eben den Ablauf der Ermittlungen zusammenfassen? Möglichst kurz, aber von Anfang an. Wir müssen alle genau aufpassen. Was wissen wir schon, was müssen wir noch herausfinden, was ist uns bisher entgangen?«

Trotz des Kribbelns in ihrem Bauch starrt Lot noch immer Leo an. Durch Dicks Worte fühlt sie neue Energie durch ihren Körper fließen: Sie müssen den Täter entlarven. Aber sie kann den Blick nicht von dem Mann abwenden, der dieses Gefühl eigentlich in ihr auslösen müsste. Der Polizeichef hat stellvertretend die Rolle des leitenden Ermittlers übernommen, während dieser wie ein nasser Sack in seinem Stuhl hängt.

Jaap steht auf, geht ganz entspannt zum Flipchart und übernimmt den Stift vom Polizeichef. Er malt ein paar Sternchen auf das Papier und schreibt einiges auf.

»Zwei junge Mädchen sind ermordet worden. Eines von ihnen wurde in einer verfallenen Salzhütte im Wald gefunden. Nackt, an einem Haken aufgehängt. Das andere war auch nackt und wurde in einem Grab zurückgelassen. Vermutlich hat man den Täter gestört, als er sie begraben wollte. Beide Opfer sind vor etwa einem Jahr verschwunden. Das eine Mädchen vor genau einem Jahr – während des Sommerfests, das an diesem Wochenende wieder stattfinden wird. Das andere einen Monat später, nach einem Kneipenbesuch mit Freundinnen. Beide sind also nach einer Nacht auf der Piste verschwunden.«

Lot hebt eine Hand. »Wir wissen, dass das erste Opfer, Krista, von Zacharias Verheijen in den Wald gejagt worden ist, nachdem er sie bedroht hat. Es gibt zwei Zeugen, die das bestätigen, und Zacharias selbst hat das inzwischen auch zugegeben. Außerdem wissen wir, dass das zweite Opfer, Lisanne, allein mit dem letzten Bus nach Hause wollte, weil sie einen platten Reifen hatte. Ihre Freundinnen haben das Fahrrad mitgenommen. Weil die Haltestelle vor der Kneipe wegen Bauarbeiten nicht in Gebrauch war, ist sie zur nächsten Haltestelle gelaufen, um dort auf den Bus zu warten.«

Jaap ergreift wieder das Wort: »Wir wissen, dass die Bushaltestelle weiter oben diejenige vom Friedhof ist, direkt am Waldrand.«

»Und wir wissen auch, dass man da ungefähr herauskommt, wenn man vom Sommerfest in den Wald gejagt wird und geradeaus weiterläuft«, fügt Stefan hinzu.

»Wir können also davon ausgehen«, meint Dick, »dass der Täter eine feste Route hat.«

»Möglicherweise«, bestätigt Lot. »Es sieht so aus, als hätte er die Mädchen vom Waldrand oder vom Friedhof aus beobachtet. Ihnen vielleicht sogar aufgelauert. Dazu kommt noch, dass es sich um denselben Friedhof handelt, auf dem er versucht hat, das zweite Opfer in einem leeren Grab zu verstecken.«

»Todesursache«, schreibt Jaap auf, »ist in beiden Fällen wahrscheinlich eine Hirnverletzung durch einen Schlag auf den Hinterkopf mit einem stumpfen Gegenstand, in Kombination mit Erwürgen. Weil wir nicht wissen, welcher stumpfe Gegenstand dabei verwendet wurde, können wir nur sehr schwer danach suchen. Es kann alles Mögliche sein, ein Stock, ein Stein, irgendein Gerät. Auf jeden Fall ist unser Täter so gut organisiert, dass er die

Opfer lange Zeit bei sich behalten konnte, ohne entdeckt zu werden, und er hat sie an einem unbekannten Ort eingetrocknet.«

»Mit diesem Eintrocknen konnte er der Verwesung entgegenwirken«, erklärt Lot. »Er sorgte dafür, dass die Mädchen schön blieben, wie echte Freundinnen, mit denen er tun und lassen konnte, was er schon so lange wollte, nämlich Sex haben. Auf normale Art und Weise gelingt ihm das nicht, dafür hat er zu große Angst.« Sie seufzt. »Aber wo hat er sie während dieser ganzen Zeit aufbewahrt?«

Jaap unterstreicht das Wort »Ort«.

»Das scheint mir unsere oberste Priorität zu sein, den Ort zu finden, wo er sie aufbewahrt hat, bevor er sie zur Salzhütte gebracht hat. Wenn wir das wissen, haben wir ihn.«

»Von Ferdinand Lopes weiß ich, dass die Opfer wahrscheinlich in einem Keller eingetrocknet wurden«, berichtet Lot. Erst als sie sieht, wie Leo aufschaut, wird ihr bewusst, dass er nichts von ihrem Termin mit dem Pathologen wusste. Ihre Blicke kreuzen sich kurz, dann wendet sie den Blick ab und fährt fort: »Ich habe mir Folgendes überlegt: Unser Täter hat die Opfer während dieser ganzen Zeit in seinem Keller gehabt. Durch den Sommersturm ist die Dinkel über die Ufer getreten, und viele Keller in der Umgebung wurden überschwemmt. Ich vermute, dass seiner dazugehört.«

Jaap dreht den Stift unruhig zwischen den Fingern hin und her. »Durch Wasser tritt die Verwesung sofort ein.«

»Genau«, ergänzt Lot, »darum musste er die Opfer unbedingt woanders hinbringen. Um sie behalten zu können.«

»Und dazu sucht man sich eine Salzhütte?«, will ihr Kollege Jan wissen. »Ganz logisch finde ich das nicht.«

»Außer es handelt sich dabei um einen Ort, der ihm vertraut ist«, erwidert Lot, »und wo er sich sicher fühlt. Und vergiss nicht, dass ihn die Überschwemmung wahrscheinlich völlig überrascht hat. Damit hatte er nicht gerechnet, es passte nicht in seinen Plan. Er hat in Panik gehandelt, weil sein Ritual gestört wurde.«

Jan schüttelt den Kopf. »Verrückt ist das Ganze trotzdem. Dort eine Leiche zu verstecken.«

»Aber es ist passiert, Jan«, erwidert Lot, die seine nutzlosen Beiträge zur Debatte als störend empfindet. »Es ist eine Tatsache, dass wir die erste Leiche dort gefunden haben. Der Schlafsack, das Essen, alles deutet darauf hin, dass er dort auf alle Fälle eine Zeit lang bleiben wollte. Die Säge und die Gaze lassen vermuten, dass er ein Lüftungssystem einbauen wollte. Unverzichtbar, um einen eingetrockneten Körper behalten zu können. Er wurde einfach bei der Ausführung gestört, nicht zuletzt durch diesen riesigen Baum, der auf die Hütte gefallen ist, aber natürlich auch durch uns. Wir haben das Mädchen dank der Meldung von Zacharias gefunden. Deswegen musste der Täter für das andere Opfer einen neuen Ort finden. Er war ratlos, denn bei ihr setzte die Verwesung ein, und da musste er sie loswerden. So hatte er sich seine Freundin nicht vorgestellt in seiner Fantasie. Das Grab war eine einfache Lösung, und es hätte auch funktionieren können, hätten ihm der Landstreicher und die Kollegen von der Streife keinen Strich durch die Rechnung gemacht.«

Jan zieht die Nase hoch. »Ja, ja, du kannst das alles natürlich auf ganz brillante Art und Weise erklären mit deinem Profiler-Hokuspokus. Ich lache mich tot. Wo bewahrst du eigentlich deine Kristallkugel auf?« Dann wendet er sich an Dick. »Vielleicht können wir jetzt mit dem Briefing weitermachen, statt uns ihre Hollywood-Theorien anzuhören? Wir sind hier schließlich nur in Twente …«

»Ja«, unterbricht ihn Lot, »wo die Frauen an den Herd gehören. Das wissen wir jetzt langsam, und es hilft uns nicht weiter.«

Jan springt so schnell auf, dass sein Stuhl umfällt. »Sie war in der Klasse von meiner *Frau*!«, ruft er aus. »Meine Frau hat sie *unterrichtet*! Für dich mag das Ganze ja vielleicht ein interessantes neues Projekt sein, in das du dich verbeißen und bei dem du deine fantastischen Erkenntnisse aus dem Studium anwenden kannst. Aber hier …« Er klopft sich gegen die Brust. »Hier! Hier! Bei mir daheim sind alle traurig. Ja, richtig traurig sind wir! Es ist nämlich ein Mädchen umgekommen. Sie war viel zu jung, verdammt noch mal! Und wir haben sie alle gekannt.«

Eine eisige Stille breitet sich im Raum aus. Niemand wagt auch nur zu atmen. Oder etwas zu sagen. Oder sich zu bewegen. Jeder starrt verwundert zu dem immer launischen Jan hin, den die Sache offensichtlich tiefer getroffen hat, als alle dachten.

Er atmet schwer und scheint darüber nachzudenken, was er ihnen gerade vor die Füße geworfen hat.

Lot sieht, dass ihm eine Träne über die Wange rollt. Nur eine einzige, aber sie steht für den Schmerz, den ihre Kollegen empfinden müssen, weil sie an einem entsetzlichen, grausamen Fall arbeiten, dessen Opfer sie alle kennen.

»Das weiß ich.«

Ihre Worte durchbrechen die Kälte im Raum und sorgen dafür, dass alle gleichzeitig Luft holen. »Das weiß ich, Jan, aber ich bin nicht der Feind. Ich bin eine von euch.« Sie muss schlucken, weil sie einen Kloß im Hals hat. »Und ich will das Arschloch genauso kriegen wie ihr. Es ist kein Problem, wenn du meine Art nicht magst oder wenn du dich noch an meine Arbeitsweise gewöhnen musst. Aber, Jan, willst du mir bitte einfach vertrauen?«

Langsam setzt sich Jan wieder hin. Er nickt kaum merklich. Dann flüstert er: »Es tut mir leid, Lot. Ich habe die Beherrschung verloren. Es wird nicht wieder vorkommen.«

Ungeschickt, als hätte er das noch nie im Leben gemacht, gießt Dick einen Becher Wasser ein und bringt ihn Jan. »Es ist nur allzu verständlich, dass es uns allen ab und zu ein wenig zu viel wird. Trink das hier, geh kurz nach draußen und komm zu dir.«

Jan nickt, schlurft davon und setzt sich im Flur auf einen Stuhl, noch immer mit dem Wasser in der Hand.

Als die Tür hinter ihm zugefallen ist, sagt Dick in sachlichem Ton: »Lasst uns weitermachen. Gerade hat sich einmal mehr gezeigt, wie wichtig dieser Fall ist.« Dann wendet er sich an Lot: »Was wolltest du gerade noch sagen?«

»Dass ich unbedingt dafür wäre, alle Meldungen über vollgelaufene Keller noch einmal zu überprüfen.«

Stefan nickt. »Allerdings kann ich mir nicht so gut vorstellen, dass unser Täter die Überschwemmung in seinem Keller melden würde.«

»Seine Nachbarn aber vielleicht schon«, geht Lot auf Stefans Kommentar ein. »Ich habe eine Karte mit dem überschwemmten Gebiet erstellen lassen. Wir könnten alle Adressen besuchen, einfach schauen, wen oder was wir dort antreffen. Um ein Gefühl für die Sache zu bekommen.«

Als sie den letzten Satz ausspricht, schaut sie kurz ängstlich zu Jan im Flur hinüber. Vielleicht ist es nur gut, dass er das nicht gehört hat.

Dick pflichtet ihr bei. »Ein guter Plan, der kommt ganz oben auf unsere Prioritätenliste. Denn was Jaap sagt, ist richtig: Sobald wir den Ort kennen, wo er die Mädchen festgehalten hat, haben wir ihn. Das wird unsere oberste Priorität.«

Silvester nickt zustimmend.

Lot hebt die Hand. »Außerdem halte ich es für eine gute Idee, alle Verdächtigen, die bereits Sittlichkeitsverbrechen begangen haben, noch einmal durchzugehen. Ich bleibe dabei: Dieser Täter hat bestimmt keine weiße Weste.«

»Das ist schon erledigt«, wirft Leo plötzlich ein, »deswegen erscheint es mir wenig sinnvoll.«

Lot zuckt mit den Schultern. »Vielleicht haben wir etwas übersehen. Schließlich sind wir auch nur Menschen.«

»Übernimmst du das dann selber, du eifriges Frauchen?«, seufzt er. »Schließlich ist es deine eigene Arbeitsbeschaffungsmaßnahme.«

Sie schaut von Jaap zu Leo. Zum ersten Mal seit Tagen behandelt er sie wieder herablassend; vielleicht hat ihn ja Jans Kritik bestärkt? Sie versucht, Leo in die Augen zu schauen, aber er weicht ihrem Blick absichtlich aus. Da beschließt sie, die Sache auf sich beruhen zu lassen – er ist ganz einfach auf der Suche nach einem Sündenbock, weil er sein griesgrämiges Gesicht in die Kamera wird halten müssen.

»Aber gern doch«, entgegnet sie freundlich, »gegen ein bisschen Arbeit habe ich nichts.«

»Ich empfinde diesen Ton unter Kollegen als unangemessen«, erklärt Silvester, und zwar in Leos Richtung. »Lots Beitrag ist für die Ermittlungen sehr wertvoll. Das brauche ich dir doch wohl nicht zu erklären?«

Jetzt färbt sich Leos aufgedunsenes Gesicht rot. »Du hast recht. Entschuldige, Lot. Heute ist einfach nicht so mein Tag.«

»Schon vergessen.«

»Was sind übrigens die wichtigsten Ergebnisse der Haustürbefragungen?«, will Dick wissen.

In diesem Augenblick betritt Jan den Raum. Er hat seine Fassung wiedergefunden. »Leider hat niemand etwas gesehen«, erklärt er. »Alle waren natürlich drinnen, wegen des Sturms.«

»Diese Pferdehaare …« Jaap macht ein nachdenkliches Gesicht, während er das Wort auf den Flipchart schreibt. »Einfach merkwürdig.«

»Geklaut aus dem Reitstall Altena …«, fügt Lot hinzu.

Dick verschränkt die Arme vor der Brust. »Dieser Zacharias und dieser Bob arbeiten dort beide, oder?«

»Ja.«

»Vielleicht sollten wir uns auch den Rest der Mitarbeiter einmal genauer ansehen?«, regt Lot an.

»Ja!«, stimmt ihr Jan zu. »Das halte ich für eine gute Idee.«

»Wer arbeitet dort?«, spricht sie weiter. »Wer hat in der Vergangenheit dort gearbeitet? Wer hat seine Pferde dort untergebracht? Es wäre großartig, wenn wir alle, die mit diesem Reitstall zu tun haben, auf eine Liste kriegen könnten.«

»Und dann legen wir dein Profil als Filter auf die Liste«, fügt Jaap hinzu. »Und sehen, was dabei herauskommt.«

»Außerdem will ich die Zeichnungen im Tagebuch noch einmal untersuchen. Ich weiß«, fügt Lot hinzu, als sie Jaaps erschrockenes Gesicht sieht, »das haben wir schon ausführlich getan, immer und immer wieder, aber ich habe das Gefühl, dass wir dabei etwas übersehen.«

»Kommt auf die Liste«, erklärt Dick, »aber nicht als oberste Priorität. Wir konzentrieren uns auf den Aufbewahrungsort und die genaue Untersuchung des Reitstalls. Und wir beteiligen die Öffentlichkeit an der Untersuchung, deswegen müssen wir auch Kapazitäten freimachen, um die Meldungen, die nach der Sendung hereinkommen werden, genauer untersuchen zu können.«

»Gut«, meint Silvester und schaut auf seine Armbanduhr, »hätten wir dann alles?«

»Wegen des Interviews heute Abend«, fragt Leo. »Was, äh, was soll ich denn da sagen?«

Diese Unsicherheit, denkt Lot. So merkwürdig.

»Lot«, wendet sich Dick an sie, »du erstellst eine öffentliche Version deines Täterprofils. Wir fragen die Leute aus der Gegend, ob sie jemanden kennen, auf den einer oder mehrere Aspekte des Profils zutreffen. Und, Leo, bei allem anderen bleibst du ganz vage. Inhaltlich darfst du auf nichts eingehen, aber du kannst zum Beispiel erzählen, dass wir mit allen verfügbaren

Kräften an dem Fall dran sind. Erklär den Leuten, dass wir eine Profilerin im Einsatz haben und dass ich mich ganz persönlich um den Fall kümmere. Sonst nichts, kein Wort über Inhaltliches. Ich will nicht noch mehr Täterwissen im Umlauf haben, als das jetzt schon der Fall ist.«

»Lisannes Eltern werden sicher diesen Zacharias ins Spiel bringen«, meint Leo. »Wie soll ich darauf reagieren?«

»Indem du sagst, dass du es sehr gut begreifst und auch schätzt, wenn die Eltern aktiv mitdenken, dass es aber nicht im Sinne der Untersuchung wäre, wenn du auf Namen eingehst.«

»Sie werden dich für einen absoluten Langweiler halten«, ergänzt Jaap lachend, »für den Mann aus Twente, der nichts zu sagen hatte.«

Ein unpassenderer Kommentar hätte Jaap gar nicht einfallen können. Leo murmelt ärgerlich vor sich hin, als er aufsteht und das Zimmer verlässt. Er lässt einen schweigenden Versammlungsraum hinter sich zurück.

# 51

Sie ist schwerer, als er erwartet hat. »Eins, zwei, drei, hopp.«

Auf halbem Weg, irgendwo zwischen dem Bett und dem Stuhl, lässt er sie beinahe fallen. Er hält die Luft an. Beißt die Zähne zusammen. Mit einem kräftigen Schubs gelingt es ihm, sie in den Stuhl zu bekommen.

Ihr Körper fühlt sich steif an. Sie ist grau. Sie stinkt.

Kurz hält er beide Hände vor sie, falls sie noch einmal vornüberfällt, aber er hat Glück: Sie bleibt stocksteif auf dem Stuhl sitzen. Der Form halber schiebt er den frischen Kaffee auf ihre Seite des Schlafzimmertisches, wo sie in seiner Kindheit so oft gesessen und gezeichnet hat.

Er geht zum Fenster, von wo man die weit ausgestreckten Weiden sieht und auf der linken Seite auch ein Stück von der Dinkel erspähen kann. In der Ferne stehen Bäume. Er kippt das Fenster, vielleicht riecht es dann etwas besser, aber nicht zu weit. Mutter mag es nicht, wenn es zieht. Und die Mücken, ehe man es sich versieht, sind die Biester überall.

»Ich habe heute frei«, erzählt er. »Der Chef ist im Urlaub, und Unterricht gibt es auch keinen. Also kommen sie mit weniger Leuten aus.«

Er setzt sich auf den Stuhl neben sie und trinkt von seinem Kaffee. »Lecker.« Noch einen Schluck. »Eigentlich bin ich ganz froh, dass ich mal frei habe. Dann können wir auch ein wenig mehr Zeit miteinander verbringen.«

Er schaut ihr ins graue Gesicht. Das Make-up hat sich irgendwie verflüchtigt. Er fragt sich, ob er seine Mutter jemals so bleich gesehen hat. »Soll ich dir mal die Schminke auffrischen?«

Er ist schon wieder auf den Beinen und geht zögernd zu ihrem Frisiertisch. Dort starrt er auf ihre Sammlung von Kosmetikartikeln, vom Parfum bis hin zum Lidschatten, vom Lippenstift bis hin zum Nagellack. So viel davon, dass ihm ganz schwindlig wird. Woher soll er denn wissen, was sie immer benutzt?

Er nimmt sich ein Fläschchen Parfum und versprüht ein wenig davon. Vielleicht überdeckt das den schlimmen Geruch hier im Zimmer etwas.

Dann greift er sich irgendeinen Tiegel, schraubt den Deckel ab und riecht an der hellbraunen Creme. Nein, die gefällt ihm nicht. Außerdem hat er keine Ahnung, wofür man sie benutzt.

Dann eben eine Dose mit Lidschatten. Er klappt den Deckel auf und schaut sich den Inhalt an. Sechs Fächer mit immer heller werdendem Blau. Von Dunkelblau bis zu Hellblau, fast Weiß. Damit kann er schon mehr anfangen.

Als er wieder neben Mutter steht, wischt er vorsichtig mit dem Pinsel über das Blau, das am besten zu dem passt, was sie immer trägt. Und dann, am Anfang noch etwas ungeschickt, fährt er ihr mit dem Pinsel über die Augenlider. Ihr Blick ist leer, ein bisschen wie bei dem Begräbnis von seiner Schwester, aber jetzt sogar noch weniger zugänglich. Ein erster Streifen Blau. Der Puder verbraucht sich ganz schön schnell; er fährt noch einmal über das Blau in der Schachtel, drückt aber jetzt etwas fester zu, sodass ein paar Krümel entstehen. Noch mal über Mutters Augenlider. Ja, so geht es besser, das sieht schön aus. Jetzt noch das andere Auge.

Dann macht er ein paar Schritte zurück und begutachtet das Ergebnis. Wunderbar, auch wenn das Eigenlob ist. Einfach wunderbar.

Dann schaut er auf ihre Fingernägel, die mit einem hellrosa glänzenden Lack bestrichen sind. Kurz zieht er die Nase hoch. Ganz so schön sieht das auch nicht mehr aus.

Er verspürt ein Kribbeln im Bauch, als er wieder vor dem Frisiertisch steht und Mutters große Nagellacksammlung bewundert. Es gibt Fläschchen in allen Farben, manchmal sogar mehrere in verschiedenen Schattierungen derselben Farbe, genau wie beim Lidschatten. Sein Blick wandert zu den Fläschchen mit Rot. Hellrot, Knallrot, Bordeauxrot. Alle etwas ganz Besonderes, alle sehr, sehr schön. Er entscheidet sich für das Fläschchen mit der Aufschrift »*Bloody Red*«. Das klingt richtig gut.

Er nimmt die kalte, steife Hand seiner Mutter und legt sie auf den Tisch. Ihre Finger sind ein wenig gekrümmt, einfach wird das Auftragen also nicht. Aber dadurch lässt er sich nicht abschrecken. Er weiß ganz bestimmt, dass ihr das Ergebnis gefallen wird, wenn sie es sieht.

Rasch wirft er ihr einen Blick zu. Er wundert sich immer noch darüber, dass sie ihn noch nicht angeschaut hat. Dass sie so gar nichts sagt. Er holt tief Luft. Aber ruhig ist es.

Herrlich ruhig.

Der Gestank steigt ihm wieder in die Nase, trotz des Parfums, das er so großzügig im Zimmer versprüht hat. Er räuspert sich kurz. Daran wird er sich schon gewöhnen.

Er schraubt den Deckel vom Fläschchen und taucht den Pinsel tief in den Lack. Erst lässt er einen großen Tropfen auf den Nagel ihres kleinen Fingers fallen. Vorsichtig fährt er über die ganze Fläche und bedeckt das Hellrosa, bis nichts mehr davon zu sehen ist. »So«, murmelt er, »jetzt sieht es viel schöner aus.«

Der nächste Finger. Und dann der nächste und der nächste. Er macht ihre ganze Hand schön und danach auch noch die andere. Damit alles etwas schneller trocknet, bläst er warme Atemwolken auf ihre Finger. Ja, denkt er. So sieht es schön aus.

Liebevoll streichelt er Mutter über die prächtigen Locken. Normalerweise würde sie das nicht erlauben, aber jetzt darf er das. Ihm kommt es so vor, als würde mehr Luft durch seine Lungen strömen, als würde er sich freier fühlen. Die Ruhe, diese allumfassende Ruhe, die er jetzt verspürt, hätte er gern immer.

Nur wegen des Gestanks muss er sich noch etwas einfallen lassen. Bereits mit einer Idee im Kopf hastet er zur Toilette im Erdgeschoss hinunter. Da war doch, da gab es doch … Ja! Na also, sagt er in Gedanken zu sich selbst, na also, genau danach habe ich gesucht.

Mit der Dose Lavendelspray, extra stark gegen schlechte Gerüche, läuft er zurück zu Mutters Zimmer. Erst muss sie aber zurück ins Bett, denn wenn er gleich weggeht und sie schlafen will, ist es einfach praktisch, wenn sie schon da liegt.

Die Zähne zusammenbeißen, die Luft anhalten und hopp, ohne Mühe hebt er sie vom Stuhl hoch, indem er seine Arme unter ihre Achseln klemmt. Mit zwei Schritten ist er am Bett und lässt sie zurück auf die Matratze fallen. Jetzt muss er noch ein bisschen schieben. Ihr das Haar wieder ordentlich aus den Augen streichen, damit man den Lidschatten gut sieht. Na also, da liegt sie wieder.

Dann nimmt er den Lavendelspray und drückt auf den Knopf. Langsam geht er durch das ganze Zimmer, während er den Duft in die Luft sprüht. Es riecht schon viel frischer. Sehr gut. Er hat alles im Griff. Er drückt weiter auf den Knopf, bis er die Tür erreicht hat, und dann stellt er den Spray an die Wand. Tür zu. Wenn er heute Abend zurückkommt, ist es sicher schon besser.

# 52

Aus der Teetasse steigt noch Dampf empor, als Hieke sie Lot reicht. Die alte Frau lässt sich neben sie auf das ockergelbe Sofa fallen, auf dem viele weiße Kissen mit gehäkelten Rüschen liegen. Lots Beine, die sie an den Körper gezogen hat, fühlen sich warm an, weil sie unter einer Decke stecken, die Hieke irgendwann einmal für das Bett ihres jüngsten Sohnes gemacht hat. Der Fernseher läuft, ist aber auf leise gestellt. Nach der Reklame beginnt die Talkshow, in der Leo zusammen mit den Eltern und der Schwester von Lisanne seinen Auftritt hat. Der Gedanke daran hat ihn nervös gemacht, das konnte Lot erkennen. Er fühlte sich überhaupt nicht wohl damit.

Sie hofft nur, dass er diese Gefühle inzwischen hat abschütteln können.

Hieke hält ihr eine Schale mit Keksen hin. »Möchtest du einen? Sie sind sehr lecker.«

Normalerweise wäre ihre Gastgeberin längst im Bett, aber als sie gehört hat, dass Lot die Sendung heute Abend gern auf ihrem Fernseher sehen würde, hat sie sich dafür entschieden mitzuschauen, der Gemütlichkeit wegen. Lot nimmt sich einen Keks, weil sie der netten Geste nicht widerstehen kann. »Dankeschön.«

Als sie hineinbeißt, muss sie an das Gebäck denken, das ihre Kollegen in Stockholm so oft gegessen haben. Die waren ganz versessen auf Süßes. Sogar Lot als Gesundheitsfanatikerin musste ab und zu mitmachen, denn sie wollte nicht immer Nein sagen.

Kekse, Stockholm, Magnus. Jetzt ist sie in Gedanken doch wieder bei ihm gelandet. Sie denkt an seine Stimme, seine Berührungen. An seinen Geruch, seine Lippen, die sie küssen. Sie muss dieses Gefühl des Vermissens herunterschlucken. Manchmal muss man das einfach.

Hieke stellt die Schale wieder auf den Tisch und legt Lot mit einer mütterlichen Geste eine Hand aufs Knie. »Hast du noch mal was von ihm gehört?«, fragt sie.

Lot schaut zu ihr hoch.

»Von Magnus«, sagt Hieke mit einem Nicken. »Ich kann doch sehen, dass du gerade an ihn denkst.«

»Woran kannst du das denn sehen?«

»Ach, Mädchen«, antwortet Hieke seufzend. »Eine Frau mit Liebeskummer. Der braucht man nur in die Augen zu schauen, und man weiß sofort, was sie durchmacht. Meinst du denn, ich wäre immer eine alte Jungfer gewesen? Ich hoffe nicht. Ich war auch mal jung, und in der Liebe habe ich so einiges erlebt«, erklärt sie grinsend.

»Hattest du denn auch einen Magnus?«, fragt Lot mit einem Augenzwinkern.

»Oh ja«, sagt Hieke, »natürlich hatte ich einen Magnus.«

»Darüber würde ich gern mehr hören.«

»Ich erzähle es dir irgendwann«, verspricht Hieke mit einem Lächeln, »dann hole ich die Fotos aus der Schachtel und erzähle dir meine Geschichte.«

»Schön.«

Jetzt wird Hieke plötzlich ernst, kneift Lot sanft ins Knie und sagt: »Lot, ich kann dir nur das Eine sagen: Tu dir selbst einen Gefallen und vergiss diesen Mann. Daraus wird nichts. Du verlierst kostbare Jahre deines Lebens, wenn du dich noch länger an die Illusion klammerst, dass es zwischen euch funktionieren könnte.«

»Eine Illusion …«

»Entschuldige, Mädchen, das sollte nicht grob klingen.«

Die Teetasse wärmt Lot die Hände und den Unterleib, an den sie sie drückt. Obwohl sie keine Lust hat, ihre Gedanken in diese Richtung zu lenken, weiß sie tief drinnen sehr wohl, dass Hieke recht hat. Die Situation ist einfach unhaltbar. Mit dem Verstand weiß sie auch sehr gut, dass es für sie und Magnus keine Zukunft gibt. Aber ihr Herz träumt unbeeindruckt weiter und stellt sich ein prächtiges Leben vor, voller Liebe, am See. Jeden Tag zusammen schwimmen, jeden Abend stundenlang auf der Veranda sitzen und miteinander reden. Guten Sex. Leckeres Essen.

Das Leben. Sie würde es gern mit Magnus verbringen.

»Du hast jemanden verdient, der ab und zu etwas von sich hören lässt. Der für dich da ist. Du lebst jetzt, liebes Mädchen. Plötzlich ist alles vorbei, weißt du, und dann sitzt du da, so wie ich.«

»Und was wäre daran so schlimm?«, fragt Lot mit einem Augenzwinkern. Sie rutscht ein bisschen auf dem Sofa hin und her. »Hier sitzt es sich doch sehr angenehm.«

»Du weißt schon, was ich sagen will. Es gibt genug gute Männer für dich. Du musst nur die Augen aufmachen.«

»Damit meinst du sicher Jaap?«

Die alte Frau macht eine amüsierte Geste. »Wenn das der Erste ist, der dir dazu einfällt …«

»Jetzt hör mal«, protestiert Lot, »das liegt ganz allein daran, dass du ständig solche Anspielungen wegen ihm machst!«

»Aber vielleicht bedeutet das ja etwas«, lässt sich Hieke nicht beirren, »vielleicht solltet ihr mal miteinander ausgehen.«

Noch bevor Lot darauf reagieren kann, stellt die alte Frau den Fernseher lauter. »So ein Zufall aber auch«, sagt sie grinsend, »gerade jetzt geht deine Talkshow los. Jetzt musst du ganz still sein. Sonst kann ich nicht hören, was die Leute sagen.«

Lot muss lachen, wird aber schnell abgelenkt, als sie sieht, dass

Leos angespanntes Gesicht auf dem Bildschirm erscheint. Sie haben ihn in die Maske geschickt, deswegen sieht er anders aus als sonst, aber sein Blick ist nervös. Neben ihm Lisannes Eltern und Lisannes Schwester Stefanie. Den Eltern sitzt ein Journalist gegenüber, der immer im Fernsehen auftritt, wenn es um solche Themen geht. Der Mann hat früher einmal bei der Polizei gearbeitet, was ihm anscheinend die Autorität verleiht, seine Meinung kundzutun, obwohl er es Gerüchten zufolge nie weiter als bis zum Streifenpolizisten gebracht hat.

Der Moderator präsentiert eine Einleitung. Er fasst die Themen des Abends zusammen. Die Band spielt ein Stück von einem Lied, und dann richtet die Kamera ihr Auge auf die Eltern. Die Mutter kommt als Erste zu Wort, der Vater sitzt – ähnlich, wie Lot das von ihm kennt – mit verschränkten Armen da und nickt.

Die Mutter erzählt, wie sie das tägliche Leben meistern. Wie groß ihre Trauer ist.

»Diesen Exfreund von ihr«, sagt der Vater plötzlich, wie aus dem Nichts, »den müssen sie festnehmen. Zacharias heißt er.«

Der Journalist und frühere Polizist greift diese Bemerkung gierig auf und wendet sich an Leo.

»Lisannes Vater spricht von Zacharias V., einem ehemaligen Soldaten, der in seiner Vergangenheit nicht vor Gewaltanwendung zurückgeschreckt ist. Behandeln Sie diesen Mann in Ihren Ermittlungen denn auch tatsächlich als Verdächtigen?«

»Leider kann ich darauf nicht eingehen …«

»Ja«, sagt der Vater, »sie haben ihn schon ein paar Mal aus dem Bett geholt, aber er läuft immer noch frei herum. Es ist einfach unglaublich.«

»Stimmt das, Inspektor de Graaf?«

Leo schweigt. Die Kamera zeigt sein Gesicht jetzt in Nahaufnahme. Es sieht aus, als würde er mit den Zähnen knirschen.

Lot setzt sich gerade hin und stellt die Teetasse vor sich auf den Tisch. Unbewusst schlägt sie beide Hände vor den Mund, hält die Luft an und schaut auf den Bildschirm. »Nichts sagen«, flüstert sie, »nichts sagen.«

Leo schaut direkt in die Kamera und wendet dann erschrocken den Blick ab, weil ihm wahrscheinlich außerhalb des Bildes jemand durch Gesten verständlich macht, dass er das nicht tun soll. »Ja, ich kann dazu nichts …«

»Wir können doch aber auf alle Fälle festhalten, dass der Mann zum Kreis der Verdächtigen gehört, nicht wahr?«, fasst der Moderator noch einmal zusammen.

»Nun, hören Sie, ich finde den Kerl auch seltsam«, antwortet Leo, »aber das tut nichts zur Sache. Bei polizeilichen Ermittlungen geht es um Beweise, um stichhaltige Beweise. Und die haben wir nicht.«

Inhaltliches. Einfach so mit der Öffentlichkeit geteilt. Uns liegen keine Beweise gegen Zacharias vor. Leo, was tust du denn da?

»Aber Sie behandeln ihn doch als Verdächtigen.«

»Wir behandeln viele als Verdächtige. Ich meine …«

Leo wird bleich, schaut wieder direkt in die Kamera und besinnt sich plötzlich. Er schüttelt den Kopf. »Nein, ich hoffe, Sie verstehen, dass ich beim jetzigen Stand der Ermittlungen keine …«

»Dann noch etwas anderes, Inspektor de Graaf. Eine anonyme Quelle hat uns interessante Informationen zukommen lassen, nämlich, dass die Opfer eingetrocknet worden sind. Das bedeutet, dass man die Körper quasi mumifiziert …«

»Verdammt noch mal, wer hat Ihnen das verraten?«, poltert Leo los.

»Nein …«, flüstert Lot vom Sofa aus, »Vorsicht jetzt …«

»Sie bestätigen also diese Information?«

»Bestätigen?« Leo schüttelt verwirrt den Kopf. »Wissen Sie, ich hätte mich gar nicht auf diese Sache einlassen sollen. Was für ein Zirkus! So hatten wir das nicht abgesprochen.«

Er steht auf, verheddert sich in seinem Mikrofon, reißt sich das Ding von der Brust und verlässt die Runde. Das war's also. Der Moderator versucht, die Situation zu überspielen, und setzt dann das Gespräch fort, indem er dem Ehepaar eine Frage stellt. Lot hört schon nicht mehr hin. Sie schaltet den Fernseher aus. Und seufzt tief.

# 53

Die Pizzareste lässt er im Karton. Traurig schaut er zu Mutter hinüber. »Sie haben mich nicht eingeladen«, flüstert er. »Zum Sommerfest.«

Er spürt, wie ein Rülpser in seiner Kehle aufsteigt. Normalerweise findet sie das widerlich, aber jetzt kann sie ja nichts mehr dagegen sagen. Er rülpst laut und kräftig.

Dann trinkt er einen Schluck Bier, damit der eklige Geschmack weggeht.

»Ich dachte, sie finden mich nett, wenigstens ein bisschen«, fährt er fort, »aber ich bin immer noch allein. Niemand hat daran gedacht, mich zu fragen, ob ich mitkommen will. Niemand.«

Mutter sagt nichts. Natürlich sagt Mutter nichts.

Er weiß auch sehr gut, warum nicht.

Sie ist tot, aber er fühlt sich wohler, wenn er so tut, als wäre das nicht so.

Er seufzt tief. Tot. Genau wie seine kleine Schwester.

Er findet es so ungerecht, dass sie einfach so gestorben ist. Ohne etwas zu sagen, ohne ihn zu fragen, wie er das findet. Ohne es vorher anzukündigen. Was soll er denn jetzt machen? Jetzt ist er erst richtig allein. Jetzt gibt es wirklich niemanden mehr, der ihm sagt, was er tun soll. Was er tun darf und was nicht.

Sie hat ihn alleingelassen. Schon wieder.

Aber diesmal für immer.

Der Gestank, den sie verströmt, wird immer schlimmer. Für kurze Zeit riecht der Lavendel sehr angenehm, bleibt aber nie lange genug im Raum. Er sorgt sich, die Nachbarn könnten etwas riechen. Und dann kommen sie hier rein, dann kommen sie nachschauen. Polizei, Leute. Die Außenwelt. Wenn sie Mutter hier finden, werden sie sie ihm wegnehmen, das weiß er ganz genau. Was er dann tun wird, weiß er nicht so genau, aber verrückt wird er dann sicher. Ohne sie kann er nicht leben, aber das werden sie bestimmt nicht verstehen. Allein schon bei dem Gedanken daran muss er so heftig blinzeln, als hätte er mindestens zehn Motten im Auge. Er will, dass sie bei ihm bleibt, das will er so gern, dass er dafür alles tun würde.

Er hat schon darüber nachgedacht. Während der Arbeit und auf dem Weg nach Hause. Er hat an seine Schwester gedacht, die unter der Erde begraben liegt. Wenn sie unter der Erde ist, merkt man nichts von dem widerlichen Geruch. Das ist also sein Plan.

Ganz ruhig geht er nach unten, in den dunklen Garten. Eine Schaufel liegt schon bereit, die hat er dem Nachbarn gestohlen. Bei ihm zu Hause gibt es nur so kleine für den Kräutergarten, aber die reichen nicht. Er muss schließlich ein ganz schön tiefes Loch in den Boden graben. Hoffentlich kommt der Mann nicht dahinter, dass seine Schaufel weg ist.

Er schaut sich kurz um und wählt dann einen schönen Platz aus, ganz dicht bei der Tür, nicht weit vom Haus entfernt. Ganz fest hält er die Schaufel. Und zack, versenkt er das Metallteil im Gras. Er muss die Schaufel ein bisschen hin und her bewegen, und zack, holt er eine große Menge Erde heraus. Etwas überkommt ihn, ein Drang, deswegen muss er schneller voranmachen. Dann hat er es wenigstens hinter sich, hat es geschafft, ist fertig, wenn es ja sowieso sein muss.

Er buddelt und buddelt im Dunkeln, wie ein Verrückter. Niemand kann ihn sehen, dafür hat er gesorgt. Sonst nehmen sie ihm Mutter wirklich noch weg, und das wäre unerträglich.

Kurze Zeit später, nachdem er so geschwitzt hat, dass seine Haut sich ganz glitschig anfühlt, steht er vor einem Grab von ungefähr einem Meter Tiefe – das entspricht den Normen, das hat er nachgeschaut. Normalerweise muss es einen Abstand von fünfundsechzig Zentimetern zwischen dem Sarg und der Erdoberfläche geben. Aber weil er keinen Sarg für Mutter hat, wird das hier schon einigermaßen reichen. Er steckt die Schaufel in den Erdhaufen neben dem Grab und schlurft müde nach drinnen. Erst noch ein Bier.

Mit der Dose in der Hand geht er nach oben. Er hinterlässt eine Erdspur hinter sich, aber das ist egal, denn außer ihm sieht das niemand. In einem Zug trinkt er das Bier aus und holt ein weißes Laken aus Mutters Kleiderschrank. Mit seinen schmutzigen Fingern fährt er kurz über den Stoff. Ja, eine gute Wahl. Die Dose zerdrückt er in der Hand. Dann wirft er sie weg.

Als Nächstes breitet er das Laken neben Mutter auf dem Bett aus. Ein bisschen Schubsen, ein bisschen Rollen, und sie liegt darauf, mit dem Gesicht nach unten. Den Rest des Stoffs schlägt er um sie. Und dann hebt er sie hoch, mit all seiner Kraft, und legt sich den Körper über die Schulter.

Einen Schritt nach dem anderen wankt er die Treppe hinunter. Er hat Angst zu fallen. Dann geht sie noch kaputt. Er ist so froh und zufrieden, dass er sie noch schön machen konnte, so kurz bevor er sie begräbt. Er hat den Lidschatten aufgefrischt und den Nagellack. So kann sie guten Gewissens in den Himmel.

Da ist das Grab. Und hier steht er also, mit seiner Mutter in einem Laken, über seiner Schulter. Was soll er jetzt machen, fragt er sich. Wie erledigt man so etwas ordentlich? Langsam schüttelt er den Kopf, er hat keine Ahnung.

Es gibt nur eins. Indem er ihr beide Hände unter die Achseln schiebt, erlöst er seine Schultern von Mutters Gewicht und wirft sie in das Loch. Sie landet mit einem dumpfen Aufprall. Kurz schaut er nach, ob sie da auch gut liegt, aber eigentlich kann er nicht so viel erkennen. Es ist dunkel, und sie ist eingewickelt.

Um ihn herum ist es still. Die Stille der Nacht. Die Stille des Todes.

Und jetzt wieder die Schaufel. Erde drüber, ganz viel Erde drüber. Dann ist er fertig und kann noch ein Bier trinken. Und er kann zu seiner Schwester, um ihr zu erzählen, dass Mutter tot ist.

# 54

Er schreckt aus dem Schlaf hoch, ohne zu wissen, was ihn aufgeweckt hat. Sein Rücken fühlt sich steif an von der frischen Sommernacht. Seine Jacke hat er vergessen, ihm war so warm, als er mit dem Bus von zu Hause losgefahren ist. Erst mal richtig hinsetzen. Auf den Lippen kann er den eingetrockneten Schweiß schmecken. Und im Mund hat er Erde.

Zum tausendsten Mal liest er den Namen auf dem Grabstein seiner Schwester. Den Namen des Mädchens, das er nie kennenlernen durfte. »Mutter ist auch tot«, jammert er, »jetzt bin ich ganz allein.«

Er schluchzt ein bisschen vor sich hin, beruhigt sich aber bald. Es macht ihn ganz ruhig, hier zu sein, nur tote Menschen unter ihm in der Erde, und über ihm die sichere dunkle Nacht. Aus der Ferne erklingt Musik, dröhnende Bässe, außerdem hört man Gemurmel. Auf der anderen Seite des Waldes wird das Sommerfest gefeiert, ein Fest, an dem er nicht teilnimmt. Es wird getrunken, aber er trinkt nicht mit. Es wird gelacht, aber er lacht nicht mit.

Während er so vor sich hinstarrt, versucht er sich vorzustellen, wie es sein wird, allein weiterzuleben. Ohne Mutter und ohne seine Schwester – kurz schaut er zum Grab hin. Wenn seine Schwester nicht gestorben wäre, hätte er zumindest noch jemanden. Jetzt hat er niemanden mehr. Und wenn er Mutter glauben darf, wird er auch nie eine Freundin finden. Er ist ein Verlierer. Niemand wird ihn jemals haben wollen.

Das ist ein einsames Leben.

Plötzlich fährt er hoch, von einem Geräusch, das ihn an Mutters Schluchzen erinnert, wenn sie wieder mal einen Anfall hatte.

Verwirrt dreht er den Kopf von links nach rechts und sucht die Umgebung ab; fast rechnet er damit, den Geist seiner Mutter zu sehen. Er denkt an den Garten zurück, an sein wildes Schaufeln. Er sieht sie wieder vor sich, seine Mutter, in das Laken gewickelt, und die Erde, mit der er sie zugedeckt hat. Es ist unmöglich. Ganz unmöglich, dass Mutter auch hier ist.

Oder?

Am Waldrand bewegt sich plötzlich etwas. Ein Tier, ein Mensch? Weiße Haut, blonde Haare. Es ist eine Frau, eine kleine Frau. Ein junges Mädchen. Sie weint und sucht nach Hilfe, nach einem Orientierungspunkt.

Sie hat sich verirrt. Sie hat sich ganz eindeutig verlaufen und kann im Dunkel der Nacht nicht einmal die eigene Hand vor Augen sehen. Er schon. Er ist das Dunkel gewohnt, er lebt am liebsten im Dunkeln.

Gespannt bleibt er auf dem Grab seiner Schwester sitzen. Ein Mädchen, ein echtes Mädchen, einfach so, so nahe bei ihm. Er schaut zu, was sie macht, ohne sich zu bewegen; sie läuft erst auf die eine Seite, dann wieder schluchzend auf die andere. Vielleicht sucht sie ja nach dem Weg. Nach einem Ausweg.

So viel kann er erkennen.

Langsam steht er auf. Er hat sich einsam gefühlt, aber das schreckliche Gefühl ebbt jetzt langsam ab, weil er jetzt weiß, dass er nicht mehr allein ist. Hier ist noch jemand. Ein Mädchen. Sie irrt umher und sucht nach etwas. Nach ihm?

Die Luft fließt durch seine Lungen. Hier, denkt er, hier bin ich.

Mutter hat ihm oft genug gesagt, dass er nie ein Mädchen finden wird. Vielleicht, nur vielleicht, ist jetzt seine Chance gekommen, ihr zu beweisen, dass sie unrecht hatte. Dass es doch ein Mädchen gibt, das bei ihm bleiben will.

Er läuft los, über die Gräber, über die Erdbrocken, erst langsam, dann immer schneller. Das Mädchen irrt noch immer umher, am

Waldrand entlang, vielleicht auf dem Weg zur Bushaltestelle. Er wird ihr helfen. Sie muss so weinen, immerzu schluchzen. Er wird ihr helfen, zur Ruhe zu kommen.

Im Zickzack rennt er zur Hecke des Friedhofs, und hopp, mit einem Sprung steht er auf dem gleichen Pfad wie sie. Sie hat nichts gemerkt, sie weiß nicht, dass er hier ist. Er kann sie immer noch überraschen.

Im Laufen sieht er einen runden Stein am Wegrand liegen. Er bückt sich und hebt ihn auf; der Stein ist nicht schwer, man kann ihn mit einer Hand hochheben. Dann schleicht er weiter, hinter ihr her. Ganz leise, sodass sie ihn nicht hören kann. Sie achtet auf den Weg, ist auf die Bushaltestelle dicht beim Friedhof fixiert. Darum läuft sie jetzt ein wenig ruhiger als vorher. Wovor hat sie sich nur so sehr gefürchtet? Wovor ist sie weggelaufen? Alles egal, er wird sie trösten, er wird lieb zu ihr sein, zu seiner Freundin, zu seinem Geschenk.

Weiter vorne auf der Straße rast ein Auto vorbei. Sie hebt die Hand und winkt, springt hoch und ruft etwas, das er nicht versteht. Aber das Auto fährt einfach weiter, hält nicht an, vermindert nicht einmal die Fahrt. »Wir laufen hier im Stockdunkeln«, flüstert er, »dummes Mädchen. Niemand sieht dich, nur ich.« Jetzt muss er sich ein bisschen beeilen, damit er sie noch rechtzeitig einholt. Hier kann er sie sich gut greifen. Näher an der Straße wird es schwieriger, weil da der Fahrradweg ist und weil Autos vorbeikommen können. Sie dürfen nicht gestört werden. Sie darf ihm nicht weggenommen werden, von irgendjemandem, von den Menschen, bevor er sie genießen konnte.

Ihr Parfum riecht sehr stark, und deswegen kribbelt es bei ihm in der Hose. Er spürt, wie sein Geschlechtsteil erwacht, wie es immer härter wird. So hart war es noch nie. Oh, er hat so lange auf sie gewartet. Auf eine Freundin, eine richtige Freundin, wie in seinen Träumen. Sie kam einfach so aus dem Wald gelaufen, ganz speziell für ihn. Sie muss gespürt haben, dass er da allein saß. Traurig war. Dass er Trost brauchte. Wie schön, da ist sie. Sein Mädchen, seine Freundin. Sie können einander trösten, einander ruhig werden lassen. Endlich.

Noch ein paar Meter. Sie wirft einen Blick über die Schulter, er ist nicht leise genug. Zum Glück schaut sie in die falsche Richtung, und so kann er sich gerade noch in einer Ecke verstecken, wo sie ihn nicht sehen kann. Er muss aufpassen, sonst misslingt seine Überraschung.

Er holt tief Luft, blinzelt noch ein paar Mal absichtlich, um die Motte zu verjagen, und rennt dann noch schneller. Eins, zwei, drei, vier Schritte, und er ist dicht hinter ihr, hebt den Arm mit dem Stein in der Hand.

Bumm! Direkt auf ihren Hinterkopf. Voller Erstaunen sieht er, dass sie ohne einen Laut in sich zusammensackt. Er geht in die Knie, ganz schnell, fängt sie gerade noch auf. Sie schmiegt sich ohne Widerstand in seine Arme.

»Komm nur«, flüstert er mit einem zärtlichen Lächeln, »komm nur, mein schönes Mädchen.«

Er schleppt sie ein Stück in den Wald hinein, weg von der Straße. Und dann umschließt er ihren Hals mit beiden Händen. Nur zu. Es wird von selbst ruhig. Es wird von selbst still.

Diese wunderbare Stille.

# 55

Lot liegt auf dem Bauch im Bett, das Tagebuch auf dem Kissen neben sich. Sie muss lächeln. Leo würde wahnsinnig werden, wenn er sie hier sehen könnte, mit Beweismaterial. Sie weiß, dass sie einen schwerwiegenden Regelverstoß begeht, aber sie will ihr Gehirn zwingen, etwas zu erreichen. Regeln sind gut, aber manchmal ist es besser, sich hinterher zu entschuldigen, als vorher um Erlaubnis zu fragen. Das hat sie von Magnus gelernt, der immer seinen eigenen Weg gegangen ist. Sie spürt einfach, dass sich die Antwort zwischen diesen Seiten verbirgt. Hier ist die Fantasie des Täters. Hiermit kommt sie weiter.

Dann holt Lot die Karte hervor, die sie heute Nachmittag zusammen mit ihren Kollegen gemacht hat. Beide Mädchen wurden in demselben Gebiet überwältigt. In der Umgebung der Bushaltestelle am Friedhof.

Lot hat Gänsehaut auf den Armen. Wie kann man sich nur spätabends an diesem Ort aufhalten? Lot ist sicher nicht in der Lage, das neutral zu beurteilen, aber es scheint ihr, als würde man die Gefahr richtiggehend herausfordern, indem man dort herumläuft. Kurz verspürt sie den Drang, selber dorthin zu gehen, um es nachvollziehen zu können. Einfach eine Weile dort sitzen, im Dunkeln. Aber warum sollte sie das tun? Um den Täter anzulocken?

Wieder überläuft sie eine Gänsehaut. Das hätte ihr gerade noch gefehlt.

Leos Gesicht im Fernsehen. Der Mann steht wirklich neben sich, völlig neben sich. Sein wirres Gerede, die inhaltliche Information, die er einfach so preisgegeben hat – die Medien sind voll davon. Alle regen sich darüber auf, hat sie gesehen, als sie vor dem Duschen noch kurz auf ihr Smartphone geschaut hat. Facebook, Twitter, Nachrichtenseiten: Leos Gesicht prangt überall. Und genauso die Schlagzeile, vor der sich Lot schon gefürchtet hat.

»Zacharias V. Verdächtiger im Sommermädchen-Fall«

Es sieht sehr danach aus, als befände sich Leo in einer Abwärtsspirale. Schon ganz am Anfang, als Lot ihn kennenlernte, war ihr aufgefallen, dass er nicht zu den Leuten gehört, die gut für sich selbst sorgen – vom Färben seiner grauen Haare einmal abgesehen –, aber das alles wird immer schlimmer. Seine Augen werden immer müder, seine Haut wird immer grauer, seine Haltung immer lascher. Sein Bauch scheint außerdem alles zu hamstern, was er zu sich nimmt; er wird immer dicker. Und seine Kondition verschlechtert sich auch täglich.

Und jetzt diese Katastrophe. Lot verspürt Mitleid mit ihm, wenn sie daran denkt, was morgen auf der Polizeistation passieren wird. Dick und Silvester werden alles andere als erfreut sein. Außerdem hat die Öffentlichkeit gar nichts von Lots Profil erfahren, und man hat die Leute auch nicht um Hilfe gebeten. Auf diese Weise geht kostbare Zeit verloren. Vielleicht sollte sie morgen die Redaktion von *Helfen Sie mit* kontaktieren, um zu fragen, ob das Profil noch diese Woche ins Programm aufgenommen werden kann.

Sie öffnet das Tagebuch. Es gibt noch so viele Seiten, die sie nicht gründlich hat studieren können, weil es einfach zu viele sind. Einige Zeichnungen kennt sie inzwischen auswendig, könnte sie im Notfall eins zu eins nachzeichnen, andere hingegen überraschen sie jedes Mal wieder.

Die Seiten gleiten ihr durch die Finger. Von vorne nach hinten und wieder zurück. Sie hofft auf eine Eingebung, diese Seiten müssen ihr doch etwas erzählen. Magnus' Ratschläge schwirren ihr durch den Kopf.

Seine Bücherregaltheorie. Sein Fokus auf das auslösende Ereignis beim Täter. Das ist so spezifisch, so persönlich. Es kann sich in jedem Fall wieder um etwas anderes handeln.

Lots Blick fällt auf eine fast leere Seite, die sie sich schon vorher genau angesehen hat. Ganz oben steht nur ein einziges Wort.

»Lieve. Liebe.«

Furchtbar schade, dass er diesen Brief nie fertig geschrieben hat, denn so hätte Lot sehr viel über ihn erfahren können. An wen er wohl schreiben wollte? An seine Geliebte, seine Eltern?

Auf der Seite daneben wimmelt es wieder von Linien und Zeichnungen. Und ganz unten auf der Seite eine Miniaturversion des Mädchens, das er immer wieder abbildet. Dieses Mal ohne Haar. Es sieht fast aus wie ein Baby. Ein Baby in einem Bettchen. Oder nein, denkt Lot plötzlich, während sie sich aufsetzt, um das Bild ein bisschen besser sehen zu können. Es sieht eher aus wie ein Sarg.

Verdammt noch mal.

Wieder diese Gänsehaut. Eigentlich darf sie sich das Tagebuch gar nicht anschauen, so spätabends allein im Bett. Energisch klappt Lot das Buch zu. Dann legt sie es neben dem Bett auf den Boden. Mit offenen Augen starrt sie an die Decke. Sie liegt lange da und wartet darauf, dass der Schlaf sie übermannt.

# 56

Er saugt den überwältigenden Geruch von Ammoniak ein. Dabei muss er an seine Erste denken.

Kurz schaut er zu ihr hin. »Ja, auch du wirst schön bleiben«, flüstert er.

Er holt tief Luft. Dieser Geruch muss verschwinden. Er passt nicht zu einer normalen Freundin.

Aus einer Ecke holt er sich Schaufel und Besen. Mit zwei Schritten ist er zurück bei seiner Neuerwerbung – er zwinkert ihr zu –, und dann richtet er seine ganze Aufmerksamkeit wieder auf den Haufen Eingeweide. Die müssen weg, entsorgt werden. Sonst riechen die Nachbarn noch etwas.

Mit ein paar Besenstrichen hat er den schleimigen Schmutz zusammengekehrt. Rote Streifen zeichnen eine Spur auf dem grauen Zementboden. Er nimmt sich die Schaufel. Er krempelt einen ganz dicken Müllsack um und befördert dann die Masse auf die Schaufel. Die erste Ladung landet im Sack. Und bald darauf die nächste. Nach dem fünften Mal hat er es beinahe geschafft. Er knotet den Müllsack ein paar Mal gut zu.

Dann folgt das gründliche Saubermachen.

Er leert ganz heißes Wasser aus dem Wasserkocher in einen Eimer und setzt sofort neues auf. Dann schüttet er eine ganze Flasche Chlorreiniger in den Eimer. So, denkt er, das muss doch reichen.

Nach einer Stunde Schrubben hat sich der Boden in eine dunkelgraue Fläche aus durchweichtem Beton verwandelt. Der wird eine Zeit lang trocknen müssen, denkt er bei sich. Das kann er jetzt nicht mehr ändern. Wie jeden Tag kontrolliert er, ob das kleine Fenster noch offen steht und das Drahtnetz gut hält. Ventilation ist sehr wichtig, wenn sie schön bleiben soll.

Alles ist wieder sauber, er setzt sich kurz auf den Klappstuhl in der Ecke des Raumes, um das Resultat in Ruhe zu begutachten. O Gott, wie schön sie ist. Wie still und ruhig sie da hängt. Von innen und von außen schön und sauber. Bildschön.

Er streichelt ihr die Brüste und schiebt vorsichtig einen Finger in sie hinein. Er bewegt ihn mit einem vorsichtigen Lächeln hin und her. Kurz schaut er ihr ins Gesicht. Sie lacht ihn nicht aus, schlägt nicht nach ihm. Nein, sie mag es, sie lässt ihn gewähren.

Seine Finger finden schon bald den Weg nach unten. Mit einer raschen Bewegung öffnet er den Reißverschluss seiner Hose und holt sein hartes Geschlechtsteil hervor. Jetzt ist der Moment gekommen, dafür hat er das alles getan.

Schon nach wenigen Sekunden verspürt er eine große Erleichterung. Zufrieden starrt er sie an und lächelt dabei schief. »Also gut«, sagt er, »für ein Glas Likör reicht die Zeit noch, aber dann muss ich wirklich zur Arbeit, meine Schöne. Bis heute Abend.«

# 57

Die Ställe tauchen vor ihm auf, die Pferde weiter vorn tanzen auf seiner Netzhaut wie bei einem Karussell. Kurz erwägt er, einfach weiterzufahren. Er hat zu viel getrunken. Es ist so schwierig zu wissen, wann es genug ist und er stoppen muss. Er braucht einen ganz bestimmten Pegel, aber wenn er den überschreitet, wird es ein bisschen unangenehm.

Der Chef wird ihm den Hals umdrehen.

Er setzt die Flasche an den Mund und trinkt einen letzten Schluck, bevor er aus dem Auto steigt. Eigentlich wollte er mit dem Alkohol die Gedanken an seine verlorenen Freundinnen wegspülen, aber sie spuken ihm immer noch im Kopf herum. Schatten von Mädchen wie sie, nur für ihn, allein mit ihm.

Er legt die Hand auf den Griff, öffnet die Tür, steigt aus. Einatmen. Und wieder ausatmen. Schritt für Schritt bewegt er sich auf die Ställe zu. Er versucht in einer geraden Linie zu gehen. Na ja, in einer geraden Wellenlinie. Aber er hält sich aufrecht.

Aus den Augenwinkeln glaubt er Henk zu erkennen, der auf ihn zugerannt kommt. Je länger der hier arbeitet, desto stärker ähnelt er einem Pferd. Er lächelt. Witzig, so hat er seinen Kollegen noch nie gesehen.

»Mensch«, begrüßt ihn Henk, »Mensch, wie siehst du denn aus, so geht das wirklich nicht. Du bist ja sturzbesoffen. Wenn Vater dich so sieht, schmeißt er dich raus, das weißt du.«

»Und du bist Henk.«

Er geht einfach weiter, in die Ställe. Er ist hier. Er ist am Leben. Er kann sehr gut arbeiten. Die Arbeit ist einfach.

»Nein, lass das lieber bleiben«, ruft Henk. »Geh zurück nach Hause, schlaf deinen Rausch aus oder was weiß ich, aber du kannst nicht hierbleiben. Er ist sowieso schon schlecht gelaunt heute.«

»Ach du, red doch nicht so blöd daher«, sagt er und greift nach dem Besen.

Daneben.

Er greift noch einmal nach dem Besen.

Daneben.

Und noch einmal.

Wieder daneben.

»Mensch, du bist wirklich völlig hinüber.«

Sobald Henk ihn berührt, sackt er in sich zusammen. »Fass mich nicht an«, jammert er, »Hände weg.«

»Ganz ruhig, Mann«, sagt Henk erschrocken, »ich will dir doch nur helfen.«

Er greift nach dem Besen. Zack, er hat ihn.

Der Triumph scheint ihm zu Kopf zu steigen, denn plötzlich ist ihm viel zu warm. Ein glühender Blutstrom kriecht unter seiner Haut nach oben, bis zu seinem Scheitel. Mit all seinem Gewicht stützt er sich auf den Besen. In seiner Vorstellung fegt er den Boden, aber in Wirklichkeit rührt er sich nicht von der Stelle. Er spürt, wie der Schweiß an ihm herunterläuft, überall. Er nimmt wahr, dass Henk irgendetwas sagt, aber er versteht ihn nicht wirklich. Das Einzige, was er hört, ist eine Art dumpfes Klatschen, wie von einer Waschmaschine, irgendwo ganz weit weg. Es ist, als würden diese Geräusche versuchen, aus seinem Inneren nach außen zu dringen. In seinem Magen fühlt sich alles an wie Schaum, und es dreht sich im Kreis und immer weiter im Kreis, genauso wie die Wäsche in der Maschine. Nur wenig Gefühl in den Beinen. Jemand hat Gewichte an seine Augenlider gehängt. Von irgendwoher ganz weit weg kann er immer noch diesen Henk hören. Zum Glück fasst der ihn nicht mehr an, das ist gut so. Sehr gut.

Nur immer schön auf dem Besenstiel abstützen, dann geht das alles schon vorbei. Gleich wird es besser. Er muss weiteratmen, wie immer. Und ganz still stehen, vor allem nicht bewegen.

Plötzlich hört er Henk wieder deutlicher. »Wonach riechst du eigentlich?«, fragt er. »Man könnte glatt denken, das wäre WC-Reiniger.«

Dann verschwimmt alles wieder. In seinem Kopf dreht sich alles. Er schwankt. Seine Beine fühlen sich an wie Gummi, und er versucht ungeschickt, das Gleichgewicht wiederzufinden. Nicht fallen, bloß nicht fallen, denn dann ist es zu spät. Dann ist es vorbei, alles vorbei.

Vielleicht war Henks Idee ja doch gar nicht so schlecht. Schlafen will er, schlafen im Wald. Nur schlafen, egal wo, wenn er nur die Augen zumachen darf. Sie fallen ihm schon zu, aber er reißt sie mit der letzten Energie, die ihm noch bleibt, wieder auf.

Eins, zwei, drei Schritte, und er steht in einem leeren Stall. Es riecht nach Scheiße. Nach alter Scheiße. Eigentlich hätte er damit rechnen müssen, aber trotzdem überrascht ihn der Schwall Erbrochenes, der plötzlich aus seinem Mund spritzt. Alles landet geradewegs im Stroh. Und da kommt noch mehr und noch mehr. Henk ist nicht mehr da, oder er sieht ihn einfach nicht. Es gibt nur noch ihn, seine Kotze und das Stroh.

Die Spucke läuft ihm aus dem Mund, den er zur Sicherheit offen lässt. Falls noch mehr kommt. Die tränenden Augen hat er weit aufgerissen, aber sein Blick ist getrübt. So bleibt er eine Weile stehen, bis er jedes Zeitgefühl verloren hat.

Dann schließt er vorsichtig wieder den Mund, wischt sich die Lippen am Ärmel ab und zieht die Nase hoch. Er stellt sich aufrecht hin. Kann er das hier jemals wiedergutmachen? Es wegfegen, sauber machen, so tun, als ob nichts wäre?

Dann erst dreht er sich um und stellt fest, dass ein paar Kollegen aus einiger Entfernung zu ihm hinüberschauen. Näher, viel näher bei ihm steht der Chef. Der Mann, der sein Vater ist.

Er fängt heftig zu blinzeln an, während er versucht, wieder klar zu sehen. Er weiß nicht, was er sagen soll. Er will verschwinden. An einen Ort, an dem niemand ist. Er will allein sein. Im Dunkeln.

Er will an einem dunklen, stillen Ort sein, wo sich niemand um ihn kümmert, wo niemand über ihn urteilt. Wo niemand unfreundlich zu ihm ist. Und niemand nach ihm schaut.

Wo niemand ist.

»Einfach nur widerlich«, sagt der Mann, der sein Vater ist. Er zeigt neben sich auf den Boden. »Henk!«, ruft er dann. »Ihr zwei seid doch befreundet? Dann putzt du den Dreck hier weg.«

Als Nächstes wendet er sich mit einem ernsten Blick an ihn. »Und du, du bist entlassen. Das hätte ich schon viel früher tun sollen. Ich will dich hier nie wieder sehen. Verschwinde, sofort! Widerlicher Dreckskerl.«

# 58

Entlassen. Man hat ihn einfach entlassen.

Er sprüht sich noch mal mit dem Lavendelspray gegen schlechte Gerüche ein. Ein bisschen unters T-Shirt und zwischen die Beine. Gut so. Das muss reichen.

Jetzt braucht er etwas zu trinken. Ihm fällt ein, dass er früher ab und zu mit seinen Kollegen in die Kneipe gegangen ist. Das war eigentlich ganz schön. Allein muss er das doch auch können. Dort gibt es etwas zu trinken, und er hat ein wenig Geld dabei. Vielleicht ist da ja auch ein Mädchen, das er sich anschauen kann.

Seine Kollegen haben dann auch wirklich immer mit Mädchen gesprochen. Das traut er sich nicht.

Als er die Tür öffnet, hat er einen Kloß im Hals. Er zweifelt noch einen Moment, ob das wirklich so eine gute Idee ist. Er blinzelt wild und unkontrolliert. Dann traut er sich und tut so, als müsste er sich an den dunklen Raum gewöhnen, um das Blinzeln zu erklären. Aber ob ihm das jemand abnimmt …

In der Kneipe ist gar nicht so viel los. Hinten sitzen einige Leute um einen runden Tisch herum. Drei Jungen spielen Darts. Am Tresen lehnen ein paar Männer. Zwei Freunde stehen am Billardtisch.

Mädchen! Da sind Mädchen, an einem Stehtisch in der Ecke. Sie lachen laut, die Mädchen. Er setzt sich auf einen Barhocker und dreht ihn so hin, dass er die Mädchen gerade so aus dem Augenwinkel sieht. Was sie sagen, kann er nicht hören, weil die Musik zu laut ist.

Scheißmusik.

Was für ein Tag. Entlassen worden. Einen Riesenkater. Und jetzt muss er auch noch den Lärm ertragen.

Er bestellt ein Bier. Für etwas anderes hat er nicht genug Geld dabei. Der Barmann zapft es mit raschen Bewegungen, obwohl es niemanden sonst gibt, den er bedienen müsste. Die Flüssigkeit tropft vom Glas auf den schmuddeligen runden Bierdeckel und lässt dunkle Ringe darauf zurück. Das Blinzeln hat noch nicht aufgehört.

Mit einem Finger klopft er auf den Tresen, ganz leise, ohne dass ihn jemand beachtet, aber er hofft, auf diese Weise die Motte verjagen zu können. Hau doch ab. Lass mich doch in Ruhe.

Eines der Mädchen schaut zu ihm herüber. Sie flüstert etwas, und einige andere Mädchen drehen sich um. Einen Augenblick lang ist es ganz still, man hört gar nichts, und dann ein ganz lautes Lachen. Er schaut nach unten, so weit, dass er seine eigenen Wangen sehen kann.

Gierig setzt er das Glas an die Lippen und trinkt es in ein paar Zügen aus. Als der Barmann fragend schaut, nickt er zustimmend. Also gut, noch eins.

Das Gelächter kommt in Wellen, und die Wellen werden immer höher. Er ertrinkt, er kann nicht mehr atmen. Und plötzlich, die nächsten schrillen Töne schlagen gerade über ihm zusammen, hält er es nicht länger aus. Er steht vom Hocker auf, legt ein wenig Geld auf den Tresen und flüchtet nach draußen.

So schnell er nur kann, geht er zu seinem Auto, das er auf der anderen Straßenseite abgestellt hat. Er will zurück in seinen Wagen, zurück zu seiner Musik.

Leise singt er mit, als *New World in the Morning* erklingt. Mit beiden Händen umklammert er das Lenkrad, den Blick hat er starr auf die Kneipentür gerichtet.

# 59

Nachdem er einen Tag lang spurlos verschwunden war, hat man Leo heute Morgen in der Chefetage gesichtet. Lot braucht nichts dafür zu tun, dieses Gerücht ganz frisch serviert zu bekommen. Gestern durfte sie sich den lieben langen Tag anhören, dass niemand Leo erreichen konnte, heute besteht die Neuigkeit darin, dass er wieder auf der Arbeit erschienen ist.

Als ob sie alle nichts Wichtigeres zu besprechen hätten.

Auf dem Weg vom Archiv, wo sie das Tagebuch wieder ordentlich an seinen Platz gelegt hat, zurück zu ihrem Büro hört sie auch nichts anderes. Jeder spekuliert und plappert munter alles nach, und das schon seit gestern. Wie peinlich sein Auftritt und sein Abgang war. Dass man der Presse damit wieder einen ordentlichen Brocken vorgeworfen hat, an dem sie sich gütlich tun kann.

»Liegt uns die Liste mit den Angestellten im Reitstall inzwischen vor?«, fragt sie Jaap, doch der schüttelt schon den Kopf, während sie noch spricht. Er wartet genauso ungeduldig darauf wie Lot.

»Sie sind dran, setzen alle verfügbaren Kräfte ein«, ahmt er mit leidender, schwerer Stimme ihre Kollegen nach. Ihnen beiden geht es nicht schnell genug. Sie wollen weiterkommen, aber die Ermittlungen scheinen zu stagnieren. Alle interessieren sich nur für Leos katastrophalen Fernsehauftritt; das Spekulieren und die Gerüchteküche beschäftigt sie mehr als ihre Arbeit, und das ärgert Lot ganz gewaltig.

Sie stützt sich mit einem Knie auf ihrem Schreibtischstuhl ab. »Warte mal.« Ihre Finger fliegen geradezu über die Tastatur. »Ich schreibe eben zwei Mails.«

Die erste Nachricht geht an die Gruppe, die mit der Liste der Reitstallmitarbeiter beschäftigt ist.

*Liebe Kollegen,*
*meint ihr, ihr schafft es, bis heute Nachmittag die Liste vom Reitstall Altena für uns fertigzubekommen? Das wäre toll. Wenn das nicht geht, kann ich gern in unser aller Namen den Polizeichef bitten, uns dafür ein paar mehr Leute zuzuteilen.*
*Vielen Dank!*
*Lot*

So, diese Mail fällt ganz eindeutig in die Kategorie »strategisch naiv«. Natürlich sagt jetzt niemand, dass mehr Leute gebraucht werden, und erst recht nicht, wenn diese Information direkt beim Polizeichef landen würde. Nein, die Liste wird heute Nachmittag auf Lots Schreibtisch liegen.

Manchmal muss man den Druck einfach ein wenig erhöhen.

Die zweite E-Mail schreibt sie an Dick.

*Guten Morgen, Dick,*
*ich will dafür sorgen, dass mein Täterprofil heute Abend bei* Helfen Sie mit *präsentiert wird. Der Kollege in der Presseabteilung kann sich um alles kümmern. Ich bereite etwas Entsprechendes vor. Einverstanden?*

Sobald sie auch die zweite Nachricht verschickt hat, fühlt sich Lot ein wenig ruhiger. Es ist doch ein gutes Gefühl, schon vor acht Uhr morgens ein paar Dinge geregelt zu haben. Dann hält sie Jaap die Karte von den vollgelaufenen Kellern vor die Nase. »Wollen wir los?«

Er nimmt sich die Schüssel vom Schreibtisch und springt auf. »Gern.«

Was das betrifft, sind sie sich sehr ähnlich. Stillsitzen gehört nicht zu ihren besten Eigenschaften, und Tratschen an der Kaffeemaschine schon gar nicht. Sie wollen etwas erreichen, loslegen, dafür sorgen, dass die Ermittlungen vorankommen. Sich von Haus zu Haus durcharbeiten und Leute zu ihren vollgelaufenen Kellern befragen, auch wenn das Dutzende sind? Wunderbar. Lieber das, als untätig herumzusitzen.

Am Ausgang laufen sie an einer schüchternen Frau mit ängstlichem Blick vorbei. Sie kommt gerade aus dem Bett, das erkennt man an ihrem plattgedrückten Haar, das eigentlich lockig ist, jetzt aber einfach so herunterhängt. Aber geschlafen hat sie nicht, denkt Lot, als sie die dunklen Ringe unter ihren Augen bemerkt.

Lot und die Frau schauen einander nur eine Sekunde lang an, vielleicht sogar nur für den Bruchteil einer Sekunde. Im Vorbeigehen, im alltäglichen Passieren, so wie das eben so geht. Aber im Bruchteil dieser Sekunde schreit die Frau nach Lot, wortlos. Sie ruft nach Lot. Verzweifelt, in Panik.

Dann ist da die Hand, die fest nach ihrem Arm greift. Das Schlucken, das Suchen nach Worten. Lot stoppt Jaap mit ihrer freien Hand – »Warte kurz« – und wendet sich der Frau zu. Was geht wohl in ihr vor, was ist mit ihr los? Geht es ihr nicht gut? Braucht sie einen Krankenwagen?

»Hallo«, sagt Lot, »kann ich Ihnen helfen?«

Die Frau nickt, sagt nichts, nickt immer weiter.

Lot fasst sie bei der kalten Hand und kneift sanft hinein. Ich bin da, sagt sie in derselben Sprache wie die Frau. Ohne Worte. »Bitte beruhigen Sie sich doch.«

Jaap stellt sich auf die andere Seite der Frau. »Was können wir für Sie tun?«

Sie erwidert seinen Blick genauso ängstlich wie den von Lot. Sie nickt noch einmal, und dann sagt sie mit zitternder Stimme:

»Es geht um meine Tochter Joanna. Sie ist heute Nacht nicht nach Hause gekommen.«

»Heute Nacht nicht nach Hause gekommen«, wiederholt Lot. »Wie alt ist Ihre Tochter denn?«

Die Frau bricht in Schluchzen aus. »Erst sechzehn.«

Routiniert führen Lot und Jaap die Frau weiter in die Polizeistation hinein. In einen Verhörraum. Dort bieten sie ihr Wasser an, sorgen für eine ruhige Atmosphäre, holen Stift und Papier.

Dabei vermeiden die beiden jeden Augenkontakt. Sie dürfen nicht zulassen, dass Panik ausbricht. Müssen unbedingt verhindern, dass diese Mutter in noch größere Unruhe gerät.

»Wir werden Ihnen jetzt ein paar Standardfragen stellen«, erklärt Jaap.

»Das hat sie noch nie gemacht«, antwortet die Frau, »noch nie. Joanna ist immer zur vereinbarten Zeit zu Hause, auch am Wochenende. Dann darf sie etwas länger raus, weil das die anderen auch dürfen …«

»Wohin wollte Ihre Tochter denn gestern Abend? Wo hat man sie zuletzt gesehen?«

»In der Kneipe«, flüstert die Frau und schlägt dann die Hand vor den Mund, als würde ihr erst jetzt der Ernst der Lage bewusst. Dann nickt sie und sagt noch einmal: »In der Kneipe.«

»In welcher Kneipe? Mit wem war sie dort?«, will Lot wissen.

»Wie spät war das? Und wie und wann sollte sie nach Hause kommen?«, fügt Jaap hinzu.

»Sie war mit Freundinnen unterwegs. Sie wollten was trinken, weil jemand Geburtstag hatte. Weil Ferien sind, hatte ich nichts dagegen …«

Jaap schiebt ihr über die Tischplatte einen Zettel zu. »Könnten Sie die Namen dieser Freundinnen für uns notieren?«

Mit zitternden Fingern nimmt die Frau den Stift, den Jaap ihr hinhält, und fängt an zu schreiben.

Lot nutzt die Stille, um kurz zur Besinnung zu kommen. Sie holt tief Luft. Diese Vermisstenmeldung muss nicht unbedingt etwas mit ihrem Fall zu tun haben. Nicht unbedingt. Die meisten Jugendlichen tauchen nach wenigen Stunden ganz von allein wieder auf.

Sie lässt die Fingerknöchel knacken.

Als die Frau fertig ist, erkundigt sich Jaap: »Gab es in letzter Zeit irgendwelche Vorfälle oder Veränderungen im Leben Ihrer Tochter?«

»Nein.«

»Meine nächste Frage ist Ihnen vielleicht etwas unangenehm, ich muss sie aber trotzdem stellen. Gab es bei Ihnen daheim Streit?«

Energisch schüttelt die Mutter den Kopf. »Wir sind nur zu zweit«, erklärt sie. »Wir haben ein sehr enges Verhältnis, fast wie Freundinnen. Nächstes Wochenende wollen wir in die Sauna, darauf freuen wir uns schon so …« Jetzt bricht sie in Tränen aus. »Aber wo ist sie jetzt? Wo ist Joanna?«

Lot kann ihre Zweifel innerlich nicht ganz hinter sich lassen. Die Frau mag ja behaupten, dass es keinen Streit zwischen ihnen gab, aber würde man das als Mutter nicht sowieso viel lieber unter den Teppich kehren? Es passiert oft, dass Jugendliche nach einer heftigen Auseinandersetzung oder während einer rebellischen Phase nicht zu Hause auftauchen. Das ist weiter nicht schlimm. Das Mädchen ist sechzehn, und genau in diesem Alter probiert man solche Dinge aus.

Es gibt keinen Grund, anzunehmen, dass sie ihrem Täter zum Opfer gefallen ist.

Wirklich nicht. Oder?

Dann kramt die Frau in ihrer Tasche und reicht den beiden ein Handy mit gesprungenem Display. »Das hier haben ihre Freundinnen auf dem Heimweg gefunden. Sie glauben, Joanna hat es verloren. Heute Morgen hat ihre Freundin das Handy vorbeigebracht, bevor sie in den Bus gestiegen ist, um zu ihrem Nebenjob zu fahren. Sie dachte, Joanna wäre zu Hause.«

»Hatte diese Freundin irgendeine Idee, wo Ihre Tochter stecken könnte?«

Die Mutter schüttelt den Kopf. »Nein. Joanna ist ein bisschen früher nach Hause aufgebrochen als die anderen Mädchen, weil sie Kopfschmerzen hatte. Ihre Freundinnen wollten mitgehen, aber sie hat darauf bestanden, dass sie noch in der Kneipe bleiben. Sie wollte ihrer Freundin die Geburtstagsfeier nicht verderben.«

»Hat sie denn einen Freund? Vielleicht ohne Ihr Wissen?«

»Ja, einen Freund hat sie, aber der ist mit seiner Familie in die Ferien gefahren.«

Jaap schiebt der Frau den Zettel wieder hin. Sie begreift, was er will, und schreibt den Namen auf.

Lot räuspert sich vorsichtig. »Jetzt müssten wir noch wissen, wo Joannas Freundinnen dieses Handy gefunden haben?«

»Auf dem Fahrradweg, als sie ein paar Stunden nach Joanna heimgefahren sind.«

»Wo genau?«

»Auf der Höhe des Friedhofs.«

# 60

Mutter hatte die ganze Zeit recht. Er ist ein Verlierer, und niemand will ihn haben. Er kriegt nichts auf die Reihe – nein, falsch, eins kriegt er sehr wohl auf die Reihe: seinen Job als Scheiße schaufelnder Stallknecht zu verlieren. Schlimmer noch, er ist sehr gut darin, alles zu verlieren. Seine Schwester, seine Mutter, seine Mädchen, seine Arbeit. Was er auch tut, alles geht schief. Und das liegt an ihm, das weiß er selbst auch.

Er ist nur dafür gut, dass man dumme Witze über ihn machen kann. Ihn fertigmachen, das gefällt den Leuten. Mutter hat das immer getan, Nadia auch, und so würde es mit jeder Frau gehen, die ihm begegnet. Sie lachen einfach über ihn. Sie erniedrigen ihn, sie kränken ihn, sie tun ihm weh. Wenn er an all die Demütigungen zurückdenkt, wäre es ihm am liebsten, die Dunkelheit würde ihn verschlucken.

Dabei sehnt er sich so sehr nach einem normalen Mädchen. Sie braucht nicht schön zu sein oder schlau, einfach normal, ein Mädchen wie in seiner Fantasie. Das ist doch nicht zu viel verlangt?

Niemand will dich haben, hat seine Mutter immer gesagt. Niemand wird dich jemals wollen.

Nicht einmal sie hat ihn gewollt.

Endlich öffnet sich die Tür der Kneipe ein Stück, erst ein ganz klein wenig, dann ganz. Eines der jungen Mädchen kommt heraus, winkt durchs Fenster ihren Freundinnen zu. Er setzt sich ein bisschen anders hin, rutscht herum, spannt den Hintern ein wenig an.

Sie geht zum Fahrradständer direkt neben der Kneipe und steckt den Schlüssel ins Schloss ihres Fahrrads.

Klick.

Das Blinzeln hatte aufgehört, aber jetzt ist es mit seiner ganzen Heftigkeit wieder da. Diesmal findet er das nicht schlimm, diesmal begreift er es sehr gut. Er erkennt die Aufregung wieder, eine angenehme Ekstase, die durch seine Erwartungen und seine Fantasien noch verstärkt wird. Vielleicht klappt es ja mit ihr.

Sie winkt noch einmal, lacht und steigt dann auf ihr Fahrrad. Sie tritt kräftig in die Pedale und fährt schnell davon. Er zweifelt keine Sekunde, wartet kurz, bis sie ein Stück weiter weg ist, lässt den Motor seines Wagens an, gibt ordentlich Gas und folgt ihr. An der Straße biegt sie nach links ab, in die Richtung, die ihm so vertraut ist.

Er hat Angst, aber er spürt, dass er nicht anders handeln kann. Er darf einfach nicht allein zurückbleiben. Das hier fühlt sich an wie seine allerletzte Chance.

In hohem Tempo überholt er sie. Sie ist links von ihm auf dem Fahrradweg, der am Wald entlang verläuft, und er fährt auf der rechten Seite, auf der asphaltierten Landstraße. Als er den Friedhof erreicht, sieht er sie im Rückspiegel, wie eine niedliche kleine Puppe auf einem niedlichen kleinen Fahrrad.

Er biegt ab, schaltet sofort die Scheinwerfer aus und fährt ein Stück in den Waldweg hinein. Dort steigt er aus, öffnet die hinteren Türen des Wagens und packt die Schaufel, die er sich letzte Woche gekauft hat – die vom Nachbarn ist für immer verloren.

Die Türen lässt er schon mal offen stehen.

Er geht wieder zur Straße zurück, legt einen großen Ast quer über den Radweg und versteckt sich hinter dem nächsten Baum. Vorsichtig wirft er einen Blick in ihre Richtung, und da, ja, da kommt sie schon. Gerade noch rechtzeitig sieht sie den Ast und bremst. Sie schaut sich um und steigt ab. Sie klappt den Fahrradständer aus. Dann bückt sie sich, um den Ast aufzuheben, überlegt es sich aber anders und tritt mit der Schuhspitze dagegen.

Jetzt ist sein Moment gekommen.

Mit der Schaufel in der Hand schleicht er sich von hinten an sie heran. Schritt für Schritt kommt er näher. Und dann, sobald es geht, holt er aus und schlägt ihr kräftig auf den Hinterkopf.

Zack!

Das vertraute, herrliche Geräusch, mit dem ein Schlag den Schädel trifft. Es klingt so schön, weil er inzwischen weiß, was danach kommt.

Ruhe.

Auch wenn die Ruhe nur kurz anhält, nur sehr kurz. Diese herrliche Ruhe, nach der er sich so sehr sehnt.

Sie kippt vornüber und bleibt still liegen. Er beugt sich zu ihr herunter, hat die Schaufel noch in der Hand, während sie der Länge nach auf dem Fahrradweg landet, mit der Nase auf dem roten Asphalt. Zärtlich legt er ihr die Hand aufs feuchte Haar.

»Siehst du, mein Mädchen«, flüstert er, »siehst du, du willst bei mir sein. Du hast es nur noch nicht gewusst.«

# 61

Hundestaffeln der Polizei durchkämmen die Gegend. Absperrbänder leuchten in der Nacht. Den ganzen Tag über haben alle wie verrückt gesucht.

Ohne Erfolg.

Verdammt, denkt Lot frustriert, ohne Erfolg. Das Fahrrad ist spurlos verschwunden. Einige schwache Reifenspuren hat man gefunden, sonst nichts. Gar nichts.

Jaap ist heimgefahren, denn er hat morgen Nachtdienst und will ein wenig Schlaf vorholen. Es gibt nichts, was sie noch tun können; die gesamte Umgebung wird bereits abgesucht. Die Freundinnen des Mädchens sind vernommen worden. Der Freund kommt morgen früh mit seiner Familie aus Spanien zurück.

Lot zieht sich ein wenig von dem hektischen Treiben zurück, geht zu der Haltestelle, an der wahrscheinlich die ersten beiden Opfer auf den Bus gewartet haben. Es ist kein Zufall, dass der Täter erneut hier zugeschlagen hat. Dieser Ort ist ihm vertraut. Er kommt oft hier vorbei. Sie hätten damit rechnen müssen, verdammt noch mal.

Sie hätten veranlassen müssen, dass die Haltestelle rund um die Uhr bewacht wird. Alle Mädchen aus der Umgebung warnen.

Aber für wie lange? Zuletzt hat er vor einem Jahr zugeschlagen.

Lot stützt sich mit der Hand am Glas ab und starrt auf das Treiben rund um den Friedhof. Taschenlampen flackern im Wald. Es muss doch irgendetwas zu finden sein, eine Spur, Beweismaterial, mit dem man ihn drankriegen kann. Bitte, das muss doch klappen.

Lot denkt an Joanna, das sechzehnjährige Mädchen. Ob sie noch lebt? Bitte, lass sie noch am Leben sein.

Lot möchte unbedingt daran glauben, aber wenn sie an die Vorgehensweise und die Handschrift des Täters denkt, verspürt sie nur wenig Optimismus. Es grenzt schon an ein Wunder, wenn man einen kräftigen Schlag auf den Hinterkopf überlebt. Und wenn man danach noch gewürgt wird, hat man nur sehr schlechte Chancen.

Die einzige Hoffnung für das Mädchen besteht darin, dass die Fantasie des Täters in letzter Zeit auf brutale Weise gestört wurde. Durch die Natur, durch Menschen. So kann es dazu kommen, dass er von seiner üblichen Handlungsweise abweicht; er muss größere Risiken eingehen, und dadurch werden ihm Fehler unterlaufen. Er ist verzweifelt. Aber andererseits macht ihn das vielleicht sogar noch gefährlicher, als er ohnehin schon ist. Unberechenbar.

Die blaue Metallbank an der Bushaltestelle verlockt Lot dazu, sich hinzusetzen. Sofort fragt sie sich, ob die Opfer hier wohl auch gesessen haben. Ein Schauder durchläuft sie. Nicht daran denken.

Auf ihrem Handy öffnet Lot die Facebook-Nachricht, die die Polizei dort eingestellt hat. Sie wurde schon mehr als hundert Mal geteilt. Reaktionen aus dem ganzen Land strömen herein. Lot muss schlucken, als sie das Foto auf dem Display vergrößert. So ein hübsches Mädchen. Liebe Augen. Nein, denkt Lot, dass du dich nicht mit deiner Mutter streitest, glaube ich sofort. Joanna strahlt sehr viel Freundlichkeit aus.

Lot beschließt, die Reaktionen durchzulesen, um die Zeit herumzubringen, bis es aus dem dunklen Wald hinter ihr Neuigkeiten gibt – welcher Art auch immer. Die meisten Leute wünschen der Familie viel Kraft und bringen ihr Entsetzen zum Ausdruck. Hin und wieder wagt jemand, eine Frage zu stellen, wie: »Joanna wird doch nicht auch ein Sommermädchen sein???« Wütend schüttelt Lot den Kopf. Als würde sich Joannas Mutter nicht schon genug Sorgen machen. Müssen ihr die Leute dann wirklich noch unter die Nase reiben, was allen schon wie ein Damoklesschwert über dem Kopf hängt? Natürlich vermutet es jeder. Natürlich weiß Lot mit ziemlicher Sicherheit, dass die hübsche Joanna das nächste Opfer ihres Serienmörders ist. Aber man soll verdammt noch mal die Familie damit in Ruhe lassen. Sie speichert die auffälligsten Reaktionen ab, um sie sich später im Büro näher anzuschauen. Es ist sehr gut möglich, dass der Täter auch ein Facebook-Konto hat und mitliest.

Lot scrollt immer weiter, mit der Hingabe einer Mutter, die ihr Kind zu finden versucht. Sie liest alle Kommentare, so eintönig das auch sein mag.

Eine gewisse Chantal van Berk schreibt: »Wir beten für euch.« Das hat bisher die meisten Likes bekommen. Beten scheint hier in der Umgebung ganz offensichtlich in Mode zu sein. Weiter unten findet Lot die Reaktion einer Lieve Schoonheim: »Den Schmerz einer Mutter kann sich niemand wirklich vorstellen, aber wir fühlen alle mit.«

Wie erstarrt fixiert Lot diesen Kommentar. Liest ihn wieder und wieder.

»Scheiße …«, flüstert sie. »Verfluchte Scheiße!«

Sie springt auf und rennt los. Zu ihrem Auto. Wirft sich hinters Steuer, startet den Motor, schaltet die Scheinwerfer ein und gibt Gas. Wie eine Wahnsinnige fährt sie zur Polizeistation, um ihre Vermutung zu überprüfen.

Alles wirkt wie ausgestorben. Im Empfangsbereich sitzen ein paar Leute, aber in den Büroräumen ist niemand. Lot sucht nach dem Lichtschalter, doch dann fällt ihr ein, dass die Beleuchtung zentral geregelt wird. Die Geduld, erst wieder zur Rezeption zu laufen und dort darum zu bitten, dass man für sie das Licht anmacht, hat sie nicht. Sie läuft direkt ins Archiv. Vor lauter Eile gibt sie ihren Zugangscode falsch ein und verliert kurz die Beherrschung. Sie holt aus und schlägt mit der flachen Hand fest auf die Tür.

»Verdammt!«

Au.

Okay, okay, ganz ruhig jetzt, beschwört Lot sich selbst. Mit schmerzverzerrtem Gesicht reibt sie sich die pochende Hand. So die Beherrschung zu verlieren, hat noch nie jemanden weitergebracht. Sie muss tief Luft holen, ruhig ein- und ausatmen. Und es dann noch einmal probieren.

Diesmal klappt es, und die Tür öffnet sich mit einem Klicken.

Den Weg zu der Schachtel mit »ihrem« Fall kennt Lot inzwischen wie im Schlaf. Nicht einmal mehr das Aktenzeichen braucht sie. Sie nimmt sich die Schachtel aus einem der untersten Fächer in dem hohen Aktenschrank und hebt den Deckel hoch.

Da. Zum Glück.

Sie holt das Gesuchte heraus.

An ihrem Schreibtisch schaltet Lot den Computer ein. Sie schaut sich um, sucht nach etwas, das ihr als Lichtquelle dienen kann. Ah, da, Jan hat so ein kitschiges Lämpchen, weil er wegen seiner schlechten Augen oft zusätzliches Licht braucht. Sie reißt den Stecker aus der Dose, nimmt sich das Teil und schleppt es in ihr eigenes Büro, wo sie es anknipst.

In dem schwachen Lichtbündel lässt sich Lot auf ihrem Stuhl nieder, öffnet das Tagebuch. Gehetzt blättert sie zu der leeren Seite hin, legt das Tagebuch vor sich auf den Tisch. Starrt darauf und nickt. Wieder und wieder.

»Lieve. Liebe.«

»Lieve« ist nicht der Beginn eines nie vollendeten Briefs.

Lieve ist ein Name.

Lots Blick wird von der Zeichnung mit dem Baby angezogen, die sie so verstört hat. Das Baby im Sarg. Sie nickt. Lässt die Fingerknöchel knacken. Wegen der tiefen Stille, die in ihrer Abteilung herrscht, kann Lot förmlich hören, wie ihr Gehirn auf Hochtouren arbeitet. Es rattert und rattert, sucht verzweifelt nach einer Antwort.

Wer ist Lieve?

Seine Freundin, seine Tochter, seine Mutter, seine Schwester?

Lieve, wer ist das nur?

Dann steht Lot auf, weil sie nicht die Geduld hat, noch länger still zu sitzen. Irgendwo da, auf dem enormen Papierstapel in der Ecke ihres Büros, muss liegen, was sie braucht. Die Akte ist schon lange keine Akte mehr. Die Akte ist eine Festung. Eine Sammlung wichtiger Papiere auf einem großen Haufen. Lot weiß ganz sicher, dass alles dort ist, sie weiß nur nicht genau, wo. Es hilft nichts, sie muss den ganzen Stapel durchgehen. Sie hat die Liste schon in den Händen gehalten, es ist also eine Tatsache, dass es sie gibt.

Ja, da. Die umfangreiche Gräberliste des Friedhofs, der im Leben ihres Täters offensichtlich eine so wichtige Bedeutung hat. In diesem Augenblick ist Lot dankbar, die Geistesgegenwärtigkeit besessen zu haben, ihre Kollegen um einen Ausdruck zu bitten.

Die Liste ist alphabetisch nach dem Nachnamen geordnet.

Scheiße. Und Lot braucht so dringend den Vornamen.

Daran gibt es nichts zu rütteln. Durch den dunklen Flur geht sie zur Kaffeemaschine und drückt dort auf den Knopf für doppelten Espresso. Als sie wieder im Schein der kleinen Lampe am Schreibtisch sitzt, legt sie los. Mit dem Finger fährt sie an allen Namen entlang. Die Namen aller Toten.

Stunden vergehen, ohne dass Lot etwas findet. Sie verdreht vor Müdigkeit die Augen, der Schlaf will sie übermannen, aber sie gibt nicht auf. Noch einen Kaffee, und noch einen und noch einen. Was auch passiert, sie wird nicht aufgeben.

Dann fällt ihr Blick auf die erste Lieve, die ihr begegnet.

*Lieve den Hollander* (* 19. August 1995 – † 19. August 1995)

Diese Lieve wurde vor zwanzig Jahren tot geboren. Keinen Tag ist sie alt geworden.

Lot schaut die Zeichnung mit dem Baby an. Das könnte sehr gut die Lieve sein, nach der sie sucht.

Sie loggt sich ins System der Gemeinde ein. Ihre Finger sind jetzt eiskalt. Sanft bläst sie darauf, damit sie etwas wärmer werden, und tippt dann »Lieve den Hollander« in die Suchmaske ein.

Treffer.

Bei der Geburt gestorben, da steht es. Tochter von Constance den Hollander.

Constance?

Wo ist ihr dieser Name nur schon einmal begegnet?

Nervös trommelt Lot auf der Tischplatte herum. Dann fällt es ihr wieder ein. Die Galeristin. Die Künstlerin, die vielleicht nicht tot, aber schon monatelang verschwunden ist.

Sie sucht im System nach Constance den Hollander. Da ist sie.

Schnell wählt Lot den richtigen Filter aus, um zu sehen, welche Kinder unter ihrem Namen erfasst sind.

Ja, da, da erscheint wieder der Name von Lieve. Und darunter noch einer, es gibt noch einen Sohn, *René den Hollander*, geboren am 3. Januar 1987. Bei seiner Mutter gemeldet. Nicht verstorben.

Der Vater beider Kinder ist unbekannt.

Fast außer sich öffnet Lot die Datenbank der Polizei und gibt den Namen »René den Hollander« ein. Sie muss noch mal das Geburtsdatum nachschauen, aber dann hat sie ihn gefunden.

Ist er schon mal straffällig geworden?

Ja.

Im Jahr 2004 hat man ihn angezeigt. Zum Zeitpunkt des Vergehens war er minderjährig, zwar schon siebzehn, aber offiziell ist das noch minderjährig.

Lot starrt ein paar Sekunden lang erschrocken auf den Bildschirm.

Die Anzeige betrifft einen sexuellen Übergriff.

In Gedanken hakt Lot einen Punkt in ihrem Täterprofil ab.

»*Holy shit*«, flüstert sie.

Hektisch hält sie sich ihr Smartphone ans Ohr. Jaap, sie muss mit Jaap sprechen, auch wenn es mitten in der Nacht ist.

Eine heisere, verschlafene Stimme erklingt, als er das Gespräch annimmt. »Ja …«

»Jaap«, schreit Lot. »du musst sofort herkommen!«

Erst dann hört sie, dass sich hinter ihr jemand räuspert.

# 62

Noch ein Räuspern. Lot hört sich selbst fluchen. Das Handy, das sie zwischen Wange und Schulter geklemmt hatte, rutscht ihr weg und landet mit einem lauten Geräusch auf dem Boden. »Du meine Güte!«, ruft sie. »Was machst du denn hier?«

Jetzt, wo er den Anzug gegen ein bequemes T-Shirt und eine Jogginghose eingetauscht hat, wirkt sein Bauch noch größer. Seine Augen sind klein, wie Schlitze.

Als wäre er gerade aufgewacht.

Dann schaut sie ihm auf die Hände. Eine Zahnbürste, ein Handtuch.

Lot lässt den Blick noch weiter nach unten wandern. Bloße Füße …

»Was«, setzt sie noch einmal an, »was machst du hier?«

Er starrt sie mit einem so stumpfen Blick an, dass sie fast Mitleid mit ihm bekommt. Währenddessen hört sie, wie Jaap vom Boden aus ihren Namen ruft. Schnell hebt sie das Handy auf.

»Ja, ja, ich bin wieder dran«, sagt sie rasch. »Entschuldige, ich habe gerade festgestellt, dass Leo auch hier ist.«

»Was ist los? Warum weckst du mich? Du weißt doch, dass ich heute Nachtdienst habe.«

»Klar, ich rufe auch bestimmt nicht einfach so an.«

Lot nimmt für den Moment hin, dass der leitende Ermittler im Camper-Look vor ihr steht – barfuß und in Jogginghose. Was sie von der ganzen Sache halten soll, wird sie sich später überlegen.

»Fahr deinen Laptop hoch.«

»Längst passiert. Was ist denn jetzt, warum soll ich so dringend kommen?«

»Weißt du noch, dieser Brief auf der leeren Seite im Tagebuch?«

»Der unvollendete Brief?«

»Ja, genau der. Das ist wahrscheinlich gar kein Brief. Ich bin so blöd, ich habe nie daran gedacht, dass Lieve auch ein Name sein könnte.«

»Stimmt«, antwortet Jaap, »ich auch nicht.«

»Ich habe mir die Liste mit den Toten vom Friedhof vorgenommen, weil ich an diese schlimme Zeichnung auf der Tagebuchseite daneben denken musste, die von dem Baby im Sarg.«

»Und …«

Leo kommt angelaufen, legt sein Handtuch und seine Zahnbürste auf Jaaps Schreibtisch und schiebt einen Stuhl zu ihr rüber. Aus dem Augenwinkel folgt sie seinen Bewegungen. Es ist ja gut und schön, wenn er zuhören will, sehr gut sogar, aber er soll ihr nicht zu nahe kommen mit seiner Alkoholfahne.

»Im Jahr 1995 hat man ein tot geborenes Baby namens Lieve den Hollander begraben.«

»Wow …«

»Ich habe in der Datenbank der Gemeinde nachgeschaut und herausgefunden, dass sie das Töchterchen von Constance den Hollander ist, der Galeristin, bei deren Galerie ich vorbeigegangen bin, nachdem ich aus Schweden zurück war, weil ich mit ihr über die Zeichnungen im Tagebuch sprechen wollte. Damals hat sich herausgestellt, dass sie nicht zu Hause war. Dem Nachbarn zufolge ist Constance einfach so verschwunden, aber meine Vermieterin hatte mir erzählt, dass sie glaube, die Frau sei verstorben. Jedenfalls ist das nirgendwo registriert, wir wissen also nicht, wo sie sich tatsächlich aufhält.«

»Hat diese Frau den Hollander noch mehr Kinder?«, fragt Leo neben ihr.

»Warte kurz, Jaap«, erklärt Lot, »ich stelle auf Lautsprecher um – wie schon gesagt, Leo ist auch hier.«

In seiner Jogginghose.

»Es scheint, dass diese Constance den Hollander auch einen Sohn hat, 1987 geboren, also inzwischen 28 Jahre alt. Er heißt René den Hollander und ist noch immer unter der Adresse seiner Mutter gemeldet.«

Am anderen Ende der Leitung erklingt wildes Tippen. Jaap googelt immer alles sofort, das ist eine seiner Marotten.

»Hör mir noch kurz zu, Jaap«, versucht Lot, sich seine Aufmerksamkeit zu sichern. »Dieser René wurde vor einigen Jahren wegen eines sexuellen Übergriffs angezeigt. Das ist gerade etwas mehr als zehn Jahre her. Deswegen haben wir es nicht früher entdeckt.«

Dann bittet sie Leo: »Lies doch mal die Erklärung der Person vor, die Anzeige erstattet hat, ja?«

»Moment, die Anzeige stammt von Nadia Vermeer, damals sechzehn Jahre alt. In ihrer Erklärung sagt sie, dass er in der Schule oft mit ihr zu sprechen versucht hatte. Sie gingen in dieselbe Klasse. Er hat sie oft angeschaut, angestarrt. Einmal hat er sie gefragt, ob sie mit ihm ausgehen würde. Das hat sie abgelehnt. Und dann stand er eines Tages auf einem verlassenen Flur bei den Schließfächern plötzlich hinter ihr. Er hat sie gepackt, sie geküsst, ihre Brüste angefasst. Die Schulwartin, die zufällig vorbeikam, konnte gerade noch rechtzeitig eingreifen.«

»So was«, murmelt Jaap, »der passt ganz ausgezeichnet in dein Profil.«

Lot nickt langsam, obwohl sie weiß, dass ihr Partner das nicht sehen kann.

»Zurückweisung«, meint sie. »Es stimmt, es passt zu dem Gefühl des Zurückgewiesenwerdens, das der Täter empfindet. Er ist von diesem Mädchen zurückgewiesen worden. Aber auch von seiner Mutter. Ich erinnere mich, dass mir der Nachbar erzählt hat, Constance den Hollander würde öfters mal Knall auf Fall für einige Zeit verschwinden, Heim und Herd einfach so zurücklassen, ohne dass jemand weiß, wo sie steckt. Also muss man annehmen, dass sie auch ihren Sohn zurückgelassen hat. Zurückweisung«, wiederholt sie noch einmal, »durch seine Mutter.«

»Sein Alter passt auch ins Profil«, fügt Leo hinzu.

»Zwischen 25 und 35«, bestätigt Lot mit einem Nicken. »Treffer.«

Dann nimmt sich Lot die Liste der Mitarbeiter von Altena vor. Sie geht alle Namen durch, so wie sie das letzte Nacht stundenlang getan hat. »Jungs«, meint sie dann, »hört mal, das hier ist bizarr. Verdammt, der Kerl arbeitet als Stallknecht bei Altena.«

»Und er ist weiß«, ergänzt Jaap, der endlich das gegoogelte Foto anschauen kann. »Aber, Moment«, sagt er, »Moment … Geh in dein Mailfach, Lot, und schau dir sofort das Foto an, das ich dir jetzt schicke.«

Lot tut, was er sagt. Es ist eine große Datei, und es dauert einen Moment, bevor sie vollständig geladen ist, aber während das Foto Pixelreihe für Pixelreihe auf ihrem Bildschirm erscheint, sagt Jaap: »Lot, ist das nicht der Kerl, der unsere Nachricht für Bob Altena entgegengenommen hat?«

»Ja …«, antwortet Lot, die nur noch auf ihren Monitor starren kann.

»Der Pferdeflüsterer«, sagt Jaap mit einem nervösen Lachen und zugleich voller Erstaunen, »der verdammte Pferdeflüsterer.«

»Jaap«, sagt Lot. »Er war Linkshänder.«

»Ja und?«

»Unser Täter ist auch Linkshänder, das kann man an seiner Schrift erkennen.«

»Um Gottes willen«, ruft Leo, »um Gottes willen!«

Lot tut es Jaap nach und googelt Constance den Hollander. Das Bild, das auf dem Bildschirm erscheint, lässt ihr die Tränen in die Augen steigen. Sie kann nicht anders, als sich die Hand vor den Mund zu schlagen. »Jungs«, flüstert sie, »schaut euch das an.«

Sie kann nur auf das Bild starren.

»Die Haare«, bringt Leo mühsam heraus, »die Haare …«

»Was ist?«, schreit Jaap am anderen Ende der Leitung empört.

»Googeln«, antwortet Lot, »du musst Constance den Hollander googeln.«

Lot hört ihren Partner wild tippen.

»Gott«, flüstert Jaap eine Sekunde später, »das darf nicht wahr sein.«

Jetzt starrt die Künstlerin auch ihn von seinem Monitor aus an. Aus grünen, fast katzenartigen Augen. Und sie hat ungewöhnlich lange schwarze Haare.

Leo springt auf, er ist völlig außer sich. Er weiß nicht, was er zuerst tun soll. Ein Team zusammenrufen, normale Kleidung anziehen oder ins Auto steigen.

»Verdammt«, flucht Jaap, »wie spät ist es jetzt?«

»Halb sieben«, sagt Leo.

»Dann hat die Schicht für die Stallknechte schon angefangen«, meint Lot. »Das steht hier auf der Liste, die beginnt schon um sechs Uhr.«

»Was machen wir?«, will Jaap wissen.

»Jetzt ist Vorsicht geboten«, erklärt Leo, der sich offensichtlich wieder einigermaßen gefasst hat. »Wir dürfen jetzt nicht wie die Wahnsinnigen losstürmen. Wir müssen ruhig und mit Bedacht vorgehen. Schließlich dürfen wir nicht vergessen, dass er vielleicht Joanna in seiner Gewalt hat. Und vielleicht ist das Mädchen ja noch am Leben.« Er nickt, als wollte er sich selbst überzeugen. »Ja, solange wir keinen gegenteiligen Beweis haben, ist es möglich, dass sie noch lebt.«

Lot schaut zu ihrem Chef, der ihr daraufhin zunickt. Sie haben denselben Plan.

»Hör zu, Jaap«, sagt sie zu ihrem Partner, »wenn du dich jetzt fertigmachst und herkommst, holen Leo und ich René den Hollander bei Altena ab. Mit ein bisschen Glück kriegen wir ihn da zu fassen, ohne dass Unruhe entsteht. Wir rufen dich aus dem Auto an. Du bereitest inzwischen ein Vernehmungszimmer vor und erstellst einen Verhörplan.«

»Gut«, antwortet er, aber in seiner Stimme sind noch Zweifel hörbar.

»Bist du sicher, dass du das so machen willst, Lot? Ich kann auch mitgehen, in einer halben Stunde bin ich bei euch.«

»Nein, es geht in Ordnung so, Jaap. Von hier aus brauchen wir nur zehn Minuten bis zum Reitstall«, sagt Lot. »Wir sehen uns dann im Büro.«

»Okay«, antwortet Jaap seufzend, »aber seid bitte vorsichtig.«

# 63

Sie atmet noch. Sie ist bewusstlos. Er wischt sich die Tränen von den Wangen. Mit zitternden Lippen versucht er, seine Lieblingsmelodie zu pfeifen, aber diesmal gelingt es ihm nicht. Mit den Fingerspitzen fährt er sanft über ihren nackten Körper, den er auf dem langen Tisch festgebunden hat. Trotz der Striemen aus dem Wald, von der wilden Jagd, die sie beide hinter sich haben, ist ihre Haut immer noch so weich, so warm und so zart.

Noch lange kein Leder.

Einfach prächtig. Bildschön. Und das Mädchen gehört ihm.

Einen Moment lang schließt er die Augen. Die Angst steigt in ihm hoch wie eine alte Bekannte. Inzwischen sind sie ihm sicher längst auf der Spur, sie haben schon so viel von ihm, eigentlich alles. Sein kostbares Tagebuch, seine Mädchen. Er muss dafür sorgen, ihnen immer einen Schritt voraus zu sein.

Er öffnet die Augen wieder. Dann lässt er die Finger über ihre Brüste gleiten, über ihren Hals, wo er kurz innehält, und weiter, über ihre Wangen, durch ihr Haar. Dabei zwinkert er bereits heftig. Alles fühlt sich so warm an.

So warm hat er sie noch nie gehabt. Es fühlt sich an wie echt.

Er legt ihr beide Hände um den Hals. Er hat sie in seiner Gewalt, er kann allem ein Ende machen, wenn er das nur will, dem Atmen, dem Leben, dem Warmen. Er kann machen, dass es ganz aufhört, wenn er das nur will.

Sein drittes Mädchen, und doch ist alles anders. Es ist nicht so gelaufen, wie es sollte. So wie in seinem Kopf. Sie verwirrt ihn, weil der Schlag auf ihren Kopf nicht fest genug war. Er hatte sie ganz ausgezogen und schön hingelegt, bevor er ihrem Leben mit seinen Händen für immer ein Ende bereiten wollte, und da ist sie aufgewacht. Als er kurz nicht aufgepasst hat, ist sie aufgestanden. Und sie ist weggerannt.

Mann, die konnte rennen. Damit hatte er nicht gerechnet.

Er prüft nach, ob das Band noch straff genug um ihre muskulösen Beine gewickelt ist. Und ob das Klebeband noch fest auf ihren Lippen sitzt, sodass sie nichts Gemeines sagen kann. Er vergewissert sich, dass ihre Arme noch gut an den Tischbeinen festgebunden sind. Und dann tritt er einen oder zwei Schritte zurück. Er will nur schauen, einfach nur schauen. Sie nur betrachten, wie sie daliegt, so friedlich, ganz und gar sein Mädchen. Still, so herrlich still.

Er trinkt einen Schluck Likör, direkt aus der Flasche, und lässt sich die brennende Flüssigkeit durch die Kehle rinnen. Schön, das ist es also, das Leben. Das hier ist sein Leben.

Oder *war* das hier sein Leben?

Er schlägt sich mit der Faust vor den Kopf. Die Verwirrung, das Chaos in ihm drin macht ihn noch ganz verrückt.

Er hat Angst vor dem, was gleich passieren wird, wenn sie aufwacht. Wird sie sich dann für ihn entscheiden, oder wird sie nur bei ihm sein wollen, wenn sie in einen ewigen Schlaf versunken ist, genau wie die beiden Mädchen vor ihr? Er geht ein Risiko ein, indem er sie weiter atmen lässt. Nur noch ein bisschen.

Ist das Risiko zu groß?

Ja, vielleicht. Er macht schnell ein paar Schritte nach vorne, umfasst ihren Hals mit beiden Händen und drückt zu. Er drückt und drückt, aber genau wie gerade eben, im Wald, schafft er es nicht, lange genug durchzuhalten. Etwas in ihm zweifelt, und dieses Etwas fängt an zu schreien, sobald er dazu ansetzt, ihrem Leben ein Ende zu bereiten.

Gibt es denn nichts, was er einfach durchziehen kann? Es muss doch etwas geben, was er hinkriegt, verdammt noch mal.

Er nimmt sich noch ein Stück Klebeband und befestigt es direkt über ihrem Mund. Als zusätzlichen Schutz. Wenn sie wieder aufwacht, kann sie so auf jeden Fall niemanden alarmieren.

Schwer atmend sinkt er auf den Stuhl hinter sich. Mit der einen Hand berührt er ihre warme, weiche Brust. Mit der anderen seinen Schwanz.

# 64

Ein heißer Tag kündigt sich an, stellt Lot fest, als sie sieht, wie die grellen Sonnenstrahlen durch die Bäume scheinen. Sie sitzt neben Leo, der das Auto durch das letzte Stück Wald lenkt. Gleich werden sie beim Reitstall ankommen. Der ruhige, sanfte Morgen steht in einem scharfen Kontrast zu der Verhaftung, die sie gleich durchführen werden. Wie die wohl verlaufen wird, fragt sich Lot. Wird der Täter freiwillig mitkommen? Wird er gewalttätig werden?

Sie hat ihn als kleinen, verletzlich wirkenden Mann in Erinnerung. Kurz schaut sie neben sich, auf Leos massigen Körper. Das dürfte kein Problem sein.

Obwohl sich ihr Chef inzwischen die Zähne geputzt hat, ist er noch immer von einem muffigen Geruch umgeben. Sie wagt das nicht zu erwähnen, weil sie Mitleid mit ihm hat. Erst mal müssen sie sich auch darauf konzentrieren, die Sache hier gut zu Ende zu bringen. Sie will Joanna finden, am liebsten lebendig, aber auf jeden Fall will sie ihren Körper finden. Ein Team muss in das Haus des Täters. Das wird Lot sofort veranlassen, sobald sie ihm Handschellen angelegt haben.

Im Moment ist das Risiko noch zu groß.

Leo parkt nicht ordentlich auf einem der vorgegebenen Plätze, sondern direkt vor dem Eingang. Schön einfach, denkt Lot, wie das einige Polizisten so gut können. Sie zieht die Schultern hoch und steigt aus, genau wie Leo.

Ihm steht schon der Schweiß auf der Stirn, obwohl es noch nicht einmal sieben Uhr ist. Der Alkohol, denkt Lot bei sich, der findet immer einen Weg nach draußen. Sie fragt sich, ob sie ihre Beobachtungen irgendjemandem mitteilen sollte. Es wird immer offensichtlicher, wie stark der Mann abbaut. Gehört es nicht auch zu ihrer Verantwortung als Kollegin, in so einem Fall etwas zu unternehmen?

Sie wird es mit Dick besprechen.

Zusammen gehen Lot und Leo nach drinnen. Altena kommt direkt auf sie zu. »Guten Morgen«, begrüßt er sie mit einem kurzen Nicken – offensichtlich ist er weniger gesprächig als bei ihrer ersten Begegnung.

»Guten Morgen«, erwidert Leo und streckt ihm die Hand hin.

Lot belässt es bei einer knappen Kopfbewegung und schaut sich schon mal um, auf der Suche nach dem Pferdeflüsterer. In ihr kribbelt alles, wenn sie daran denkt, dass er abhauen kann, sobald er mitbekommt, dass sie sich nach ihm erkundigen. Das will sie verhindern. Deswegen sucht sie mit dem Blick das Gelände ab und entfernt sich ein Stück von den beiden Männern. Das findet Leo nicht nur gut, sondern erwartet es sogar von ihr, ohne es überhaupt ausgesprochen zu haben. Es hat überhaupt keinen Sinn, zu zweit mit dem Reitstallbesitzer zu reden, und außerdem würde man dem Verdächtigen noch mehr Gelegenheit dazu geben, inzwischen zu verschwinden.

»Wir suchen …«, hört sie Leo sagen.

Aber dann schrecken alle auf, weil jemand laut schreit. Lot fährt herum und steht Auge in Auge dem verwahrlosten Bob Altena gegenüber. »Verdammt noch mal!«, brüllt er, »Sie trauen sich was!« Als Nächstes schreit er Leo an: »Was soll das? Warum ist die noch nicht entlassen worden?« Dann schaut er Lot wütend an und fragt: »Was wollen Sie hier, verdammt? Wie können Sie es wagen, hier noch mal aufzutauchen?« Lot legt eine Hand an den Lauf ihrer Waffe, aus Instinkt, weil sie sich selbst ein Gefühl der Sicherheit vermitteln will. »Sie wollen wieder schießen, ja?«, schreit er. »Dann los! Hierhin«, tobt er und deutet sich auf die Stirn. »Hierhin!«

»Ruhig jetzt, Bob«, wendet sich sein Vater ihm zu, dem das alles ganz offensichtlich sehr unangenehm ist. »Reiß dich zusammen, Junge.«

»Ich soll mich zusammenreißen? Und was ist mit der da?« Er schlägt Lot vor die Brust. »Diese Irre hat mich fast erschossen! Und Zacharias hat sie angeschossen!«

»Ja, ja, das wissen wir alle«, antwortet Altena. »Und jetzt beruhige dich.«

Sein Sohn schlägt Lot noch einmal vor die Brust.

»Bitte fassen Sie mich nicht an«, sagt sie. »Nicht anfassen!«

Sie könnte dem Kerl einen Schlag versetzen, bleibt jedoch ruhig.

Für den Augenblick jedenfalls.

Um Lot zu provozieren, versetzt ihr Bob weitere Schläge, schubst sie. Bis sich Leo einmischt. Mit zwei raschen Schritten ist er bei ihnen. Seine imposante Gestalt überragt den dünnen, verwahrlosten Kerl. »He!«, poltert seine Stimme durch die Stille. »Finger weg von ihr!«

Einen Augenblick lang passiert gar nichts, niemand bewegt sich. Leo und Bob schauen einander tief in die Augen, und da spielt sich alles ab. Schweigend wägen die Männer ab, wie ihre Chancen stehen.

Dann gibt sich Bob plötzlich geschlagen. Er wendet sich ab und geht weg, zeigt den Polizisten den Mittelfinger. »Blöde Schlampe«, murmelt er noch.

»Also«, setzt Leo an, »Herr Altena. Wir müssen unbedingt mit René den Hollander sprechen. Wenn ich richtig informiert bin, arbeitet er für Sie. Können wir kurz mit ihm sprechen? Ist er hier?«

»René?«, murmelt der Mann mit einem Kopfschütteln. »Das ist doch wohl nicht Ihr Ernst? Was hat er denn angestellt?«

»Wo steckt er?«, fragt Leo ungeduldig.

»Ich hätte es wissen müssen«, flüstert der Mann, »alle meine Söhne sind völlig missraten.«

»Alle Ihre Söhne?«

Der Mann schüttelt den Kopf. »Schon gut, vergessen Sie's.«

»Wo ist René?«, wiederholt Leo seine Frage.

»Ja, hören Sie«, erklärte der Mann, »das ist so eine Sache mit dem Jungen. Meistens stört er keinen, aber in letzter Zeit wurde es immer schlimmer mit ihm. So einen stinkenden Säufer konnte ich hier nicht gebrauchen. Wissen Sie, wenn mir jemand sogar in die Ställe kotzt …«

»Wo ist er?«

»Keine Ahnung«, lautet die Antwort. »Ich habe ihn vor zwei Tagen entlassen.«

# 65

Lot und Leo sind im selben Moment losgerannt und haben den Reitstallbesitzer völlig verwirrt zurückgelassen. Sie laufen über Strohballen, über den rutschigen Boden und durch Pfützen mit schäumenden Seifenblasen. Beide wollen zum Auto. Sie müssen sich beeilen. So sehr es nur geht.

Die Türen auf. Beide lassen sich in die Sitze fallen. Legen die Gurte an.

»Fahr!«, ruft Lot, »fahr, mach schon!«

»Ja«, antwortet Leo, während er nervös den Zündschlüssel ins Schloss steckt, »ich bin ja schon dabei.«

Inzwischen ruft Lot Jaap an und stellt den Lautsprecher ein.

»Jaap, er wurde entlassen, vor zwei Tagen.«

»*Shit* …«, reagiert Jaap. »Ich bin gerade im Büro angekommen.«

»Wir fahren jetzt zur Galerie.«

»Ich komme dahin, mit Stefan. Der ist auch gerade hier eingetroffen. Und informiert die Zentrale.«

»Danke, bis gleich.«

Als das Gespräch beendet ist, fängt es in Lots Kopf an zu rattern.

»Das hier war für ihn der letzte Schritt«, erklärt sie, »sein Trigger-Event, würde Magnus sagen. Die Kündigung, das war zu viel für ihn, er hat wieder etwas verloren, steht unter starkem Stress, deswegen konnte er der Versuchung nicht widerstehen, sich ein neues Mädchen zu schnappen.«

Leo nickt. »Das kann kein Zufall sein.«

»Er hat alles verloren«, fährt sie fort, »seine Arbeit, seine Mädchen. Der Keller, in dem er sie aufbewahrt hat, ist mit Wasser vollgelaufen – die Galerie liegt ganz nah an der Dinkel. Das ist gar nicht anders möglich, die Galerie muss auch von der Überschwemmung betroffen sein. Nein, warte …« Lot versucht, sich an die Karte zu erinnern. »Warte, ich weiß es ganz sicher, es gab Meldungen aus der Gegend. Dieses Wasser hat seine Opfer ruiniert, die Verwesung ist eingetreten, er konnte sie dort nicht mehr aufbewahren, deswegen hat er sich dafür entschieden, sie wegzubringen. In die Salzhütte, die ihm ganz offensichtlich viel bedeutet. Aber warum? Vielleicht ist er ja früher oft dorthin gegangen. Er ist ein einsamer Wolf, sondert sich also gern ab. Vielleicht war das der Ort, wo ihn niemand finden konnte. Wo er seiner Fantasie freien Lauf lassen konnte. Wo er in sein Tagebuch gezeichnet hat.«

Leo nimmt den Fuß ein wenig vom Gas. »Hier müssen wir abbiegen!«, ruft Lot. »Links, links!«

Gerade noch rechtzeitig biegt Leo ab. Wenn sie in diesem Tempo weiterfahren, kommen sie gleichzeitig mit Jaap und Stefan bei der Galerie an. Wenn sie in diesem Tempo weiterfahren. Lot geht es nicht schnell genug, aber sie wird auch leicht ungeduldig, wenn sie nicht selbst am Steuer sitzt. Sie spürt, wie sie ihren rechten Fuß auf den Boden des Wagens drückt, stellvertretend für das Gaspedal.

»Ein bisschen schneller darfst du in diesem Fall schon fahren«, merkt sie vorsichtig an.

Dann macht sie mit ihrer Zusammenfassung weiter, mehr für sich selbst als für Leo. »Er schafft es, das erste Mädchen in die Salzhütte zu bringen, sie dort aufzuhängen. Er lässt ein paar Sachen da und holt das andere Mädchen. Dann schlägt das Schicksal zu. Der Baum fällt aufs Haus, wir finden die Leiche. Er weiß nicht, was er mit dem zweiten Opfer anstellen soll, darum beschließt er ein paar Tage später, sie zu begraben, einfach aus Not.

Das Ganze ist nicht gut vorbereitet, nicht gut durchdacht, und es geht schief. Es gibt einen Zeugen, den er im Rausch umbringt – er hat nichts mehr, einfach nichts mehr, darum baut er ab; es geht ihm schlecht, immer schlechter. Er gerät aus dem Gleichgewicht, und das fällt seinem Chef auf. Er trinkt immer mehr. Das versetzt ihm den Gnadenstoß, denn es führt zu seiner Entlassung.«

»Und darum sucht er sich ein neues Opfer? Aus Rache?«, fragt Leo.

Lot schüttelt den Kopf. »Nein, nein, nicht aus Rache. Aus einem tiefen Verlangen nach menschlichem Kontakt, nach einem Gefühl der Sicherheit, nach dem Zusammensein mit einer Freundin. Als alles um ihn herum zusammenbricht, kann er sich nicht mehr schützen, indem er mit den Fantasien in seinem Kopf herumläuft. Die müssen raus, die müssen in die Tat umgesetzt werden.«

Auf ihre Anweisung hin biegt Leo rechts ab. Jetzt müssen sie noch eine Weile geradeaus, und dann haben sie es fast geschafft. Den Fuß aufs Gas, Leo, befiehlt Lot ihrem Chef im Stillen. Drück endlich das Gaspedal durch.

Stattdessen bemerkt sie, dass das Auto plötzlich langsamer wird. Immer langsamer und immer langsamer. Sie sieht, wie die Nadel auf dem Tachometer zurückfällt – sie schaut zu Leo hinüber, und der starrt geradeaus. Lot sucht mit dem Blick seinen Fuß.

Der steht nicht mehr auf dem Gaspedal.

»Leo?«, sagt sie, »Leo? Was machst du denn, Leo?«

Er reagiert nicht. Er hat schon seit einigen Minuten sehr passiv gewirkt, aber jetzt sagt er gar nichts mehr.

»Leo?«, ruft Lot jetzt etwas lauter. Sie unterdrückt den Drang, ihn bei den Schultern zu packen und zu schütteln. »Los jetzt, du musst Gas geben! Sonst stehen Jaap und Stefan da gleich allein!«

Das Auto rollt noch kurz über die Landstraße, kommt dann aber ganz zum Stillstand. Lot verfolgt ungläubig, was da passiert. Sie weiß nicht, was sie tun soll. Leo hinter dem Steuer hervorziehen und selbst fahren? Bei seinem Gewicht wohl kaum machbar.

Er lässt den Kopf aufs Steuer sinken und bricht in Schluchzen aus. Leo de Graaf. Der leitende Ermittler. Inspektor. Auf dem Weg zu einer Verhaftung im wichtigsten Fall seines Lebens sitzt er im Auto und weint. »Was ist denn los?«, fragt Lot, so ruhig sie kann. »Sag es mir. Geht es dir nicht gut?«

Er schüttelt den Kopf.

»Soll ich fahren?«

Wieder schüttelt er den Kopf und starrt weiter vor sich hin. Und dann begreift Lot plötzlich, was los ist. Leo, der alte Bürohengst, der freiwillig nie seinen Schreibtischsessel verlässt, dieser Leo hat so viel Angst wie ein Streifenpolizist bei seinem ersten Außeneinsatz.

Er hat Angst. Angst hat er!

»Traust du dich nicht?«, will sie wissen. »Ist es das?«

»Es tut mir leid«, flüstert er. »Ich kann nicht mehr, ich mache gerade eine schreckliche Zeit durch. Meine Frau will sich scheiden lassen, und ich schlafe im Büro, wie du ja schon festgestellt hast.«

Lot schluckt dreimal. Freundlich bleiben jetzt. Sie haben gerade überhaupt keine Zeit, in Ruhe über private Dinge zu sprechen, aber sie weiß auch, dass es am besten ist, diese Sache so ruhig wie möglich abzuwickeln. Wenn sie schon Zeit verlieren, dann am liebsten so wenig wie möglich.

»Leo«, sagt sie, »wir machen das jetzt folgendermaßen. Du steigst aus und setzt dich auf meinen Platz, ich übernehme das Steuer. So machen wir das. Okay? Und dann sprechen wir später über alles. Jetzt geht das nicht.«

Er schaut sie schweigend an und nickt. So machen wir das. Sie gibt Anweisungen, er befolgt sie. Mühsam geht er um das Auto herum und setzt sich auf den Beifahrersitz. Sie haben wegen dieser Sache wertvolle Minuten verloren. Lot darf gar nicht daran denken, was inzwischen am Tatort alles schief gegangen sein kann.

Sie darf einfach nicht daran denken.

Den Gurt legt sie gar nicht erst an. Sie sind sowieso gleich da. Mit dem Geschick eines Rennfahrers lässt sie das Auto an und fährt los. Jetzt aber den Fuß aufs Gaspedal! Mit Höchstgeschwindigkeit rasen sie über den Sandpfad, bis zu der Stelle, den Lot schon die ganze Zeit vor sich gesehen hat. Da muss sie abbiegen. Und dann sind sie am Ziel.

# 66

Seine Wangen glühen, die Hitze lässt ihn fast ersticken. Der Schweiß läuft ihm von den Schläfen. Er knirscht mit den Zähnen und blinzelt wie wild. Und dann kneift er zu, in sein schlaffes, wertloses Ding.

Es will nicht. Es will einfach nicht!

Er kriegt nicht mal mehr einen hoch. Er ist nichts wert. Er kann gar nichts.

Nichts, nichts, nichts.

Gar nichts!

»Schau doch«, brüllt er seinen eigenen Schwanz an. »Schau doch, was für ein hübsches Mädchen da liegt, du Versager.« Wieder kneift er zu, immer fester, noch fester. Bis es zu sehr weh tut, dann lässt er los und beobachtet, wie die weißen Fingerabdrücke auf seinem Geschlechtsteil langsam vom Blut vertrieben werden.

Nicht mal von dem Mädchen wird sein Schwanz steif. Was soll er dann verdammt noch mal mit ihr, wenn ihm diese Erleichterung nicht vergönnt ist, wenn er diese Entladung nicht spüren darf? Was soll er dann mit ihr?

Sie ist nutzlos! Ganz nutzlos!

Er sinkt zu Boden, dicht neben dem Tisch, auf dem seine neue Freundin liegt.

Eine ganze Zeit lang sitzt er einfach so da, mit dem schlaffen Teil in der Hand, das einfach nicht aufwachen will. Vielleicht muss er ja einfach nur Geduld haben? Abwarten, bis es wieder klappt?

Nein, er will es jetzt. Und wenn es nicht geht, will er es gar nicht mehr.

Es ist ein Fluch, das weiß er ganz sicher, der Fluch seiner Mutter. Er hätte sie nicht so nahe am Haus begraben sollen. Sie versucht immer noch, sich in alles einzumischen, alles zu bestimmen.

Er ist nichts wert. Er ist absolut nichts wert.

Mutter hatte die ganze Zeit recht.

Er hat alles verloren, seine Freundinnen, seine Mutter, seine Schwester und Nadia. Und nicht einmal die Arbeit als Scheißeschipper konnte er behalten. Er hat keine Freunde.

Und jetzt sie. Apathisch schaut er zu dem Mädchen hinüber. Sie hat auch schon versucht wegzulaufen. Mit den Fingern fährt er an dem getrockneten Blut auf ihren Beinen entlang. Sie wollte so sehr weg, dass ihr die Schmerzen egal waren. Das Blut. Sie hat gekämpft, weil sie auch nicht bei ihm bleiben wollte.

Und jetzt, jetzt ist sie trotzdem hier, bei ihm, für ihn. Aber was, wenn sie wach wird?

Er befürchtet das Schlimmste.

Wer weiß, vielleicht versucht sie dann wieder zu rennen, so wie sie im Wald gerannt ist? Wer weiß, vielleicht wird sie dann wieder zu schreien versuchen? Wer weiß, vielleicht wird sie ihn mit einem Blick ansehen, der ihre Abscheu verrät.

Sie will ihn nicht. Sie will nicht hier sein, sie will nicht seine Freundin sein.

Niemand will ihn haben. Niemand hat ihn jemals gewollt, sein ganzes Leben lang nicht. Niemand.

Und die Chance, die der Mann, der sein Vater ist, ihm gegeben hat, indem er für ihn arbeiten durfte, die hat er jetzt auch kaputtgemacht.

Er schaut noch einmal zu dem Mädchen hin, wie sie da auf dem Tisch liegt, friedlich und still. Es gibt nichts mehr, wofür es sich noch zu leben lohnt.

Dann legt er den Kopf in den Nacken und starrt zu dem leeren

Haken an der Decke. Ein letzter Schluck Likör bahnt sich brennend den Weg in seinen Magen.

Die Flasche scheppert, als er sie aus den Händen fallen lässt. Langsam steht er auf und macht sich die Hose zu. Er trifft eine Entscheidung.

Ja, denkt er, so werde ich es machen.

# 67

Jaaps Volvo steht gerade außer Sichtweite der Galerie. Lot schaut kurz zur Seite, auf das Häufchen Elend im Beifahrersitz. Leo wirkt wie ein Kleinkind, das sich keinen Rat mehr weiß. Er hat sich in eine Ecke verkrochen, sein Gesicht ist blass. Seine Augen sind rotgerändert.

Die Farbe der Scham.

Obwohl Polizisten manchmal Witze darüber machen, ist es wirklich so, dass man ein völliger Versager ist, wenn man auf dem Weg zu einer Verhaftung den Fuß vom Gaspedal nimmt.

Etwas Schlimmeres kann man als Polizist nicht tun. Dafür ist man nicht ausgebildet worden. Scheidung oder nicht, müde oder nicht, man sorgt immer dafür, dass man gut arbeitet. Besser als gut. Man ist dafür da, Menschen zu helfen. Täter zu verhaften.

Und das schafft man nicht, indem man zulässt, dass die Angst die Überhand bekommt. Leo hat nicht nur die Angst gewinnen lassen, sondern sie voller Gastfreundlichkeit in seinem ganzen Körper willkommen geheißen. Er zittert am ganzen Leib, obwohl es schon mehr als zwanzig Grad im Auto ist. Er hat der teuflischen Versuchung – und gleichzeitig einem menschlichen Verlangen – nachgegeben und der beängstigenden Situation den Rücken zugewandt. Angst haben, das darf man, ihr nachgeben darf man nicht. Wenn man bei der Polizei arbeitet, muss man mental stark sein.

Lot war noch nie in ihrem Leben so froh, den alten Volvo vor sich zu sehen. Stefan und Jaap steigen gerade eben aus, als sie hinter dem Ungetüm parkt. Als sie den Motor abstellt, hört sie nur noch den schweren Atem des Mannes neben sich. Die Angst richtet gerade frische Munition auf ihn. »Bleib du hier im Wagen, Leo. Wir schaffen das schon. Du behältst inzwischen die Umgebung im Auge.«

Lot muss die Sache übernehmen, alles, ganz und gar. Sie dürfen jetzt wirklich keine Zeit mehr verlieren. Der erfahrene Ermittlungsleiter hat sich in ein krankes Vögelchen verwandelt, und sie, die wahnsinnige Profilerin aus Amsterdam, muss die Sache in die Hand nehmen.

Es wäre absolut unverantwortlich, ihn mitzunehmen; auf seinen Partner muss man sich blindlings verlassen können, jederzeit, und das geht jetzt nicht. Trotzdem wird die Tatsache, dass er hier sitzen bleibt, sich für diesen Mann in einen schlimmen Leidensweg verwandeln. Es wird ihn für immer zeichnen und ihn in seiner ganzen zukünftigen Karriere verfolgen.

Aber das hat jetzt keine Priorität.

Lot öffnet die Wagentür. »Bleib ganz ruhig«, sagt sie noch, voller Mitleid, und dann klopft sie einmal leise auf das Dach und macht die Tür zu.

Als Jaap sie fragend anschaut, schüttelt Lot nur den Kopf.

»Wo habt ihr denn gesteckt?«, fragt er trotzdem. »Wir warten hier schon ewig …«

»Später«, sagt sie, »später erzähle ich dir alles.«

Stefan und Jaap schauen argwöhnisch zum Auto und kneifen die Augen zusammen, um Leo besser sehen zu können. »Und was ist mit ihm?«

»Er behält für uns die Umgebung im Auge«, erklärt sie.

»Die Umgebung?«

»Später. Konzentration jetzt, Männer. Wir gehen rein.«

Zu Lots Erleichterung fragen die Kollegen nicht mehr nach. Zu dritt gehen sie auf die Galerie zu und suchen den Hauseingang.

»Nicht klingeln«, flüstert Lot, »wir brechen die Tür auf. Vorsicht ist geboten.«

Auch wenn sie keine offizielle Genehmigung haben, um sich Zutritt zu verschaffen, dies ist eine Ausnahmesituation.

Jaap holt das Plastikstück von einer Colaflasche, das er immer bei sich trägt, aus der hinteren Hosentasche. Seine Ausrüstung. So geräuschlos wie möglich versucht er das Schloss der Haustür zu öffnen. Zum Glück ist die nicht zusätzlich gegen Einbrecher gesichert. Stefan sucht inzwischen die Umgebung ab, um sich davon zu überzeugen, dass ihnen keine neugierigen Nachbarn zuschauen. Lot muss an den Nachbarn denken. Der ist beim letzten Mal auch wie aus dem Nichts aufgetaucht.

Die Aktion an der Tür dauert länger, als ihr lieb ist. Sie hält es fast nicht mehr aus.

»Ich gehe kurz hintenrum«, flüstert Stefan, »dann wissen wir, wie die Situation da aussieht.«

Lot stimmt zu, deutet aber auf seine Waffe. Die soll er bereithalten.

Als Stefan verschwunden ist, holt Lot tief Luft. Da sind sie also. Trotz des Adrenalins in ihrem Körper verspürt auch sie kurz die Angst, die Leo überwältigt hat. Wie sollen sie das Haus betreten? Wo genau werden sie landen? Was werden sie dort vorfinden? Womit müssen sie rechnen? Blut oder Leben? René und sein Opfer oder niemand? Eine Gänsehaut überläuft ihre Arme.

All ihre Sinne sind hellwach. Kann sie etwas hören? Etwas sehen? Etwas riechen?

Dann gelingt es Jaap, die Tür zu öffnen. Und wie eine Bulldogge vertreibt das Adrenalin die Angst aus Lots Körper. Joanna ist vielleicht hier, tot oder lebendig. Sie müssen dafür sorgen, dass sie zu allererst das Mädchen lebend finden, für ihre Mutter, für das Dorf. Sogar für das Land, in dem sich alle sehr für diesen Fall interessieren. Dann müssen sie den Täter fassen.

Kurz schaut Jaap Lot an, die beiden tauschen einen Blick, dann betreten sie vorsichtig das Haus. Lot hat die Hand an der Waffe, kann sie sofort ziehen, wenn das nötig werden sollte.

Es ist der Geruch, der ihr zuerst auffällt, ein entsetzlicher Gestank, der wie ein Schleier im ganzen Haus hängt. Sie riecht Lavendel und Schweiß, aber auch einen durchdringenden Abwassergeruch. Den Geruch des Verrottens.

Ihre Füße bewegen sich über einen alten, mit Staub und Sand bedeckten Teppich. Im Flur ist nichts zu sehen. Sie schiebt die Fußmatte über die Schwelle, sodass die Tür nicht ganz zufällt, wenn sie jetzt weitergehen. Man weiß nie, und so können sie das Haus schnell wieder verlassen.

Jetzt das Wohnzimmer. Lot geht zuerst hinein, Jaap folgt ihr. Die Hand an der Waffe.

Der Gestank ist hier drinnen stärker, noch durchdringender als schon draußen im Flur. Die Vorhänge verdunkeln das ganze Zimmer und machen es schwierig, die Dinge gut zu erkennen. Sie erwägt, das Licht einzuschalten, will aber noch keine unnötige Aufmerksamkeit auf sich ziehen. Für den Augenblick ist es gut, dass es dunkel ist. Sie können gerade genug sehen, nicht viel, aber immerhin etwas.

Dunkelheit kann auch ein Vorteil sein.

Sie schleichen herum, Jaap und sie. Vorsichtig überprüft Jaap Schranktüren und eine Tür zur Treppe. Sie schaut sich um. Ihr Blick fällt auf ein Buch über Mumifizierungen, auf einer Art Ständer, so wie Menschen ein Kochbuch auf die Anrichte stellen. Sie winkt Jaap, will seine Aufmerksamkeit erhaschen. Dann deutet sie auf das Buch, und er hebt kurz die Augenbrauen. Jetzt gehen beide weiter. Die letzten Zweifel, den richtigen Täter im Visier zu haben, sind nun verflogen. Dadurch steigt die Anspannung nur noch. Sie müssen dringend etwas unternehmen. Das hier ist ihr Mann. Jetzt, hier auf der Stelle, müssen sie ihn festnehmen.

Es hat etwas Euphorisierendes, endlich zu wissen, dass man ihn hat, aber gleichzeitig auch etwas Betrübendes. Es zeigt einmal mehr, wie naiv und kindlich man ist, wenn man fest an das Gute im Menschen glaubt. Manche Menschen sind nun einmal nicht gut, und man muss sie stoppen. Was sie auch selbst Schreckliches erlebt haben, die Gesellschaft muss vor solchen Menschen geschützt werden. Und diese Menschen muss man vor sich selbst schützen.

Jetzt ist es Jaap, der ihr zuwinkt. Sie folgt seinen weit aufgerissenen Augen zu einem frei stehenden Garderobenständer, an dem lange schwarze Haare hängen. Eine provisorische Perücke.

Richtig geraten, die ist aus Pferdehaar.

Der Anblick des Haarteils, der Gedanke daran, dass die jungen Mädchen es auf ihren leblosen Köpfen haben tragen müssen und dass dieser Täter, so krank im Kopf wie er ist, dadurch eine abartige Form der Befriedigung erlebt hat, das alles nimmt Lot kurz den Atem. Es ist so real, so dicht an ihnen dran, aber gleichzeitig so weit weg von jeder Wirklichkeit, die sie kennen, dass man es beinahe nicht einordnen kann. Dann ist am Fenster ein leises Klopfen zu hören.

# 68

Er hat die Füße ordentlich nebeneinander auf die Lehne des Klappstuhls gestellt. Seinen Kopf hat er in die sorgfältig geknüpfte Schlinge gesteckt. Ein dreifacher Knoten, ganz fest angezogen. Nein, der wird sich nie wieder lösen.

Dann hat er zumindest das gut gemacht.

Und da steht er jetzt also, mit ausgestreckten Armen. Viel von dem, was er da gerade tut, begreift er nicht. Das Einzige, woran er voller Sehnsucht denken kann, ist die dunkle Befreiung von der Qual, die sein Leben schon achtundzwanzig Jahre lang ist. Vom Misserfolg, von der Enttäuschung. Die unendliche Tiefe der Einsamkeit.

Das alles wird vorbei sein. Stille. Ruhe.

Er sehnt sich danach, seine Schwester zu treffen, nachdem er sich die ganzen Jahre lang gefragt hat, wie es ihr wohl geht, dort im Niemandsland der Toten. Endlich werden sie zusammen sein, wie es sich gehört.

Die letzte Aussicht, die er wahrnimmt, ist wunderschön. Mit unendlicher Zufriedenheit lässt er den Blick über ihren nackten Körper gleiten, der sich in der reinsten Form der Ruhe befindet. Sein Blick gleitet über ihre Zehen, ihre Knöchel, wandert langsam nach oben. Bei ihren Oberschenkeln hält er inne. Die sind genauso zart, wie sie aussehen, und dann ist da ihre Scheide. Er würde gern auf ihrem Unterleib tanzen.

Ganz kurz spürt er, wie sich in seiner Hose etwas bewegt.

Also doch? Funktioniert sein Teil vielleicht doch noch?

Aber nein. Das war nur ein Irrtum.

In seinen schönsten Fantasien hat er nicht zu träumen gewagt, dass ihm eine so makellose Aussicht vergönnt wäre, wenn er diese Erde verlässt. Das schenkt ihm einen Funken Freude, eine minimale Befriedigung nach einem Leben voller Misserfolg. Er lässt den Blick weiter nach oben wandern, zu den schönen Brüsten, ihrem prächtigen Hals und den willig ausgestreckten Armen.

Ja, denkt er wieder. Ich habe auf alle Fälle eine schöne Aussicht. Eine glückselige Ruhe breitet sich in ihm aus. Sein Verstand erhellt sich, sein Herz wird ganz leicht, und die Angst ist weg. Die Motte ist weggeflogen.

Er spürt das Seil im Nacken. Kann hören, wie der Stuhl unter seinem Gewicht knarrt. Das erinnert ihn an das, was er vorhat. Er wird das ewig herrschende Dunkel kennenlernen, dass allumfassende Nichts.

# 69

»Das ist Stefan, ich lasse ihn rein.«

Durch die Küche läuft sie zur Tür, schaut sich währenddessen aufmerksam im Zimmer um. Ihr darf nichts entgehen.

Nicht dass ihr plötzlich René den Hollander an der Kehle hängt, der sich vielleicht in irgendeiner Ecke versteckt hat.

Fürs Erste ist hier aber noch kein René zu sehen. Nur Stefan steht da an der Hintertür.

Der Schlüssel steckt im Schloss, wie in so vielen Haushalten. »Schau dir das an«, flüstert Stefan und deutet auf eine Stelle hinter sich. Man sieht ganz deutlich einen Farbunterschied im von der Sonne beschienenen Gras. Ein rechteckiger Fleck, in der Form eines Grabes, ist heller als der Rest.

Lot läuft hin und kniet sich daneben, die Hand auf die Erde gepresst, als erwarte sie ein Zeichen von dem Menschen oder dem Tier, das darunterliegt. Sie verspürt ein Kribbeln im ganzen Körper. Von ganzem Herzen hofft sie, dass nicht Joanna hier begraben liegt. Es hat genug Tote gegeben. Genug junges Leben hat unnötigerweise ein Ende gefunden.

»Mach, dass es vorbei ist«, sagt sie leise, »mach bitte, dass es vorbei ist.«

Stefan steht im Türrahmen der Küche und hat die Nase in die Ellenbogenbeuge gepresst. Lot folgt ihm und lässt auch diese Tür angelehnt.

Verwundert schauen sie die leeren Alkoholflaschen im Waschbecken an. Auf der Anrichte stehen ausgekratzte Erdnussbuttergläser. Verschimmelte Reste von Supermarktpizzas liegen herum. Leere Nudelsuppentüten. Zerdrückte Bierdosen. Ein

Aschenbecher mit den Überbleibseln einiger Joints. Als Lot sich von einem Stapel Papier auf der Anrichte eine unbezahlte Rechnung nimmt, schießt eine Maus darunter hervor.

Sie unterdrückt einen Schrei.

Dann gehen beide ins Wohnzimmer, wo sie auf Jaap treffen, der vor einem Stapel Kleidungsstücken hockt.

»Der linke Stapel«, flüstert er ihnen zu, »das ist Kristas Rock, das weiß ich sicher. Ich kann mich an die Beschreibung in der Akte erinnern, bordeauxrot mit weißen Blumen, hellblaue Turnschuhe. Das müssen ihre Sachen sein.«

Lot nickt. Auch sie kann sich an die Beschreibung erinnern.

Stefan zieht die Nase hoch, wie bei einem nervösen Tic, oder um den Gestank ertragen zu können.

Der dritte Stapel verlangt nach ihrer Aufmerksamkeit, aber sie will nicht. Sie will ihn nicht anrühren, zumindest jetzt noch nicht; sie will nicht glauben, dass Joanna auch durch diesen schrecklichen Mann den Tod gefunden hat. Das darf einfach nicht sein.

Sie löst den Blick von den Kleidungsstücken und geht zur Tür in der Nähe der Küche. »Männer«, flüstert sie, »wir müssen runter in den Keller.«

Da stehen sie also, zu dritt, vor der Kellertür. Wer tut es, wer wagt es, sie zu öffnen? Wer steigt als Erster die Treppe runter? Was werden sie dort vorfinden? Den Täter und das Opfer? Nur den Täter? Nur das Opfer? Oder niemanden?

Ist René vielleicht bewaffnet und wird auf sie schießen, sobald sich die Tür öffnet? Hat er Angst?

Ja, denkt Lot, sie kann sich gut vorstellen, dass er Angst vor Leuten wie ihnen hat, vor Eindringlingen. Vor der unheimlichen Welt da draußen. Vor Menschen, die sich ihm nähern wollen. Vor Menschen, die ihn für das zur Verantwortung ziehen, was er getan hat. Vor Menschen, die wissen wollen, warum er es getan hat. Vor Menschen. Er hat Angst vor Menschen.

Sie weiß nur noch nicht, was diese Angst in ihm auslöst. Das weiß man nie. Die Angst kann den Polizisten mit dem größten Mundwerk lähmen. Aber sie kann auch ein ängstliches Kätzchen in einen Tiger verwandeln.

Neben ihren Füßen stehen Müllsäcke voller Abfall, die schon mehrere Monate alt sind. Der Geruch vergiftet ihre Gedanken, legt sich ihr auf die Augenlider. Kaum auszuhalten, wirklich kaum auszuhalten. Alle drei müssen würgen, können sich aber zusammenreißen.

Jetzt greift Jaap nach der Türklinke; die andere Hand hat er an der Waffe. Langsam, quälend langsam drückt er die Klinke herunter. Dann wartet er kurz auf eine Reaktion, ein Geräusch, aber da ist nichts, sie hören nichts.

Dann drückt Jaap die Klinke weiter nach unten und zieht die Tür auf. Wieder warten sie kurz ab. Aber da ist wieder keine Reaktion, nur eine neue Dimension des Gestanks, der sie schon so gequält hat. Jetzt ist es nicht mehr nur der Lavendel, der Schweiß, der widerliche Gestank nach verdorbenen Lebensmitteln und Abwasser, den sie riechen. Jetzt kommt auch noch ein penetranter Gestank nach Urin hinzu.

»Verdammt …«, flüstert Lot.

»Ich gehe als Erster«, erklärt Jaap. »Kommst du mit?«

»Ja. Bleibst du hier, Stefan?«

Ihr Kollege nickt. Wahrscheinlich ist es ihm gar nicht so unrecht, dass er hier im Erdgeschoss alles im Auge behalten soll.

Lots Herz beginnt rasend zu klopfen, sobald Jaap die erste Stufe der Kellertreppe hinabsteigt. Sie weiß, dass sie Jaap nachgehen muss, aber ihr werden die Knie weich. Das hier ist mit Sicherheit das Unheimlichste, was sie in ihrem ganzen bisherigen Leben hat tun müssen. Adrenalin rast durch ihren Körper, steigt ihr in den Kopf. Ihre gesamte Energie, jede Zelle ihres Körpers konzentriert sich auf diesen Moment und auf diese Situation. Sie befindet sich in allerhöchster Alarmbereitschaft. Dass ihr Stefan jetzt kurz auf die Schulter klopft, hilft Lot. Es gibt ihr Kraft.

Genau dafür hat man Kollegen nötig, echte, gute Kollegen.

Sie braucht Stefan nicht anzuschauen, um ihm zu danken. Er weiß auch so, wie viel ihr seine Geste bedeutet.

Die lange, steile Treppe führt die beiden in eine dunkle Tiefe. Von ihrer Position oben auf der Treppe kann Lot sehen, dass ein schwaches Bündel Tageslicht in den Raum fällt.

Sich an den Gestank zu gewöhnen, gelingt ihnen nicht. Sie werden ihn einfach hinnehmen müssen. Schritt für Schritt bewegen sie sich nach unten, ganz langsam, behalten alles im Auge. Beide haben die Hand an der Waffe. Die Waffe, die ihnen im Notfall das Leben retten wird. Bei jedem Schritt scheint die Stille zuzunehmen. Stefans nervöses Schnüffeln hört Lot nicht mehr. Es gibt nur noch das dumpfe, einsame Nichts.

Obwohl Jaap zuerst unten ankommt, sehen sie es beinahe gleichzeitig. Der ekelhafte Gestank ist hier am schlimmsten, und das nicht ohne Grund, denn da hängt er.

Da hängt René. René den Hollander.

Unter ihm ein umgefallener Klappstuhl. Die Füße einen halben Meter über dem Boden. Weiter hinten im Keller ein Tisch, und darauf der nackte Körper eines Mädchens. Eines Mädchens, das aussieht wie Joanna. Jaap rennt hin. Er reißt ihr das Klebeband vom Mund und legt ihr zwei Finger an den Hals. Dann macht er ihre Arme und Beine los.

Inzwischen geht Lot gebannt auf ihren Täter zu. Das ist er also, denkt sie.

Das bist du also.

Der Pferdeflüsterer, das Dorfmonster, der Serienmörder von Twente. Sie betrachtet seine mit Schlamm verschmutzten Schuhe, seine Hose, den seltsamen Fleecepullover, den er trägt, obwohl es so heiß ist.

»Ein Puls!«, ruft Jaap. »Ich kann einen Puls fühlen!« Er stößt eine Art Urschrei aus, einen Schrei der Erregung, der Erleichterung. »Sie ist bewusstlos, aber ich kann einen Puls fühlen. »Stefan, hörst du mich? Ruf die 112 an!«

»Die habe ich schon am Apparat«, kommt die Antwort von oben. »Braucht ihr Hilfe?«

»Wärmedecken«, ruft Lot, »hol Wärmedecken aus dem Auto. Und etwas Wasser, falls sie zu sich kommt.«

»Ich kann einen Puls fühlen«, wiederholt Jaap, ohne sich dabei an jemand besonderen zu richten. »Ich kann einen Puls fühlen! Ich kann einen Puls fühlen!«

Lot schaut ihn an. Für ihn gibt es nur noch diesen einen Satz, nach dem sie sich alle so gesehnt haben, als könnte er davon nicht genug bekommen. Es ist ganz offensichtlich, denkt Lot, als sie ihren netten Partner betrachtet, dass er sich im Schockzustand befindet. Ihm ist bewusst, was der Puls bedeutet, und er handelt so, wie jetzt gehandelt werden muss.

Eine merkwürdige Ruhe sorgt dafür, dass Lot alles überdeutlich wahrnimmt. Das Mädchen, Gott sei Dank noch am Leben, und ihr Partner. Dieser Keller, wie das düstere Set für den Fantasiefilm des Täters, in dem er sich seine eigene Welt erschaffen hat.

Dann richtet sie den Blick wieder auf ihn, auf den Mann mit der Hauptrolle in diesem Fall, wie er da friedlich an seinem eigenen Haken hängt. Lot hat schon damit gerechnet, dass er diesen Ausweg wählen würde. Es passt in sein Profil, zu der überwältigenden Angst vor Zurückweisung, Kränkung und davor, von der Gesellschaft ausgespuckt zu werden. Diese Angst ist so groß geworden, dass er nicht mehr damit umgehen konnte.

Sie ist zu spät gekommen.

Er fühlt sich noch warm an. Er hat es erst vor ein paar Minuten getan.

Sie lässt die Fingerknöchel knacken, als sie an die Autofahrt hierher denkt. Sie ist zu spät gekommen. Der dunkle Urinfleck auf seiner Hose sagt ihr, dass es noch nicht lange her ist, dass er den Stuhl unter sich weggetreten hat. Aber sie wird nie erfahren, ob sie noch rechtzeitig gekommen wäre, wenn sie selbst am Steuer gesessen hätte.

Sie ist zu spät gekommen. Das ist eine Tatsache.

Das Gesicht ganz blutleer, etwas nach unten gesunken. Die schlaffen Arme, die Finger, die gerade zu Boden zeigen. Die offenen Augen.

Sie tritt auf ihn zu und fasst nach seinem Handgelenk, der Form halber.

»Kein Puls«, flüstert sie. Und weil Jaap sie so seltsam anschaut, wiederholt sie es. »Kein Puls.«

Sie sind zu spät gekommen.

# Dank

Mein Dank gilt Joost van den Ossenblok, Robin Goudsmit und Eline Heeremans, die meiner alten Idee, einen Thriller zu schreiben, gemeinsam neues Leben eingehaucht und mir die Möglichkeit gegeben haben, das Projekt *Summer Girls* zu realisieren; Jan Wilzing, ehemaliger Polizeihauptkommissar, fürs Mitlesen, für deine guten Tipps und deine ansteckende Leidenschaft für unser faszinierendes Ermittlungswesen; Carlo Schippers, Verhaltensforscher bei der Landespolizei und bester Profiler der ersten Stunde, fürs Mitlesen und für die guten Tipps und dafür, dass du die Geheimnisse dieses aufregenden Profilerberufes mit mir geteilt hast; meiner ältesten Freundin Maria van Lieshout für die inspirierenden gemeinsamen Stunden, die zu diesem Buch beigetragen haben, für deine Unterstützung und deine Ermutigung und für deine guten Ratschläge; Jet van Basten Batenburg, Freundin und Thrillerleserin der ersten Stunde, fürs Mitlesen, Mitdenken und für die guten Tipps; Margot Coenraads, Freundin und Klassenkameradin an der Polizeiakademie, für die vergessenen Details und Anekdoten aus der gemeinsamen Zeit dort; dem forensischen Pathologen Frank van der Goot für die fachkundigen Beiträge, damit auch die gruseligen Fakten stimmen; Milou van der Will für deine Professionalität, deine Geduld und die unglaublich angenehme Zusammenarbeit; Marc und Bruno für eure bedingungslose Unterstützung, Liebe und Ermutigung beim Schreiben von *Summer Girls*.

## Das Böse hat viele Gesichter

Seit dem Tod seiner Familie ist für den ehemaligen verdeckten Ermittler Lucas nichts mehr, wie es war. Er isst nicht, er schläft nicht, er empfindet nichts. So muss sich die ewige Dunkelheit anfühlen. Doch dann tötet ein Serienmörder vier Frauen, und die Polizei ist auf Lucas' Hilfe angewiesen. Denn niemand kann Tatorte so gut lesen wie er. Gemeinsam mit der jungen Psychiaterin Anna entwickelt er ein Täterprofil, scheint den Killer allmählich zu durchschauen. Aber dann wird die Mordserie unterbrochen. Etwas muss geschehen sein. Und Anna beginnt, Lucas zu hinterfragen. Denn auch sie hat in ihrem Leben schon in viele Abgründe geblickt …